HEYNE

Emma Sternberg

Liebe und Marillenknödel

Roman

WILHELM HEYNE VERLAG
MÜNCHEN

MIX
Papier aus verantwortungsvollen Quellen
FSC® C014496

Verlagsgruppe Random House FSC®N001967
Das für dieses Buch verwendete
FSC®-zertifizierte Papier *Holmen Book Cream*
liefert Holmen Paper, Hallstavik, Schweden.

5. Auflage
Originalausgabe 05/2012
Copyright © 2012 by Emma Sternberg
Copyright © 2012 by Wilhelm Heyne Verlag, München,
in der Verlagsgruppe Random House GmbH
Redaktion: Eva Philippon
Printed in Germany 2012
Umschlaggestaltung: © Eisele Grafik·Design, München
Satz: Buch-Werkstatt GmbH, Bad Aibling
Druck und Bindung: GGP Media GmbH, Pößneck
ISBN: 978-3-453-40910-1

www.heyne.de

Diese Schlaglöcher! Diese Serpentinen! Oh, tut mir der Hintern weh. Ich schlage die Tür meines Allrad-Pandas zu, werfe einen Blick auf die gegenüberliegenden Gipfel, die heute bedrohlich nahe stehen, und hieve meine Einkäufe ins Haus.

Natürlich ist es nicht bei den Zutaten fürs Gulasch geblieben – neben neuem Deo und einem Vorrat Fünf-Minuten-Terrinen habe ich mir sämtliche deutschsprachigen Zeitschriften in den Wagen gepackt, die ich finden konnte. Hätte ich auch nicht gedacht, aber kaum ist man mal vier Tage ohne Telefon, Internet oder Fernseher auf einem Berg, fühlt man sich in einem Supermarkt wie eine Verdurstende, die in der Wüste Sahara tatsächlich auf die Punica-Oase gestoßen ist.

In der Küche packe ich die Einkäufe aus und reihe sie auf der Arbeitsfläche aus Edelstahl auf. Mir wird fast ein bisschen schwindelig. Ausgerechnet ich soll daraus etwas kochen? Eigentlich hatte ich ja gehofft, dass Gianni mir dabei hilft, aber der ist spurlos verschwunden, genauso wie diese unberechenbaren Jirgls. Und das, wo doch jederzeit ein Gast kommen kann.

Gut nur, dass ich Tante Johannas Kochbuch habe – in Zukunft bekommt hier niemand mehr Dosenfutter serviert. Ab sofort wird sich hier etwas ändern!

Wagemutig schlage ich die Seite mit dem Rezept auf.

Gadertaler Gulaschsuppe. Zubereitung, *steht da, und:* Als Erstes die Zwiebeln schälen und würfeln.

Okay, es kann losgehen. Ich schiele noch einmal auf die Mengenangabe. 1500 Gramm. Dann schiele ich noch einmal auf die drei Netze, die vor mir liegen. Je 500 Gramm. Es sind extra kleine Zwiebelchen, ungefähr so groß wie Pingpongbälle. Ich hätte ein bisschen nachdenken sollen statt einfach die Sorte in den Wagen zu packen, die am niedlichsten aussieht. Bis ich diese blöden Minidinger geschält habe, ist Justin Bieber ein Bart gewachsen.

Vielleicht fange ich doch lieber einfach mit dem zweiten Schritt an.

Das Fleisch trocken tupfen.

Meine leichteste Übung. Ich reiße das Päckchen mit dem Fleisch auf, breite die Würfel auf einem großen Holzbrett aus und sehe mich um. Die Wände hängen voller Pfannen, die Regale und Schränke sind mit riesigen Töpfen und Sieben gefüllt und jeder Menge anderem Profi-Bedarf. Und ausgerechnet Küchenrolle soll es hier nicht geben? Aber nein, ich finde keine. Na ja. Werde ich einfach etwas Klopapier benutzen. Ist am Ende doch dasselbe, nur dass die Blätter kleiner sind.

Sag ich doch. Ganz einfach. Fleisch trocken tupfen. Tupf, Tupf, Tupf. Und es geht ganz schnell. Ich meine, es war vielleicht auch ein bisschen übertrieben, von mir zu behaupten, ich könne überhaupt nicht kochen. Ich kann zum Beispiel Nudeln mit Sahnesauce, mein Spezialgericht. Und Wokgemüse mit Sojasauce und Hühnchen. Außerdem kann ich Fünf-Minuten-Terrine und Ikea-Tiefkühl-Köttbullar. Die kann ich sogar so gut, dass sie genauso schmecken wie im Ikea-Restaurant. Der Trick: Die Sauce gibt es im Schweden-Shop ebenfalls zu kaufen. Man muss das Pulver nur in Wasser einrühren, aufkochen lassen, Schuss Sahne dazu, umrühren – fertig!

Oh. Was ist das? Das Klopapier löst sich ja auf! Da passt man ein paar Minuten nicht auf, und schon ist das ganze schöne Fleisch voller weißer Fetzen.

Ich hätte ein OP-Besteck mit einpacken sollen, statt Nagelfeile und Wimpernzange.

Es dauert fast eine halbe Stunde, bis ich die Papierschnipsel weitgehend abgefieselt habe, deshalb beschließe ich, das Fleisch, das noch nicht klopapierkontaminiert ist, eben einfach feucht zu lassen. Am Ende wird es in der Pfanne ja sowieso erhitzt, da verdunstet doch das ganze Wasser. Und wenn nicht: Hinterher wird es ohnehin mit Rotwein abgelöscht. Da ist es doch grad egal.

So, was kommt als Nächstes?

Schmalz in einem gusseisernen Bräter erhitzen.

Ich hole Tante Johannas Lieblingsschmortopf aus dem Regal und sehe mich in der Küche um ... Schmalz ... Schmalz ... Was meinen die jetzt wohl mit Schmalz? Wahrscheinlich Butter, oder? Ich meine, das Wort gibt es doch: Butterschmalz. Ist vermutlich dasselbe. Eben.

Manchmal muss ich meinem Vater schon recht geben: Die Fähigkeit zu logischem Denken ersetzt so manchen Studiengang.

Als ich die Butter aus dem Kühlschrank hole, fällt mein Blick auf die drei Netze mit den Zwiebeln. Die hätte ich fast vergessen. Hm. Aber na ja, seien wir doch mal ehrlich: In Tante Johannas Gulasch hatten sich die Zwiebeln doch stets vollständig aufgelöst, sodass man sie gar nicht mehr bemerkte. Und besonders stark danach geschmeckt hat die Suppe auch nicht, sondern eher würzig, nach viel Paprika. Ich werde die Zwiebeln einfach weglassen. Genau. Das merkt gar niemand.

Gulasch portionsweise kräftig anbraten, dabei wenden.

Ich drehe das Gas auf und gebe ein Stück Butter in den Bräter. Sie schmilzt wie nichts. Schnell eine Portion Fleisch hinein. Wie das spritzt! Ich nehme einen Kochlöffel und versuche, das Fleisch zu wenden. Aber es bäckt binnen Sekunden so kräftig an, dass ich es beim Versuch, es vom Boden des Bräters zu lösen, in Fetzen reiße.

Mist. Wenn ich nicht aufpasse, verbrennt mir hier alles.

Vielleicht tue ich einfach die nächste Portion rein. Bevor alles schwarz wird, zum Abkühlen quasi.

Wieder spritzt es, inzwischen steigt schwarzer Rauch auf. Ich versuche, das Fleisch in der Pfanne umzurühren, und bemerke, dass es am Boden schon ganz schwarz ist. Schnell schmeiße ich die restlichen Fleischstücke dazu. Das hilft, denn plötzlich tritt eine helle Flüssigkeit aus dem Fleisch aus, in der sich die verbrannten Stellen lösen. Ich rühre schnell um und lese weiter:

Wenn es schön gebräunt ist, herausnehmen.

Schön ist relativ, denke ich, und kippe das Fleisch in

eine Schüssel. Es sind lauter schwarze Stückchen dazwischen, aber wenn ich jetzt anfange, die herauszupicken, werd ich ja blöde, und außerdem bleibt dann nichts mehr übrig.

Zwiebeln im Bratfett goldbraun anbraten.

Das überspringe ich angesichts der Variation des Rezeptes.

Gesamtes Fleisch zu den Zwiebeln geben und weiterbraten, bis sich am Topfboden eine braune Kruste bildet.

Äääh, ja. Also das Fleisch wieder hinein in den Bräter. Als Kruste muss die von vorhin gelten.

Mit Rotwein und Essig ablöschen, etwas einkochen lassen.

Ich öffne eine Flasche Vernatsch und gieße einen großen Schluck davon in die Pfanne – ablöschen kann sogar ich. Dann gieße ich einen zweiten großen Schluck in die Köchin, denn der steht ganz schön der Schweiß auf der Stirn. Ich würze mit Salz und ordentlich viel Paprika – ich habe extra das besonders edle Rosenpaprika gekauft, das wird bestimmt lecker. Ich gieße Wasser an und lasse das Ganze schmoren, lang, mindestens eineinhalb Stunden lang. Währenddessen bleibe ich nervös neben dem Topf sitzen und trinke noch ein bisschen mehr Vernatsch. Wie das Gulasch wohl wird?

Als die Zeit vorbei ist, öffne ich den Deckel und warte, bis sich der Dampf, der mir entgegenkommt, verzogen hat.

Hm. Bei Tante Johanna sah das Ganze immer ein bisschen anders aus.

Ich hole die Zitrone und eine Reibe und rühre die geraspelte Schale gründlich unter.

Ich schnuppere. Es riecht nicht unbedingt schlecht ... nur ein klein wenig nach altem Ofen.

Aber wie hat Tante Johanna immer gesagt? Erst probieren, dann meckern.

Ich hole einen großen Holzlöffel, fische ein Stück Fleisch und ein bisschen Sauce heraus und schiebe ihn mir in den Mund. Dann gehe ich zum Mülleimer, spucke das Brikett wieder aus, gehe mit brennendem Rachen zum Kühlschrank und trinke in großen Schlucken einen halben Liter Milch. Dann sehe ich mir die Gewürzdose, die ich verwendet habe, noch einmal an. Rosenpaprika, steht da. Und, ganz klein darunter, so winzig, dass man doch wohl nun wirklich nicht ernsthaft erwarten kann, dass jemand darauf aufmerksam wird: Extrascharf.

»Hallo?«

Oh nein. Das kam aus dem Flur.

»Ist da jemand?«

Ausgerechnet jetzt – Kundschaft!

Zwei Wochen zuvor ...

1

Ich wache auf, weil das Telefon klingelt. Es klingelt fast lautlos, denn ich habe es irgendwann mal leise gestellt und kann seitdem den Menüpunkt nicht mehr finden, unter dem man den Befehl rückgängig macht. Kein Problem, ich verpasse nie einen Anruf – selbst, wenn ich in der Badewanne liege, dauert es selten länger als drei Sekunden, dann bin ich auch schon dran. Leider ruft außer meinem Bankberater, der mir einen Gesprächstermin über kreditfinanzierte Rentenversicherungen aufschwatzen will, kaum jemand an.

Das Telefon klingelt weiter. Ich drehe mich auf die andere Seite – mein Kopf dröhnt wie eine leere Öltonne. Tut das weh! Ich blinzele, kratze mich stöhnend am Hintern und stelle überrascht fest, dass ich nackt bin! Nackt bin ich normalerweise nie, zumindest nicht morgens beim Aufwachen – ich gehöre zu den Menschen, die nicht einmal daran *denken* können einzuschlafen, wenn sie nicht wenigstens ein T-Shirt anhaben. Aber ich bin nackt, das ist sicher, denn da vorne neben dem Fernseher liegt es, klein und hellblau und verschrumpelt: mein Unterhöschen.

Wer auch immer da versucht, mich anzurufen, er gibt nicht auf. Das Büro! Ganz kurz durchzuckt mich ein Schreck – es ist offensichtlich schon ziemlich spät, aber dann fällt mir ein, dass es gar nicht das Büro sein *kann*. Ich bin arbeitslos, seit gestern.

Und plötzlich weiß ich auch, woher ich die Kopfschmerzen habe. Ich habe mich so sehr betrunken, ich dürfte bis Ende der Woche Restalkohol haben. Aua.

Das Telefon klingelt weiter. Ich lasse einen Arm aus dem Bett fallen und taste blind auf dem Fußboden herum – Buch, Haargummi, Kaffeelöffel, halb volle Packung Choco Crossies, zertretene Choco Crossies, leere Fünf-Minuten-Terrine, gebrauchtes Taschentuch. Dann stoße ich gegen eine Flasche, eine Flasche Whisky, wie ich bemerke, als sie über das Parkett kullert, eine Flasche Chivas Regal, die offensichtlich leer ist. *Ganz* leer. Kein Wunder, dass mein Kopf so dröhnt. Ich wusste gar nicht, dass ich Whisky im Haus hatte.

Stifte, ein Blätterstapel mit Gummi drum herum, noch ein Buch, leere Wasserflasche, dann erreichen meine Fingerspitzen endlich das Telefon. Ich mache den Arm noch einmal ganz lang und kann es endlich greifen. Es klingelt immer noch, und ich sehe widerwillig nach, was auf dem Display steht: *Eltern*. Und weil mein Vater eigentlich nur anruft, wenn es um diesen Aktienfond geht, in den er jahrelang für mich eingezahlt hat (und dessen Wert inzwischen in den Negativbereich geht), kann *Eltern* nur heißen: meine Mutter.

Das Letzte, was ein Mensch, der gerade seinen Job verloren hat, gebrauchen kann, ist meine Mutter.

Ich weiß ganz genau, was passieren würde, wenn ich

jetzt dranginge und ihr die Wahrheit sagte: Sie würde sich maßlos aufregen, mich mit vorwurfsvoller Stimme an ihre angeborene Herzschwäche erinnern und mir dann subtil zu verstehen geben, dass ich an meiner Situation ja offensichtlich selbst schuld sei, man sehe sich nur mein Magisterzeugnis an. Dann würde sie alle vier Stunden anrufen, um zu hören, ob es schon etwas Neues gibt. Manchmal frage ich mich *wirklich*, wie man so sadistisch und zugleich so masochistisch sein kann wie sie.

Das Telefon klingelt ein allerletztes Mal, dann ist es endlich still.

Ich lege mich wieder auf den Rücken und versuche zu rekonstruieren, was gestern geschehen ist. Keine leichte Übung.

Also, ganz langsam:

Wie bei allen negativen Dingen im Leben sah am Anfang alles noch ganz positiv aus. Es begann gestern Vormittag, als ich mit dem Manuskript von *Ziele verwirklichen durch visuelle Autosuggestion* auf dem Weg in die Herstellung war. Auf dem Flur begegnete mir Olaf Schwarz, der Chef des Schwarz Verlags, in dem ich als Lektorin arbeite (na gut, arbeitete) – ein dicklicher Mann mit Halbglatze, viel Energie und schwachen Nerven. Im Vorbeigehen rief er mir zu, ich möge doch gleich mal in seinem Büro vorbeikommen, natürlich erst, wenn ich meinen Gang erledigt hätte. Ich schenkte ihm mein breitestes *Mit-Vergnügen-Chef*-Lächeln, legte den Papierstapel auf den Schreibtisch der zuständigen Herstellerin Nadine ab und hinterließ ihr, obwohl wir uns nicht ausstehen können, ein schleimiges Post-It mit einem dümmlichen Smiley und einem aufgesetzt fröhlichen *Danke!!!*

Dann schlenderte ich, ein stummes Pfeifen auf den Lippen, hinauf in den fünften Stock, wo Geschäftsführung und Buchhaltung ihre Büros haben. Ich arbeitete bereits seit fünf Jahren bei Schwarz, erst als Praktikantin, dann als Volontärin, dann noch einmal zwei Jahre als Assistentin. Seit fast einem Jahr war ich nun als Lektorin im Bereich Lebensberatung und Berufsstrategie tätig; jetzt endlich, da war ich mir *sicher*, würde mir Olaf Schwarz eine unbefristete Stelle anbieten. Als ich sein Zimmer betrat, fing er auch tatsächlich an, etwas von *großartiger Arbeit* und *fantastischer Kollegin* zu säuseln, von *Zuverlässigkeit* und *unbestechlichem Urteil*, doch dann fiel plötzlich das Wort *Wirtschaftskrise*, und mein Lächeln fror ein, vor allem, weil er mir nicht eine Sekunde lang in die Augen sah. Er nuschelte noch irgendetwas von *betriebsbedingt* und *E-Book-Markt* und begleitete mich, weitere Entschuldigungen sabbernd, zur Tür, die er hinter mir schloss, kaum, dass ich draußen war.

Er hatte mich gerade entlassen.

Ich saß immer noch wie vor den Kopf gestoßen an meinem Schreibtisch, als er zwei Stunden später eine blonde, langhaarige Mittzwanzigerin auf Elf-Zentimeter-Absätzen durch die Abteilungen führte. Natürlich brachte er sie nicht direkt in mein Zimmer (so viel Feingefühl hat sogar ein Mann mit seinem Haaransatz), aber als ich mich aufs Klo schlich, um nach einem heimlichen Heulkrampf hinter verschlossener Bürotür mein verschmiertes Make-up zu richten, sah ich, wie sie mit unserem Hörbuch-Programmleiter Reinhold Feininger über ihre Lektoratserfahrung sprach. Reinhold Feininger – ein Mann mit Haartolle, dem seine Frau jeden Morgen eine Tupperware-Dose mit den Resten vom Abendessen mitgab – starrte mit glasigen Augen auf den dritten Knopf ihrer schwarzen Seidenbluse, während die Tussi von ihrer Tätigkeit bei Gloom & Cherubim Publishing erzählte, einem Verlag, der vor allem Hausfrauen mit Esoterik versorgt. Pendelanleitungen, Quantenheilung und so Quark.

Das war so demütigend! Ich presse meinen Kopf ins Kissen und versuche, mir nicht zu deutlich auszumalen, *wie* demütigend das war. Aber wenn ein Chef denkt, er könnte einen locker durch ein blondes Dummchen ersetzen, dann sollte man wirklich über seine Perspektiven nachdenken: Gas? Gift? Oder doch lieber springen?

Auf alle Fälle wollte ich auf gar keinen Fall irgendwelchen Kollegen begegnen – ich hatte einfach nicht den Mut, den anderen ins Gesicht zu sehen und ihnen, wenn sie *Tschüss, bis morgen!* sagen, die Wahrheit zu erzählen: Olaf Schwarz hat mich gegen etwas mit IQ 13 und Jeansgröße 25/34 ausgetauscht.

Also verkroch ich mich in meinem Büro, bis die anderen gegangen waren, und richtete alle laufenden Vorgänge so her, dass man mir zumindest nicht vorwerfen konnte, meine Nachfolgerin hätte keine Chance gehabt, sich zurechtzufinden. Dann packte ich sämtliche Bücher, die ich in den letzten Jahren lektoriert hatte und die noch nicht zu Hause in meinem

Regal standen, in eine Kiste, rief mir ein Taxi und versuchte mich dazu zu zwingen, mich beim Verlassen des Verlags nicht noch einmal umzusehen.

Der Pappkarton als Krisenaccessoire – jetzt auch in Hamburg-Harvestehude.

Natürlich rammte ich draußen vor der Tür als Erstes Reinhold Feininger, der mit zwei Tengelmanntüten voller Manuskripte im Hauseingang stand und darauf wartete, dass seine Frau ihn abholen kam. Sein Blick wurde mitleidig, als er erkannte, wer der Rowdy mit dem Pappkarton war, aber schließlich erklärte er mir doch, dass man die Neue habe nehmen *müssen* – Mitarbeiter mit *diesen* Qualifikationen gebe es nicht oft auf dem Arbeitsmarkt.

»Was für Qualifikationen?«, fragte ich gereizt und eigentlich nur, weil ich sehen wollte, wie Reinhold Feininger mit rotem Kopf zu stammeln beginnt, aber dann erzählte er, dass die Dame eine Urenkelin Max Plancks sei, in Oxford studiert habe und vorher Sachbuch-Programmleiterin beim berühmten Bloomsbury-Verlag in London gewesen sei.

Bloomsbury Publishing. Nicht Gloom & Cherubim.

Es gibt nur eine Sache, die schlimmer ist, als durch ein blondes Dummchen ersetzt zu werden – wenn sie dich durch ein blondes Dummchen ersetzen, das dreimal so klug ist wie du und auf Elf-Zentimeter-Absätzen laufen kann.

Zu Hause schüttete ich eine halbe Flasche Weißwein in mein Riesenrotweinglas und trank es noch im Stehen aus. Dann schenkte ich mir die andere Hälfte ein und machte einen SOS-Anruf bei meiner besten

Freundin Sarah. Sarah und ich kennen uns noch aus meiner Studentenzeit, als sie in meinem Lieblingscafé kellnerte und immer einen guten Grund wusste, warum ich lieber noch einen Cappuccino bestellen und die Vorlesung sausen lassen sollte. Eine Zeit lang gingen wir fast jeden Abend zusammen aus, denn durch ihre Kontakte in die Gastronomie wusste sie wirklich von jeder Party der Stadt. Sie stand entweder auf der Gästeliste oder wurde vom Türsteher vom Ende der Schlange nach vorne gewunken. Sie wusste, bei welchem Barkeeper man Freigetränke bekam und wer noch Zigaretten hatte, wenn alle Automaten leer gekauft waren.

Inzwischen hat sie den Job, den sie sich immer gewünscht hat, und ist ein bisschen ruhiger geworden. Sie arbeitet als Köchin im Edelweiß, einem Blankeneser Nobelrestaurant, das so angesagt ist, dass es inzwischen sogar meine Eltern mitbekommen haben. Schon seit Monaten versucht meine Mutter mich dazu zu überreden, einmal mit ihnen dort hinzugehen – sie will einfach nicht kapieren, dass es mir irgendwie unangenehm wäre, mich mit meinen Eltern von meiner besten Freundin bewirten zu lassen. Wahrscheinlich fände sie es sogar schick, raushängen zu lassen, dass ich mit jemandem aus einer Zwei-Hauben-Küche befreundet bin.

Eine Stunde nach meinem Anruf saßen Sarah und ich im Roten Stern, einer Bar im Schanzenviertel, in der sich die Hamburger Gastroszene nach der Arbeit trifft, um sich mit unschlagbar billigen Drinks volllaufen zu lassen. Man kann sich dort eine Flasche

Schnaps und Gläser auf den Tisch stellen lassen, hinterher wird der Füllstand abgemessen, und man bezahlt nach getrunkenen Zentimetern.

Sarah bestellte eine Flasche Wodka und zwei Gläser und tat auch sonst alles, was man von einer besten Freundin in einer solchen Situation erwartet: Sie streichelte meine Hände und sprach mir Mut zu, machte dumme Witze über Olaf Schwarzens Halbglatze und erteilte mir zwischendrin die klügsten Ratschläge, die ich je bekommen hatte.

Leider kann ich mich an keinen einzigen mehr erinnern.

Ich kann mich eigentlich an nichts von dem erinnern, was danach geschah, so sehr ich mein angeschlagenes Hirn auch bemühe. Nur so viel weiß ich noch: Irgendwann muss sich meine Laune verbessert haben, denn durch meinen Kopf geistern ein paar schemenhafte Bilder davon, wie plötzlich, als Sarah sich zu fortgeschrittener Stunde verabschiedete, ein paar ihrer Kollegen an meinem Tisch saßen und ich mich köstlich über die riesige Nase des einen amüsierte und es unglaublich witzig fand, dumme Anspielungen auf seinen *Johannes* zu machen.

Wie beschämend. Mein ganzes Leben ist beschämend! Seit die Sache mit Jan passiert ist, geht es bergab. Was kommt denn bitte schön als Nächstes? Ich bin arbeitslos, und jetzt? Ich sehe es schon vor mir: wie Menschen, die einmal mit mir befreundet waren, nun wegsehen, wenn sie mir auf der Straße begegnen. Wie ich, statt wie bisher Grünen Veltliner bei Jacques' Weindepot zu holen, anfange, Wilthener Goldkrone bei Lidl zu klauen. Wie lange werde ich mir noch die Miete leisten können? Ich stelle mir vor, wie ich in dem nudefarbenen Kaschmirkleid, das ich mir neulich in den Alsterarkaden gekauft habe, auf dem PVC-Belag einer Sozialwohnung liege, der Boden hat Brandlöcher, das Kleid Branntweinflecken, und meine Augen – meine Augen sehen aus, als hätte jemand zwei Zigaretten darin ausgedrückt und die Stummel stecken lassen.

Moment. Ich muss doch gar keine Miete zahlen. Die Wohnung, in der ich lebe, haben sich meine Eltern gekauft, aus Steuergründen. Meine Gedanken müssen wirklich konstruktiver werden. Ich male mir aus, wie ich Olaf Schwarz eine Flasche Goldkrone über das rosa Käppchen auf seinem Schädel ziehe – ach, das war gar kein Käppchen, sondern Ihre Stirnglatze? Ooopsie!

Schon besser. Mir gelingt ein erstes Grinsen.

Das Telefon fängt schon wieder an zu klingeln. Meine Güte, wie kann man nur so penetrant sein! Ich bringe es immer noch nicht über mich dranzugehen. Ich fühle mich um Galaxien zu schwach, meiner Mutter vorzulügen, dass alles in Ordnung sei – und die Wahrheit kann ich ihr ja wohl schlecht sagen. Mama, in Wirklichkeit bin ich gar nicht mehr mit Jan zusammen, schon seit drei Monaten nicht mehr – und, übrigens: Arbeitslos bin ich auch!

Ich meine, es ist ja nicht so, dass ich immer von einer befristeten Stelle als Lektorin für Lebensberatung und Berufsstrategie geträumt hätte, ganz im Gegenteil.

Gott, ich erinnere mich noch lebhaft an den Moment, als mich meine Eltern mit bleichen Mienen beiseitenahmen und mich fragten, was ich mit diesem Germanistikstudium denn bitte schön anfangen wolle (sie sprachen es aus, dass es klang wie Ger-*mist*-ikstudium). Dazu muss man wissen, dass ich einer alten Hamburger Kaufmannsfamilie entstamme, zu deren festen Ansichten die gehört, dass die Beschäftigung mit Kunst, Philosophie, Theater und ähnlichem Unfug einem den gesunden Menschenverstand vernebelt und dass man zum Geschäftemachen keine modernen Versepen, sondern Schneid und einen klaren Kopf braucht. Als ich den beiden antwortete, ich wolle Verlagslektorin werden, seufzte meine Mutter wie eine Märtyrerin, die ihr liebstes Kind an die Ungläubigen verloren hat. Mein Vater zog sich ohne ein weiteres Wort in sein Arbeitszimmer zurück, um den Schmerz bei einem Pfeifchen zu verdauen.

Ehrlich gesagt, hatte ich, als ich »Lektorin« sagte, noch an elegante Prosa gedacht, an hohe Literatur, an gesellschaftskritische, revolutionäre Romane. Aber bekanntlich besteht ja eine der wichtigsten Lektionen im Leben darin zu erkennen, wenn man zu hohe Ansprüche an selbiges stellt. Das behauptet zumindest Willibald Abraham Smith, Autor des Weltbestsellers *Gib dich auf – und du bekommst dich doppelt und dreifach zurück*, dem ersten Ratgeber, den ich in meinem Leben gelesen habe, als Vorbereitung meines Vorstellungsgesprächs für das Praktikum bei Schwarz. Ich habe mich nie für Ratgeber interessiert und hätte mich nicht mal im Traum bei Schwarz beworben, wenn ich von *irgendeinem* literarischen Verlag eine positive Antwort bekommen hätte. Nicht, dass ich das meiner Mutter gegenüber zugeben würde, aber wahrscheinlich lag das tatsächlich an meinen Abschlussnoten: Auch ohne Ratgeberlektüre war ich immer überzeugt gewesen, dass man seine Studienzeit kreativ nutzen sollte, schließlich geht es bei der Sache ja vor allem auch um Persönlichkeitsentwicklung. Entsprechend sah dann leider mein Magisterzeugnis aus. Durchschnitt: 3,3.

Oh Gott. Wenn ich mein Leben weiterhin Revue passieren lasse, fange ich noch an zu heulen. Ich muss irgendetwas tun, sonst artet das hier endgültig in eine Depression aus. Ja, genau, etwas *tun* – das ist gut, das ist doch das, was ich von meinen Eltern gelernt habe. Erst mal aufstehen. Es dauert ein paar Sekunden, bis ich ins Gleichgewicht gefunden habe, aber dann geht es, wer sagt's denn. Ich hebe meinen Bademantel vom Fußboden auf, schlurfe ins Bad und klatsche mir kaltes Wasser ins Gesicht. Beim Blick in den Spiegel bemerke ich, dass die rechte Seite meines blonden Lockenkopfs ganz plattgelegen ist – als hätte ich die ganze Nacht wie ohnmächtig dagelegen. Ich versuche gar nicht erst, meinem Haar eine neue Form zu geben, sondern gehe in die Küche und mache mir einen schönen starken Kaffee. Er schmeckt scheußlich, aber was tut man nicht alles. Und immerhin, als ich die erste Tasse getrunken habe, fühle ich mich schlagartig zehn Jahre jünger – ungefähr wie neunundsiebzig statt neunundachtzig. Und eine gute Idee habe ich plötzlich auch. Ich gehe in den Flur und suche aus meinem traurigen Pappkarton ein Buch heraus, das ich noch als Volontärin betreut habe: *Arbeitslos, na und? Kündigung als Chance.*

Na also.

Wollen wir doch mal sehen, welche Chance darin liegt, kein Geld, keine Aufgabe und keinen Sozialstatus mehr zu haben. Ich weiß zwar, dass der Autor ein Universitätsprofessor und damit unkündbar ist und außerdem in seinem ganzen Leben nie weniger als ein sechsstelliges Jahresgehalt bezogen hat, aber was soll's. Ich setze mich an den Küchentisch und schlage das Buch auf.

Oh no.

Das war ja mal wieder klar: ein Rechtschreibfehler, gleich auf der ersten Seite des Vorworts. Den muss ich übersehen haben. Statt »die Gelegenheit beim Schopfe packen« steht da: »backen«. Mist. Warum passiert das immer nur mir? Ich kann ein Buch zwanzigmal Korrektur lesen, und auf der ersten Seite ist ein Fehler. Manchmal vermute ich ja, dass die biestige Nadine aus der Herstellung die absichtlich reinmacht.

Na ja. Inzwischen kann es mir ja egal sein. Ich blättere weiter zum ersten Kapitel.

Mann. Warum klingelt das Telefon denn *schon* wieder, ausgerechnet jetzt, wo ich dabei bin, mein Leben wieder in die Hand zu nehmen? Ich stöhne wütend auf, rolle mit den Augen, dann denke ich, na gut, meinetwegen, geh ich eben dran. Ich meine, genau genommen gibt es doch eigentlich gar keinen *Grund*, meiner Mutter die Wahrheit zu sagen. Ich bin eine *gute* Lektorin, das haben mir schon so viele Leute gesagt. Ich werde mir einfach etwas Neues suchen und meinen Eltern dann sagen, dass ich ein besseres Angebot bekommen habe. Wahrscheinlich wäre das nicht einmal eine Lüge, weil mein Einkommen im Vergleich zu dem bei Schwarz ja eigentlich nur besser werden *kann*. Ja, das ist gut. So werde ich es machen.

»Hardenberg?«, melde ich mich mit derselben supergehetzten Stimme, die ich im Büro immer aufgelegt habe, wenn das Telefondisplay die Nummer eines Autoren zeigte, dem ich eine Reaktion auf sein Manuskript schuldig war. Autoren fühlen sich ständig ungeliebt und denken immerzu, ihr Manuskript sei das einzige, für das man sich nicht interessiere, weshalb Lektoren immerzu so tun, als würden die Umstände sie zwingen, selbst Günther Grass sechs Monate auf eine Antwort warten zu lassen. Aber wie heißt es so schön in *Lügen haben lange Beine – einfach besser aussehen mit kleinen Flunkereien*: Menschen wollen belogen werden, zumindest manchmal.

»Da bist du ja endlich, ich versuche schon seit *Stunden*, dich zu erreichen!«

Darf ich vorstellen: meine Mutter. Sie hat sofort einen dermaßen anklagenden Unterton in der Stimme, dass ich meinen linken Daumen ganz fest umklammere, um ihr wirklich ganz sicher nicht versehentlich *doch* die Wahrheit zu sagen.

»Oh, wirklich?«, sage ich. »Das tut mir leid, tja, das muss ich irgendwie ...« Ich muss nicht lange stammeln, denn *natürlich* lässt sie mich nicht ausreden. Macht sie nie!

»Dein Handy hast du ja wieder mal ausgeschaltet,

also hab ich es im Büro probiert, aber da sagte mir deine Sekretärin, du seiest *momentan freigestellt,* was auch immer sie mir damit mitteilen wollte.«

Ich muss schlucken. *Freigestellt* nennen sie das also. Sie haben mich gezwungen, meinen Resturlaub sofort zu nehmen! Und welche blöde Kuh ist bitte einfach an mein Telefon gegangen? Mir schießen die Tränen in die Augen, und ich kann gar nichts sagen, was meine Mutter zum Glück natürlich nicht bemerkt. Sie bemerkt ja nicht mal, dass ich in meinem ganzen Leben nie auch nur einen Tag lang eine Sekretärin hatte. Aber so sind wahrscheinlich *alle* Mütter: Im Notfall bilden sie sich den Erfolg ihrer Kinder einfach ein. So wird aus einem hübschen Liedvortrag bei der Familienfeier schnell eine bescheidene Weltkarriere als klassische Sopransängerin.

»Na ja«, plappert sie weiter, »auf alle Fälle habe ich mich ja *längst* damit abgefunden, dass du schwer zu erreichen bist, aber diesmal, also ich *muss* schon sagen …«

»Vielleicht war ich gerade in der Badewanne«, schlage ich mit matter Stimme vor. Meine Lieblingsausrede, denn jeder in meinem Bekanntenkreis kennt meine Leidenschaft für ausgedehnte Wannenbäder. Ich würde niemals in eine Wohnung ziehen, in der es bloß eine Dusche gibt, und fühle mich erst dann irgendwo zu Hause, wenn ich in der Lage bin, den Wasserhahn ohne hinzusehen mit den Füßen zu bedienen.

»In der Badewanne? Ich dachte, du *arbeitest* zu Hause!«

Mann, wahrscheinlich muss ich ihr auch noch Rechenschaft über meinen Alltag ablegen, wenn ich in Rente bin. Ach, was soll's. Ich sollte lieber froh sein, dass sie denkt, »freigestellt« bedeute so viel wie »Heimarbeitstag«.

»Tu ich ja auch«, sage ich, ziehe den Arbeitslosigkeitsratgeber auf den Schoß, raschle mit den Seiten und schicke einen stillen Wunsch ins Universum: dass dieser Tag und vor allem dieses Telefonat schnell zu Ende gehe.

»Na ja, ist ja auch egal«, sagt sie und atmet durch. »Warum ich eigentlich anrufe: Tante Johanna ist tot.«

2

»Oh«, sage ich erst, und dann: »Oh weh.« Dann schweige ich, und meine Mutter schweigt auch. Kurz darauf bemerke ich, dass sich die Traurigkeit um mich legt wie eine schwere Decke.

Eigentlich ist Tante Johanna gar nicht meine Tante, sondern eine Schwester meiner Großmutter, und ich habe sie nicht sehr oft gesehen, in meinem ganzen Leben vielleicht zehn- oder zwölfmal. Als Kind habe ich hin und wieder die Ferien bei ihr verbracht, aber längst nicht so oft, wie ich es gern getan hätte. Meine Familie wollte nicht mehr viel mit ihr zu tun haben, seit sie vor vielen Jahren einen Weinbauern aus dem Südtiroler Gadertal kennengelernt und geheiratet hat. Sie hat dann eine Pension in den Bergen eröffnet, die so einfach ist, dass die Zimmer weder eigene Bäder noch eine Heizung haben. Das mit der Heizung ist eigentlich egal, weil Alrein ohnehin nur in den Sommermonaten geöffnet ist. Trotzdem reagierten die Hardenbergs so heftig auf ihren Entschluss, wie nur Menschen reagieren können, die sich unter dem Wort »Sommerfrische« eine kalte Dusche vorstellen, und denken, Menschen mit Aussteigerfantasien seien nicht reif für die Insel, sondern für die Klapse.

Ich hatte Tante Johanna schon als Kind sehr gern, weil sie es, anders als meine Eltern, ganz und gar nicht *unmöglich* fand, Wurstbrote *nicht* mit Messer und Gabel zu essen. Später dann war sie die Einzige in meiner Familie, die mich unterstützte, als ich mich weigerte, meinen Eltern zuliebe eine kaufmännische Lehre zu machen. In dieser Zeit schrieb sie mir regelmäßig Briefe, in denen sie von ihrem Leben in Alrein erzählte, von den Gästen und deren Marotten, von den Angestellten und davon, was es zu essen gab. Ich beantwortete diese Briefe, nun ja, eher unregelmäßig, aber zu ihren Geburtstagen rief ich sie an, und dann verbrachten wir Ewigkeiten damit, über meine überehrgeizigen Cousinen, meine Mutter und meine jeweils aktuellen Männer zu schimpfen. Man könnte sagen, dass Tante Johanna und ich die beiden schwarzen Schafe des Hardenberg-Clans waren, obwohl ihr Nachname inzwischen Pichler war.

»Na ja, wir sind natürlich alle furchtbar traurig, nicht wahr?«, sagt meine Mutter. »Aber, ach je, sie war immerhin 85, vielleicht war es auch einfach an der Zeit. Auf alle Fälle musst du dir übermorgen freinehmen, wegen der Beerdigung, und danach ist ja Leichenschmaus und dieser ganze ... na ja.«

Dieser ganze *Quatsch* wollte sie sagen, das weiß ich genau.

»Übermorgen? In Südtirol?«

»Nicht *Südtirol*, Kindchen«, sagt sie in einem Ton, als hätte ich sie gefragt, ob es tatsächlich stimmt, dass Babys von Störchen geliefert werden. »Wir werden Tante Johanna in Blankenese beerdigen, in unserem

Familiengrab. Das Bestattungsunternehmen hat die Überführung schon veranlasst, morgen ist sie da.«

Und ich ahne schon, wieso. Wahrscheinlich hat Papa ausgerechnet, dass es viel billiger ist, einen Leichnam nach Hamburg transportieren zu lassen, als mit der ganzen Familie nach Brixen zu reisen. Schon bei der Beerdigung von Johannas Mann, Onkel Schorschi, hat er die ganze Reise lang über die irrsinnigen Preise für die Flugtickets gejammert.

»Aber meinst du nicht, dass sie lieber in Südtirol beerdigt werden würde? In ihrer Heimat? Bei ihrem *Mann?*«

»Kindchen. Nur *Gott* weiß, was Tante Johanna damals geritten hat, ihre Familie zu verlassen, um mit diesem Almöhi ihr Leben zu ruinieren, aber eines ist doch sicher: Ihre *Heimat* ist immer noch hier in Hamburg.«

Wenn ich meine Mutter so höre, ahne ich *durchaus,* was Tante Johanna geritten hat, aber zum Thema *Leben ruinieren* verkneife ich mir im Augenblick besser jeden Kommentar. Ich will mich gerade verabschieden, da fällt ihr noch etwas ein.

»Und, Sophie? Bitte zieh dir was Ordentliches an. Nicht wieder so etwas wie dieses sogenannte *Kleid* von letztens, ja? Marianne wird kommen, Lydia und Helena auch, und ich möchte mich nicht wieder für dich schämen müssen! Hast du gehört, Sophie?«

Oh, was hätte ich Lust, sie anzubrüllen! Nicht, dass sie das beeindrucken würde, aber das *sogenannte Kleid* war ein noch im Schlussverkauf sündhaft teures Stück von Martin Margiela, einem Designer, der immerhin schon mal eine Ausstellung im Münchner Haus der Kunst hatte. Ich weiß ganz genau, dass es ihr nur aus einem Grund nicht gefallen hat, weil es ein bisschen wie ein Trainingsanzug aussah, sportlich statt bieder. Meine Mutter findet, dass es auf der Welt nur eine akzeptable Modemarke gibt: Chanel, und zwar die Sachen, die Coco noch persönlich designt hat.

Statt, wie ich es im Streit mit ihr schon einmal gemacht habe, den Inhalt meines Geschirrschranks Stück für Stück in der Spüle zu zerhauen, schlucke ich meinen Zorn herunter und antworte mit liebenswürdiger Stimme: »Ja, Mama.«

Als sie aufgelegt hat, lehne ich mich zurück, schließe die Augen und versuche mich daran zu erinnern, welche Atemtechnik Sri Swami Aloo Gobi in *Lotus-Atmung für Manager – in ruhigem Rhythmus zum Erfolg* für Stresssituationen wie diese empfohlen hat. Leider vergeblich.

Ach, aber wer macht sich nicht manchmal Gedanken darüber, ob das Verhältnis zu den eigenen Eltern nicht ein Fall für eine Psychotherapie wäre? Eigentlich wäre meine Mutter gar nicht so ein schlimmer Mensch, das Problem ist bloß, dass die Familie für sie das ist, was die Partei für die DDR gewesen ist – sie hat immer recht, und wer sich ihr nicht unterordnet oder sie sogar verrät, hat für alle Zeiten ausgeschissen.

Arme Tante Johanna, ich hatte sie wirklich gern. Wann war ich das letzte Mal bei ihr oben in Alrein? Das muss bei der Beerdigung von Onkel Schorschi gewesen sein. War das vor drei Jahren? Oder sogar vor vier? Auf alle Fälle muss ich damals schon mit Jan zusammen gewesen sein, denn ich weiß noch ganz genau, dass wir am Abend nach der Beerdigung ziemlich schmutzigen Sex hatten. Ohne jetzt ins Detail gehen zu wollen, aber ich weiß noch, dass ich hinterher ein furchtbar schlechtes Gewissen hatte.

Es tut mir in der Seele weh, wenn ich daran denke, dass ich mich nach der Beerdigung, statt mich um Johanna zu kümmern, mit Jan aufs Zimmer verzogen hab. Ausgerechnet mit Jan, diesem Arschloch! Und dass ich sie seitdem kein einziges Mal mehr besucht habe. Dabei *wusste* ich doch, dass sie zwar unglaublich rüstig, aber eben auch unglaublich alt war.

Ach, und von wegen besucht – nicht einmal *gedacht* habe ich an sie. Stattdessen hab ich mich wie verrückt auf meine Arbeit konzentriert.

Ich fühle mich ganz elend, wie der schlechte Abklatsch einer karrieregeilen Tussi, die nur Sex und Klamotten und ihren Job im Kopf hat. Und das ist jetzt die Strafe, dass ich gar nichts mehr habe, keine Arbeit und keinen Sex. Was anzuziehen hat man ohnehin nie, und meine Großtante habe ich auch verloren.

In meinem Hals wächst ein riesiger Kloß heran, und ich spüre, wie eine Träne langsam über meine Wange läuft. Ich wische sie mir aus dem Gesicht, kippe mir zwei Fingerbreit Trost-Rum in den Kaffee, schnappe mir meinen Ratgeber und schlurfe in Richtung Schlafzimmer – wo sich plötzlich das Bett bewegt.

Hä?

Autsch! Mir muss vor Schreck das Buch aus der Hand gefallen sein, denn es ist mit der Ecke voran auf meinem nackten Fuß gelandet, Mist. In einem zweiten Schreck habe ich den Kaffee verschüttet, natürlich nicht übers Parkett, sondern über meinen weißen Bademantel aus Kuschelfrottee. Als sei das alles nicht schon schlimm genug, ich meine *alles,* die Sache mit dem Job, mit Jan, mit Johanna, mit dem Buch, mit dem verschütteten Kaffee – finde ich jetzt auch noch einen Typen in meinem Bett, von dem ich keine Ahnung habe, wie er dort hingekommen ist. Ich kenne keine Männer, die einen solch breiten Rücken haben. Ich kenne auch keine Männer, die um diese Jahreszeit einen appetitlich gebräunten Rücken haben. Ich kenne eigentlich nur Männer, die Pickel ...

Oh Gott, er dreht sich um.

Oh Gott, und wie ich den kenne.

Ohgottohgottohgott.

Über den Laken erscheint, umrahmt von einer dunklen Strubbelmähne, ein strahlendes Lächeln.

»Gibt's schon Kaffee?«, sagt der Typ.

Er ist einer von Sarahs Gastro-Freunden von letzter Nacht. *Johannes,* der mit der Nase.

3

Es gab wirklich schon viele Momente in meinem Leben, in denen ich mir gewünscht habe, *kein* Mitglied meiner Familie zu sein, aber so schlimm wie heute war es noch nie. Tante Johanna und Onkel Schorschi hatten keine Kinder, und weil ihre Schwester, Oma Grethe, vor ungefähr zehn Jahren an Hartherzigkeit gestorben ist (na gut, es war ein Myokardinfarkt, aber ich wette, dass man sich den auch durch emotionale Kälte zuziehen kann), sind Tante Marianne und meine Mutter ihre nächsten lebenden Verwandten. Und, ganz ehrlich, ich muss sagen: Sie spielen diese Rolle vorzüglich.

Besonders unfassbar benimmt sich Tante Marianne, die neben der Queen und allenfalls noch Victoria Beckham vermutlich die einzige Frau auf Erden ist, die heute noch mit schwarz verschleiertem Hut auf Beerdigungen geht. Der Unterschied ist freilich, dass sogar Victoria Beckham wüsste, dass es einen Tick *too much* ist, zum schwarzen Schleier auch noch eine riesige Sonnenbrille zu tragen – vor allem dann, wenn man in einer Aussegnungshalle steht, die bis auf den von einem Deckenstrahler beleuchteten Sarg total schummrig ist. Sie sieht aus wie ein erschrockenes

Insekt, das mit dem Kopf in ein Spinnennetz geraten ist. Immer wieder schluchzt sie leise auf, wirft den Kopf in den Nacken und blinzelt durch die Sonnenbrille zur Decke, als würde sie Gott um eine Antwort anflehen, dabei fragt sie sich vermutlich bloß, wie sie es am besten hinkriegt, so zu weinen, dass ihr Make-up nicht verschmiert.

Auch meine Mutter läuft herum wie eine russische Immobilienspekulantenwitwe von der Upper West Side. Anders als normale Blankeneserinnen, die gerne zeigen, dass sie es nicht nötig haben, ihren Reichtum zu zeigen, hat sie die Neigung, ausschließlich Seide, Kaschmir und Tweed von den Äußeren Hebriden zu tragen, dazu antike Perlenketten, die so lang sind, dass man daran eine Ladung Buntwäsche aufhängen könnte. Auch heute liefert sie wieder einen gelungenen Auftritt. Obwohl draußen die Sonne scheint und man die Temperaturen durchaus als frühlingshaft bezeichnen könnte, trägt sie ihren schwarzen Nerzmantel, dazu ein Kopftuch aus schwarzer Seide.

Sehr zum Leidwesen meines Vaters, der ihre Luxusspielchen meiner Ansicht nach nur mitspielt, weil er die Unannehmlichkeiten einer Scheidung fürchtet, hat sie wahnsinnige Angst davor, für einen ganz gewöhnlichen Menschen gehalten zu werden und zum Beispiel im Restaurant den Katzentisch neben den Klos zu kriegen. Diese Angst führt dazu, dass es jedes Mal, wenn meine Mutter mit dem Dienstleistungssektor zusammentrifft, zu Auseinandersetzungen kommt, die meinem Vater so peinlich sind, dass er mit rotem Kopf in seinen Krawattenknoten nuschelt: »Ist schon gut,

Gisela, der Kellner kann doch nichts dafür.« Was meine Mutter bislang noch nie sonderlich beeindruckt hat.

Auch das sollte ich noch über meine Familie sagen: Bei den von Hardenbergs herrscht das totale Matriarchat. Männer haben bei uns schon seit Generationen nichts mehr zu melden, zumindest kann ich mich nicht daran erinnern, dass mein Großvater meiner Großmutter je widersprochen hätte. Und dass meine Mutter und Marianne ihre Männer dazu gezwungen haben, bei der Hochzeit den Namen von Hardenberg anzunehmen, spricht ja wohl auch Bände. Die Art und Weise, wie meine Eltern vorhin die Aussegnungshalle betreten haben, ist ganz typisch: Meine Mutter hatte sich zwar bei meinem Vater eingehakt, trotzdem sah man ganz genau, dass *er* nicht *sie* leitete, sondern *sie ihn* quasi an der Leine führte.

Jetzt kommen auch noch meine verhassten Cousinen herein, Helena und Lydia, die Töchter von Tante Marianne. Ihre Männer, die inzwischen übrigens ebenfalls von Hardenberg heißen, folgen mit zwei Schritten Abstand – Sicherheitsabstand, wenn man mich fragt. Ich glaube, die beiden Schnepfen haben ihre ganze Ehe lang noch keinen Gedanken daran verschwendet, was mit ihren Jacken passiert, nachdem sie sie von den Schultern haben gleiten lassen – es stand immer ein treuer Gatte parat, der das gute Stück pfleglich auf einen Bügel hängte.

Helena und Lydia sind eineiige Zwillinge, und schlimmer noch, sie sind wie eineiige Zwillinge aus einem dieser Horrorfilme, an denen man manchmal hängen bleibt, wenn man spätnachts nicht schlafen kann – womit sich dann die Sache mit dem Einschlafen endgültig erledigt. Die beiden sind drei Jahre älter als ich, und schon als Kind dominierten unser Verhältnis, na ja, nicht ausschließlich harmonische Töne. Ich weiß noch genau, wie sie vor den Erwachsenen mit ihren hübschen bunten Oilily-Kleidchen und braven Zöpfen Blümchen pflückten und Babypuppen pflegten, kurz: ohne Gnade auf niedlich machten, nur um mir, kaum, dass wir wieder aus dem Blickfeld der Großen waren, die allerfiesesten Streiche zu spielen. Juckpulver, Furzkissen, Frisierpuppen mit Haaren, die dann, oh weh!, komischerweise doch nicht nachwuchsen – ich habe *alles* erlebt, ehrlich, und vor allem die Sache mit der Frisierpuppe ist mir mehr als nahegegangen. Ich hatte ausprobieren wollen, wie ihr ein Bubikopf steht, und stellte fest: gar nicht ...

Heute sind Helena und Lydia Rechtsanwältinnen in irgendeiner internationalen Topkanzlei, obwohl sie mit ihren Jil-Sander-Kostümen, Büropumps, Seidentüchern und perfekt gescheitelten Pagenfrisuren eher wie Lufthansa-Stewardessen aussehen. Davon abgesehen, dass sie dich eher mit Spiritus übergießen würden als dir einfach mal so etwas zu trinken zu bringen. Wirklich, ich habe Mitleid mit jedem, der vor Gericht mit einer der beiden zu tun hat, zumindest als Gegner. Ich meine, man muss sich das mal vorstellen, die beiden haben im Auftrag ihrer Mutter sogar gegen den eigenen Vater eine Unterhaltsklage geführt!

Selbst jetzt, da Helena und Lydia vor Johannas Sarg treten, um einen Kranz mit den zärtlichen Worten *Der Herr hat genommen – Deine Lydia und Helena* abzulegen, schauen sie noch drein, als befänden sie sich in einem Strafprozess und würden dem Richter gleich triumphierend den entscheidenden Beweis vorlegen.

Na ja, vielleicht sollte ich lieber still sein. Immerhin *haben* sie einen Kranz mitgebracht. Ganz im Gegensatz zu mir. Das geht mir immer so: Vor einer Beerdigung finde ich allein den Gedanken an Grabblumen schleimig, falsch und abgeschmackt, aber wenn ich dann mit leeren Händen vor dem Sarg stehe, schäme ich mich furchtbar.

Jetzt erklingt Orgelmusik, und alle setzen sich. Der Pfarrer, der neben den Sarg tritt, ist ein jungenhafter blonder Typ, dessen Haare so struppig in alle Himmelsrichtungen abstehen, dass es wirkt, als hätte der liebe Gott tatsächlich mal von oben ins Geschehen eingegriffen und ihm höchstpersönlich durchs Haar gewuschelt. Ich kann es mir nicht verkneifen, ihn ein ganz klein bisschen niedlich zu finden, obwohl Frauen, die Männer niedlich finden, eigentlich doch ganz schön dämlich sind. Ich meine, Hand aufs Herz: Was nervt mehr als Til Schweiger auf der Leinwand? Frauen, die am Cine-Lady-Tag im Kino hocken, Prosecco aus Plastikgläsern verschütten und kreischen: »Til Schweiger! Süüüüß!«

Der Pfarrer wartet, bis die Orgelmusik verklungen ist, dann verschränkt er die Hände vor dem Schoß, seufzt und fängt an zu reden.

»Liebe Familie von Hardenberg, liebe Angehörige und Freunde, liebe Trauergemeinde.«

Oh weh. Der niedliche Pfarrer hat eine Kastratenstimme wie Philip Seymour Hoffman in dem Film über das Leben des schwulen Schriftstellers Truman Capote – und ist mit einem Schlag nicht mehr ganz so niedlich.

»Letzten Freitag«, leiert er weiter, »wurde unsere Schwester in Christo Johanna Pichler, geborene von Hardenberg, im gesegneten Alter von 85 Jahren vor unseren Schöpfer gerufen. Ich möchte das Gedenken an unsere Schwester in Christo unter ein biblisches Wort stellen, welches zugleich ihr Konfirmationsspruch gewesen ist ...«

Die Rede ist so öde, dass Tante Johanna spätestens jetzt gestorben wäre, aus Langeweile. Ob sich die anderen auch gerade überlegen, was das süße Pfarrerlein unterm Kittelchen trägt? Ob er sich allzeit bereithält für kleine, blonde Bübchen? Jaaaa, okay, *sorry,* ich weiß selbst, dass man an Beerdigungen der Verstorbenen würdigere Dinge denken sollte, aber so leid es mir tut, irgendwie kriegt es dieser Struwwelpriester hin, dass mich die ganze Zeremonie kein bisschen berührt. Im Gegenteil. Man sollte sein tussiges Gesabbel auf Band aufnehmen und als nebenwirkungsfreie Alternative zu Baldrian-Hopfen-Tee verkaufen. Oh, pssst, Moment mal. *Was* redet er da?

»... verstarb im Pflegeheim Villa Desideria in Brixen, und statt ihren Tod zu beklagen, sollten wir ihrem Schöpfer, unserem Herrn, von Herzen dafür danken, dass er ihr langes Leiden beendet hat.«

Pflegeheim? Langes Leiden? *Brixen?* Meine Mutter hat erzählt, sie sei beim Wandern ausgerutscht und dabei auf einen Stein gefallen! Ich blicke zu ihr hinüber, aber sie bemerkt mich nicht, sondern schaut mit betroffener Miene in Richtung Pfarrer. Der Pfarrer stimmt ein Lied an, der Pfarrer lässt uns beten, und alle machen mit, als sei nichts.

Für das, was meine Mutter ohne den Hauch einer Irritation »Leichenschmaus« nennt, haben wir einen kleinen Nebenraum im Alten Fährhaus in Blankenese reserviert, vor dem ein Schild mit der Aufschrift »Geschlossene Gesellschaft« unschuldige Gäste davor schützt, in der Mittagspause von einer Trauergesellschaft daran erinnert zu werden, dass sie sterblich sind.

Ich komme als Letzte in den Raum und muss mich entscheiden, welcher der beiden verbliebenen Sitzplätze das kleinere Übel ist: Der neben meinen Eltern oder der neben meinen Cousinen. Mit Rücksicht auf meine aktuelle Lebenslüge, und darauf, wie heikel ein Sichverplappern wäre, lasse ich mich neben Lydia nieder, die sofort einen teilnahmsvollen Blick aufsetzt und mit dem anfängt, was sie am liebsten tut: angewidert meine Sommersprossen beäugen, ihren perfekten Porzellanteint nachpudern, das Schminkzeug in der Handtasche verstauen – und dann mit lustvollem Ekel in fremdem Elend stochern.

»Na, Sophie? Was macht das Leben?«, fragt sie und greift demonstrativ verliebt die Hand von Thomas, ihrem Mann. Oh, wie ich es *hasse*, wenn sie mir vorführen muss, wie toll ihr Leben ist. Die beiden schauen mich an wie Afrikatouristen ein *besonders* mitleiderregendes Bettelkind.

»Alles fantastisch!«, sage ich strahlend, greife in den Brotkorb vor mir, schiebe mir ein Stück Körnerbaguette ins Grinsen und überlege verzweifelt kauend, was ich sagen soll. Alles fantastisch, Jan war ein Griff ins Klo, ich bin arbeitslos und neulich musste ich mir zum ersten Mal in meinem Leben beim Friseur Strähnchen machen lassen, denn stell dir nur vor, meine schönen blonden Locken werden langsam gelblichgrau, wie eine alte Herrenunterhose? Nee, ich weiß was Besseres.

»Und, bei dir?«, frage ich scheinheilig zurück. »Das ist doch wirklich schön, dass es bei euch *endlich* geklappt hat!«

»*Was* hat endlich geklappt?«, fragt Lydia misstrauisch.

»Na ja«, sage ich, wackle andeutungsvoll mit den Augenbrauen und deute mit der Nase auf das Speckwülstchen, das über den Bund ihres Röckchens hängt. Das *musste* jetzt einfach sein. Wenn es zwei dunkle Punkte im perfekten Leben der Zwillinge gibt, dann ihren Kinderwunsch, der sich nicht erfüllen will, und die Gene, die sie von ihrem übergewichtigen Vater haben. Ex-Vater, meine ich.

»Was soll das heißen?« Lydia greift sich erschrocken an den Rockbund.

Ich reiße die Augen auf, schüttle wie wild den Kopf und stammle: »Oh, das tut mir *so leid!* Verzeih bitte, aber ich dachte ... Du sahst nur so ... na ja, *gesund* aus ... Ach, vergiss einfach, was ich gesagt hab!«

Lydia nickt blöde, kann aber nicht verbergen, wie getroffen sie ist.

Strike!

Aber klar: Kaum ist Lydia zu Boden gegangen, tritt Helena in den Ring.

»Sophie, wir *müssen* dir etwas erzählen. Lydia und ich wurden im Januar ins *International Lawyers Network* aufgenommen, als die jüngsten Frauen in der Geschichte des Verbandes. Ist das nicht toll?«

»Ja, toll!«, sage ich anerkennend, obwohl ich nicht die leiseste Ahnung habe, was das für ein Verein sein soll, aber als ich Helenas böse blitzenden Augen sehe, wird mir schlagartig klar, dass diese Information ohnehin nur der Schwung für eine besonders fiese Linke ist.

»Und, bei dir? Was macht der Job? Haben sie dir jetzt endlich mal eine richtige Festanstellung verpasst?«

Ich könnte sie umbringen.

»Na ja«, sage ich und lege mir ein frisches Lächeln auf. »Sagen wir so: Es sieht ganz danach aus, als würde sich mein Leben bald ganz dramatisch ändern!«

Ich versuche ein Gesicht zu machen wie eine gewiefte Karrierefüchsin, die genau weiß, was sie will, abgebrüht und zugleich verschmitzt. Sophie von Hardenberg, eine Frau geht ihren Weg.

»Wie?«, mischt sich jetzt wieder Lydia ein. »Das ist ja *fantastisch!* Hat Jan dir etwa einen Antrag gemacht?«

Schnell, bitte, mein Riechsalz!

»Nein, ich meinte das eher *beruflich*«, sage ich schnell. Trotzdem habe ich das Gefühl, dass man mir die Wahrheit an der Nasenspitze ansieht. Ich habe keinen Freund mehr. Ich habe nur noch One-Night-Stands mit Männern, an deren Namen ich mich beim Aufwachen nicht mehr erinnern kann.

»Wow, du machst Karriere«, seufzt Lydia in einem Tonfall, für den ich ihr gerne meine Vorspeisengabel in den Bauch rammen würde. »Dann interessiert dich ja vermutlich gar nicht, was in Großtante Johannas Testament verzeichnet ist?«

Wie bitte? Wie widerwärtig ist *das* denn? Das Grab ist noch nicht ganz zugeschüttet, und schon geht es nur noch darum, sich möglichst schnell die Geldbörsen zu füllen. Und überhaupt: Alles, was Johanna besaß, war ihre Pension. Und ein klappriger, pinkfarbener Fiat Panda Allrad.

4

Ihr Lieben,

ich hatte ja bis zuletzt gehofft davonzukommen, jetzt hat es mich also doch erwischt. Wahrscheinlich seid ihr froh, mich los zu sein, was mir, das solltet ihr wissen, egal ist. Georg und ich haben ein herrliches Leben gehabt, mit Sonne und Frischluft und Liebe, auch wenn ihr mir das nicht glaubt.

Na gut, na gut, ich will mich kurzfassen, Zeit ist schließlich Geld, was? Nun, ich habe von beidem nicht mehr viel. Wir haben es nie darauf angelegt, reich zu werden. Wir hatten Alrein, und das genügte.

Ich weiß, wie viel die Pension und vor allem das Grundstück, auf dem sie steht, inzwischen wert sind, und ich weiß auch, dass es Leute gibt, die sofort bereit wären, diesen Betrag zu bezahlen, zur Not auch doppelt und dreifach. Deshalb vertraue ich Marianne und Gisela nicht. Ich will nicht, dass sie mein Lebenswerk, noch bevor mein Körper ausgekühlt ist, irgendeinem Immobilienhai zum Fraß vorwerfen – vor allem, weil Georgs Großvater uns das Grundstück damals unter einer Bedingung vererbt hat: Es muss in der Familie bleiben und zwar als ein einziges großes Stück Land. Es darf nicht aufgeteilt werden und muss ohne Zäu-

ne bleiben, offen für jeden Menschen und jedes Tier. Deshalb vererbe ich Alrein meiner Großnichte Sophie. Ich weiß, dass sie das Zeug dazu hat, die Pension weiterzuführen – wir haben es schließlich mit Gästen zu tun, die nicht nur ihre Rechnung begleichen, sondern sich bei uns auch wohl- und geborgen fühlen wollen.

Liebe Sophie – ich vertraue darauf, dass Du etwas Besseres aus Alrein machen wirst als der Rest Deiner Familie es tun würde: dass Du das Haus und seine Tradition pflegst und erhältst und weiterführst. Ich hoffe, ihr könnt damit leben, ich will nämlich erst mal meine Ruhe da oben im Himmel oder wo auch immer ich jetzt bin.

Ade, Johanna

Der Notar verstummt, sieht einen Augenblick lang in die Runde, dann steckt er Tante Johannas Testament in die Aktenmappe zurück. Wir müssen irgendwelche Formulare unterschreiben, keiner von uns spricht.

Als wir den Besprechungsraum des Hotel Atlantic verlassen und über dicke Teppichböden einen langen Flur zurück in Richtung Lobby stapfen, höre ich meine Mutter und Tante Marianne mühsam beherrscht miteinander flüstern. Ich verstehe nicht, was.

Ich verstehe sowieso überhaupt nichts. Alrein? Ich?

»Kommt, wir gehen noch einen Tee trinken«, schlägt Lydia plötzlich vor und marschiert, ohne auf die anderen zu warten, zum Café im Hotelatrium. Helena folgt ihr sogleich, Tante Marianne marschiert weiter in Richtung Ausgang, ohne sich noch einmal umzudrehen. Nur meine Eltern sind stehen geblieben.

»Also, ehrlich gesagt, nach Tee ist mir im Augenblick nicht zumute«, sagt meine Mutter.

»Kannst auch Schnaps bestellen«, sage ich und versuche, nicht zu flehend zu klingen. Plötzlich habe ich wahnsinnige Angst, mit den Cousinen allein zu bleiben.

Meine Mutter schüttelt den Kopf. »Geht ihr mal und besprecht das«, sagt sie.

Ich starre sie an. Was meint sie? Was ist denn nur bitte los hier?

»Na komm, Gisela, gehen wir«, sagt mein Vater.

»Okay«, sage ich und gehe mit qualmendem Kopf hinüber zu den Zwillingen. Die beiden bestellen Earl Grey für sich und Sekt für mich, aber ich bin zu verwirrt, als dass ich mich darüber wundern würde. Ganz ehrlich, das alles ist gerade doch ein bisschen viel. Erst gestern war die Beerdigung meiner Großtante, und schon einen Tag später haben wir einen Termin im berühmtesten Luxushotel Hamburgs, bei dem ich erfahre, dass ich eine Pension erben werde. Eine Pension in den Bergen. Ich.

»So, was machen wir jetzt mit dir?«

Lydias Stimme schreckt mich auf. Ich bin einen Moment lang abgelenkt gewesen, gerade eben ist doch tatsächlich Udo Lindenberg durch die Halle geschlurft.

»Was meinst du?«, frage ich und sehe ihr ins Gesicht.

»Na ja, du könntest dich natürlich schon an einen Makler wenden, aber ehrlich gesagt, wir haben ein Angebot von einem Unternehmer vor Ort vorliegen, das so gut ist, dass wir finden, du solltest einfach zuschlagen.«

»Zuschlagen?«, frage ich. Langsam komme ich wieder zu mir. Diese Biester haben also tatsächlich vor, Alrein zu verkaufen?

»Ja, Alpine Relax, ein Hotelkonzern, der gerade ganz groß baut. Die wollen im Gadertal die erste Adresse werden, na ja, und das lassen die sich gern auch etwas kosten.«

»Spinnt ihr?«, sage ich und baue mich, soweit das im Sitzen geht, vor den Zwillingen auf. »Tante Johanna schreibt in ihrem Testament, ich soll den Gasthof behalten – und ihr schlagt mir vor, ihn zu verscherbeln?«

»*Ich vertraue darauf, dass Sophie etwas Besseres ...* Blablabla ...« Helena rollt genervt die Augen. »Du glaubst doch nicht ernsthaft, dass diese Formulierung *rechtsbindend* ist?«

»Das ist mir völlig egal«, sage ich und werde langsam lauter. »Ich muss ihr doch ihren letzten Wunsch erfüllen!«

»Und was willst du bitte schön tun? Willst du den Gutshof vielleicht *übernehmen*? Das Ding ist völlig heruntergewirtschaftet, das Personal hat fast nichts mehr zu tun, es kommen kaum noch Gäste!«

»Woher willst du das wissen?«, frage ich schnippisch.

Helena hebt scheinheilig die Schultern.

»Ihr seid dort gewesen? Ohne mir etwas zu sagen?«

»Sophie, du hättest dich doch nur aufgeregt. Ich meine, Tante Johanna lag seit diesem Oberschenkelhalsbruch im letzten Herbst flach, und es wurde immer klarer, dass sie sich nicht davon erholen würde. Man weiß ja, wie schnell das geht in dem Alter, du stürzt, und mit einem Schlag kommst du nicht mehr auf die Beine.«

»Heißt das, ihr wusstet Bescheid und habt mir nichts gesagt?«

»Sie hat das letzte halbe Jahr in einem wirklich hübschen Pflegeheim in Brixen verbracht«, versucht Helena mich zu beschwichtigen.

»Wunderschön«, sagt Lydia mit großen Augen. »Wir haben die Prospekte gesehen!«

»Ihr, ihr, ihr … fiesen Biester«, presse ich hervor. Ich kann es kaum glauben. Wenn man einen Film über meine Familie drehen würde, würden sämtliche Kritiker schreien: Klischee! Klischee!

»Hör zu, Sophie, die Leute von diesem Hotel sind völlig versessen darauf, das Grundstück von Alrein dazuzukaufen. Die bezahlen dir einen richtig guten Preis, 550 000 Euro. Na komm, du kannst doch auch ein bisschen Kohle gebrauchen. Wolltest du nicht immer mal ein Buch schreiben oder so was? Den Traum könntest du dir endlich erfüllen!«

Igitt. Helena sollte ein Buch schreiben, nicht ich. *Das Impertinenz-Prinzip – durch Unverfrorenheit zum Erfolg. Mit einem Vorwort von Bahn-Chef Rüdiger Grube.* Würde sicher ein Bestseller. Schade, dass ich nicht mehr in der Branche bin.

Andererseits: Mit einer halben Mille auf dem Konto müsste ich vielleicht nie wieder bei einem Verlag arbeiten. Vielleicht könnte ich wirklich ein Buch schreiben. Ich könnte das Geld anlegen und von den Zinsen leben. Ich könnte mir das nudefarbene Kaschmirkleid auch noch in Schwarz kaufen!

»Na, Sophie? Was sagst du?« Helena schaut mich neugierig an. »Du könntest dir von dem Geld natürlich auch endlich einmal schöne Möbel für deine Wohnung kaufen!«

Schöne Möbel? Meine Wohnung ist bereits schön eingerichtet! Sehr schön sogar! Was für eine Frechheit!

»Wieso seid ihr eigentlich so versessen darauf, dass ich verkaufe?«, frage ich misstrauisch.

»Wir? Versessen? Wir wollen dir helfen, mehr nicht!« Lydia verschränkt beleidigt die Arme vor der Brust. »Wir dachten, du würdest dich freuen, wenn dir jemand mit juristischem und finanziellem Know-how unter die Arme greift.«

»Na Sophie, was ist?«, fragt Helena unbeirrt.

Ich starre sie an. So freundlich hat sie mich in ihrem ganzen Leben nicht angesehen. Ihre Augen strahlen aufmunternd, und ihr Lächeln ist so breit, dass ich ein Petersilienblättchen erkennen kann, das zwischen ihren Backenzähnen hängt. Ich starre auf ihren lächelnden Mund, die aufgerissenen Augen, das gepuderte Näschen.

Und mit einem Mal bin ich ganz klar im Kopf. Ich weiß jetzt, was zu tun ist. Die beiden können mir mal gestohlen bleiben. Diese ganze Stadt kann mir mal gestohlen bleiben. Ach was, mein ganzes *Leben*!

Sophie von Hardenberg, du bist 33 Jahre alt, und vielleicht ist das endlich der Zeitpunkt, deinem Leben eine andere Richtung zu geben. War Tante Johanna nicht auch in deinem Alter, als sie nach Südtirol gegangen ist?

Ach was, sie war sogar noch jünger!

Ich verschränke die Arme vor der Brust und sehe Helena herausfordernd an. Dann sage ich mit entschlossener Stimme: »Alrein wird nicht verkauft. Unter gar keinen Umständen.«

5

»Na, Schätzchen, was wolltest du mit uns besprechen«, sagt meine Mutter, nachdem sie beim Kellner eine Flasche Voss-Mineralwasser und eine sündhaft teure Flasche Smaragd-Veltliner aus der Wachau bestellt hat. Unnötig, einen Blick in die Karte zu werfen – ich kann mit Sicherheit sagen, dass es der drittteuerste Weißwein auf der Karte ist. Sie bestellt immer den drittteuersten Weißwein auf der Karte. Das ist ihre Strategie, um nicht in Verdacht zu geraten, einer von den Menschen zu sein, die einfach blind den Wein mit dem höchsten Preis auswählen, nur um den Eindruck zu erwecken, sie hätten tatsächlich Ahnung.

»Na ja«, sage ich und bin froh, dass ich nicht sofort weiterreden muss, denn in diesem Augenblick treten zwei Kellner an den Tisch und sind erst einmal damit beschäftigt, uns mit einer »Auswahl von Tomatenbrot, Haselnussbrot, Kräuterciabatta und Kürbiskerndinkel« und mehreren Schälchen voll »hausgemachtem Kräuterquark in Variationen« auszustaffieren. Gläser werden mit Mineralwasser gefüllt, dann tritt der Sommelier an den Tisch, um den Wein zu präsentieren. Meine Mutter zeigt auf meinen Vater, der im Gegensatz zu ihr in der Lage ist zu erkennen, ob ein Wein korkt oder nicht. Während er den Wein kreisen lässt und fachmännisch die Nase ins Glas taucht, bestreicht sie, offensichtlich sehr zufrieden mit dem Service des Edelweiß, mit spitzen Fingern ein Stückchen Brot und versucht, möglichst damenhaft davon abzubeißen.

Eigentlich hätte ich mich am liebsten unmittelbar nach dem Streit mit den Zwillingen auf den Weg nach Südtirol gemacht. Ich brenne geradezu darauf, diesen Hexen einen Strich durch die Rechnung zu machen und die Sache in die Hand zu nehmen. Aber natürlich ist auch mir klar, dass ich dort nicht einfach aus heiterem Himmel auftauchen und mich dem Personal als neue Chefin vorstellen kann. Na gut, ich könnte es wahrscheinlich schon, aber ich heiße nun mal nicht Lydia. Also habe ich beschlossen, die Sache offiziell zu machen und meine Eltern in meine Pläne einzuweihen. Ich kann ja nicht einfach so den ganzen Sommer lang verschwinden, zumal ich in einer Wohnung wohne, die ihnen gehört, und wie ich von Südtirol aus meine Arbeit machen will, werden sie sich auch fragen. Außerdem habe ich die Hoffnung, dass sie mich bei meinem Vorhaben unterstützen. Finanziell, meine ich. Ich glaube kaum, dass Tante Johanna große Reserven hatte, und bis auf die popelige Abfindung, die ich vom Verlag bekommen habe, liegen meine leider in den Kassen verschiedener Kneipenbesitzer im Schanzenviertel.

Um Mama und Papa milde zu stimmen, habe ich ein Abendessen im Edelweiß vorgeschlagen. Wer etwas erreichen möchte, muss einen Schritt auf die Ge-

genpartei zugehen, das empfiehlt wirklich *jeder* Verhandlungsratgeber. Aus diesem Grund trage ich heute auch die spitzen Schuhe mit den schmalen Absätzen, die mir meine Mutter mal geschenkt hat, weil sie die Blockabsätze und Plateaus, mit denen ich sonst versuche, größer zu wirken als 1,62 Meter, ordinär und klobig findet. Ich bin heilfroh, dass Sarah mich in dem Aufzug nicht sehen kann. Ich habe extra einen Abend ausgewählt, an dem sie frei hat. Es wäre mir wirklich wahnsinnig peinlich, hier so mit meinen Eltern zu sitzen, während sie in der Küche ein Piratentuch auf dem Kopf trägt und am ganzen Leib schwitzt.

Die Kellner schweben davon, wir heben unsere Gläser. Meine Mutter sieht mich festlich und innig an, ich strahle zurück und nehme einen ordentlichen Schluck. Lecker. Als ich das Glas wieder senke, sehe ich, wie enttäuscht meine Mutter plötzlich ist. Oh weh. Sie hat sich wohl Hoffnungen gemacht, dass ich ihr endlich ihren allergrößten Wunsch erfülle: ein Baby von Jan.

»Also, Sophie, was verschafft uns die Ehre?«, sagt mein Vater jetzt.

»Tja, also.« Ich nehme noch einen Schluck, um meiner Mutter zu signalisieren, dass sie sich ihre Hoffnungen *wirklich* schenken kann. »Ich habe mir überlegt, dass ich gern nach Südtirol fahren würde, um Alrein wieder auf die Beine zu bringen. Helena und Lydia sagten, der Laden sei ziemlich heruntergewirtschaftet, und da habe ich gedacht ...«

»Aber Schätzchen!«, ruft meine Mutter. »Ich dachte, wir hätten uns geeinigt, dass du *verkaufst!*«

Wir? Dass ich *verkaufe?* Na wartet ... diese Zicken

haben sie in der Zwischenzeit wohl ordentlich geimpft!

»Nein, haben *wir* nicht«, verbessere ich sie. »Tante Johanna hat in ihrem Testament festgesetzt, dass Alrein weiter existieren soll. Ich weiß, dass du das anders siehst, aber *ich* finde, man sollte ihren letzten Willen respektieren.«

»Sei nicht dumm, Sophie. Das ist ein *Wunsch*. In einem Testament ist so eine Formulierung doch gar nicht *rechtsgültig*«, plappert sie, als hätte sich das Thema damit ja wohl von selbst erledigt, Helenas und Lydias Worte nach.

»Mama!«, sage ich so laut, dass sich ein schnöseliges Paar am Nachbartisch zu uns umdreht.

»Aber Sophie, wie willst du das denn anstellen?«, mischt sich mein Vater ein, immerhin mit etwas versöhnlicherer Stimme. »Du hast doch überhaupt keine Erfahrung in der Gastronomie. Mal schnell zwei Wochen Urlaub nehmen und nebenbei eine Pension wieder auf die Beine stellen, so einfach ist das nun mal nicht.«

»Zumal der größte Teil der Gäste immer auch wegen Johannas guter Küche gekommen ist«, unterbricht ihn meine Mutter. »Und ich will dir ja wirklich nicht zu nahetreten, Sophie. Aber was verstehst *du* denn bitte vom Kochen?«

»Nicht, dass du nichts von meinem Organisationstalent geerbt hättest«, belehrt mich mein Vater weiter. »Aber als *ich* damals die kaufmännische Geschäftsführung der Henslein GmbH übernommen habe, habe ich *Monate* gebraucht, um überhaupt erst einmal ...«

»Mama, Papa ...«

Mein Vater verstummt.

»Was?«, fragt meine Mutter.

Man könnte die Luft am Tisch tranchieren und sie uns an Salatgarnitur zur Vorspeise servieren, so dick ist sie.

»Ich werde mir in Zukunft so viel Zeit nehmen können, wie ich will«, sage ich mit wackeliger Stimme.

»Was?«, ruft meine Mutter erstaunt. »Was soll *das* denn nun schon wieder für ein neues Arbeitsmodell sein?«

»Kein Arbeitsmodell.«

»Sondern?«

»Ich bin gefeuert worden.«

»Was?«, sagen die beiden einstimmig.

»Ich bin arbeitslos.«

Beide starren mich an, als hätte ich verkündet, dass Ärzte in meinem Bauch einen Alien entdeckt hätten und nun unsicher sind, ob ich den Versuch, es herauszuoperieren, überlebe: besorgt, aber doch nicht ganz ohne Ekel.

»Seit wann?«, sagt mein Vater schließlich, und meine Mutter schlägt bestürzt die Hände vor dem Mund zusammen.

»Seit letzter Woche«, sage ich, hebe die Schultern und senke sie wieder.

»Aber wieso? Was hast du gemacht? Wie *konnte* das passieren?«, fragt meine Mutter mit einer Stimme, die bedrohlich in eine sehr hohe Tonlage kippt.

»Ich habe *nichts* gemacht! Sie haben eine Blondine gefunden, die einen Harvard-Abschluss hat und Körbchengröße D, *so* konnte das passieren!« Ich muss mich beherrschen, sie nicht anzubrüllen, so aufgebracht bin ich. Dabei ist das eigentlich genau die Reaktion, mit der ich gerechnet hatte. Aber obwohl ich darauf eingestellt war, ist es mit meiner Mutter und mir immer wie in einem Horrorfilm. Du weißt ganz genau, dass der Psycho mit dem Messer im Dunkeln lauert, aber wenn er dann tatsächlich auftaucht, erschrickst du trotzdem wie verrückt. Obwohl jetzt also alles genauso ist wie immer, kann ich nichts dagegen tun. Mir steigen die Tränen in die Augen.

»Ach je, ich wusste doch, dass sich das mit deinem Magisterzeugnis noch mal rächen würde«, jammert sie.

Sagte ich's nicht? Ich liege am Boden, und sie? Schnürt die Wanderstiefel und trampelt auf mir herum wie auf einem Karton, der nicht in die Altpapiertonne passen will.

»Was wird denn jetzt aus dir? Kümmert Jan sich wenigstens um dich?« Sie rüttelt aufgebracht an Papas Arm. »Leonhard, sag doch auch mal was!«

»Ich habe mit Jan Schluss gemacht«, sage ich mit fiepsiger Stimme und wische mir eine Träne aus dem Gesicht.

Meine Mutter schaut mich an und *versucht* nicht mal zu verbergen, wie sehr sie um Fassung ringt. Jan war das Schönste, was ich je für sie getan habe: Sohn eines erfolgreichen Marzipanfabrikanten, Anzugträger, mit Fondsdepot. Ihm hat sie es sogar verziehen, ebenfalls in der Verlagsbranche beschäftigt zu sein – und das will wirklich etwas heißen. Von den finsteren

Seiten, die ich später von ihm zu sehen bekam, habe ich ihr mit Rücksicht auf ihre Herzgesundheit nie etwas erzählt.

»Mit Jan Schluss gemacht!«, ruft sie, wendet sich meinem Vater zu und tut so, als würde ich mich nicht einmal im Raum befinden. »Ich sag es ja schon immer. Deine Tochter ist übergeschnappt, und zwar völlig!«

Das reicht. Ich springe wutentbrannt auf, fast fällt dabei mein Stuhl um.

»Na, und! Besser übergeschnappt als ... als ... als ...« Ich ringe nach den richtigen Worten, aber mir will einfach nichts Passendes einfallen. Stattdessen schmeiße ich meine Serviette auf den Stuhl, nehme meine Handtasche und stolpere natürlich, als ich zum Ausgang stürme. Scheißabsatzschuhe! Als ich draußen bin, fange ich an zu heulen, genau vor den Augen dreier Männer in Anzügen, die rauchend um einen Standaschenbecher stehen.

Herrje! Wohin jetzt? Ich stolpere um die Ecke und lande in einem Hinterhof, in den offenbar die Lüftungsrohre aus der Küche führen, zumindest riecht es nach Frittierfett und Fisch. Hinter den Mülltonnen entdecke ich einen Mauervorsprung, auf den setze ich mich. Ich krame ein Tempo aus der Handtasche, schließe die Augen und schnäuze mich so kräftig, dass ich fast Sternchen sehe.

Als ich die Augen wieder öffne, sitzt mein Vater neben mir.

»Na, Pünktchen?«, sagt er und schaut mich an.

Das hat er seit zwanzig Jahren nicht mehr gesagt. Ich habe es *geliebt*, wenn er mich so nannte. Er hat den Namen für mich erfunden, als ich einmal mit besonders vielen Sommersprossen auf der Nase aus den Ferien kam.

Fast fange ich schon wieder an zu heulen, diesmal vor Rührung. Ich habe das Bedürfnis, meinen Kopf an seine Schulter zu lehnen, aber ich habe Angst, dass dann bei mir alle Schleusen aufgehen und ich überhaupt nicht mehr aufhören kann zu flennen. Außerdem ist Papa so dick geworden, dass ich nicht sicher bin, ob ich überhaupt an seine Schulter komme oder ob mein Kopf dann nicht nur auf seinem Oberarm liegt.

»Harte Zeit für dich, was?«, sagt er und legt mir sanft die Hand auf den Arm.

Ich nicke.

»Das wird schon wieder«, sagt er mit weicher Stimme. Doch dann holt er schnaufend Luft. »Also, Pünktchen. Pass auf. Eines musst du wissen. Ich unterstütze dich in allem, was du tust. Verstehst du? In *allem*. Aber trotzdem, ich muss dich das fragen, denn ich verstehe einfach nicht, was du in Südtirol willst. Eine Pension zu führen ist harte Arbeit, und völlig von der Außenwelt abgeschnitten bist du dort auch. Warum willst du dir das antun? Wenn du die Pension nicht verkaufen willst, dann stell irgendjemanden ein, aber mach es nicht selber! Außerdem fände ich es feige von dir, jetzt einfach zu flüchten, bloß weil du Angst hast, nicht gleich einen neuen Job zu finden.«

Er sieht mich mit großen Augen an, und ich spüre, wie sich in meiner Brust eine Wand errichtet, aus Abwehr und Trotz. Ich meine, *natürlich* hat das alles etwas damit zu tun, dass ich Angst habe, hier in Hamburg arbeitslos vor mich hinzudarben. Und *natürlich* hat er recht – wenn es einzig darum ginge, dass sich Tante Johannas letzter Wille erfüllt, könnte ich auch einfach irgendeinen Geschäftsführer mit Erfahrung im Gastgewerbe engagieren.

Aber ich bin mir ganz sicher: Alrein weiterzuführen ist genau das, was ich jetzt will. Ein Gasthof in den Alpen, den freundliche Menschen besuchen, um sich wohlzufühlen. Die Stille des Berges. Das Gewusel, wenn die Gaststube voll ist. Gebraucht zu werden, ohne überfordert zu sein. Herzlichkeit schenken. Und kein Mann, der mir das Herz am Ende bricht.

Klarheit, das ist es, was ich in Alrein finden werde. Kontrolle. Und nie wieder eine solche Situation wie die neulich am Morgen.

Immer wieder spielt sich die Szene in meinem Kopf ab: Wie der Typ sich mit zerzaustem Schopf in meinem Bett aufrichtet und wie amüsiert seine Augen blitzen, als er mich nach Kaffee fragt.

In diesem Augenblick ist mir endgültig klar geworden, dass ich nicht mehr Herrin meines Lebens bin. Ich meine, ich hatte gerade meinen Job und meine Großtante verloren und fand aus heiterem Himmel einen Typen mit Riesennase in meinem Bett vor, der es offensichtlich total witzig fand, so zu tun, als würden wir schon seit Jahren zusammenwohnen, während mir zu ihm nichts weiter einfiel, außer, dass sein Name vermutlich *nicht* Johannes war.

Ich atmete tief durch und verlor trotzdem fast die Stimme, als ich mit der Liebenswürdigkeit eines

Fahrkartenautomaten krächzte: »Guten Morgen. Du musst jetzt leider gehen.«

Das Lächeln des Typen erlosch und über sein Gesicht huschte ein Ausdruck, der enttäuscht oder wütend oder beides gleichzeitig war.

»Verstehe«, sagte er, und ich Idiot antwortete: »Na, dann ist ja gut.« Ich benahm mich wirklich wie das letzte Arschloch und verließ das Zimmer, um ihm nicht auch noch seine Unterhose reichen zu müssen, die es im Laufe der Nacht irgendwie geschafft hatte, sich über die Kugellampe auf meinem Fensterbrett zu stülpen.

Ich setzte mich in die Küche, streckte die Beine von mir und starrte bewegungslos einen neuen blauen Fleck auf meinem Oberschenkel an. Er hatte die Form von Indien, ohne Sri Lanka.

Ich hörte, wie der Typ den Flur entlangstürmte, und hoffte nur eines: dass er jetzt nicht *wirklich* einen Kaffee wollte. Doch dann hörte ich, wie er in seine Schuhe schlüpfte, die Wohnungstür öffnete und mit Schwung zuschlug.

Eine Fliege ließ sich auf dem Rand meiner Tasse nieder, aber ich war unfähig sie fortzuwedeln, so als sei ich innerlich gelähmt.

Seitdem habe ich ununterbrochen das Gefühl, dass ich ganz weit weg muss, um wieder zu lernen, wie man sich bewegt. Ich komme mir vor, als sei mein Leben ein Fahrrad, auf dem ich eine Alpenpassstraße hinuntersause, und ich hätte vergessen, wie die Bremsen funktionieren.

»Pünktchen?«

Die Stimme meines Vaters reißt mich aus meinen Gedanken.

»Ja?«, antworte ich.

»Was ist? Willst du dort wirklich hin?«

Mir fliegt mein ganzes Leben um die Ohren, wie eine Tischbombe mit Konfetti darin. Mir fällt nicht einmal mehr eine Weisheit aus einem meiner Ratgeber ein, und die einzige Reaktion, zu der ich noch fähig bin, ist die Halsmuskulatur anzuspannen und meinen Kopf so zu bewegen, dass es aussieht wie ein Nicken.

Und während ich nicke, merke ich, dass es stimmt. Ich will nach Alrein. Ich will. In Alrein werde ich Gelassenheit und Ruhe finden. Und Schönheit. Und mich selbst, ich bin mir nämlich irgendwie abhandengekommen.

Mein Vater seufzt, dann breitet er die Arme aus und drückt mich an sich. Er ist wahnsinnig warm und weich, und wie immer, wenn er mich umarmt, habe ich das angenehme Gefühl, ich könnte in ihm versinken.

»Ich muss wieder rein, sonst kommt deine Mutter und sucht mich.«

Wir ziehen beide dieselbe Grimasse. Plötzlich muss ich daran denken, wie es früher war, wenn meine Mutter ihm manchmal befahl, seine väterliche Pflicht zu tun und mir den Hintern zu versohlen. Wie er in mein Zimmer kam, mir ein Kissen auf den Po legte und mir den Auftrag gab, im Rhythmus seiner Klapse um Gnade zu flehen. Manchmal habe ich es hinbekommen, dass mein Lachen so klang, als würde ich flennen.

»Willst du nicht mehr mit reinkommen?«
Ich schüttle den Kopf.
»Mach dir keine Sorgen«, sagt er. »Ich beruhige sie schon irgendwie.«
»Danke«, sage ich, denn ich bin ihm wirklich dankbar, auch wenn ich mir nicht vorstellen kann, dass es ihm gelingt.
Er kramt in seiner Hosentasche und drückt mir einen zusammengeknüllten Schein in die Hand.
»Nimm dir bitte ein Taxi«, sagt er, und ich rolle mit den Augen, so wie früher, wenn er mir befahl, im Winter eine Mütze aufzuziehen. Erst als ich eine Viertelstunde später den Taxifahrer bezahlen will, merke ich, dass es fünfhundert Euro sind.
Ich krame das Fahrgeld aus meinem Portemonnaie zusammen, steige aus dem Wagen, den Schein mit der Hand fest umschlossen. Ich lege den Kopf in den Nacken und sehe nach oben, dorthin, wo die Dächer aufhören und der Himmel beginnt. Mit einem Mal könnte ich schreien vor Glück.
Ich schließe die Haustür auf und nehme die Treppe, zwei Stufen auf einmal. Mein Herz hüpft, und ich muss fast lachen.
Südtirol, ich komme!

6

Höher und höher schlängelt sich mein Polo hinauf. Inzwischen ist die Straße so steil, dass es sich anfühlt, als würde ihn das Gepäck im Kofferraum rückwärts nach unten ziehen. Hin und wieder muss ich in den ersten Gang zurückschalten und schaffe es trotzdem nur mit Ach und Krach um die Kurve. Gerade habe ich Sankt Damian hinter mir gelassen, einen kleinen Ort in 1000 Metern Höhe. Jetzt kommen nur noch ein paar Gasthöfe und Almen – und Alrein. Ein letztes Haus zieht an mir vorbei, es hat sich flach in den Hang geduckt, die Balkone quellen vor Geranien fast über. Fast alle Häuser sehen hier so aus: Fensterläden aus Holz, üppig bepflanzte Blumenkästen und ein altmodischer Schnörkelschriftzug auf der Fassade – die Namen lauten »Huber« und »Sonnenheim«, »Haus Enzian« und »Marielouise«. Alrein ist anders, das weiß ich noch, und noch sicherer weiß ich es, seit ich gestern ein Bild im Internet gesehen habe.

Je näher ich dem Gasthof komme, umso stärker spüre ich mein Herz klopfen. Seit ich den Brenner überquert habe und endlich in Italien bin, bin ich so unruhig, dass meine Hände zittern.

Ich übernehme einen Gasthof! Und nicht nur irgendeinen, sondern einen der schönsten Gasthöfe Südtirols, ach was, Mitteleuropas! Wenn man sich mal vorstellt, wie viele Menschen bis zum Renteneintrittsalter davon träumen, irgendwo in attraktiver Lage eine gemütliche, kleine Pension aufzumachen! Und ich tue es!

Worauf ich mich am meisten freue, ist die Stille, die da oben herrschen wird. In Alrein gibt es aus Prinzip kein Fernsehen und kein Radio, und nur ein einziges Telefon, ein kleiner Festnetzapparat, der leise gestellt auf Tante Johannas Schreibtisch steht. Und niemand aus Hamburg hat die Nummer!

Am zweitmeisten freue ich mich auf die Gäste. Nach Alrein sind immer ganz besondere Menschen gekommen. Menschen, die Ruhe suchen und wissen, dass man die am besten bei Freunden finden kann. Darum hat sich Tante Johanna auch immer bemüht: dass Alrein nicht einfach nur eine Pension ist, sondern ein Haus für Freunde, in dem die Gäste auf herzlichste Art und Weise in Ruhe gelassen werden.

Und auf Südtirol selbst freue ich mich auch. Die Region ist genau die perfekte Mischung. Es ist Italien, aber alle sprechen deutsch, und es gibt fast keine Italiener, die lärmend durch die Gegend gockeln und versuchen, durch ausgefuchste Tollenkonstruktionen so viel Gel in die Haare zu kriegen, dass du sie endlich küsst.

Obwohl, jetzt im Augenblick freue ich mich in erster Linie auf ein Bett, denn ich bin fast zwei Tage lang Auto gefahren. Gestern über acht Stunden von Hamburg zu meiner Freundin Vera nach München, heute von München nach Südtirol, noch einmal fast vier Stunden. Ich ganz allein in meinem kleinen Polo, zwei Koffer voll Klamotten und einen Kleidersack im Kofferraum.

Ich habe gepackt, ohne eine genaue Vorstellung zu haben, was mich da oben erwartet. Mit dabei sind deshalb Schuhe in unterschiedlichen Bequemlichkeitsgraden: Turnschuhe, Ballerinas, halbhohe Schuhe, Chucks, außerdem ein Paar Sandalen mit Zwölf-Zentimeter-Keilabsatz, aber die sind nur deshalb mit von der Partie, weil Vera und ich uns für den Abend in München verabredet hatten – na gut, und weil man ja nie weiß, ob nicht auch die Alpengesellschaft einmal einen gewissen Grad an Attraktivität von einem verlangt. Ähnlich gemischt setzt sich der Rest meiner Garderobe zusammen. Alte Jeans, zwei Kostüme, eine dicke Jacke, mehrere Sommerkleider, darunter eines mit Blockstreifen und eines mit Punkten, und ein kleines Schwarzes, das zu den Keilsandalen passt. Ich habe auch extra ein zauberhaftes Kittelkleidchen von A.P.C. erstanden, das sicher ganz reizend aussehen wird, wenn ich die Gäste begrüße.

Nur Wanderschuhe zu besorgen, das habe ich nicht mehr geschafft. Gut, geschafft hätte ich es natürlich schon, aber als ich dann bei Sport Scheck vor der Auslage stand und diese Klumpschuhe mit Climaproof-Funktion, Flexkerben, Shock-Absorber-Fersen und Galoschen aus Polyurethan sah, fiel mir ein, dass ich ohnehin keine Zeit haben würde, sie einzulaufen.

Außerdem habe ich nicht vor zu wandern. Ich mache eine Pension auf. Na gut, sie hat bereits geöffnet, aber trotzdem, es fühlt sich so an, neu und fremd und kribbelig.

Oh, oh. Rechts von mir geht es ungefähr im 89-Grad-Winkel bergab. Ich bin so aufgeregt, ich darf gar nicht hinunterschauen. Und ja, zugegeben, die nähere Zukunft macht mir auch ein wenig Angst. Wer wohl seit Johannas Tod das Regiment übernommen hat? Vielleicht ist auch überhaupt niemand mehr da oben? Eigentlich beginnt die Saison ja Ende April, und jetzt ist bereits der 10. Mai, aber ich habe verzweifelt versucht, jemanden zu erreichen, und es ging immer nur der Anrufbeantworter an. Tante Johannas Stimme, die mir einen wunderschönen Tag wünschte und sagte, dass im Augenblick wahrscheinlich viel zu tun sei, man würde zurückrufen, so bald als möglich. Ich sprach dreimal darauf, mit der Bitte, mich auf dem Handy anzurufen, aber es meldete sich niemand.

Ich versuche, mir nicht auszumalen, was passiert, wenn die Türe da oben tatsächlich verschlossen ist. Denn natürlich habe ich nicht einmal einen Schlüssel.

Vera und ich sind dann aller Vorsätze zum Trotz doch nicht ausgegangen. Stattdessen haben wir uns was vom Koreaner geholt und zwei Sixpacks vom Kiosk an der Isar. Dann haben wir uns auf den Balkon gesetzt und über alte Zeiten und die letzten Wochen geplaudert. Sie ist das, was man guten Gewissens eine *alte Freundin* nennen darf (wenn ich Menschen so nenne, die ich erst seit fünf Jahren kenne, fühle ich mich immer wie eine Lügnerin, obwohl fünf Jahre natürlich auch nicht ohne sind), und auch, wenn wir inzwischen selten öfter als an unseren Geburtstagen telefonieren und ich allenfalls mal an Silvester eine Sammel-SMS von ihr bekomme, ist es, wenn wir uns wiedersehen, doch sofort wieder wie früher: lustig und nah und vertraut. Vera war von der fünften Klasse an meine Banknachbarin, durchgängig, bis zum Abi. Sie ist sehr kurzsichtig und war schon immer sehr eitel, und weil sie sich bis zum Führerschein weigerte, eine Brille zu tragen, musste sie alles, was auf der Tafel stand, von mir abschreiben. Dafür gab sie mir ihre Hausaufgaben. Kurzum: Wir waren ein Superteam. Wir konnten alle relevanten Themen miteinander besprechen (Jungs, Eltern, Verhütung und Badezusätze, denn sie badet genauso gern wie ich) und ließen uns trotzdem unseren Freiraum.

Nach dem Abi ist sie leider nach München gegangen, um Architektur zu studieren, und unsere Telefonate wurden immer seltener. Inzwischen arbeitet sie als Redakteurin bei *AD*, einem Magazin, das ausschließlich von extravaganten Häusern und schönen Möbeln handelt, beides Themen, von denen ich nicht viel Ahnung habe. Seit Kurzem wohnt sie in einer schicken Altbauwohnung im Glockenbachviertel, in der mehrere Sessel stehen, auf die sich zu setzen mit Todesstrafe belegt ist, und dass ich das nicht von selber wusste, wunderte sie schon *sehr*. Angeblich sind alles Originalentwürfe von irgendwelchen Bauhausarchitekten, mit Polstern aus echtem Kalbsleder. Na ja. Ich habe ihr das natürlich nicht gesagt, aber wenn man mich fragt, stehen solche Teile inzwischen doch in jedem besseren Wartezimmer!

Wie dem auch sei. Als ich ihr von meinem Plan mit der Pension erzählte, riss sie vor Begeisterung die Augen auf und holte sofort ihr Notebook, um sich die Sache anzusehen.

Ich fand ja schon immer, dass Alrein irgendwie anders ist als normale Südtiroler Gasthöfe, aber das hatte wohl eher etwas damit zu tun, dass ich Tante Johanna so gern mochte. Doch als ich gestern Abend über Veras Schulter auf den Bildschirm sah, veränderte sich mein Blick auf den Gasthof. Und als Vera es sagte, bemerkte auch ich, dass Alrein nichts Alpenländisches oder Biederes an sich hatte – es war ein schlichtes und schnörkelloses Flachdachhaus inmitten grüner Almwiesen, durch dessen raumhohe Fenster wahnsinnig viel Licht ins Haus kam. Alles, was an Alpenarchitektur erinnerte, waren die lang gestreckten Balkone und die Holzverkleidung, mit der die oberste Etage eingefasst war.

»Und du hast keine Ahnung, wer das Haus entworfen hat?«, fragte sie mich, und ich bemerkte, dass eine leichte Erregung in ihrer Stimme lag.

Ich schüttelte den Kopf.

»Versprich mir bitte, das zu recherchieren, ja? Das Haus muss in den Zwanzigerjahren entstanden sein, aber ich wüsste nicht, dass in der Gegend dort damals schon so modern gebaut worden wäre.«

Dass eine Frau mit Veras Geschmack sich so begeistert von Alrein zeigt, hat meine Vorfreude natürlich noch mal um das Dreifache gesteigert. Gut, wenn ich ganz ehrlich bin, kann ich mir kaum vorstellen, dass Alrein wirklich ein Architektenhaus sein soll. Es wurde ja von Onkel Schorschis Großeltern gebaut, die, soweit ich weiß, ganz einfache Weinbauern waren, denen es im Hochsommer zu heiß war unten im Tal. Aber das ist ja auch egal. Alrein ist wunderschön, so oder so.

Oh. Was ist das? Warum hört denn hier die Straße plötzlich auf? Ich meine, sie hört natürlich *nicht* auf, sondern geht weiter, in Form zweier steiniger Reifenspuren. Nicht, dass ich großer Spezialist in Sachen Straßenverkehrsordnung wäre, aber das Schild, vor dem ich stehe, ist eindeutig rund, weißer Grund mit einem roten Kreis.
Mist. Das hatte ich irgendwie anders in Erinnerung. Aber jetzt, wo ich darüber nachdenke, fällt mir ein, dass wir, wenn wir früher mit dem Zug ankamen, immer von einem Jeep abgeholt wurden, der uns dann hinauf nach Alrein brachte. Stimmt. Schon damals kamen die Gäste zu Fuß an, oder mit dem Fahrer aus dem Tal. Und nach der Beerdigung von Onkel Schorschi hat Tante Johanna Jan und mich in ihrem Wagen mit nach oben genommen.
Ich überlege.
Ich könnte versuchen, einfach weiterzufahren und zu sehen, wie weit ich komme. Andererseits sieht die Strecke steil aus. Und schmal. Wenn mein Polo es nicht schafft, stehe ich blöd da.
Oder ich fahre zurück zu diesem Parkplatz, an dem ich vorhin vorbeigekommen bin, packe Sachen für eine Nacht, laufe hoch und hole morgen mit Tante Johannas Panda das restliche Gepäck ab. Falls der

Panda noch dort oben ist. Falls überhaupt jemand dort oben ist.

Ich blicke mich um und stelle fest, dass es hier definitiv zu wenig Platz zum Wenden gibt. Na, toll. Die Serpentinen wieder runter, und das rückwärts. Bevor ich losfahre, atme ich noch einmal durch, lehne mich zurück und starre auf den Berg, der sich vor meiner Frontscheibe auftürmt. Ein echtes Monstrum, dessen Gipfel sich in Nebel hüllt. Dann lege ich den Rückwärtsgang ein und schiebe mich mit feuchten Händen Kurve um Kurve den Berg hinab, bis im Rückspiegel endlich dieser Parkplatz von vorhin erscheint. Puh, bin ich erleichtert. Ich wische mir die Hände an der Hose ab, scheine dabei aber zu vergessen, mit dem Fuß auf der Bremse zu bleiben, denn plötzlich höre ich, wie hinter mir ein verdächtiges Geräusch ertönt.

Ich zucke zusammen. Na *klar*. Schon *vor* der Ankunft mal wieder alles kaputt gemacht.

Ich schalte den Motor ab, ziehe die Handbremse, krabble vom Fahrersitz und gehe um das Auto herum. Unter dem Wagen liegt ein Stecken aus Holz, an dem eine Tafel festgeschraubt ist. Ich ziehe das Schild heraus und lese eine ungelenke Handschrift: *Nach Alrein: Taxi-Messner,* dazu eine Telefonnummer. Auf der kleineren Tafel darunter steht, offensichtlich von derselben Hand geschrieben: *Auch zum Alpine Relax.*

Jetzt fällt es mir wieder ein. Es war nicht einfach irgendein Jeep, der uns früher nach Alrein hinaufgebracht hat, sondern ein uraltes Männlein mit Tirolerhut und Hosenträgern, eben der Taxi-Messner. Tante Johanna hat behauptet, er sei ein Onkel von Reinhold

Messner, der sich darauf verlegt hat, nur noch auf den Fahrersitz zu kraxeln und den Rest mit dem Wagen zu machen.

Wenn ich nicht so erschöpft wäre, würde ich vor Freude, seine Telefonnummer entdeckt zu haben, einen Luftsprung machen, aber meine Beine sind so schwer, als hätte mir jemand die Füße eingegraben. Ich lehne das Schild an einen Felsen und tippe die Nummer in mein Handy, befürchte einen Moment, kein Netz zu bekommen, doch dann klingelt es, und ich bestelle bei einer Frau, die klingt, als hätte sie Murmeln im Mund, einen Wagen zu dem Parkplatz oberhalb von Sankt Damian.

»Zum Alpine Relax?«, fragt sie.

»Nein«, antworte ich. »Nach Alrein.«

»Oh«, erwidert sie, »isch gut.«

Ich packe meinen Kram zusammen und sehe dreimal nach, ob ich auch wirklich nichts vergessen habe. Oben in Alrein festzustellen, dass das Handyladekabel unten im Auto liegt, wäre eher ungünstig, denn wer weiß schon, wann ich das nächste Mal ins Tal komme. Ich kontrolliere, ob die Zentralverriegelung tatsächlich alle Türen verschlossen hat, dann verabschiede ich mich von meinem Wagen. Adieu, Liebes, sage ich, obwohl ich normalerweise nicht zu den Menschen gehöre, die zärtliche Gefühle für technische Gerätschaften entwickeln. Aber irgendwie ahne ich, dass das hier ein Abschied von der Zivilisation ist, von Fernsehen und Radio, vom Internet und meinem MacBook Pro, das ich in Hamburg in der Schublade meiner Wäschekommode zurückgelassen habe – nicht nur, um einen

Schnitt zu machen, sondern auch, weil ich wusste, dass Tante Johanna sich immer gegen einen Internetanschluss gewehrt hat.

Als ich mich gerade innig gegen die Kühlerhaube lehnen will, um noch ein paar Minuten lang in die Ferne zu sehen, höre ich, wie sich ein Wagen nähert. Das ging aber fix.

Der Taxi-Messner sieht immer noch genauso aus wie früher, nur, dass er noch älter geworden ist. Inzwischen ist er so klein, dass man ihn hinter dem Steuer seines riesigen Cherokee-Jeeps kaum sieht. Ich winke ihm zu, er kurbelt das Fenster runter und ruft: »Taxi?«

Das Südtirolerische klingt ja, als würde man eine heiße Kartoffel auf der Zunge jonglieren und dabei versuchen, um Hilfe zu schreien, aber »Taxi«, das habe ich verstanden.

»Ja, das bin ich«, rufe ich.

Er klettert aus dem Wagen, klemmt sich alle meine Gepäckstücke gleichzeitig unter die Arme und schafft sie emsig in den Kofferraum. Natürlich erinnert er sich nicht an mich. Dennoch lässt er es sich nicht nehmen, mich mit kessem Blick von oben bis unten zu mustern. Ich überlege, ob ich ihn fragen soll, ob die Geschichte mit Reinhold Messner stimmt, verkneife es mir aber.

»Saaa, wohin gian mer«, sagt er, als ich neben ihm im Jeep sitze.

»Danke, und Ihnen?«, erwidere ich.

»Wo-hin mir fah-ren«, sagt er und betont jede einzelne Silbe, als käme ich von der Sonderschule oder vom Mars.

»Oh!« Ich lache nervös. »Nach Alrein bitte!«

Na, das kann ja was werden. Dabei gehöre ich nicht mal zu den Hamburgern, die beim Sprechen sssständig über ssspitze Sssteine stolpern und ssso'n Ssseisss. Den Taxi-Messner scheint das allerdings keinen Deut zu jucken. Er plappert ununterbrochen weiter, ohne sich daran zu stören, dass ich kaum ein Wort von dem, was er sagt, verstehe. Leider ist er auch, was seinen Fahrstil angeht, mehr als entspannt. Er lenkt einhändig und lässt seinen linken Arm lässig aus dem offenen Fenster hängen – und das, obwohl der Fahrweg wirklich unglaublich steil ist. Genau genommen ist es gar kein Fahrweg, sondern zwei parallel zueinander laufende Trampelpfade, die sich im Zickzack den Berg hochhangeln. Alle zwei Sekunden rumpeln wir durch ein Schlagloch, das tiefer ist als das vorige, und in manchen Kurven stehen wir so steil am Hang, dass ich, wenn ich aus dem Fenster schiele, nur Abgrund sehe. Hin und wieder überqueren wir eine bunt getupfte Wiese, eine sattgrüne Alm, oder wir kommen an einer Holzhütte vorbei, auf deren Sonnenseite eine Bank lehnt und Wanderer zur Rast einlädt. Aber ehrlich gesagt, ich habe im Augenblick wenig Freude an der Natur, denn ich drücke mich mit ausgestreckten Füßen in den Sitz und bete, dass dieser Mann tatsächlich weiß, was er tut. Ich meine, er ist wirklich *alt*, und die Tatsache, dass er diese Strecke seit den Sechzigern fährt (zumindest glaube ich, das vorhin so verstanden zu haben), muss ja nicht automatisch heißen, dass er sie noch *sehen* kann.

Ich bin mir ganz, ganz sicher, dass wir eben eine

Sekunde lang mit dem rechten Vorderrad über dem Abhang hingen.

Bitte, Himmel, lasst mich hier raus!

Okay, Sophie, ganz ruhig. Beruhige dich. Wir sind gleich oben. Stell dir die Ruhe vor, die in Alrein herrschen wird.

Ruhe.

Ruhe.

Ruhe.

»Da isch es!«

Ich öffne überrascht die Augen. Der Taxi-Messner deutet auf den Hang vor uns. Ich lehne mich zur Seite und versuche, bergauf zu spähen. Tatsächlich, da ist es.

Nur ein paar Serpentinen über uns liegt Alrein, träge im Sonnenschein, stolz und schön. Es wirkt tatsächlich absolut modern, obwohl man ihm die Jahrzehnte durchaus ansieht, ein bisschen so wie bei manchen Frauen, die trotz weißem Haar und einer Million Falten ganz mädchenhaft und anmutig wirken. Als wir näher kommen, kann ich die vom Wetter ausgebleichten Fichtenholzbalkone sehen. Die weiß getünchten Wände strahlen wie Wäsche auf der Leine, und die in einem irren goldolivgrünen Farbton gestrichenen Fensterläden sind alle aufgeklappt – was mich ganz schön erleichtert, denn das heißt, es ist also doch schon jemand hier.

Als wir die letzte Kurve nehmen, wird die Wiese sichtbar, über die ein schmaler Weg weiter hinauf in die Berge führt. Und im Hintergrund geht das Panorama der Dolomiten auf, ein Meer aus Gipfeln, deren oberste Spitzen meist noch schneebedeckt sind. Sie alle überragt der mächtige Peitlerkofel, wild und steil wie ein Reißzahn. Ich glaube zumindest, dass er Peitlerkofel heißt, ganz sicher bin ich mir nicht. Onkel Schorschi hat sich immer wieder bemüht, mir die Namen der umliegenden Gipfel einzubläuen. Er zeigte auf die Linie am Horizont und zählte mit einer wippenden Handbewegung die Namen auf: Puezspitze, Sellastock, Marmolada ... Ich fand die Namen lustig, das Zickzack der Gipfel aber eher langweilig, und fragte mich ohnehin, wie man auf die Idee kam, Unterschiede zwischen den Bergen zu machen. Ich meine – wo, bitte schön, hört der eine auf und fängt der andere an?

Aber damals war ich ein Kind, das sich vom Urlaub in den Bergen vor allem Marillenknödel versprach. Heute raubt mir das imposante Panorama den Atem.

Obwohl, Marillenknödel wären natürlich auch nicht schlecht. Die von Tante Johanna waren im ganzen Gadertal bekannt, sie waren wahnsinnig fluffig und teigig und süß. Ich weiß noch, wie ich manchmal in die Küche gelaufen bin, wenn es die Zwillinge mal wieder auf mich abgesehen hatten. Ich versteckte mich im Vorratsraum, harrte mit pochendem Herzen aus, bis der neapolitanische Koch von Tante Johanna zu mir kam. Mit einem Augenzwinkern reichte er mir einen Knödel, einfach so, auf einer Untertasse. Ich schloss die Augen, schmeckte den weichen Teig, das säuerliche Obst, die buttrigen, braunen Brösel. Klar, irgendwann musste ich wieder hinaus, das wusste ich selber. Aber für einen kurzen Moment konnte ich in dem fantastischen Gefühl versinken, dass ich den beiden Biestern entkommen war. Mann, was war ich um diese Momente dankbar!

Ob der Koch noch da ist? Wie hieß der gleich wieder, Giacomo? Giovanni?

Gianni, das war's. Und plötzlich fällt mir auch wieder ein, dass er nicht aus Neapel, sondern aus Sizilien kam.

Plötzlich überkommt mich ein wahnsinniger Hunger. Außer einem Creamcheese-Bagel in dem Coffeeshop in Veras Straße und einer Packung *Baci*-Pralinen, die ich gleich an der ersten Raststätte auf italienischem Boden gekauft habe, habe ich heute noch nicht viel gegessen. Vielleicht nehme ich sogar erst eine Portion Gulaschsuppe, und die Marillenknödel danach.

Jetzt sind es nur noch ein paar Meter. Plötzlich fällt mir ein, wie Tante Johanna früher jeden Neuankömmling schon vor der Tür erwartet hat, mit strahlendem Lächeln und einem Tablett mit Gläsern und einer Flasche Marillenschnaps, der in der Sonne glitzerte. Diese Begrüßung war eines der wichtigsten Rituale in Alrein, und wenn Johanna gerade unten im Tal war und auch das Zimmermädchen keine Zeit dafür hatte, mussten wir Kinder den Schnapsempfang übernehmen. Das hat großen Spaß gemacht, denn egal, ob der Reisende mühsam hochgekraxelt war oder sich dem Taxi-Messner anvertraut hatte – oben angekommen, war wirklich *jeder* für ein Schlückchen dankbar.

Ein sanfter Schauder überkommt mich, als ich mir vorstelle, wie der Alkohol gleich in der Kehle brennen und mich sanft, aber energisch wieder auf die

Erde bringen wird. Das wird herrlich! Da sehe ich doch auch schon jemanden, einen Mann mit weißem Hemd, genau, so gehört sich das. Aber warum rennt er denn schon wieder weg? Ach so, er muss den Schnaps ja erst noch holen.

Der Taxi-Messner stoppt neben dem kleinen Carport, in dem wie immer und zu meiner Beruhigung Tante Johannas pinkfarbener Fiat parkt, schaltet den Motor ab, klettert vom Fahrersitz und lädt die Koffer aus. Zwanzig Euro verlangt er, das ist nicht wenig, aber na ja. Er tippt sich an den Tirolerhut, steigt wieder in den Wagen, wendet, gibt Gas. Ich lausche dem Geräusch hinterher, der Jeep verschwindet im Tal.

Da stehe ich. Vor *meiner* Pension. Der Mann im weißen Hemd taucht nicht mehr auf, weder mit Schnaps noch ohne. Vielleicht war er gerade so beschäftigt, dass er mich gar nicht bemerkt hat? Na ja. Ich schleppe mein Gepäck zur Eingangstür und drücke die Klinke herunter. Dahinter ist es dunkel. Und ohrenbetäubend laut. Ein Radio spielt »Der Anton aus Tirol« von DJ Ötzi.

7

Ich trete hinaus auf den Balkon. Es ist erst neun Uhr abends, und doch hat sich die Nacht bereits tief übers Tal gesenkt. Tausende, ach was, Millionen Sterne leuchten da oben, der ganze Himmel funkelt, dramatisch wie ein Paillettenkleid. Für einen kurzen Moment ist alles still.

Wirklich still.

Ich kann es kaum glauben. Mein Herz macht einen Hüpfer, und ich schicke einen Wunsch in die Dunkelheit, dem ich nachsehe wie einer Rakete an Silvester.

Herr, mach, dass er sie ausgemacht hat.

Herr, mach, dass es tatsächlich vorbei ist.

Nicht, dass ich religiös wäre oder so etwas, immerhin komme ich aus einer Familie, die ausschließlich an Bargeld glaubt (in Ausnahmefällen vielleicht noch an den Teufel, zum Beispiel, als ich mir mit siebzehn mal eine grüne Strähne ins Haar gefärbt habe). Aber im Augenblick bin ich kurz davor, zum Katholizismus zu konvertieren. Wenn mein Wunsch nach Stille nicht erhört wird, drehe ich noch durch, aber wirklich.

Ich habe mich nämlich geirrt. Es war gar kein Radio, das bei meiner Ankunft DJ Ötzi spielte. Es war eine CD. Ich weiß das so genau, weil sie seither in

Endlosschleife gelaufen ist. Kaum war das letzte Lied verklungen, ging das erste wieder los, ohne jedes Erbarmen.

Ich bin so schön ... ich bin so toll ... ich bin der Anton aus Tirol ...

Die CD gehört Jirgl, dem neuen Hauswirt. Nachdem ich die Haustür aufgestoßen und ohne Erfolg den Lichtschalter ausprobiert hatte, schickte ich ein zittriges »Hallo?« ins Dunkel des Flures, da kam er mit schweren Schritten aus der Gaststube und baute sich mit vor der Brust verschränkten Armen vor mir auf. Er sah selbst ein bisschen aus wie DJ Ötzi, mit dem roten, fettigen Gesicht, der rausgewachsenen Blondierung und der riesigen Wampe, die er nicht nur in der Bauchgegend hatte, sondern auch am Nacken, an den Schultern und unterm Kinn. Dazu dieser stiere Blick – als würde er in der Dorfdisco sämtliche Saufwettbewerbe in Folge gewinnen. Nicht, dass er betrunken wirkte. Nur wie einer, der es genießt zu *vernichten*.

»Ich ... ich bin Sophie von Hardenberg«, sagte ich stockend, obwohl er sich das ja denken musste, wenn er den Anrufbeantworter abgehört hatte. Mit einem Mal war ich so eingeschüchtert, dass ich es nicht einmal wagte, ihm zur Begrüßung die Hand entgegenzustrecken. Stattdessen wischte ich mir hektisch eine Haarsträhne aus dem Gesicht und bemühte mich um ein sympathisches Lächeln. Doch das verrutschte mir spürbar im Gesicht, als Jirgl, ohne irgendwelche Anstalten zu irgendwas zu machen, mit dem Kopf in Richtung Treppe nickte und sagte: »Der Alten ihr Zimmer isch oben.«

»Okay«, sagte ich, als wüsste ich das nicht. Der Alten? Was für eine Frechheit! Was für ein Empfang!

Jirgl sah mich an wie einen nervigen Bettler, der einfach nicht sein Hosenbein loslassen will.

»Tja«, sagte ich, zwang mein Lächeln zurück in Position und deutete nach draußen. »Dann werd ich wohl mal mein Gepäck holen.«

»Guad«, sagte Jirgl, drehte sich um und stapfte zurück in die Gaststube. Nicht, dass ich nach dem Auftritt noch erwartet hätte, dass er mir tragen hilft, aber er verschwand nicht nur, sondern drehte die Musik sogar *noch* lauter.

Ich verspürte den Impuls, Jirgl hinterherzumarschieren, den Stecker aus der Wand zu reißen und ihm ins Gesicht zu schreien, dass Alrein ein Ort der Ruhe ist und Tante Johanna deshalb Musik verboten hat, zumal so laute und schlechte. Andererseits: Gleich mal für miese Stimmung zu sorgen, noch bevor ich richtig angekommen war, war bestimmt nicht günstig im Sinne positiver Mitarbeiterführung. Also stapfte ich wütend nach draußen, um mein Gepäck zu holen.

Ich bin so schön ... ich bin so toll ... ich bin der Anton aus Tirol ...

Die CD lief, als ich meine Koffer allein durch den weiß getünchten Flur und die knarrende Holztreppe hinauf in den ersten Stock zerrte, wo sich hinter der Tür, auf die mit weißem Lack eine kleine »7« gepinselt war, Johannas Zimmer befand. In Alrein schlafen die Angestellten mitten unter den Gästen, Tante Johanna wollte das so. Niemand sollte sich wie in einem Hotel fühlen, sondern eher als Gast bei guten Freunden. Die Musik lief auch, als ich das Bett mit weißer Bettwäsche bezog, die immer noch nach frisch gemähter Spätsommerwiese roch, obwohl sie bestimmt den ganzen Winter über im Schrank gelegen hatte. Sie lief, als ich meine Handtücher auf die Porzellanhaken neben der Waschkommode hängte und die wenigen Kleidungsstücke, die noch in Johannas unbemaltem Bauernschrank lagen, in eine leere Kiste packte (ich tat das schnell und versuchte, dabei nicht daran zu denken, dass sie tot war). Sie lief, als ich das Licht ausnutzte und einen Streifzug ums Haus machte, den Brennholzstapel an der Rückseite begutachtete, einen Blick in den Geräteschuppen warf und dann die Wiesen drum herum auskundschaftete, alle vier schmalen Pfade, die das Grundstück kreuzen. Sie lief, als ich versuchte, eine Blume mit den Zehen auszureißen und darüber nachdachte, wie man es eigentlich angeht, eine Pension zu führen. Selbst am höchsten Punkt des Hanges, ganz oben am Waldrand, wo es weiter geht in Richtung Peitlerkofel, hat man den Beat noch gehört – stumpf und dumm.

Ich möchte nicht wissen, wie es erst in Jirgls Hirn aussieht.

Eigentlich möchte ich überhaupt nichts von ihm wissen. Auf mich wirkt der Mann so sympathisch wie ein Pitbull, der kläffend an der Leine eines besoffenen Neonazis zerrt.

Oder doch, über eine Sache wüsste ich schon gern Bescheid. Nämlich darüber, was er eigentlich mit den ganzen Gästen gemacht hat. Früher war Alrein fast die ganze Saison über ausgebucht, und wenn die elf Zimmer mal nicht voll waren, dann war es zumindest die Wirtschaft – fast jeder, der den Peitlerkofel besteigen wollte, machte hier Rast. Aber heute habe ich den ganzen Nachmittag lang niemanden gesehen. Alle Schlüssel hingen an dem Brett im Büro, die Zimmer waren abgesperrt, und als ich Jirgl darauf angesprochen habe, hat er nur geantwortet, morgen käme einer.

Morgen! Ein einziger Gast!

Irgendwo muss auch Fritz Jirgls Frau gewesen sein, denn wenn sich seit Tante Johannas letztem Brief, den sie kurz vor ihrem Sturz schrieb, nichts geändert hat, ist sie hier Zimmermädchen. Die beiden haben im letzten Frühjahr in Alrein angefangen, als Nachfolger für Maria und Toni, die sich, nachdem sie vier Jahre lang nebeneinanderher gearbeitet hatten, aus heiterem Himmel ineinander verliebten – und beschlossen, irgendwo etwas Eigenes aufzumachen. Tante Johanna war wahnsinnig froh, dass ihre neuen Mitarbeiter bereits verheiratet waren und nicht mehr auf dumme Ideen kommen konnten. Eheleute, fand sie, brächten die beste Voraussetzung für ein Leben auf der Hütte mit: Sie haben sich damit abgefunden, den Alltag zu ertragen.

Leider habe ich Frau Jirgl noch nicht zu Gesicht bekommen. Außer ihrem Mann und mir scheint nur Gianni, der Koch, hier oben zu sein, der mit den Marillenknödeln, genau. Gianni ist etwa fünfzig und sehr, sehr schmal und ebenso klein. Er hat riesige Augen und Segelohren und wirkt der trotz seines süditalienischen Teints immer ein bisschen zu blass. Seit ich ihn das letzte Mal nach Onkel Schorschis Beerdigung gesehen habe, scheint er sogar noch dünner geworden zu sein – aber vielleicht wirkt das nur so, weil sich seine Geheimratsecken so stark ausgebreitet haben. Genau genommen sind es nicht einmal mehr zwei, sondern nur noch eine einzige große. Und er ist noch schüchterner als früher. Als ich in die Küche kam, um ihn zu begrüßen und mir etwas zu essen zu holen, nuschelte er nur »Buona sera, Signora Sophia«, dann schnappte er sich einen Lappen und versteckte seinen roten Kopf im Backofen. Das war sonderbar, aber na ja – der Ärmste hat natürlich auch schlimme Sachen erlebt.

Ursprünglich stammt Gianni nämlich aus Palermo. Ich weiß nicht ganz genau, was die Hintergründe waren, aber irgendwie muss sein großer Bruder sich mit der Mafia eingelassen haben. Eines Tages, damals war Gianni um die zwanzig, saßen die beiden zusammen mit Giannis Schwägerin bei Rotwein und Pizza in einem Straßenlokal, Gianni musste pinkeln und verschwand auf der Toilette, da fuhr langsam ein Wagen an den Tischen vorbei. Darin saß ein Mann, der in aller Seelenruhe nicht nur Giannis Bruder und dessen Frau erschoss, sondern auch den Kellner, der gerade am Tisch stand, um neues Wasser zu bringen. Hammerhart! Dummerweise ist Gianni nicht davon abzubringen, dass die Kugel, die den Kellner traf, eigentlich für ihn bestimmt war. Seither schreckt er bei jedem lauten Geräusch zusammen, erträgt kein Geschrei mehr und keine Feindseligkeiten und Autos und Palermo schon gar nicht. Um sich vor der sizilianischen Cosa Nostra zu verstecken, floh er bis nach Norditalien. Dafür, dass Tante Johanna ihn hier oben fernab der Zivilisation bei sich aufgenommen hat, war er ihr so dankbar, dass er ihr die letzten dreißig Jahre die Treue gehalten hat.

Aber Angstneurosen hin oder her – ich finde, dass er mich ruhig ein bisschen freudiger hätte willkommen heißen können. Immerhin kannte er mich schon, als ich noch ein Kind war.

Na ja, aber vielleicht sollte man so etwas nicht gleich überbewerten. Möglicherweise hat er gerade einfach nur sehr viel zu tun.

Auch wenn ich mir nicht so recht vorstellen kann, was das sein könnte – so wenig, wie hier oben los ist.

Plötzlich überkommt mich ein banges Gefühl, das ich abzuschütteln versuche, so schnell es geht.

Wahrscheinlich ist das alles einfach ein bisschen zu aufregend für mich. Ich meine, ich bin plötzlich in einem anderen Land, stecke in einem anderen Leben, ich stehe auf dem Balkon meiner toten Tante Johanna und werde mich sogar gleich in ihr Bett legen – da wird man doch wohl ein paar Emotionen haben dürfen, oder? Wenn sich das Leben so dramatisch ändert, ist es doch ganz normal, wenn einem ein wenig bang wird!

Ich will gerade wieder zurück in mein Zimmer gehen, da bleibt mein Blick an einem Lichtkegel hängen, der sich mit der Langsamkeit eines Glühwürmchens durchs Tal bewegt. Fasziniert halte ich inne und beobachte, wie er mal von der Dunkelheit verschluckt wird und an anderer Stelle wieder auftaucht. Was mag das sein? Langsam, ganz, ganz langsam, kommt er immer näher. Nach einiger Zeit wird das Geräusch eines Motors hörbar.

Das muss der Taxi-Messner sein! Ist das eventuell schon unser morgiger Gast? Ich laufe zum Schrank und schlüpfe in mein Kittelkleidchen und trete mit klopfendem Herzen noch einmal auf den Balkon. Der Wagen kommt immer näher und schiebt sich schließlich die letzten Meter zur Einfahrt herauf.

Oh. Wie sonderbar. Das Auto, das jetzt neben dem Carport und Johannas Fiat parkt, ist zwar ein Jeep – jedoch nicht der Jeep vom Taxi-Messner.

Es ist ein knallroter Supersize-SUV mit Chromfelgen und einem Kühlergrill, der im sanften Mondlicht blitzt wie eine Reihe gefletschter Zähne. Die Fahrertür öffnet sich und ein Bein schiebt sich tastend heraus. Es ist ein sehr dünnes Bein, das vor dem Auto-Monstrum fast knochig wirkt. Es steckt in einem Paar spitzer Pumps und Leggings mit Leoparden-Print.

Ich werde Zeugin eines B-Movies, das im echten Leben nie und nimmer produziert worden wäre.

»Frrriiieeetz!«

Die Stimme der Fahrerin gellt durch die Stille. Prompt erscheint Herr Jirgl im Schein der Außenlaterne. Fast muss ich lachen. Das ist also Jirgls Frau? Diese Tiger-Lilly? Tante Johanna hatte echt Humor, das muss man ihr lassen.

»Pscht!«, macht Jirgl und zeigt nach oben in meine Richtung, wohl ohne zu ahnen, dass ich auf dem Balkon stehe und die Szene beobachte. Rasch trete ich einen Schritt in den Schatten zurück. Leider kann ich so aber auch nicht sehen, wie die Tiger-Lilly obenrum aussieht. Im Gesicht, meine ich.

»Gah, hülf ma mol!«, sagt Frau Jirgl mit weinerlicher Stimme.

Meine Güte, es gibt Leute, die werden, wenn sie versuchen leiser zu reden, erst so richtig laut.

Ich höre, wie sich die Kofferraumklappe öffnet, dann werden irgendwelche Tüten und Kisten vom Wagen ins Haus getragen. Schritte knirschen im Kies, es wird geflüstert. So leise wie möglich schleiche ich zurück in mein Zimmer. Offensichtlich hat Tiger-Lilly Besorgungen gemacht. Wahrscheinlich im Großmarkt, in Brixen.

Und trotzdem ... ist das nicht sonderbar? Warum fährt die Frau so einen Riesenschlitten? Ich frage mich das nicht nur, weil bei SUV-Fahrern zu vermuten ist, dass die psychosoziale Entwicklung in der phallischen Phase dramatisch gestört wurde, sondern vor allem auch, weil die Frau Zimmermädchen ist. Früher sind die Angestellten mit dem Zug angereist und wurden von Tante Johanna abgeholt. Ich fürchte, ich muss mir morgen früh gleich mal die Gehaltsliste ansehen.

Ich gehe zurück in mein Zimmer, falte mein Kittelkleidchen wieder zusammen und lege es auf dem alten Küchenstuhl ab, der seit ich denken kann neben dem Schrank steht. Frau Jirgl kann ich auch morgen noch begrüßen. Ich schlüpfe in das Spitzennachthemd, das ich mir extra für Alrein besorgt habe, schüttle so, wie Tante Johanna es immer getan hat, die dicke Daunendecke auf und schlüpfe darunter. Ich bleibe liegen, ohne mich zu rühren, und lausche in die Nacht. Eine

Holzdiele knackst, einmal höre ich Schritte, ansonsten ist es ganz still. Bestimmt denken die Jirgls, dass ich längst in friedlichem Schlummer liege, und geben sich Mühe, mich nicht zu stören. Was – das muss man ihnen lassen – am Ende dieses Tages doch eigentlich ganz nett ist, oder?

8

Als ich aufwache, kitzelt mich die Sonne im Gesicht. Ich drehe mich auf den Bauch und spüre, wie mir das warme Licht auf den Nacken fällt – herrlich! Wer braucht da noch Küsse! Ein paar Minuten döse ich so vor mich hin – es fühlt sich fast an, als würde ich im Licht schweben. Wie es wohl wäre, nie wieder aufzustehen?

Doch dann glaube ich, frischen Kaffee zu riechen, und wage einen Blick auf den alten Reisewecker, der neben mir auf dem Nachtkästchen aus Kiefernholz steht. Er zeigt vier Uhr.

Ich schließe die Augen und gucke noch einmal.

Kann nicht sein. Immer noch vier.

Er tickt auch nicht. Nicht einmal, als ich ihn ans Ohr presse. Ich untersuche ihn genauer und entdecke auf seiner Rückseite Knöpfe. Knöpfe zum *Drehen*. Ein Wecker zum Aufziehen – wo gibt's denn noch so was?

Kopfschüttelnd suche ich mein Handy aus dem Nachtkästchen, das ich gestern ausgeschaltet habe, weil es hier oben sowieso kein Netz gibt. Ich schalte es ein und sehe nach, wie spät es wirklich ist. Hups. Eine ordentliche Pensionswirtin ist wohl besser ein bisschen früher wach – es ist zwölf Uhr mittags.

Na ja, was soll's. Ich fühle mich gut. So lange habe ich seit Jahren nicht mehr geschlafen!

Ich ziehe das Uhrwerk auf, stelle die Uhr auf zehn nach zwölf und den Wecker auf acht. Heute Abend muss ich ihn nur noch scharf stellen, dann bin ich für morgen gerüstet.

Endlich stehe ich auf und trete noch im Nachthemd auf den Balkon. Die Sonne scheint, die Wiesen grünen – wunderbar! Und was ist das da, das sich da unten über die Wiese bewegt? Ist das etwa unser Gast? Er braucht zwar bestimmt noch eine halbe Stunde, bis er hier oben ist, aber trotzdem: Plötzlich bin ich ganz aufgeregt.

Ich schnappe mir ein Handtuch, mein Kittelkleidchen und frische Wäsche und flitze über den Flur, um duschen zu gehen. Die Zimmer in Alrein haben keine eigenen Bäder, stattdessen gibt es einen Paravent, hinter dem eine Kommode mit einer Waschschüssel und einem Emailkrug steht. Klar, das ist auch ein bisschen Show, weil natürlich alle die Waschräume auf dem Flur benutzen, aber es sieht wirklich sehr apart aus, wie auf einem dieser alten holländischen Gemälde.

Das mit den Gemeinschaftsbädern kann unangenehm sein, aber eigentlich nur, wenn ein sehr dicker, sehr alter Gast vergisst, die Tür abzuschließen. Seit Johanna vor ein paar Jahren alle Bäder renovieren ließ, sind sie richtig, richtig schön, mit viel hellem Holz und glänzenden Fliesen und schlichten weißen Waschbecken. Todschick! Vorfreudig öffne ich die Badezimmertür.

Oh. Ich muss mich wohl korrigieren: Das Waschbecken *könnte* todschick aussehen. Wenn da nicht eine Tropfsteinlandschaft aus Zahnpastaresten wäre. Darin eingelassen: eine Schicht aus Staub und Bartstoppeln. Und – ein einzelnes, widerborstiges Schamhaar.

Schlagartig denke ich an einen sehr dicken, sehr alten Gast.

In meiner Kehle baut sich ein Würgreiz auf. Eilig klemme ich meine Sachen unter den Arm und gehe nach nebenan. Leider ist es da auch nicht viel besser. Dass mir dieser Dreck gestern Abend nicht aufgefallen ist! Na ja. Am besten mache ich es so wie früher als Studentin: einfach nicht so genau hingucken. Damals habe ich viel schlimmere Badezimmer gesehen – unter anderem mein eigenes. Ich darf nur nicht vergessen, nachher Frau Jirgl darum zu bitten, beim Putzen das nächste Mal ein *klein* wenig sorgfältiger zu sein.

Nichts als Ärger mit dem Personal!

Aber so ein bisschen Schmutz bringt mich natürlich längst nicht aus der Fassung. Das frische Quellwasser auf der Haut ist herrlich, und ich habe fantastische Laune, als ich die Treppe hinunter ins Erdgeschoss hüpfe.

Vor der Tür zur Gaststube halte ich inne. Sie steht ein wenig offen, durch den Spalt kann ich Herrn und Frau Jirgl sehen. Die beiden sitzen sich an dem Ecktisch gegenüber, der früher Tante Johannas Stammplatz war. Sie trinken schweigend ihren Kaffee und sind in ihre Zeitungslektüre vertieft. Gut, das Wort

Zeitungslektüre ist vielleicht ein bisschen hoch gegriffen. Herr Jirgl hat etwas in der Hand, das aussieht wie eine zerblätterte Ausgabe von *Auto Motor Sport,* und Frau Jirgl löst ein Kreuzworträtsel.

Wenigstens weiß ich jetzt, dass ich den Kaffeegeruch vorhin im Bett nicht bloß halluziniert habe.

Sitzen die beiden um die Zeit etwa noch beim Frühstück? Ich sehe mir das Ehepaar genauer an. Ich meine, ich will ja nicht unnötig spießig wirken, aber zu Tante Johannas Zeiten trug das weibliche Personal im Dienst zumindest eine weiße Bluse, und wenn ich mich recht erinnere, war eine saubere Schürze *Pflicht.* Frau Jirgl jedoch hat schon wieder eine Tiger-Lilly-Hose an, diesmal in Pink, dazu pinkfarbene Pumps und ein Top mit jeder Menge schwarzer Spitze. In dem Aufzug kann sie auf den Strich gehen, aber doch nicht hier zur Arbeit antreten!

Und über Kreuzworträtsel im Dienst will ich erst gar nichts sagen. Außerdem läuft schon wieder DJ Ötzi, wenn auch nur ganz leise.

»Guten Morgen!«, sage ich mit heiterer Stimme und trete in die Stube ein. Ich will ja auch nicht kleinlich sein. Ganz bestimmt zieht sie sich die Schürze gleich an. Außerdem sind ohnehin noch gar keine Gäste da.

»Ich bin Sophie von Hardenberg, Johanna Pichlers Großnichte. Und Sie müssen Frau Jirgl sein!«

»Guten Morgen, angenehm«, sagt Frau Jirgl mit einer Freundlichkeit, die, ich kann mir nicht helfen, irgendwie *unecht* wirkt.

Herr Jirgl sagt nichts, sondern nimmt einen Schluck aus seinem Becher.

Also, ich finde, die beiden könnten mir ruhig eine Tasse anbieten, zumal der Kaffee ganz schön lecker duftet. Aber sie nehmen kaum Notiz von ihrer neuen Chefin.

»Tja«, plappere ich einfach weiter und setze mich zu ihnen an den Tisch. »Jetzt ist leider erst mal Schluss mit der schönen Ruhe. Unser Gast rückt an!« Meine Stimme schlägt ein bisschen zu weit nach oben aus, was ich versuche, durch ein *besonders* zuversichtliches Lächeln zu kompensieren.

»Wirklich«, sagt Frau Jirgl mit der gleichen falschen Freundlichkeit wie vorher und füllt eine Reihe in ihrem Kreuzworträtsel aus. Herr Jirgl blättert eine Seite weiter, völlig ungerührt.

Langsam werde ich wütend.

»Und die Musik ... ich fürchte, die müssen wir ausmachen.«

»Warum?«, fragt Herr Jirgl und hebt den Kopf.

»Weil das in Alrein schon immer so war?«, schlage ich vor.

»Und bloß weil es immer so war, muss es auch immer so bleiben, oder wie?« Herr Jirgl stiert mich an wie eine nervige Wespe, die er jetzt schon zum x-ten Mal von seiner Cola wegwedeln muss.

»Äh ...«

Ich hätte natürlich mit fester Stimme »genau« antworten müssen, aber dieser Blick hat mich irgendwie verunsichert.

Zufrieden blättert Herr Jirgl eine Seite weiter.

Dieser Mistkerl.

»Also«, sage ich, mich noch einmal zusammenreißend. »Wir müssen uns ohnehin bald mal zusammensetzen, da werden wir solche Fragen diskutieren. Jetzt muss ich aber erst mal unseren Gast empfangen.«

In Gedanken haue ich mit der Faust auf den Tisch. Das Wohl der Gäste geht nämlich vor. War schon immer so und wird immer so bleiben. Jawohl!

Jetzt fällt mir auch ein, wie man eine Pension führt. Mit Prinzipien!

»Und, Frau Jirgl, wären Sie wohl so freundlich, gleich noch einmal in den ersten Stock zu gehen und in den Bädern etwas nachzuwischen? Ich habe vorhin zufällig bemerkt, dass die noch nicht so *richtig* sauber sind.«

Unglaublich, aber es funktioniert. Frau Jirgl rutscht auf ihrem Stuhl nach vorne und will aufstehen, um sich ... tata: zu bewegen!

Ach, nein, doch nicht: Ihr Mann packt sie am Handgelenk und bedeutet ihr mit einem Kopfnicken, sich schön brav wieder hinzusetzen.

Und Frau Jirgl?

Setzt sich wieder hin.

Na spitze.

Momente wie dieser hier gehören zu den seltenen im Leben, in denen ich gern einen Tick mehr so wäre wie meine Cousinen. Helena und Lydia würden den beiden jetzt wahrscheinlich einen Zettel voller Paragrafen in die Hand drücken und mit einer Gehaltskürzung drohen, oder gleich mit Rausschmiss. Was hingegen sage ich, dämlich lächelnd?

»Na, hat ja auch noch ein bisschen Zeit!«

Und, als keine Reaktion kommt: »Wissen Sie zufällig, wie der Gast heißt, der jetzt kommt? War der schon öfter hier?«

»Reservierungsbuch ist im Büro«, brummt Jirgl, ohne aufzublicken.

So ein hilfsbereiter Mensch, wirklich.

Deutlich weniger schwungvoll, als ich die Treppe hinabgehüpft bin, stapfe ich sie jetzt wieder hinauf. Im Reservierungsbuch schlage ich das heutige Datum auf – ja, da ist ein Eintrag. Ein Doppelzimmer, gebucht als Einzelzimmer, für drei Tage, Halbpension, auf Herrn Heinrich Philippi, wohnhaft in 39040 Castelrotto/Kastelruth. Heinrich Philippi. Ich sage mir den Namen dreimal auf, dann eile ich in die Küche.

»Gianni? Gianni!«

Da kommt der Koch aus der Speisekammer geschlichen. Er sieht noch magerer aus als gestern, und irgendwie ... traurig.

»Si, Signora?«

Er hat den Blick gesenkt und sieht mir nicht in die Augen.

»Gianni«, sage ich, und als er nicht aufblickt: »Gianni, warum schaust du mich denn nicht an, wenn ich mit dir rede?«

Sein Blick hebt sich für einen kurzen Moment und senkt sich sogleich wieder.

»Gianni, hör zu, ich brauche den Schnaps. Wir bekommen einen Gast!«

Er nickt und bringt mir ein Tablett, ein Glas und eine schlanke, hohe Flasche Marillenbrand. Dabei guckt er drein wie Bambi bei Dauerregen.

»Vielen Dank!«, strahle ich ihn aufmunternd an, doch das nutzt nichts.

»Niente«, sagt er zu einem Fleck am Fußboden und schleicht wieder davon.

Keine Ahnung, was mit ihm los ist. Bei meinem letzten Besuch wirkte er viel fröhlicher, und Tante Johanna war sich sicher, er sei langsam über das Drama in Palermo hinweggekommen. Hm. Aber vielleicht ist es ja auch genau das? Vielleicht vermisst er einfach nur die Frau, an deren Seite er fast dreißig Jahre lang die Küche geführt hat. Sicher leidet er unter ihrem Tod mehr als irgendjemand sonst – das hatte ich noch gar nicht bedacht. Ich sollte nachsichtig mit ihm sein. Bestimmt braucht er einfach bloß Zeit.

Ich stelle Flasche und Glas aufs Tablett und bugsiere es in Richtung Haustür – genau im richtigen Moment. Herr Philippi biegt gerade um die Kurve. Bis eben sah man nur seinen schneeweißen Scheitel, denn er hatte den Blick auf den Boden vor sich gerichtet und sich auf seine Schritte konzentriert. Doch jetzt blickt er auf – und ich trete ins Sonnenlicht. Das nenn' ich Timing!

Die Schnapsflasche glitzert, ein Lächeln huscht ihm übers Gesicht, er hebt seinen Wanderstock zum Gruß und ich …

Oh nein. Das mit dem Zurückwinken war vielleicht keine so gute Idee.

Starr vor Schreck sehe ich zu, wie erst die Flasche und dann das Glas vom Tablett gleiten, wie sie auf dem Boden auftreffen und in tausend Splitter zerspringen.

»Scheiße«, rutscht es mir heraus.

Ich starre regungslos auf die Scherben zu meinen Füßen.

Ein Mensch mit durchschnittlicher Intelligenz würde jetzt in die Küche laufen, neuen Schnaps holen und die Scherben zusammenkehren. Ich hingegen bleibe stehen wie in den Erdboden getackert. Ich Idiot. Schon als Kind hatte ich einen außergewöhnlich schlechten Gleichgewichtssinn. Kein Mäuerchen konnte ich entlangbalancieren, ohne zu wanken wie ein besoffener Matrose auf hoher See. Ich bin wahrscheinlich auch der einzige Mensch auf der Welt, der beim Versuch, im Stehen den zweiten Stöckelschuh anzuziehen, schon einmal bäuchlings hingefallen ist – natürlich nicht unbeobachtet zu Hause, sondern in einer gut besuchten Prada-Filiale. Dass ausgerechnet ich so tun muss, als hätte ich mein Leben lang nichts anderes getan als kellnern!

Wahrscheinlich habe ich einfach zu lange in der Verlagsbranche gearbeitet. Da tun ständig alle so, als würden sie alles wissen und können.

Und jetzt kommt auch noch Jirgl um die Ecke und gafft mich hämisch an. Ich spüre ganz deutlich, wie meine Gesichtsfarbe immer röter wird. So etwas passiert auch immer nur mir!

»Signora«, höre ich plötzlich hinter mir.

Ich drehe mich um. Es ist Gianni, mit einem neuen Tablett, einem neuen Glas und einer neuen Flasche. Mit einer Geste bedeutet er mir, mich um den Gast zu kümmern, während er in die Küche läuft, um Schaufel und Kehrbesen zu holen.

Ach, ich könnte ihn knutschen!

Immer noch ein bisschen derangiert wende ich mich unserem Gast zu. Eigentlich hatte ich ja vorgehabt, ihn schon von Weitem mit Namen zu begrüßen, aber jetzt, da er vor mir steht, bin ich so verwirrt, dass mir nicht mehr einfällt, wie er heißt.

»Scherben bringen Glück, schon vergessen?«, sagt er. Er ist mindestens 75. Sein altes Gesicht legt sich in freundliche Falten, und seine langen weißen Brauen umlodern die freundlichen Augen wie ein warmes Feuer. »Heinrich Philippi, wenn ich mich vorstellen darf!« Er streckt mir die Hand entgegen.

Ich versuche ein Lächeln. ... »Sophie von Hardenberg, Johanna Pichlers Großnichte«, sage ich zerknirscht und halte ihm seinen Schnaps hin.

Doch er schüttelt den Kopf. »Den, junge Dame«, sagt er, »den brauchen jetzt Sie, glaube ich.«

Was soll ich sagen? Recht hat er.

9

»Seit sechzig Jahren!«, rufe ich erstaunt. Herr Philippi und ich gehen die Treppe hinauf, hoch zu seinem Zimmer. Eigentlich wäre es Aufgabe des Zimmermädchens, die Gäste einzuweisen, doch Frau Jirgl ist seit unserer ersten Begegnung nicht wieder aufgetaucht.

Na ja, wahrscheinlich ist es besser so herum. Wenn sie häufiger so ein Gesicht macht wie vorhin, als ich sie um die zweite Putzrunde bat, laufen uns die Gäste gleich rückwärts wieder aus dem Haus.

»Als zwölfjähriger Bub bin ich zum ersten Mal hier gewesen, das war 1952. Seither hab ich versucht, alle paar Jahre heraufzuwandern. Eigentlich hatte ich ja gehofft, mit der Frau Johanna Jubiläum feiern zu können, aber ...«

»Ja, es ist sehr traurig«, sage ich.

Einen Moment lang schweigen wir. Johanna hat den Gasthof in den Fünfzigerjahren übernommen, und es gibt ein paar sehr alte Stammgäste wie Herrn Philippi, die untröstlich sein werden, wenn sie hören, dass sie nicht mehr hier ist. Sie *war* Alrein, und die Pension ist ohne sie nicht mehr dasselbe.

Leise schließe ich die Tür auf, und wir treten ein – allerdings nur einen Schritt weit.

Oha.

»Pardon, da ...«

Ich bringe den Satz nicht zu Ende. Mein Blick streift durch den Raum, der offensichtlich seit dem letzten Herbst nicht mehr betreten wurde: Die Betten sind nicht bezogen, die beiden Bauernstühle mit den Herzchen in der Lehne stehen verkehrt herum auf dem Tisch, auf den staubigen Holzdielen liegen welke Blätter und die Tür zum Balkon versperrt eine riesige Spinnenwebe.

Ich möchte schreien, und ich weiß auch, was.

Jirgeline, du faules Miststück, ich reiß dir jeden deiner Air-Brush-Fingernägel einzeln aus!!!

Stattdessen sondere ich ein komisches Geräusch ab. Es klingt ungefähr so wie ein verreckender Kühlschrank.

»Aber das ist doch kein Problem«, sagt Herr Philippi freundlich. »Ich bin ohnehin furchtbar hungrig. Ich gehe einfach runter in die Gaststube und esse dort etwas, bis das Zimmer fertig ist. Sie sagen mir dann Bescheid, ja?«

Ich nicke stumm. Er platziert seinen Rucksack sorgfältig auf dem Stuhl neben der Waschkommode und verlässt das Zimmer.

Ich bin ja *so froh*, dass unser erster Gast nicht meine Mutter ist. Die wäre nämlich nicht runtergegangen, um etwas zu essen, sondern schnurstracks wieder abgereist.

»Frau Jirgl?«

Liebenswürdig wie ein kleines Weihnachtsglöcklein schallt meine Stimme durchs Treppenhaus. Ich höre mich an wie eine Metzgereifachverkäuferin, die sich erkundigt, ob es sonst noch was sein darf. Aber wenn die wenigen Gäste, die sich noch zu uns verirren, mitkriegen, was hier los ist, kommen auch die nicht mehr, und dann kann ich dichtmachen.

Eine gute Frage, wenn man es bedenkt: Was ist hier eigentlich los?

Ich gehe zum Fenster, öffne es und rufe über den Hof: »Frau Jiiirrgl?«

Keine Reaktion. Ich laufe hinunter in die Küche.

Aber da ist nur Gianni, der mit einem Büchsenöffner hantiert.

»Gianni, hast du Frau Jirgl gesehen?«

Er dreht sich zu mir um, schüttelt den Kopf und weist über seine Schulter in Richtung Parkplatz. Durchs Fenster kann ich erkennen, dass der ferrarirote SUV nicht mehr neben Johannas Panda steht.

»Non ci sono«, sagt er. »Sinte weg.«

Er sieht mich an, als würde er gleich zu weinen anfangen. Und ehrlich gesagt, im Augenblick fühle ich mich genauso. Meine Mitarbeiter verweigern entweder die Arbeit oder sie sind suizidgefährdet. So kann man ein Einwohnermeldeamt führen, aber keine Pension. Was für eine Gurkentruppe!

Genervt stapfe ich zurück in Herrn Philippis Zimmer und *bete,* dass Gianni ihm in der Zwischenzeit wenigstens etwas kocht, das ihn milde stimmt.

Und mir später auch, denn ich muss ebenfalls milde gestimmt werden. Außerdem habe ich tierischen Hunger.

Ich hole frisches Bettzeug aus der Wäschekammer.

Der Gedanke ans Essen gibt mir neue Kraft. Ich erinnere mich noch lebhaft an Giannis wunderbare selbst gemachte Nudeltaschen, an seine Marillenknödel – und diese Suppen! Er und Tante Johanna hatten herrliche, alte Rezepte gesammelt, und die Küche der beiden war in der ganzen Region bekannt – sogar im Slow-Food-Restaurantführer war sie einmal erwähnt worden!

Ich nehme Decken und Kissen vom Bett und lege sie zur Seite. Dann breite ich ein Bettlaken auf der Matratze aus. Natürlich hätte Tante Johanna nie im Leben so etwas Neumodisches wie Spannbettlaken angeschafft, deshalb ist es ein ganz schönes Gefummel, bis ich es endlich glattgestrichen habe.

Oder zumindest halbwegs glatt. Aber schließlich liegt ja die Decke drüber, oder? Eben.

Als Nächstes beziehe ich die Kissen, schüttle sie auf und drapiere sie am Kopfende des Bettes. 'Ne Nixigkeit, wie wir Hamburger sagen. So, jetzt die Decken. Ächz. Diese Daunendecken sind so groß und schwer – das ist ja, als würde man mit einem ausgewachsenen Mann ringen! Es dauert ein bisschen, aber dann sind auch sie bezogen. Ich falte sie einmal zusammen, werfe sie aufs Bett und versuche, einen halbwegs symmetrischen Gesamteindruck hinzukriegen.

Ich streiche die Falten glatt, was mir nur mit mäßigem Erfolg gelingt.

Dann lege ich die Decken noch einmal andersherum.

Schließlich lege ich sie quer übers Bett, übereinander.

Meine Güte, es kann doch nicht so schwer sein, ein Bett zu machen!

Ich bringe die Decken wieder in die Ausgangsposition, streiche sie hektisch glatt und sehe, wie ein Schweißtropfen von meiner Stirn direkt auf dem Kopfkissen landet und dort einen hübschen Fleck macht.

Hoffentlich trocknet der, bevor Herr Philippi sein Zimmer bezieht. Aber ich kann ja nicht auch noch einen Fön holen.

Ich sehe auf die Uhr. Fast zwanzig Minuten habe ich gebraucht, nur um dieses blöde Bett zu beziehen!

Jetzt aber Tempo. Ich hole einen Putzlappen und befreie notdürftig alle exponierten Flächen von der Staubschicht, die sich über den Winter gebildet hat. Ich sammle die Spinnweben mit einem Besen ein und bemerke dabei, dass die Fenster fast blind vor Schmutz sind. In der Putzkammer finde ich Glasreiniger und Fensterleder. Ich wische und poliere die Fenster innen und außen und sauge am Ende das ganze Zimmer noch einmal durch.

Als ich fertig bin, stelle ich fest, dass ich fast zwei Stunden gebraucht habe. In der Zeit hat Frau Kontopoulos früher mein ganzes Appartement geschafft, inklusive Bad, Klo, Küche und Bügeln.

Mein Blick fällt noch einmal auf die Fenster, die ich eben geputzt habe. Toll. Sie sehen noch schlimmer aus als vorher, sind übersät von Streifen und Schlieren.

»Fräulein Sophie?«, ruft es von der Gaststube herauf.

Mist, das ist Herr Philippi. Erschrocken reiße ich die Fenster auf, vielleicht bemerkt er es so gar nicht.

»Ihr Zimmer ist fertig!«, rufe ich zurück und schnappe mir einen Putzlappen, den ich um ein Haar auf dem Fensterbrett vergessen hätte.

Da höre ich ihn schon die Treppe hochknarren.

»Fräulein Sophie?« Er schnauft ein wenig, als er oben ist. Ich verstecke den Lappen hinter dem Rücken.

»Ja?«, lächle ich charmant.

Er wirft einen Blick über meine Schulter und sagt anerkennend: »Ach, nun ist es doch *sehr* schön.«

»Das freut mich«, sage ich. Und es stimmt.

Ich bin nämlich nicht gerade eine Großmeisterin im Putzen. Als ich bei meinen Eltern ausgezogen bin, habe ich in meiner Studentenbude ein Jahr lang nicht einmal den Boden gesaugt. Dann ist mir ein Fünfmarkstück unters Sofa gerollt und vor einem Pizzakarton gelandet, in dem noch etwas drin war. Das wäre an sich nicht sonderlich schlimm gewesen, allerdings stammte er vom Tag meines Einzugs – nachweislich, denn unter der Schachtel lag die Quittung. Noch in derselben Woche hatte ich eine Putzfrau. Ich glaube, ich hatte in meinem ganzen Leben noch kein Fensterleder in der Hand – bis gerade eben.

»Nur eine Sache noch«, sagt er. »Mein liebes Fräulein Sophie, Sie erinnern sich doch sicher noch an die ganz hervorragende Küche Ihrer Tante Johanna?«

»Natürlich«, sage ich stolz. Endlich. Endlich kommt nach dem ganzen Ärger auch einmal etwas Positives. Ein Lob, eine kleine Anerkennung der Küchenleistung des guten Gianni. Immerhin hat er schon zu Johannas Lebzeiten gekocht und ihr zu ihrem großen Ruhm verholfen!

»Und an die fantastische Gulaschsuppe, die Ihre Tante immer gekocht hat.«

»Sicher«, sage ich, jetzt doch ein bisschen misstrauisch. War damit etwa irgendetwas nicht in Ordnung? Kann eigentlich nicht sein, schließlich hat die Suppe in Wirklichkeit meistens Gianni gekocht. Tante Johanna hätte das bloß nie zugegeben. Sie wusste, dass man in einem Lokal immer auch sein Herz und seine Seele verkauft, nicht bloß irgendeinen Eintopf. Ein Gericht schmeckt einfach dreimal so gut, wenn es eine Geschichte hat. Gulasch und ein kleiner Sizilianer, das passt einfach nicht zusammen.

»Vielleicht wären Sie so freundlich, diese Suppe einmal zu probieren? Mir scheint, dass das Rezept leicht verändert wurde, und das ... nun ja ... nicht unbedingt zugunsten des Geschmacks.«

»Ganz wie Sie wünschen«, sage ich. »Ich werde mich gleich darum kümmern.«

Das mit dem »gleich« war gelogen. Denn als Herr Philippi in seinem Zimmer verschwunden ist, fällt mir siedend heiß ein, dass er sich ja eventuell auch irgendwann frisch machen will – in einem der Bäder. Und da die Jirgls immer noch verschwunden sind, heißt das für mich: eine Runde Engtanz mit Meister Proper.

Nach den Bädern im ersten Stock sehe ich noch einmal nach Frau Jirgl, doch die ist immer noch nicht da. Das kann sie doch nicht machen! Na gut, nehme ich mir eben auch noch die Bäder im zweiten Stock vor – die sehen fast *noch* schlimmer aus als die im ersten. Als Nächstes sauge ich die Flure und wische mit einem Mopp die Holztreppe sauber, Stufe für Stufe. Es ist ein Rausch, den ich sonst nur vom Shoppen kenne: Nur noch ganz schnell zu COS, dann gehe ich aber wirklich nach Hause.

Als alle Bereiche des Hauses, die irgendwie öffentlich sind, blitzen und glänzen, hole ich den Generalschlüssel aus dem Büro und inspiziere die übrigen Räume. Es ist ein Trauerspiel. Eigentlich sind die Zimmer gemütlich, hell und heimelig, aber jetzt präsentieren sie sich staubig und schmutzig und unaufgeräumt. Hier liegen noch gebrauchte Handtücher auf den Waschkommoden, dort sind die baumwollenen Bettvorleger achtlos in eine Ecke geworfen. Die Fenster sind fast alle blind, und in manchen Zimmern sind sogar die Stühle umgeschmissen.

Wow, da wartet eine Menge Arbeit – allerdings auf Frau Jirgl, nicht auf mich. Mir reicht es nämlich fürs Erste.

Ich reibe mir den Nacken, der von der Putzerei ganz schön wehtut und lege den Generalschlüssel zurück in die Schreibtischschublade. Draußen ist es fast unbemerkt dunkel geworden. Herrn Philippi habe ich am Abend noch mit einem Glas Rotwein auf der Terrasse gesehen, inzwischen scheint er im Bett zu sein. Auch von den Jirgls und Gianni ist nichts zu hören. Ich gehe leise die Treppe hinab und bemerke, dass die Lampe im Flur immer noch nicht funktioniert, deshalb taste ich mich weiter vor bis zur Küche und mache dort das Licht an. Im Vorratsraum finde ich neue Glühbirnen und wechsle mithilfe einer kleinen Klappleiter die alten aus. Alle drei sind durchgebrannt, aber ich bin viel zu groggy, um mich darüber zu ärgern. Ich bin ja schon froh, dass ich noch die Arme heben kann.

Erschöpft schneide ich mir noch zwei Scheiben Brot und ein paar Scheiben von dem Schinken ab, der eigentlich fürs Frühstücksbuffet bestimmt ist. Das Brot ist bereits ein bisschen hart, trotzdem bemerke ich schon beim Kauen, wie ich vom Essen noch mehr Hunger kriege. Mist, eigentlich hatte ich ja Herrn Philippi versprochen, das Gulasch zu probieren. Aber jetzt scheint nichts mehr davon übrig zu sein, also schneide ich mir eine weitere Scheibe Brot ab und belege sie mit etwas Bergkäse aus dem Kühlschrank.

Als ich fertig bin, überrollt mich die Müdigkeit wie eine Lawine. Ich torkle direkt ins Bett, ohne Händewaschen, ohne Zähneputzen, ohne Creme-Orgie. Komisch, denke ich, als ich unter der dicken Decke liege. Normalerweise schmecken Sachen spätnachts aus dem Kühlschrank eigentlich noch mal so gut, aber diesmal habe ich einen komisch künstlichen Geschmack im Mund. Muss an den Putzmitteldämpfen liegen. Aus der Ferne höre ich ein Auto, Sekunden später Schritte. Aber da sinke ich schon in ohnmächtigen Schlaf.

Als mir beim Aufwachen erneut die Sonne ins Gesicht scheint, werte ich das gar nicht erst als ein gutes Zeichen. Wütend sehe ich mich nach meinem Handy um, aber dann fällt mein Blick auf den alten Wecker auf dem Nachttisch. Er zeigt vier Uhr. Und: Er tickt schon wieder nicht. Hätte ich den gestern Abend etwa schon wieder aufziehen müssen? Und da schimpfe noch einmal einer auf die Akkuleistung seines iPhones.

Nach Blitzdusche im sauberen Badezimmer schlüpfe ich in mein Pünktchenkleid. Unten treffe ich auf Frau Jirgl, heute mal in lilafarbenen Leggins mit Tigerprint. Sie sitzt schon wieder an einem Kreuzworträtsel. Ich hoffe nur, dass es nicht immer noch das von gestern ist.

»Guten Morgen«, sage ich freundlich. Ich habe beschlossen, Frau Jirgl nicht auf ihr Verschwinden gestern anzusprechen. Ich will sehen, ob sie den Anstand hat, selbst etwas dazu zu sagen.

Doch sie nickt nur, um mir zu signalisieren, dass sie meine guten Wünsche empfangen hat. Grrr.

»Hat Herr Philippi schon gefrühstückt?«, frage ich.

Hoffentlich sagt sie Nein. Dann kann ich sie nämlich losschicken, ihm einen Kaffee zu machen – und mir gleich einen mit. Die Espressomaschine in der Küche ist einer dieser riesigen Gastro-Apparate mit tausend Knöpfen und Displays und Rohren und Reglern. Ich habe es noch nicht übers Herz gebracht, Gianni aus dem Sumpf seiner Lethargie zu ziehen und mir von ihm zeigen zu lassen, wie man diese Teufelsapparatur dazu bringt, Cappuccino zu machen. Und die Jirgls mag ich nicht bitten.

Das Einzige, was ich von ihnen will: dass sie sich endlich in Wirtsleute verwandeln.

»Herr Philippi ist abgereist«, sagt Frau Jirgl wieder mit dieser komisch freundlichen Stimme, ohne den Kugelschreiber aus der Hand zu legen.

»Wie bitte? Aber er hat doch für drei Nächte gebucht!«

Herr Philippi war so nett, und wir haben uns so gut verstanden, und er war doch schon als kleiner Bub hier!

»Er hat die drei Nächte a bezahlt, Geld is oben in der Kasse. Aber er hat ned bleiben können«, sagt sie, als sei es das Normalste der Welt, dass Pensionsgäste übereilt ihre Zelte abbrechen. In mir krampft sich alles zusammen.

»Aber warum?«

Frau Jirgl zieht die Schultern hoch und versieht mich mit einem Blick, als müsse ich das schon selber wissen – als habe schließlich *ich* Schuld, nicht *sie*. Dann wendet sie sich wieder ihrem Kreuzworträtsel zu. Diese blöde Ziege!

Ich stapfe in die Küche, um zu sehen, was es zu frühstücken gibt. Gianni ist nicht da, aus dem Kaffee wird wohl nichts.

Ich schneide mir gerne ein bisschen Obst zum Frühstück, aber alles, was ich finde, sind drei schimmlige Zitronen im Kühlschrank. Also schenke ich mir bloß ein Glas Apfelsaft ein und setze mich raus auf die Bank neben der Eingangstür.

Doch auch die frische Luft löst den Knoten in meinem Magen nicht auf. Was wohl mit Herrn Philippi geschehen ist? Wenn etwas mit seinen Kindern oder Enkeln passiert wäre – wie hätte er dann hier oben davon erfahren? Hätte ich das Telefon nicht gehört? Es gibt hier doch kein Mobilfunknetz, und selbst wenn – der Alte hatte doch sicher kein Handy! Ich kann mir nicht helfen, irgendwie habe ich ein ganz schlechtes Gefühl.

Ich blicke über das Tal. Es ist ganz still. Na gut, es gibt jede Menge Insektenvieh, das summt und brummt und flattert, aber abgesehen davon ist es absolut ruhig und friedlich.

Das ist ein unglaubliches Gefühl hier oben: Du kannst die ganze Welt überblicken, aber sie gibt keinen Mucks von sich. Keine Motorengeräusche, kein Handygeplapper, nicht einmal »Anton aus Tirol«. Jirgl muss ins Tal gefahren sein, sein SUV steht zumindest nicht vor der Tür. Ich frage mich wirklich, was die beiden da unten die ganze Zeit machen. Besorgungen sind es offensichtlich nicht. Der Bestand im Kühlschrank wird nämlich nicht größer, sondern nur älter.

Um ehrlich zu sein, ist es für meinen Geschmack fast ein bisschen *zu* still. Früher war die Terrasse immer voller Gäste, die ausgiebig pausierten, ehe sie sich weiter auf den Weg zu ihren Wanderzielen machten. Und immer wieder gab es welche, denen es hier so gut gefiel, dass sie kurzerhand über Nacht blieben oder sogar gleich ein paar Tage.

Heute allerdings …

Hin und wieder gehe ich hinter zur Terrasse, um zu sehen, ob vielleicht unbemerkt jemand gekommen ist und nur zu schüchtern war, auf sich aufmerksam zu machen. Aber die Terrasse ist ganz leer, bis auf ein paar Wespen, die ziellos über den leeren Tischen schwirren, auf der Suche nach einer Portion Apfelstrudel.

Wie deprimierend.

Ehrlich gesagt, ich komme mir vor wie mit vierzehn, als ich, wenn mich länger als zwei Tage niemand mehr angerufen hat, manchmal extra zur Telefonzelle gegangen bin, um auszuprobieren, ob unser Telefon funktioniert. Ich musste dazu bis zur übernächsten Bushaltestelle laufen. Das Telefon ging natürlich immer. Meine Mutter nahm ab, und ich legte auf.

Nach einer Weile fühlt sich der Knoten in meinem Bauch wie Hunger an. Kein Wunder, gestern und vorgestern waren wirklich ein bisschen mager. Brot, Brot und immer trockener werdendes Brot. So langsam wird es Zeit für eine ordentliche Mahlzeit.

Ich gehe ins Haus, hole eine Speisekarte und lese: *Südtiroler Speckbrettl. Brettljause. Schmalztegl mit Gurke.*

Gerichte, die mit Brot gegessen werden – die wohl eher nicht.

Gadertaler Gulaschsuppe. Bohnensuppe mit Speck. Italienischer Brotsalat. Bauerngröstl. Bandnudeln mit Ragout vom Milchkalb. Hausgemachte Ofenschlutzer. Spinatknödel mit Butter und Parmesan. Speckknödel mit Butter und Parmesan. Kaspressknödel mit Butter und Parmesan.

Mir läuft das Wasser im Mund zusammen. Knödel! Butter! Ich springe weiter zu dem Abschnitt mit den Desserts. *Kaiserschmarrn. Apfelstrudel. Versoffene Jungfern.*

Und: *Von Juni bis August – Johannas Marillenknödel!*

Leider ist es erst Mai, verdammt. Aber gut, ich sollte ja ohnehin mal Giannis Gulaschsuppe probieren.

Jetzt muss ich nur noch Gianni dazu bringen, mir eine Schüssel zu kochen, statt sein Herz ewig in Trauer zu marinieren. Ich werde mich mit einer großen Portion davon auf die Terrasse setzen und hoffen, dass der Duft ein paar Gäste anlockt.

Auf dem Weg in die Küche habe ich eine Idee. Ich strecke die Arme nach vorne aus, lasse die Hände schlaff hängen, rolle die Augen nach oben, bis man nur noch das Weiße sieht und sage, als ich in der Türe stehe, mit supermonotoner Zombiestimme: »Sophie muss Fleisch essen.«

Wie schrieb Hannes van Aalen in *Aus Mäusen Elefanten machen – Team-Empowerment und Potential-Development heute* zum Thema Mitarbeitermotivation? »Bringen Sie Ihre Leute öfter mal zum Lachen.«

Gianni lacht aber nicht. Er dreht sich zu mir um und schaut mich erschrocken an.

»Sophie praucht Gooolaschhhh«, ächze ich noch einmal, aber er reagiert nicht. Er lächelt nicht einmal.

»Gooooooooooolaaaaaaaaaaschhhh!«, brülle ich heiser und versuche, besonders blutrünstig dreinzuschauen.

Hallo? Vielleicht wenigstens ein kleines Grinsen?

Männo, manche Leute verstehen echt überhaupt keinen Spaß.

»Ich wollte dich fragen, ob du mir ein Gulasch machst, Gianni«, sage ich mit ganz normaler Stimme, aber er reagiert immer noch nicht, sondern guckt und guckt, um die Augen grabesfinstere Schatten.

Jetzt platzt mir aber gleich die Hutschnur.

»Ich erwarte das Essen auf der Terrasse«, sage ich, vielleicht ein bisschen schärfer als nötig, und lasse ihn stehen, ohne mich noch einmal umzudrehen.

10

Was soll ich nur tun? Schon seit Sonnenuntergang ist von unten das Geschrei zu hören. Es sind Gianni und die Jirgls, aber ich habe keine Ahnung, worum es geht. Das, was sie brüllen, ist halb Dialekt, halb Italienisch – leider verstehe ich beides allenfalls dann, wenn es mir auf einer Speisekarte begegnet.

Aber wenn ich genauer hinhöre – es sind vor allem die Jirgls, die brüllen, und zwischendurch hört man, wie Gianni versucht, sich mit schwacher Stimme zur Wehr zu setzen.

Schon klar: Als gute Chefin müsste ich jetzt nachsehen, was los ist. Mich für den armen Gianni einsetzen. Schlichten. Aber ich kann nicht. Nicht heute. Wenn in deinem Job alles schiefläuft, wirklich *alles* – dann kannst du noch so viele Managementratgeber lektoriert haben. Du fühlst dich klein und schwach und machtlos.

Ich schleiche die Treppe runter und an der Küche vorbei, wie ein Dieb, wie einer, der etwas Schlimmes verbrochen hat. Aber es geht nicht anders. Ich muss telefonieren – was mit dem Geschrei im Hintergrund völlig unmöglich ist, deshalb will ich raus und sehen, ob ich nicht doch irgendwo Netzempfang finde.

Ich laufe ans Ende der Terrasse und ziehe das Handy aus der Tasche – nichts. Ich gehe ein Stück den Berg hinauf, aber auch dort ist es nicht besser. Ich tapse den Weg weiter hinab in Richtung Zivilisation, bis zu der Abzweigung, die zum Alpine Relax führt.

Ich kann kaum den Boden vor mir erkennen, nur das fahle Mondlicht und der Schein meines Handys leuchten mir den Weg. Ich blicke noch einmal auf das Display. Da, endlich ein kleiner Strich. Ich halte das Handy in die Höhe – und höre, wie hinter mir ein Motorengeräusch erklingt. Es ist Jirgls SUV, ganz eindeutig. Ich schlüpfe hinter einen Baum und warte, bis der Wagen an mir vorbeigefahren ist – und kann erkennen, dass allein Herr Jirgl darin sitzt. Wo will denn der schon wieder hin? Ich meine, es ist Freitagnacht, was kann man da schon groß vorhaben, wenn man in den Bergen lebt? Wahrscheinlich fährt er nach Brixen, in eine schreckliche Diskothek am Rande des Industriegebiets.

Ich bin so schön ... ich bin so toll ...

Ja, das passt zu ihm.

Als er außer Sichtweite ist, bemerke ich, dass das Display jetzt zwei Striche anzeigt. Ich tapse weiter, bis ich zu einer Bank komme, die neben drei Fichten auf der Kuppe einer kleinen Anhöhe steht.

Ich kenne diese Bank. Wir haben sie Dreifichtenbänkchen genannt, früher. Von hier aus kann man tagsüber weit über das Tal blicken, und zwar, ohne dass einen jemand von Alrein aus sehen kann. Als Kind habe ich oft hier gesessen, mit einer Strickliesel in der Hand oder einem Buch auf den Knien –

oder auf der Flucht vor Helena und Lydia. Hier habe ich die herrlichsten Rachepläne geschmiedet, in denen Juckpulver, China-Kracher und brennende Oilily-Kleidchen eine entscheidende Rolle spielten.

Ich kontrolliere den Empfang meines Handys. Noch immer zwei Striche, dann muss das wohl genügen. Ich lege den Kopf in den Nacken und lasse das Handy Sarahs Nummer wählen. Hoffentlich ist sie nach Dienstschluss nach Hause gegangen und nicht in den Roten Stern – denn dann ist es entweder so laut, dass sie ihr Telefon ohnehin nicht klingeln hört, oder sie ist so betrunken, dass sie mir auch nicht weiterhelfen kann.

Und Hilfe brauche ich.

Hilfe ...

Das Telefon piepst leise und stellt die Verbindung her, gefolgt von einem Pfeifen und Knacken, das unter dem nächtlichen Sternenhimmel so klingt, als würden Außerirdische verzweifelt versuchen, dem einsamsten Wesen der Welt etwas mitzuteilen. Wenn ich nur wüsste, was.

Ich seufze, es tutet, dann nimmt endlich jemand ab.

»Sophie!«, rauscht Sarahs Stimme durch den Hörer. Der Empfang ist schlecht, trotzdem ist ihre Überraschung nicht zu überhören.

»Hallo, Sarah«, erwidere ich und gebe mir Mühe, dabei so normal und locker wie möglich zu klingen. Dabei weiß ich natürlich, dass Sarah sich von solchen Manövern nicht täuschen lässt. Sarah wäre nicht Sarah, wenn sie nicht auch über den halben Globus hinweg riechen würde, wenn etwas nicht in Ordnung ist. Ich meine, sie merkt sogar, wenn eine Cappelletti-

Füllung einen Hauch Zitronenschale enthält, wo ich schon froh bin, zu erkennen, dass es Cappelletti sind. Okay, kein guter Vergleich, aber es dürfte klar sein, was ich meine.

»Du klingst aber nicht gut«, sagt sie.

Da, bitte: Sie hat einfach den siebten Sinn.

»Ach ...«, sage ich ausweichend.

Ich habe keine Ahnung, warum die von Hardenbergs immer um den heißen Brei herumreden müssen, wenn es ihnen schlecht geht. Mein Vater macht das genauso. Nur meine Mutter hat eine andere Strategie: Wenn es bei ihr schlecht läuft, dann sucht sie jemanden, der schuld ist. Aber letztendlich ist es bei uns allen das Gleiche: Wir führen uns auf, als sei es eine *Schande*, wenn man mal ein paar Schritte lang auf der Schattenseite des Lebens geht.

»Sag schon. Was ist?«, sagt sie durch den knacksenden Hörer.

»Ach Sarah ...«, drucke ich herum.

Möglicherweise liegt es daran, dass es eine Schande *ist*, wenn einem die eigenen Angestellten auf der Nase herumtanzen und die Gäste weglaufen und man geradewegs auf die Pleite zusteuert, ohne das Geringste dagegen zu unternehmen. Zu meiner Verteidigung könnte man einwerfen, dass ich ja erst seit zwei Tagen hier bin, aber trotzdem: Irgendetwas läuft hier ganz gewaltig schief.

Ich schließe die Augen. Ich spüre, wie sich der riesige Himmel über mir dreht, wie die mächtigen Berge mich umstellen, und komme mir so klein vor wie in meinem ganzen Leben noch nie.

»Na?«, sagt sie mitfühlend.

Ich seufze, kann aber immer noch nichts sagen. Wahrscheinlich bin ich einfach nicht der Typ, der erfolgreich ist. Ich habe einen miesen Studienabschluss. Ich habe es nie zu einer Festanstellung gebracht. Ich bin Single, ich bin einsam. Ich kann mir nicht einmal die Fingernägel der rechten Hand lackieren. Und nun das. Gescheitert, schon nach wenigen Metern.

»Ach Sarah, es ist alles so schrecklich«, bringe ich es endlich über die Lippen. In *Krisen-Knigge für Manager – wie man Katastrophen und Fehlschläge richtig kommuniziert* steht zwar, dass grobe Verallgemeinerungen nicht ganz die richtige Strategie sind, um seine Schwierigkeiten offenzulegen, aber was soll's. *Mir* hilft es.

»Alles?«, neckt sie mich.

Ich nicke. Und obwohl ich natürlich selbst weiß, dass sie das nicht sieht, bin ich doch sicher, dass sie es spüren kann.

»Schieß los. Was genau«, sagt sie.

Ich atme durch, und dann erzähle ich ihr alles. Wie Herr Jirgl mich behandelt. Wie Frau Jirgl mich behandelt. Wie Gianni immer dreinschaut. Dass in den letzten Tagen ein einziger Gast da gewesen ist, der prompt übereilt wieder abgereist ist, und dass die Leute nicht einmal mehr für eine Jause haltmachen. Und dann erzähle ich ihr von meinem Verdacht: Dass niemand mehr kommt, weil das Essen so schrecklich schlecht geworden ist.

»Meinst du wirklich, dass es am Essen liegt?«, fragt sie misstrauisch.

Ich nicke. »Alrein war im ganzen Gadertal bekannt für seine Gulaschsuppe. Die Leute sind aus dem Tal hochgewandert dafür! Ich weiß nicht genau, was das Geheimnis daran war, es war ja nur eine Gulaschsuppe, aber sie war wirklich unglaublich gut. Und vorhin habe ich mir eine machen lassen und ...«

»Und, was war damit?«

Ich zögere. Es ist gar nicht so leicht, Worte zu finden für das, was da in der Suppentasse schwamm. Wie hat Herr Philippi es genannt? *Das Rezept sei leicht modifiziert worden, nicht ganz zugunsten des Geschmacks.* Man muss sagen, Herr Philippi ist ein Mann mit Manieren. Oder er hat einfach bloß Sinn für Humor.

»Na komm, Sophie, jetzt sag schon.«

Meine Güte. Wenn es ums Essen geht, kann Sarah manchmal ganz schön ungeduldig werden.

»Also, das Fleisch war zur einen Hälfte schwabbelig, zur anderen Hälfte zäh. Es war überhaupt kein Paprika darin, dafür so viel Glutamat, dass es geschmeckt hat wie beim China-Imbiss. Die Suppe war mit irgendetwas angedickt, keine Ahnung mit was, aber sie hatte die Konsistenz von Vanillesoße – nur, dass sie rotbraun war.«

Durch den Hörer kommt ein würgendes Geräusch.

»Sarah, das war unfassbar ekelhaft. Und du kennst mich, ich bin echt nicht pingelig.«

»Stimmt, das kann man wirklich nicht behaupten«, sagt sie mit spöttischer Stimme.

Das war gemein. Ich weiß, worauf sie anspielt: Auf den ewigen Fünf-Minuten-Terrinen-Vorrat, den ich stets im Haus habe. Aber jetzt mal ehrlich: Eine Fünf-Minuten-Terrine ist doch immer noch besser als *gar kein* Essen, vor allem, wenn man, wie ich, nicht kochen kann.

»Auf alle Fälle war diese Suppe absolut völlig ungenießbar«, bringe ich die Diskussion wieder auf das eigentliche Thema zurück.

»Und, was hast du gemacht?«

»Ich bin mit dem Suppenteller in der Hand zu Gianni in die Küche gelaufen und habe ihn zur Rede gestellt.«

Das stimmt nicht ganz. Ich bin mit dem Suppenteller in der Hand zu Gianni in die Küche gelaufen und habe ihn angeschaut, als hätte er mir ein frittiertes Menschenohr serviert. Ich hab ein paar Augenblicke gebraucht, bis ich sprechen konnte.

»Und, was hast du gesagt?«

»Ich habe ihn gefragt, was mit der Gulaschsuppe passiert ist.«

»Und er?«

»Er ist in die Vorratskammer gegangen und hat mir eine Dose präsentiert.«

Ich vereinfache die Schilderung, um Telefonkosten zu sparen. »Präsentiert« trifft es nicht hundertprozentig. Gianni ist in die Vorratskammer gegangen, hat die Dose auf den Tresen gestellt und sich dann wieder in der Vorratskammer verkrochen.

»Und zwar eine Dose Gulaschsuppe von irgendeiner italienischen Billig-Discounter-Marke. Nicht einmal Markenware von Unox oder Lacroix oder so etwas war das! Ich habe ihn gefragt, warum er das macht, aber ehe er antworten konnte, kam plötzlich Jirgl in die Küche und hat sich eingemischt. Er hat behauptet, dass es sich bei so wenigen Gästen überhaupt nicht lohnen würde, frisch zu kochen. Sie müssten ständig Essen wegschmeißen, bloß, weil es niemand bestellt hat.«

»Womit er recht haben könnte.«

Mir fällt fast das Telefon aus der Hand.

»Willst du den jetzt in Schutz nehmen, oder was?«

»Nein. Aber es stimmt schon. Unter kalkulatorischen Gesichtspunkten macht es wenig Sinn, frisch zu kochen, wenn dann keiner kommt, der das Zeug auch isst.«

»Aber es kommt doch deshalb keiner, weil nicht frisch gekocht wird«, widerspreche ich.

»Das glaube ich nicht«, sagt sie. »Klar, du solltest schon dafür sorgen, dass es ein paar essbare Gerichte bei euch gibt – sonst bringt das alles nichts. Aber vor allem musst du dafür sorgen, dass wieder Gäste kommen. Dann lohnt es sich auch wieder, frische Zutaten zu kaufen. Dann kommen noch mehr Leute, und der Laden läuft wieder.«

Ich bin ein bisschen baff.

»Meinst du?«, frage ich.

»Klar.«

»Okay«, sage ich. Das ist meine Freundin. Immer, wenn ich nur noch Nebel sehe, wischt sie mir dir Brille sauber, und ich hab wieder Klarblick. »Und, bei dir?«

»Arbeit«, sagt sie. »Sonst nicht viel.«

»Magst *du* nicht herkommen und die Küche übernehmen?«, frage ich spontan.

Sie sagt nichts, aber ich kann spüren, wie sie den Kopf schüttelt. »Krieg in den nächsten Wochen nie im Leben Urlaub. Es gibt Gerüchte, dass wir einen Michelin-Stern kriegen.«

»Wow.«

»Ja, wow.«

Dazu gibt es tatsächlich nicht mehr zu sagen.

»Dann ... Ich meld mich wieder«, sage ich.

»Mach das.«

Wir küssen uns durch die Leitung, dann legen wir auf.

Besänftigt starre ich in den Nachthimmel, wo gerade ein Flugzeug blinkend in Richtung Süden zieht. Ach, Sarah. Sie fehlt mir ganz schön. Allein ihre Stimme zu hören ...

Doch plötzlich durchzuckt es mich wie ein Blitz. Ich nehme das Handy und drücke die Wahlwiederholungstaste.

»Ja, Sophie?«, meldet sie sich.

»Eine Frage hab ich noch, Sarah. Dass die Gäste wiederkommen – wie soll ich das denn bitte schön anstellen?«

11

Um Gottes willen, ist das steil. Ach, ach, ach. Ich steige auf die Bremse, aber der Wagen rutscht einfach weiter, oh weh, oh weh, oh weeeh! Ganz knapp vor dem Abgrund bleibt er stehen.

Da will man sich nach gerade einmal vier Tagen auf dem Berg zum ersten Mal hinunter ins Tal wagen, und dann das.

Ich meine, schon in der Stadt ist das Lenken eines Personenkraftwagens nichts, was ich einem großen Eisbecher mit Erdbeeren und Sahne vorziehen würde. Nur war ich Idiotin immer überzeugt davon gewesen, dass allein die Stadt das Autofahren zum Problem macht und es sich auf dem Land viel angenehmer herumkurven lassen müsste. Kein Verkehr, keine verstopften Knotenpunkte, keine sechsspurigen Ausfallstraßen – Kinderspiel, oder?

Tja.

Ich ziehe die Handbremse an, recke mich vorsichtig und versuche angesichts dessen, was ich da sehe, nicht *zu* nervös zu werden: Vor mir geht es unerhört steil bergab. Oder zumindest so steil, dass ich da nicht einmal auf dem Hosenboden herunterschlittern möchte, geschweige denn auf dem Dach meines kleinen Fiat.

Zu meiner Verteidigung könnte man anführen: Das hier ist ja auch nicht das Land. Zumindest nicht das, was wir in Hamburg unter Land verstehen. Bei uns ist Land etwas, das schön übersichtlich und flach ist, ohne Felsbrocken an Stellen, die sich nicht umfahren lassen. Und ganz sicher ohne Abgründe, die sich plötzlich dort auftun, wo man eben noch die nächste Kurve vermutet hat.

Ich lege den Rückwärtsgang ein und lasse die Kupplung laaangsam kommen, genau so, wie mein Fahrlehrer Herr Hansen es mich kurz vor meinem achtzehnten Geburtstag gelehrt hat. Aber offensichtlich ist laaangsam *zu* langsam, denn plötzlich macht Tante Johannas pinker Panda einen Satz nach vorne und säuft ab.

Kein Scheiß, ich hänge mit der Stoßstange über dem Abgrund.

Mir wird ganz schwindelig.

Am liebsten würde ich diese blöde Karre einfach hier stehen lassen und nach Alrein zurücklaufen. Oder nein, anders: Am liebsten würde ich den Panda hier stehen lassen, den Taxi-Messner anrufen und ihn bitten, mich nach Brixen zum Bahnhof zu bringen. Von dort aus würde ich fliehen, irgendwohin, wo es keine Giannis und keine Jirgls gäbe. Im Moment würde ich sogar zum Schwarz Verlag zurückgehen – zur Not sogar als Praktikantin.

Das ist so erniedrigend, ehrlich.

Verdammt, jetzt kommen auch noch zwei Wanderer näher. Was stieren die mich denn so blöde an! Mir steigt das Blut ins Gesicht, und ich versuche irgendeine Geste, die den beiden klarmacht, dass alles in *bester* Ordnung ist und ich aus purer *Höflichkeit* warte, bis sie hinter der nächsten Biegung verschwunden sind.

Okay, Sophie, reg dich ab. Und jetzt versuch's noch einmal.

Ich starte den Motor und lasse die Kupplung noch einmal kommen. Gaaanz langsam.

Der Wagen macht rückwärts einen Satz bergauf, so schnell, dass ich vor Schreck auf die Bremse trete.

Schluck!

Na, hab ich's nicht gesagt? Ich bin wieder auf dem Weg. Und das sogar fast in Fahrtrichtung.

Ich drehe das Lenkrad und fahre vorsichtig an. Ich kann nicht einfach aufgeben und diese blöde Pension hinter mir lassen. Nicht jetzt.

Als ich gestern Nacht zurück ins Haus gegangen bin, ist mir nicht aus dem Kopf gegangen, was Sarah geantwortet hat, als ich sie fragte, was ich tun kann, damit wieder mehr Gäste kommen.

»Überleg dir was. Du bist doch sonst nicht auf den Kopf gefallen.«

Zunächst hat es sich leider so angefühlt. Fieberhaft habe ich nachgedacht, was ich tun kann. Werbeschilder auf dem Berg aufstellen? Unten an der Weggabelung Flyer austeilen? Pferdeäpfel auf dem Weg zu diesem komischen Relax Hotel verstreuen? Anzeigen in der *Neuen Südtiroler Tageszeitung* schalten? An einer Homepage basteln?

Mir rauchte richtig der Schädel. Was nicht heißen soll, dass darin auch nur ein einziger schlauer Gedanke warm geworden ist. Denn dummerweise ist es mit guten Ideen wie mit Männern. Wenn du unbedingt eine brauchst, kannst du dir eigentlich sicher sein, dass ganz bestimmt keine um die Ecke biegt.

Na ja. Um mich abzulenken, bin ich in die Küche gegangen. Das habe ich während meiner Magisterarbeit öfter gemacht, wenn mir die Inspiration fehlte. Die besten Ideen kommen einem doch grundsätzlich genau dann, wenn man gerade *nicht* nachgedacht hat.

Leider fehlte mir gestern Nacht der Appetit, deshalb öffnete ich absichtslos ein paar Schubladen, in der Hoffnung, darin auf eine Idee zu stoßen. Aber natürlich fand ich keine. Stattdessen fiel mein Blick auf das Regal, in dem Tante Johannas Kochbücher stehen.

Ich zog eines heraus und blätterte darin. Und plötzlich wusste ich, was zu tun war. Ich hatte Tante Johannas Gulaschrezept in der Hand.

Seither bin ich sicher, dass ich es schaffen kann. Ich brauche nur einen Metzger, ein Netz Zwiebeln, und eine Zitrone mit unbehandelter Schale.

Es ist alles ganz einfach.

Auch, wenn Sarah behauptet, dass erst wieder Gäste kommen müssen, bevor es sich lohnt, in die Küche zu investieren – ich werde es nicht zulassen, dass irgendwer noch mal dieses widerwärtige Dosengulasch vorgesetzt kriegt.

Ab jetzt wird sich hier etwas ändern.

Und ich werde mir nicht weiter von den Jirgls auf der Nase herumtanzen lassen. Gerade eben habe ich Frau Jirgl befohlen, sich etwas Ordentliches überzuziehen und die Zimmer zu putzen, und zwar alle. Ich habe Herrn Jirgl damit beauftragt, sämtliche Glühbirnen im Haus zu kontrollieren. Und die Wasserhähne zu entkalken, aus denen das Wasser in alle Richtungen spritzt. Und den Stuhl aus der Gaststube zu leimen, der gestern unter mir zusammengekracht ist. Wahrscheinlich gäbe es noch viel mehr zu renovieren, aber um alles auf einmal kann ich mich auch nicht kümmern.

Und dann ist da noch eine Sache, aber die haben die beiden möglicherweise noch nicht mitgekriegt: Ich habe das Stromkabel der Stereoanlage konfisziert. Es liegt neben mir auf dem Beifahrersitz. Ich werde es unten im Dorf in einen Mülleimer schmeißen. Der Spuk hat jetzt nämlich ein Ende.

Entschlossen setze ich ein Stückchen zurück und lenke den Wagen um die Kurve ... geschafft. Damit wäre das Schlimmste doch wohl hoffentlich überstanden.

Himmel, bin ich erleichtert, als ich endlich die Metzgerei betrete. Vorhin hätte ich die Suche fast schon aufgegeben. Als ich vorhin am Sankt Damianer Marktplatz anhielt und einen Jungen fragte, ob es hier einen guten Fleischer gebe, sah er mich an, als käme ich vom Mars. Oder aus Afrika. Vielleicht ist er einfach ein bisschen langsamer als die anderen, dachte ich, immerhin hatte er versucht, sich als Bill Kaulitz zu verkleiden, und das, obwohl ja schon lange kein Karneval mehr war. Also stellte ich die Frage noch einmal. »Ein guter Fleischer«, wiederholte ich. Zur Antwort zündete er sich eine Zigarette an, drehte sich um und ging weiter. Sitten sind das hier auf dem Land! Zum

Glück kam daraufhin eine ältere Dame vorbei, die ich fragen konnte. Sie beugte sich zu mir runter, sah mich ungläubig an und sagte: »An Fleisch*hauer* moansch, oda?«

Äääh, ja. Fleisch*hauer*. Ich nickte einfach mal, und sie erklärte mir total umständlich einen Weg, der nirgendwohin führte. Nur zufällig fand ich am Ende doch noch die Metzgerei, auf die kein Schild, keine Reklametafel, kein Schriftzug hinwies. Ich wäre glatt daran vorbeigefahren, hätte nicht gerade ein Wagen mit Anhänger vor der Einfahrt geparkt, aus dem ein Mann mit Tirolerhut drei süße, rosige Schweine trieb.

Ich muss sagen, das hat mich dann doch ein bisschen schockiert. Ich meine, mir ist natürlich schon klar, dass Wurst und Schinken und so ... und dass das eben alles aus toten Tieren gemacht wird und ... aber ... Also, was ich sagen will: In Hamburg gibt es bestimmt auch einen Schlachthof, aber das Einzige, was man davon als normaler Mensch zu sehen kriegt, sind leckere Würste in dünnen Scheiben, gerne mit Grinsegesicht oder Bärchenmotiv. Auf alle Fälle kann es einem da, wo ich herkomme, nicht so leicht passieren, dass man sein Schnitzel vor dem Verzehr noch durch die Gegend trippeln sieht.

»Guten Tag ... äh ... Grüß Gott«, sage ich und gehe auf die Theke zu.

»Hoi«, sagt der Fleischer und baut sich hinter der Theke auf. Ich meine natürlich: der Fleisch*hauer*. Ist ja auch die Berufsbezeichnung, die die Sache besser trifft. Der Mann sieht aus wie Fritz Jirgl, nur ohne Blondierung. Aber er ist mindestens genauso breit und hat eine ebenso rote Visage. Wenn Hunde und ihre Herrchen sich häufig ähnlich sehen, dann gleicht der Typ seinen Schweinen aufs Haar.

»Ich hätte gern zwei Kilo Gulasch«, sage ich freundlich.

»Ha?«

Wow. Der Mann kann gleich *zwei* ganze Silben. Hoi und Ha.

»Zwei Kilo«, wiederhole ich und halte ihm Daumen und Zeigefinger entgegen. »Gulasch.«

Meine Güte, diese Eingeborenen. So ähnlich muss Robinson Crusoe sich gefühlt haben, als er zum ersten Mal versucht hat, sich mit Freitag zu unterhalten.

»Vom Rind oda vom Notscher?«

»Hä?«

Ich wollte natürlich sagen: Wie bitte?

Aber so bin ich eben. In ein neues soziales Umfeld integriere ich mich oft schneller, als mir lieb ist.

»Rind o-der Schwei-hiin?«, wiederholt er, wobei er jede Silbe auf eine Weise betont, als hätte er jemanden vor sich, der komplett bescheuert ist. Ich finde das ein bisschen unhöflich. Ich spreche eben kein Gadertalerisch. Und ein bisschen verwirrt bin ich jetzt auch. Eben haben sie drei Schweine hinten reingetrieben – wie kommt der Mann auf die Idee, da hätte *irgend*jemand noch Lust auf Schweinegulasch!

»Rind«, sage ich.

»Rind«, wiederholt er höhnisch. Dann ruft er mit fieser Stimme nach hinten: »Franz! Hier san zwoa Kilo Rindsgulasch.«

Ja, und? Ich weiß wirklich nicht, was daran jetzt bitte falsch sein soll.

Die Tür geht auf, und heraus kommt schon wieder so ein DJ Ötzi. Dieser hier hat ein Piercing in der Augenbraue und die Haare schwarz gefärbt. Irgendwo muss ein Nest sein.

»Rindsgulasch«, wiederholt er spöttisch und mustert mich von oben bis unten, als gäbe es an mir irgendetwas Interessanteres zu sehen als Ballerinas, ein Paar Boyfriend-Jeans und ein weißes T-Shirt, auf dem ein Schattenriss Che Guevaras abgedruckt ist.

»Genau, Rindergulasch«, sage ich.

»Wolln Sie mir am End a sogn wos für oanz?«, sagt er mit genervter Stimme. »Schaufelbug? Wadschenkel? Oberschale?«

Also wirklich – er muss doch nicht gleich so *sauer* reagieren!

»Das, was heute am besten ist«, erwidere ich schnippisch, ohne auch nur den blassesten Schimmer zu haben, was genau die Unterschiede sind.

»Heit am besten«, wiederholt er, offensichtlich angewidert von meiner Unkenntnis. »I woas ned, was *heit* am besten ist, aber normalerweise is es für Gulasch die Oberschal.«

»Na also, dann nehme ich wohl die Oberschale«, sage ich und versuche dabei so viel Coolness aufzubringen, wie in dieser Situation noch möglich ist.

Viel ist es nicht, und ich spüre, wie sich meine Gesichtshaut mit Hitzeflecken überzieht.

»Warum sogstas denn ned glei«, grummelt er und verschwindet im Hinterzimmer.

Es gibt doch Menschen, die den Begriff »Arschloch« in völlig neue Dimensionen katapultieren.

Diese Schlaglöcher! Diese Serpentinen! Oh, tut mir der Hintern weh. Ich schlage die Tür meines Allrad-Pandas zu, werfe einen Blick auf die gegenüberliegenden Gipfel, die heute bedrohlich nahe stehen, und hieve meine Taschen ins Haus – natürlich ist es nicht bei den Zutaten fürs Gulasch geblieben. Neben neuem Deo und einem Vorrat Fünf-Minuten-Terrinen habe ich mir sämtliche deutschsprachigen Zeitschriften in den Wagen gepackt, die ich finden konnte. Hätte ich auch nicht gedacht, aber kaum ist man mal vier Tage ohne Telefon, Internet oder Fernseher auf einem Berg, fühlt man sich in einem Supermarkt wie eine Verdurstende, die in der Wüste Sahara tatsächlich auf die Punica-Oase gestoßen ist.

In der Küche packe ich die Einkäufe aus und reihe sie auf der Arbeitsfläche aus Edelstahl auf. Mir wird fast ein bisschen schwindelig. Ausgerechnet ich soll daraus etwas kochen? Eigentlich hatte ich ja gehofft, dass Gianni mir dabei hilft – aber der war eben spurlos verschwunden, genauso wie die Jirgls. Ganz ehrlich, ich habe mit dem Gedanken gespielt, sie alle drei zu feuern.

Aber dann fiel mir ein, dass ich dann bloß noch ein weiteres Problem hätte: Ich wäre ganz alleine hier oben. Und bei dem Gedanken fühle ich mich erst so richtig schlecht, leider.

Wie bescheuert: Ich habe keine Probleme, einen Typen wegen Untreue für alle Zeiten zu verlassen, aber völlig unbrauchbare Mitarbeiter kann ich nicht rausschmeißen, weil ich Verlustängste habe.

Gut bloß, dass ich Tante Johannas Kochbuch habe – und das Beste: Unter dem Rezept ist mit kleiner, fester Handschrift der besondere Kniff des Hauses hinzugefügt: kurz vor dem Servieren etwas gemahlenen Kümmel und die geriebene Schale einer halben Zitrone unterrühren. Ich bin im Besitz des Alreiner Geheimtricks, da kann gar nichts mehr schiefgehen. In Zukunft bekommt hier niemand mehr Dosenfutter serviert. Ab sofort wird sich hier etwas ändern!

Wagemutig schlage ich die Seite mit dem Rezept auf.

Gadertaler Gulaschsuppe. Zubereitung, steht da, und: *Als Erstes die Zwiebeln schälen und würfeln ...*

12

Ich reiße das Küchenfenster auf, damit der Geruch nach verbranntem Gulasch in die Bergluft entflieht, dann laufe ich hinaus in den Flur, um nachzusehen, wer da eben »Hallo« rief. Tatsächlich, in der Eingangstür steht Kundschaft – ein Mann in weißem Leinenhemd und Wanderschuhen, neben ihm eine Blondine, die sich das Haar zu zwei Zöpfen geflochten hat und ein zum Pink ihres Lippenstifts passendes Dirndl trägt. Das Kleid ist brandneu, so viel ist sicher, genauso wie die Timberland-Boots an ihren Füßen. Die Frau sieht aus, als wolle sie sich um einen Platz in »Die Alm« bewerben – und er, als sei er wahnsinnig stolz, sich so einen Gina-Lisa-Lohfink-Verschnitt angelacht zu haben.

Tante Johanna hat mir mal erzählt, dass es solche Touristen in Südtirol immer öfter gibt und dass sie sich zuweilen auch nach Alrein verirren: Frisch verliebte Paare aus dem nördlichen Teil Deutschlands, die sich für ein romantisches Abenteuer in den Dolomiten als Einheimische verkleiden und so tun, als sei das Leben hier ein leicht frivoler Heimatfilm, in dem Mannsbilder nichts anderes tun als auf Balkone kraxeln und die Bäuerinnen immerzu der Hafer sticht. Sie sind quasi das alpine Pendant zu Safarijacken tragenden Keniatouristen, die mit Ferngläsern um den Hals in Lodges rumhängen und dabei Gin Tonics gegen die Malariamücken trinken.

Leider schaut die Blondine nicht so lieblich drein wie Meryl Streep in *Jenseits von Afrika*, sondern sehr, sehr misstrauisch.

»Was *riecht* denn da so?«, höre ich sie noch zu dem Mann sagen, natürlich in klarstem Norddeutsch.

Ääähm ... ja.

»Herzlich willkommen«, sage ich, wische mir die Hände an den Oberschenkeln ab und schenke den beiden ein Lächeln. Ich versuche ihnen auf eine Weise entgegenzugehen, die sie dazu bringen soll, sich wieder nach draußen zu bewegen, aber sie bleiben stehen wie zwei störrische Ochsen.

»Guten Tag«, sagt der Mann und entpuppt sich damit ebenfalls endgültig als Ausländer, denn ein Südtiroler sagt *Grüß Gott* oder *Griasti* – oder, wie der Fleischhauer unten im Dorf, einfach nur: *Hoi*. »Wir würden gerne etwas essen«, sagt er und nimmt die Blondine in den Arm.

»Gern«, sage ich und spüre, wie mein rechtes Augenlid zu zucken beginnt. Sie wollen etwas essen. Tja. Schallala. Das Zeug da drinnen kann ich ihnen ja wohl schlecht servieren. Und den Fraß aus der Dose – den bekommt nie wieder jemand vorgesetzt, das habe ich mir geschworen, bei Tante Johannas Grab.

»Aber was *riecht* denn da so?« Die Blondine stellt die Frage noch einmal in den Raum. Dazu klimpert sie mit den Wimpern und zupft sich den Ausschnitt so zurecht, dass ihre Brüste dabei fast über die Balustrade kullern.

»Was meinst du denn?«, sagt der Mann.

Auch ich sehe sie an, als hätte ich nicht den geringsten Schimmer, wovon sie redet.

»Na, es riecht, als würde gerade etwas verbrennen!«

»Ach, das!«, sage ich und lache hektisch. »Das ist nur ... äh ... Sie wissen schon ... Ich habe gerade geräuchert!«

»Geräuchert«, wiederholt der Mann beeindruckt.

»Was denn?«, fragt die Frau.

»Salsiccie«, sage ich schnell. Und auf italienisch, damit es besser klingt.

»Salsiccie?«, wiederholt die Blondine.

»Würstchen«, erkläre ich.

»Hmmm«, macht sie. »Kann man die schon probieren?«

»Nein«, schüttle ich bedauernd den Kopf. Dann breite ich die Arme aus und gehe noch mal einen Schritt auf sie zu, und tatsächlich, jetzt gehen sie ein paar Schritte rückwärts. Endlich. »Frühestens in einer Woche.«

»Schade«, sagt die Frau.

»Was können Sie uns dann empfehlen?«, fragt der Mann.

»Nehmen Sie doch erst mal Platz«, sage ich freundlich und treibe sie weiter in Richtung Terrasse. »Wie wär's mit dem Tisch da drüben?«

Die beiden setzen sich, ich hole einen Lappen und wische damit über den Tisch. Nicht, dass er schmutzig wäre, ich brauche bloß ein bisschen Zeit zum Nachdenken.

»Darf es schon etwas zu trinken sein?«, frage ich.

»Stilles Wasser«, sagt die Frau.

»Ein Bier«, sagt der Mann.

Ich verschwinde wieder im Haus, ohne Eile. Inzwischen reift in meinem Kopf eine Idee.

»Bitte sehr«, sage ich, als ich wieder an den Tisch trete und den beiden ihre Gläser hinstelle. »Und nun zum Essen. Wissen Sie, die Küche öffnet erst heute Abend wieder, aber ich könnte Ihnen unsere Tagesspezialität anbieten, wenn Sie möchten.«

»Und die wäre?«, fragt die Frau gespannt.

»Rigatoni alla panna.«

»Aha. Was ist denn das?«

»Ein Pastagericht mit einer ganz speziellen Sahnesauce.«

»Sahne«, wiederholt die Frau und schaut drein, als würde sie schmelzen. Doch dann schüttelt sie den Kopf und klopft sich auf den Bauch. »Das ist leider nichts für meine Linie.«

Oh nein. Komm bloß nicht auf die Idee, dir ein Stück Fleisch oder einen Salat zu wünschen.

»Es ist ganz leicht«, sage ich schnell und zwinkere ihr zu, um zu signalisieren, dass wir Frauen uns schon verstehen.

»Meinen Sie?«, sagt sie und zwinkert zurück.

»Quasi fast keine Kalorien«, grinse ich.

»Außerdem sind wir gewandert«, beruhigt sie der Mann. »Also, ich nehme diese Nudeln.«

»Okay«, sagt die Frau. »Ausnahmsweise. Her damit.«

»Vorzügliche Wahl«, sage ich, drehe mich um und gehe.

»Siehst du«, höre ich den Mann hinter mir sagen. »Es ist doch eigentlich ganz nett hier. Keine Ahnung, was die alle haben!«

Den letzten Satz kann ich nicht richtig deuten. Alle? Wer sind alle? Und wieso nur *eigentlich* nett? Na ja, egal. Hauptsache, die beiden haben mir die Nummer mit der Tagesspezialität abgekauft.

Ich setze einen großen Topf Nudelwasser auf, gebe eine gute Prise Salz dazu und erhitze in einem kleineren Topf einen Becher Sahne. Für dieses Gericht brauche ich kein Rezeptbuch. Eine Freundin aus der Uni hat mir gezeigt, wie es geht, seitdem habe ich es so oft gekocht, dass ich es aus dem Effeff kann, und mit links, und ohne hinzuschauen. Ich habe mich fast mein ganzes Studium über davon ernährt, eigentlich so lange, bis ich beschloss, auf meine Figur zu achten, und die Sahnenudeln auf meinem Speiseplan durch Fünf-Minuten-Terrinen ersetzte.

Als die Sahne anfängt, Blasen zu werfen, schmeiße ich einen Brühwürfel dazu und rühre so lange, bis er sich aufgelöst hat. Inzwischen hat auch das Wasser angefangen zu sprudeln. Ich leere ein halbes Päckchen Nudeln hinein und lege den Deckel auf den Topf, bis das Wasser wieder anfängt zu kochen.

Als sie al dente sind, ist auch die Sahne schön eingekocht, und ich kippe sie in den Topf mit den abgegossenen Nudeln. Ein bisschen Pfeffer dazu, noch ein Prislein Salz, umrühren und auf zwei Teller glitschen lassen. Das Ganze noch mit einer Blüte aus dem

Garten dekorieren – fertig. Es sieht himmlisch aus, und der Duft erinnert mich an herrlich faule Abende, bei reichlich Rotwein vor der Glotze verbracht.

Stolz trage ich die beiden Teller auf die Terrasse. Die Blondine und ihr Mann bedanken sich erfreut und nehmen mit gutem Appetit das Besteck in die Hand. Bescheiden, wie ich bin, ziehe ich mich leise ins Haus zurück. Es soll ja nicht so wirken, als würde ich nach Komplimenten *gieren*. Ich spüle die Töpfe und Kochlöffel ab und trockne sie, dann bringe ich den Gulaschtopf unauffällig zum Kompost hinter dem Carport und vergrabe seinen Inhalt mithilfe des Spatens, der da lehnt. Zuhause hatten wir auch einen Komposthaufen, und dass man Fleischreste immer gut abdecken muss, weiß ich zum Glück. Und aus eigener Erfahrung – ein übrig gebliebenes Steak kann so stinken, dass ganze Häuserblocks quasi *unbewohnbar* werden.

Als ich fertig bin, sehe ich auf die Uhr. Wenn die beiden nur ein bisschen Wanderer-Kohldampf hatten, dürften sie inzwischen aufgegessen haben.

Ich wasche mir die Hände, sortiere meine Locken und trete hinaus auf die Terrasse, um mich höflich zu erkundigen, ob alles zu ihrer Zufriedenheit war. Doch der Tisch, an dem die beiden saßen, ist leer. Nur die zwei Teller stehen noch da. Sie wiederum sind nicht leer, sondern sehen aus, als seien sie kaum angerührt worden.

Sonderbar. Aufs Klo können sie nicht gegangen sein, das hätte ich bemerkt. Zur Sicherheit sehe ich trotzdem nach, aber natürlich ist dort niemand. Ich laufe wieder nach draußen, einmal ums Haus herum – nichts.

Verwirrt lasse ich mich auf den Stuhl sinken, auf dem die Blondine gesessen hat. Die Nudeln auf ihrem Teller sind noch warm. Ich nehme eine Gabel voll, nur um zu probieren, ob ich etwas falsch gemacht habe, ob irgendetwas damit nicht in Ordnung ist.

Ich nehme noch eine Gabel.

Ich meine, okay – man könnte vielleicht monieren, dass etwas Salz fehlt, aber das Essen an sich? Es schmeckt genauso wie das Gericht, das ich in meinem Leben bestimmt zweitausendmal gegessen habe. Klar, es ist keine Haute Cuisine, aber ganz ehrlich, ich finde es total lecker, weshalb ich auch jetzt mit Entzücken weiteresse. Ich esse alles auf und beherrsche mich gerade noch so, nicht auch noch die Portion des Mannes wegzuputzen. Danach geht es mir besser. Echtes Soul-Food, wenn man so will. Keine Ahnung, was manche Leute aber auch immerfort haben.

Ich nehme den Teller des Mannes, um ihn auf den der Frau zu stapeln und beide in die Küche zu bringen. Da entdecke ich, dass die beiden einen Zwanzig-Euro-Schein darunter deponiert haben.

Immerhin, sie haben bezahlt.

Doch dann entdecke ich ein zweites Stück Papier. Eine karierte A6-Seite, herausgerissen aus einem Notizbuch, einmal gefaltet. Darauf steht:

Tut uns leid. Dann doch lieber wieder ins Alpine Relax.
Mit angewiderten Grüßen, K. & S. Wolf

Alpine Relax.

Mit einem Mal wird mir alles klar. Natürlich! Das ist der Grund, warum Alrein so schlecht läuft! Dass ich darauf nicht eher gekommen bin, also wirklich!

Bislang habe ich mich nicht groß um die Existenz dieses Hotels gekümmert, das vor ein oder zwei Jahren ein Stückchen tiefer im Tal geöffnet hat. Irgendwie habe ich mir überhaupt nicht vorstellen können, dass der Laden Alrein auch nur ansatzweise Konkurrenz machen kann. Ich meine, man kann das Gebäude vom Dreifichtenbänkchen aus sehen – ein supermoderner Bunker mit Sichtbeton und Stahlträgern und riesigen, raumhohen Fensterfronten und einer gigantischen Terrasse mit Aluminium-Liegestühlen und einem fußballfeldgroßen Pool aus Edelstahl, der aussieht wie ein Becken, in dem normalerweise hochradioaktive Brennstäbe abklingen – vollkommen steril. Was gefällt den Leuten nur an diesem hässlichen, modernen Stahlkoloss, wenn sie es in Alrein so schön, gemütlich und herzig haben können?

Wahrscheinlich genau das: Dort ist es modern und hip – und hier nur gemütlich und herzig. Immerhin wurde das Hotel sogar in der *Vogue*, die ich mir letzte Woche aus Brixen mitgebracht habe, in einem Reisetipp vorgestellt.

Aber dafür ist dieses Alpine Relax ganz bestimmt absurd teuer! Bei mir würde ein Doppelzimmer sechzig Euro kosten, wenn es denn mal jemand nähme. Dort drüben verlangen sie bestimmt hundertfünfzig.

Mist, wahrscheinlich ist auch das ein Grund. Es gibt genügend Leute, die denken, dass das teuerste Gericht auf der Karte automatisch auch das Beste sein muss – und es grundsätzlich bestellen, ganz egal, worauf sie wirklich Lust gehabt hätten.

Uffz.

Mir dämmert, was der Typ vorher meinte, als er sagte, er hätte *keine Ahnung, was die alle haben.*

Wer weiß, was dort unten im Alpine Relax für Geschichten über Alrein kursieren. Geschichten von faulen Mitarbeitern und dreckigen Zimmern und Essen, das so unterirdisch schmeckt, dass man es nicht einmal dem eigenen Chihuahua vorsetzen würde. Geschichten, die leider wahr sind.

Dabei wette ich, dass es im Alpine Relax erst recht kein anständiges Essen gibt. So minimalistisch, wie der Laden aussieht, gibt es dort allenfalls Rohkost. Oder Sashimi, aber mit salzreduzierter Sojasauce.

Andererseits würde ich auch lieber rohen Fisch essen als billiges Dosengulasch.

Ich knülle den Zettel zusammen und lasse ihn in den Saucenrest auf dem Teller fallen.

So oder so – das war der Anpfiff. Von so einem neumodischen Designhotel lasse ich mir ganz sicher keinen Strich durch die Rechnung machen.

Ich stelle die beiden Teller in der Küche ab und gehe zurück ins Treppenhaus.

»Frau Jirgl?«, rufe ich nach oben. Keine Antwort. Ich werfe einen Blick in die Gaststube, aber das wäre ja auch ein Wunder gewesen.

»Herr Jirgl?«, rufe ich durchs Haus, aber klar, auch er meldet sich nicht.

Dann fällt mir ein, dass die beiden nicht da sind,

schon seit heute Mittag nicht, als ich versucht habe, das Gulasch zu kochen. Zuletzt habe ich sie heute Morgen gesehen, als ich ins Tal zum Fleischhauer gefahren bin, und den beiden den Auftrag gegeben habe, die Zimmer auf Vordermann zu bringen.

Ich glaub's nicht. Ich glaube es einfach nicht.

Zimmer eins – schmutzig. Zimmer zwei – ebenfalls schmutzig. Zimmer drei – hier ist sogar noch der Mülleimer mit Abfall vom letzten Jahr gefüllt. Wütend marschiere ich weiter zu Zimmer fünf, in dem bis vorgestern Herr Philippi untergebracht war – nicht einmal das Bett ist abgezogen.

Jirgls, wenn ich euch in die Finger krieg! Das gibt Ärger.

Wütend trete ich einen Papierkorb um. Er kullert so laut durch das Zimmer, sodass ich sofort ein schlechtes Gewissen bekomme, ihn wieder einfange und zurück an seinen Platz stelle.

Ich möchte wirklich wissen, warum Tante Johanna die Jirgls überhaupt eingestellt hat. Und wenn ihr der Fehler schon unterlaufen ist, warum sie die beiden nicht einfach wieder gefeuert hat. Für Zimperlichkeit war sie eigentlich nicht bekannt.

Tja, unangenehm. Aber wenn das so weitergeht, dann werde ich das wohl übernehmen müssen.

Was im Augenblick aber fast *noch* unangenehmer ist: Wenn der nächste Gast nicht gleich wieder die Flucht ergreifen soll, dann muss ich ein paar Zimmer in Ordnung bringen, und zwar jetzt sofort und nicht wieder erst, wenn er sein Zimmer beziehen will.

Oh, wie ich diese blöde Putzerei hasse! Der Mensch sollte einfach nicht gezwungen werden, Dinge zu tun, die ihm zuwider sind. Ich bin mir ganz sicher: Es gibt Individuen, die ohne Steuererklärungen, Fitnessstudios oder Fensterleder eindeutig glücklichere Menschen wären. Mich zum Beispiel.

Mein Hals ist so dick wie der eines Leguans, als ich das Putzzeug in Zimmer fünf karre. Hier sind wenigstens schnelle Erfolge zu erzielen, denn bei Herrn Philippis Ankunft habe ich ja alles schon einmal geputzt. Ich sauge durch, schüttle die Bettvorleger aus, spüle die Waschschüssel und begebe mich erneut in den Krieg mit den Federbetten. Ich nehme mir auch noch einmal die Fenster vor, und tatsächlich, nachdem ich sie ein zweites Mal poliert habe, sind fast keine Streifen mehr zu sehen.

Geht doch.

Danach mache ich zwei weitere Zimmer. Nicht, dass ich mit einem unterwarteten Gästeansturm rechnen würde, aber sicher ist sicher. Außerdem wird hier etwas in Bewegung geraten, das ist beschlossene Sache. Wenn ich bloß schon wüsste, wie.

Während ich Staub wische, die Fenster reinige, die Böden sauge und schrubbe, gehe ich meine Optionen durch. Viele sind es nicht, aber so langsam lichtet sich der Nebel. Ich meine, ich habe in meinem Leben genügend Marketingbücher lektoriert, und wenn es eine Sache gibt, die ich daraus gelernt habe, dann ist es die: Ein Produkt, das erfolgreich sein soll, muss zunächst einmal gut sein. Und dann muss es bekannt gemacht werden. Wie? Ich habe da schon eine Idee.

In Zimmer drei liegt so viel Staub, dass ich zwischendurch das Gefühl habe, ich müsste die gesamte Wüste Sahara aufwischen. Der Schmutz nimmt kein Ende, es ist fast so, als würde er nur den Ort wechseln und sich immer dort niederlassen, wo ich ihn gerade entfernt habe. Es dauert ewig, aber irgendwann habe ich alles so weit, dass ich jemanden darin unterbringen kann.

Ich will gerade das Putzzeug in die Kammer räumen, da höre ich von draußen das Geräusch eines Motors. Ich spähe durchs Fenster. Es ist bereits dunkel, und ich erkenne nicht viel – nur die Scheinwerfer von Jirgls Jeep, die in der Nacht leuchten wie die Augen eines hungrigen Tiers, das sich langsam seiner Beute nähert.

Ich stelle den Besen in die Ecke, schließe die Putzkammer ab und wische mir die Hände am Hosenboden sauber.

Und jetzt zu euch, denke ich, und gehe die Treppe hinunter, den zweien entgegen.

13

Ha, da schauen sie – wie zwei Kälbchen wenn's blitzt. Herr Jirgl sieht mit rotem Kopf zu Boden, und Frau Jirgls Blick geht zwischen den Fingernägeln ihrer rechten und denen ihrer linken Hand hin und her, als suche sie darauf nach einer Erklärung.

»Noch *eine* Nachlässigkeit«, schiebe ich hinterher, »und Sie sind gefeuert, alle beide!«

Das saß. Herr Jirgl zuckt zusammen und betrachtet seine Schuhspitzen so intensiv, dass man denken könnte, er würde die Zehen darin röntgen. Frau Jirgl guckt gar nicht mehr, sie starrt ins Nirgendwo, und ihre Augen füllen sich mit Tränen.

Okay, Sophie. Jetzt bloß kein Mitleid kriegen.

»Haben Sie das verstanden?«, frage ich und erhebe die Stimme noch einmal. Manchmal muss man sich selbst davon überzeugen, stark zu sein, ganz einfach, indem man es *ist*.

Eigentlich finde ich schreiende Vorgesetzte ja vollkommen lächerlich. Und ich habe mehr als einen Autoren dazu gezwungen, in seinem Führungskräfte-Ratgeber ein kritisches Kapitel zum Thema *Nervöse Rambos und andere Aggros, die in der Chefetage nichts verloren haben* unterzubringen. Aber damals habe ich nicht geahnt, wie gut es tun kann, einfach mal alles rauszulassen. Ganz ehrlich, das befreit. Plötzlich kann ich viel besser atmen, bis in den Bauch hinein. Und ich habe endlich wieder das Gefühl, die Fäden in der Hand zu halten.

Hinzu kommt, dass das die einzige Sprache zu sein scheint, die die Jirgls verstehen. Zum ersten Mal, seit ich hier bin, wirken sie so, als hörten sie mir tatsächlich zu.

»Ich habe Sie etwas gefragt«, sage ich und sehe Frau Jirgl streng an. »Haben Sie das verstanden?«

»Ja«, antwortet sie leise. Sie hebt kaum den Kopf dabei. In ihrem Augenwinkel hat sich ein schwarzer Tropfen gebildet, der langsam Spur in Richtung Wange nimmt.

»Und Sie, Herr Jirgl?«

Jirgl nickt. »Ja«, krächzt er schließlich. »Habe verstanden.«

»Okay«, sage ich mit einer Stimme, die so ruhig ist, dass ich selbst darüber staune. »Dann würde ich vorschlagen, dass Sie sich an die Arbeit machen.«

Frau Jirgl lässt sich die Möglichkeit, der Situation zu entkommen, nicht entgehen. Tränen laufen ihr übers Gesicht, als sie an mir vorbei in den ersten Stock läuft. Sie ist so schnell weg, dass mein Mitleid mit ihr sich in Luft auflöst. Dieses feige Luder! Wahrscheinlich beeilt sie sich bloß, um endlich ihr Make-up zu kontrollieren.

Herr Jirgl hingegen bewegt sich nicht von der Stelle.

»Ähm«, macht er schüchtern und ohne den Blick von den Schuhspitzen zu nehmen. Mist. Ich hatte eigentlich gehofft, dass das Gespräch hiermit beendet sei.

»Gibt es noch etwas?«, frage ich.

»Ähm, Frau von Hardenberg ...«

Er hebt den Kopf und sieht mich an, seine Augen sind ganz glasig. Ich glaube aber nicht, dass er getrunken hat. Ich glaube, auch er kämpft mit den Tränen. Von irgendwoher höre ich jetzt Frau Jirgl schluchzen.

Ich fürchte, jetzt wächst mir die Sache doch ein bisschen über den Kopf. War ich möglicherweise zu hart zu den beiden?

»Ja?«, frage ich unsicher.

»Frau von Hardenberg, bitte ... Wir, meine Frau und ich, wir ...«

Er stockt, dann senkt er den Blick wieder.

»Was ist denn?«, frage ich und mache einen Schritt auf ihn zu, ganz automatisch, obwohl ich das gar nicht will.

»Die Schwiegermutter, also die Mutter von meiner Frau ... also, der ihr Mann is letztes Jahr gestorben, am Herzkasper. Sie is ganz allein, und ihr geht's ned guad, und ... na ja. Sie is drauf angewiesen, dass ihr jemand a bissl unter die Arme greift. Jetzt ned nur finanziell, aber schon auch. Also, was ich sagen möcht ... Im Augenblick sind des wir.«

Er guckt mich an, flehend. Er sieht wirklich richtig elend aus.

»Was hat sie denn?«, frage ich vorsichtig.

»Alzheimer«, antwortet er leise. »Bitte, entlassen Sie uns nicht. Wir geben uns Mühe, versprochen. Wir brauchen das Geld.«

Eine kranke Mutter, wer hätte das gedacht. Jetzt wird mir natürlich so manches klar.

»Ist das auch der Grund, warum Sie so oft ins Tal müssen?«

Er nickt.

»Die Diakonie kommt morgens und wäscht sie und bringt sie abends ins Bett, aber wenn tagsüber mal was ist, oder wenn sie zum Arzt muss ... und sie kann ja auch nicht den ganzen Tag alleine bleiben! Wissen Sie, sie ...«, sein Zeigefinger kreist um seine Schläfe, »sie hält das nicht aus.«

Er klingt, als würde er gleich anfangen zu flennen.

Mann, das tut mir leid. Sarahs Großmutter hatte Alzheimer, da habe ich mitgekriegt, wie schrecklich und anstrengend und wahnsinnig intensiv das sein kann. Alles, was die arme Frau an üblen Sachen erlebt hat, im Krieg und später, war plötzlich wieder da. Sie hatte ständig Angst und schrie nach ihrer Mutter.

»Sie Armer«, sage ich leise.

Er sieht mich zerknirscht an.

»Bitte, feuern Sie uns nicht.«

»Nein«, sage ich und schüttle gütig den Kopf. »Keine Sorge.«

In meinem Augenwinkel sitzt tatsächlich eine kleine Träne. Schnell weg damit. Noch alberner als schreiende Chefs sind solche, die ihre Gefühle nicht in den Griff kriegen, und das vor den Augen des Teams.

Komm, Sophie. Reiß dich zusammen.

»Sie dürfen aber trotzdem nicht Ihre Arbeit hier oben vernachlässigen«, sage ich und versuche, ein strenges Gesicht zu machen. »Und Sie müssen sich abmelden, wenn Sie im Tal verschwinden. Und ich möchte, dass Sie nur dann gemeinsam zu Ihrer Schwiegermutter fahren, wenn das vorher mit mir abgesprochen ist. Es geht nicht, dass ich mich hier oben plötzlich alleine wiederfinde. Und geben Sie mir bitte Ihre Handynummer für den Notfall.«

Jirgl sieht mich fest an und nickt.

»Versprochen?«, frage ich.

»Versprochen«, sagt er und lächelt schief.

»Abmarsch«, sage ich versöhnlich, und Jirgl läuft die Treppe hoch, dorthin, wo seine Frau vorhin verschwunden ist.

Fritz Jirgl, denke ich und schüttle den Kopf. Wie sehr man sich doch manchmal irrt.

Ich hatte mich die ganze Zeit gefragt, wieso Tante Johanna diese faulen Idioten eingestellt hat. Jetzt weiß ich es. Sie hatte einfach ein Herz für Menschen, die hilfebedürftig sind. Ich sollte mir ein Vorbild an ihr nehmen.

Herzlichkeit, noch so eine Sache. Plötzlich fällt mir wieder ein, worüber ich vorhin beim Putzen nachgedacht habe. Langsam komme ich meiner Idee näher.

Ohne Eile gehe ich ebenfalls in den ersten Stock.

Ganz latent hatte ich ja das ungute Gefühl, dass die Zeit von Alrein einfach abgelaufen sein könnte. Dass die Leute vielleicht einfach nicht mehr besonders wild auf Gemütlichkeit und Gulasch sind. Dass man Wellnessanlagen braucht, um heute noch konkurrenzfähig zu sein, und Sichtbeton und Designermöbel.

Aber vorhin, beim Putzen, habe ich mir die Zimmer noch einmal angesehen. Die schlichten Bauernmöbel aus hellem Holz, die großen Fenster, die weißen Laken. Alrein ist irgendwie auch modern, oder besser noch: zeitlos. Aber im Unterschied zu irgendwelchen neuen Zimmern haben die in Alrein Geschichte. Ganze Generationen haben in diesen Räumen gelebt, sie haben hier gelacht und geliebt und geschlafen. Generationen sind hier glücklich gewesen, haben hier tatsächlich *Urlaub* gemacht – und wenn man durch das Haus geht, hallt dieses Glück aus allen Winkeln. Man kann es immer noch spüren.

Dieses Alpine Relax Hotel mag schick sein und hip und modern. Aber ich glaube, damit konkurrieren zu wollen, wäre der falsche Weg. Kann ich ja auch gar nicht. Was ich kann: Ich kann betonen, dass Alrein eine Geschichte hat und dass sich Glück und Wohlbefinden hier ins Holz gegraben haben wie Lachfalten in das Gesicht einer alten Dame.

Die Geschichte von Alrein – irgendwo müsste ich doch etwas darüber finden! Ich gehe ins Büro, lasse den Blick über die Regale schweifen, aber da gibt es nur Ordner und Prospekte und Wanderkarten. Vielleicht in der Bibliothek? Neugierig gehe ich hinüber.

Na ja, *Bibliothek* – tatsächlich handelt es sich um einen kleinen Raum, in dem ein paar gemütliche Sessel und ein großes Bücherregal stehen. Hier hat Tante Johanna ihre ausgelesenen Bücher und die liegen gebliebenen ihrer Gäste gesammelt, eine bunte Mischung aus Krimis, Kinderbüchern und Kreuzworträtsel-Sammlungen, und jeder durfte sich bedienen. Hier habe ich zum ersten Mal *Die drei Fragezeichen* gelesen und *Bille und Zottel*. Ich trete näher heran, lese die Rücken einiger Bände wie *Brixen, Tor der Dolomiten* oder *Genusswanderungen entlang an Bächen, Seen, Schluchten und Waalen*. In der obersten Reihe entdecke ich einen großen, schweren Band, auf dem gar nichts steht. Das könnte sein, was ich suche.

Tatsächlich. Es ist ein altes Fotoalbum mit Seiten aus vergilbtem Karton, gebunden in schwarzes, abgegriffenes Leder. Es liegt ganz weich in der Hand, wie ein Etui, in dem sich etwas sehr, sehr Kostbares verbirgt. Ich lasse mich in einen der Sessel sinken und schlage es auf.

Mein Herz macht einen Hüpfer.

In der Mitte der ersten Seite prangt eine Schwarz-Weiß-Aufnahme. Sie hat einen weißen Rahmen und ist nicht viel größer als ein Panini-Bildchen – trotzdem erkenne ich das Motiv, das darauf abgebildet ist, auf Anhieb. Das da, im Hintergrund, ist der Peitlerkofel, und die Wiese davor mit dem Heuschober darauf – das ist der Hang, auf dem ich mich in dieser Sekunde befinde.

Ich blättere um. Die nächste Seite zeigt denselben Hang, aus derselben Perspektive. Aber diesmal handelt es sich nicht um eine Fotografie, sondern um eine Tuschezeichnung auf fast transparentem Papier. Und dort, wo auf dem Bild vorher noch der Heuschober stand – steht jetzt die Pension. *Meine* Pension, Alrein.

Was das wohl ist – vielleicht eine frühe Planungsskizze? *H.H. – 1928* steht rechts unten in der Ecke.
H.H.

Ich denke einen Augenblick lang nach, aber mir will niemand einfallen, dessen Name zu dem Kürzel passen könnte. Onkel Schorschis Familie hieß väterlicherseits Pichler und mütterlicherseits Moroder, von denen wird es also niemand sein.

Auf dem nächsten Bild sind vier knorrige Männer zu sehen, die einen dicken Holzbalken den Berg hochtragen. Unter das darauffolgende Foto hat jemand in altmodisch verschnörkelter Schrift *Sturer Esel* geschrieben. Es zeigt ein Auto, das eigentlich viel mehr Ähnlichkeit mit einer Kutsche hat, und drei Männer, die es schieben. Auf dem nächsten ist ein Mann mit einer Axt über der Schulter zu sehen, darunter steht: *Joseph, 24. April 1929*. Dann sieht man Männer, die auf einem gefällten Baumstamm sitzen und Brote essen und mit ihren wettergegerbten Gesichtern in die Ferne sehen: *Wohlverdiente Jause*. Plötzlich ein erstes Bild vom Rohbau, und obwohl noch gar nicht viel steht, kann man bereits erkennen, dass dies tatsächlich die Grundmauern von Alrein sind. Dann wieder die Männer, diesmal lachen sie, einer hält eine Flasche Schnaps in der Hand. Bestimmt ist es Marillenschnaps – *Richtfest*.

Unglaublich. Hier wird das Haus gebaut, in dem ich gerade lebe, und auch, wenn diese Männer alle tot sind – das, was sie geschaffen haben, existiert noch. Wer das Buch wohl angelegt hat? Vielleicht Onkel Schorschis Mutter? Seine Großmutter gar?

Ich blättere weiter. Wie in einer Zeitlupensequenz kann ich zusehen, wie die Mauern in die Höhe wachsen, wie sie verputzt werden, wie das Haus Fenster bekommt und Türen und Läden, Holzbalkone und die große Sonnenterrasse über dem Hang. Und wie endlich das Leben einzieht.

Erster Sommer in Alrein – Hochzeitsfest Josephine und Franz – Das Festmahl wird bereitet.

Das ist es. Genau so etwas hatte ich gehofft zu finden. Ich löse das Bild vorsichtig aus den Fotoecken und betrachte es genauer. Ganz klar, das ist die Alreiner Küche, auch, wenn auf dem Bild noch die Wandschränke neben dem Fenster fehlen, und anstelle des alten Holzofens heute ein sechsflammiger Herd aufgestellt ist. Zwei Frauen sind ebenfalls darauf zu sehen, beide von hinten und mit ordentlich Speck auf den Rippen – so, wie es sich für gute Köchinnen gehört. Sie tragen Schürzen und beugen sich über die geöffnete Ofentür, als würden sie über das, das sich darin befindet, sinnieren. Über ihnen, also auf der Anrichte neben dem Herd, steht ein kleiner Junge in kurzen Hosen und blickt neugierig auf das Geschehen hinab. Kann das sein? Ist der Knirps wirklich Onkel Schorsch, Johannas Mann? Mag sein. Auf alle Fälle schaut er so gierig drein, dass man sofort ebenfalls Appetit entwickelt. Ich lege das Bild beiseite. Damit lässt sich etwas anfangen, garantiert.

Nicht, dass ich sonderlich nostalgisch wäre oder so. Nein, für gewöhnlich berührt mich der Anblick alter Schwarz-Weiß-Fotografien kein bisschen. Es geht mir damit wie mit Höhlenmalereien – ich finde sie interessant, das ja, aber eher seltsam als bewegend.

Doch bei diesen Bildern hier ist das völlig anders. Bei den Bildern hier merke ich ganz deutlich, dass sie unmittelbar etwas mit mir selbst zu tun haben. Dass sie ein Teil von mir sind, von dem ich nicht wusste, dass er existiert.

Ich kann gar nicht anders, ich blättere weiter.

Besuch aus München – Heuernte – Herr Heinrich Hobrecht begutachtet sein Werk.

Moment mal. Der Name sagt mir doch was.

Ich blättere zurück und stelle fest, dass er schon auf manchen Bildern von den Bauarbeiten zu sehen war. Er ist ganz groß und schlank, viel schlaksiger als die Menschen, die bisher auf den Fotos waren. Er trägt einen dunklen Anzug, Hut und eine runde Brille und sieht inmitten all der Eingeborenen auf seltsame Weise städtisch aus. Und er ist der Einzige, der in diesem Album mit Vor- und Zunamen auftaucht. Wahrscheinlich ist es der Architekt. Ja, genau, es *muss* der Architekt sein. Er *begutachtet sein Werk.*

Heinrich Hobrecht.

H. H.

Irgendetwas klingelt bei mir, aber ich komme nicht darauf. Ich meine, es könnte natürlich sein, dass es bloß der Name eines Autors ist, den ich verdrängt habe, aber das irgendwie ... Das Gefühl ist anders.

Jetzt müsste man Internetzugang haben.

Oder auch nicht. Ich blicke auf, und tatsächlich, ganz unten im Regal steht er noch, in dunkelblauem Leinen mit verblasster Goldschrift: *Der Brockhaus in fünfzehn Bänden.* Als ich aus dem *Bille und Zottel*-Alter raus war, habe ich mich manchmal mit einem Band in mein Zimmer verzogen, um dort, unter dem Vorwand, mich für Naturwissenschaften zu interessieren, Einträge zu Schlagworten zu studieren, die meiner Mutter die Schamesröte ins Gesicht getrieben hätten.

Ich stehe auf und ziehe diesmal Band sechs aus dem Regal, *Gu-Ir*. Mal sehen. Ich schlage das Buch in der Mitte auf und finde nach kurzem Blättern tatsächlich einen Eintrag.

Also entweder, es hat draußen gerade einen Wetterumschwung gegeben. Oder das ist mein Puls.

Hobrecht, Heinrich Georg (1893–1970) war ein deutscher Architekt der Bauhaus-Moderne. Er studierte bei → Mies van der Rohe und schuf u.a. Industrie-, Gewerbe- und Museumsbauten in Nürnberg, Ludwigshafen, Bremen und Konstanz, darunter das → Museum Martens.

Oookay. Dass Ludwig Mies van der Rohe einer der wichtigsten modernen Architekten überhaupt war, hab sogar ich mitgekriegt. Und was das für den Bekanntheitsgrad des Herrn Heinrich Hobrecht bedeutet, ahne ich – ganz ohne *AD*-Lektüre. Ich sollte Vera anrufen, und zwar fix.

Ich ziehe mein Handy aus der Tasche und schalte es an, um auf die Uhr zu sehen. Wow, es ist bereits nach Mitternacht. Selbst Vera fände es nicht besonders lustig, jetzt noch einen Anruf zu bekommen. Hm. Vielleicht schicke ich ihr eine SMS? Ich schaue unentschlossen auf das Handy in meiner Hand. Dann tippe ich:

Vera, festhalten! Habe den Architekten rausgefunden: Heinrich Hobrecht, sagt dir das was? Geht es dir gut? Hier eher zäh. Mehr bald. Kuss, Sophie.

Ich schalte das Handy wieder aus, gehe zurück in mein Zimmer, kuschle mich ins Bett und widme mich den wirklich wichtigen Dingen des Lebens. Wie sagte Tante Johanna immer? Es geht doch nichts über einen gesunden Schlaf.

14

Diesmal wird es anders laufen, das weiß ich genau. Diesmal geht es gut aus. Ich habe die Weißbrotwürfel mit heißer Milch übergossen, sie abgedeckt und zur Seite gestellt, damit sie in Ruhe quellen können. Jetzt würfle ich ein paar schöne, dicke Scheiben Speck. Die gebe ich in eine Pfanne, ohne Fett, und passe auf wie ein Fuchs, dass sie nicht anbrennen. Es brutzelt und spritzt, ich rühre und schiebe und reiße gerade noch rechtzeitig die Pfanne vom Herd, als sie ein bisschen zu braun werden.

Macht nichts, die gehen noch.

So, was kommt als Nächstes?

Den ausgelassenen Speck über die Brötchenwürfel geben.

Das ist einfach. Ich kippe ihn in die Schüssel. Mann, wie das duftet!

Vier Eier hinzufügen und mit Salz, Pfeffer und Muskat würzen. Gut durchkneten.

Ich hole die Eier aus dem Kühlschrank und schlage eines nach dem anderen auf.

Nein, ich bin nicht verrückt geworden. Dies hier ist Teil eins meines großen Marketingplans. Als Erstes werde ich dafür sorgen, dass es hier wieder etwas zu essen gibt, das ich erhobenen Kopfes servieren kann. Und dann starte ich eine Werbekampagne. Gestern habe ich fast den ganzen Sonntag mit Tante Johannas Kochbuch im Bett verbracht, es gründlich studiert und mir drei Rezepte herausgesucht: eine Suppe, ein Hauptgericht und einen Nachtisch. Ich habe extra darauf geachtet, dass es keine komplizierten Gerichte sind – so etwas wie mit dem Gulasch passiert mir nicht noch einmal.

Heute Morgen war ich noch einmal im Tal, einkaufen: Eier und Speck und Butter und Sahne und Äpfel und Zitronen und Mehl. Ich habe mich gefühlt wie ein echter Profi, wie ich da mit dem Einkaufswagen durch die langen Gänge des Großmarkts marschiert bin.

Zurück in Alrein habe ich versucht, Gianni dazu zu bringen, mir zur Seite zu stehen, aber als ich vorhin an die Tür seines Zimmers geklopft habe, hat er nur leise gejammert: »Sono a letto! Sono ammalato!« Ich habe ihm eine Tasse Tee ans Bett gebracht, und er sah so elend aus, dass ich es nicht übers Herz gebracht habe, ihn zu schimpfen, warum er sich nicht von alleine abgemeldet hat. Na ja, der wird staunen, wenn ich ihm nachher sein Essen bringe. So eine schöne Speckknödelsuppe hat schon ganz andere Leute wieder aufgerichtet.

Zum Schluss noch fein gehackte Petersilie untermischen.

Petersilie, sehr gut. Voller gesunder Vitamine. Hack, hack, hack. Easy. Ich frage mich wirklich, wieso ich mir gleich als erste Übung das Gulasch angetan habe.

Ein Schmorgericht, und das ganz am Anfang. Übertriebener Ehrgeiz bringt einen auch nicht weiter, das habe ich schon immer gesagt.

In einem großen Topf Wasser zum Kochen bringen, dieses salzen und aus dem Knödelteig mit nassen Händen etwa 10–12 kleine Knödel formen.

Das Tolle an den Speckknödeln ist: Man kann so viel daraus machen! In meinem Menü werden sie zwar die Hauptrolle spielen, ganz einfach serviert, bloß mit Butter und Parmesan, so schmecken sie nämlich am besten. Aber theoretisch kann man sie natürlich auch in eine kräftige Brühe geben. Man kann sie klein schneiden und mit ein paar Zwiebeln in der Pfanne zum Gröstl verbraten. Man kann sie sogar als Beilage nehmen, sobald es hier mal wieder ein richtiges Fleischgericht gibt. Und sie sind so schnell hergestellt! Ich stehe noch keine zwei Stunden in der Küche und schwupps, schon liegen sie vor mir, auf einem großen Holzbrett hübsch nebeneinander aufgereiht.

Sobald das Wasser sprudelnd kocht, Knödel nacheinander hineingeben, die Flamme dann sofort kleiner drehen und das Wasser nicht mehr aufwallen lassen. Die Knödel etwa 20 Minuten ziehen lassen.

Ich lasse einen Knödel nach dem anderen ins Wasser plumpsen, es sprudelt wie wild. Ich drehe die Hitze runter, eine weiße Schaumschicht hat sich gebildet, so ähnlich, wie sie beim Nudelkochen manchmal entsteht. Ich rühre ein bisschen, um zu sehen, wie es darunter aussieht.

Nanu?

Ich rühre noch einmal, diesmal tiefer, da erwische ich etwas und hebe es aus dem Wasser. Das *war* einmal ein Knödel. Jetzt ist nur noch ein walnussgroßer, matschiger Klumpen übrig, der ungefähr so appetitlich aussieht wie eine Wasserleiche.

Ich rühre noch einmal um und hebe einen weiteren Knödel heraus. Er ist genauso aufgeweicht und aufgeschwemmt wie der erste, während das Wasser, in dem die Knödel kochen sollten, zu einer bleichen Suppe mit Schwabbeleinlage geworden ist.

Ich verziehe das Gesicht, dann nehme ich den Topf vom Herd. Wie heißt es in der Bibel? Erde zu Erde, Staub zu Staub – dann wird wohl der Biomüll zum Biomüll gehören. Festtage für die Würmer, die den Komposthaufen besiedeln!

Tja.

Ach, was soll's. Zum Glück gibt es in der Südtiroler Küche Gerichte, die noch unkomplizierter sind. Genau genommen sind sie so kinderleicht, dass man eigentlich schon gar nicht mehr von Kochen sprechen kann.

Die Südtiroler Weinsuppe, zum Beispiel. Macht irre viel her, ist aber ganz einfach. Eigentlich wollte ich die ja als Vorspeise anbieten, als Teil eines Südtiroler Menüs, aber mal ehrlich – am Ende unterscheiden sich Vor- und Hauptspeisen ja vor allem durch die Größe der dargereichten Portionen.

Also, Rezeptbuch her. Da ist es.

Terlaner Weinsuppe, Zubereitung. 500 ml Rindssuppe und 150 ml Weißburgunder miteinander zum Kochen bringen.

Sag ich doch. Nur Wasserkochen ist leichter. Ach, das wird eine Supersuppe! Ich habe extra ausschließlich die besten Zutaten gekauft – selbst gekochte Brühe vom Disco-Metzger und feinsten Weißburgunder aus Terlan.

Vom Herd nehmen, 130 ml Schlagsahne und drei Eidotter einrühren und abschmecken mit Salz, Pfeffer und etwas Zimt.

Das mit dem Zimt klingt ungewöhnlich, ist aber der Trick an der Sache. Ich rühre alles mit einem Schneebesen unter und koste. Noch ein bisschen mehr Salz – lecker!

Bei kleinster Hitze wieder auf den Herd stellen und schlagen, bis die Suppe sämig ist. Währenddessen in einer Pfanne eine Handvoll Semmelwürfel in heißer Butter knusprig rösten.

Ich stelle die Suppe wieder auf den Herd und rühre. Ich hole eine Pfanne und rühre. Ich erhitze Butter in der Pfanne und rühre. Ich gebe ein bisschen klein geschnittenes Weißbrot in die Pfanne – und rühre. Ich sehe genauer in den Topf – offensichtlich muss ich noch gründlicher rühren, denn die Suppe ist immer noch nicht glatt und sämig, sondern voller heller Flöckchen, ungefähr so, wie wenn man Vanillepuddingpulver anrührt und noch Klümpchen darin sind. Also nehme ich die Pfanne wieder vom Herd, damit mir zwischendrin nicht die Croutons verbrennen und rühre weiter. Ich rühre ganz sanft und vorsichtig, dann etwas schneller und schließlich mit sehr hohem Tempo, aber die Klümpchen in der Suppe verschwinden nicht. Ich koste noch einmal – ihgitt.

Und ab ins Klo damit.

Frustriert trete ich hinaus auf die Terrasse. Irgendwie hatte ich mir das leichter vorgestellt. Ich war mir ganz sicher, mit ein bisschen Übung ein wunderbares Südtirol-Menü hinzukriegen. Inzwischen bin ich leider nicht mehr so zuversichtlich. Ich muss unbedingt Gianni wieder in die Küche bekommen und auf den neuen Kurs einschwören. Hoffentlich ist er bald wieder gesund!

Ich gehe ein paar Schritte, aber die Anspannung in mir will sich nicht lösen. Ich hätte gute Lust, mir eine Flasche Wein aufzumachen. Riesige Lust sogar! Aber ich fürchte, wenn ich hier oben das tue, was ich in Hamburg gemacht habe, nämlich mich immer dann, wenn es nicht so gut lief, mit einem schönen Glas Weißwein aufzuheitern – dann habe ich in zwei Wochen ein Alkoholproblem.

Wütend starre ich auf die Berge. Nach einer Weile habe ich das Gefühl, die Berge starren zurück.

Und plötzlich muss ich an das denken, was Tante Johanna mir einmal über die Südtiroler erzählt hat. Ich weiß noch, wo es war, unten am Bahnhof, als ich über so einen bulligen Typen gelacht habe, der stur immer wieder dieselbe Münze in den Fahrkartenautomaten warf, ohne auch nur daran zu *denken,* einfach zum Schalter zu gehen, vor dem keine Menschenseele Schlange stand.

»Sophie«, hat sie gesagt, »das, was du für Stumpfheit hältst, ist in Wirklichkeit Zähigkeit. Und diese Zähigkeit hat sich dieses Volk mühsam erworben – über Jahrhunderte hinweg! Die kannst du nicht in den Alsterarkaden kaufen und auch nicht im Internet, meine Liebe. Die kriegst du nur, wenn du versuchst, auf 2000 Metern Höhe eine Alm zu bewirten. Die Südtiroler sind nicht stur. Sie haben nur gelernt, dass man nicht aufgeben darf, wenn man einen Berg besteigen will.«

Genau in dem Augenblick hat der Automat die Münze des Mannes geschluckt und einen Fahrschein ausgespuckt. Kein Witz.

Die Berge starren immer noch. Entschlossen starre ich zurück.

Vielleicht ist es das. Vielleicht verlangt dieses Südtirol von einem, dass man ein bisschen mehr zum Südtiroler wird, zäh und unnachgiebig.

Und wenn dem so ist, dann bedeutet das für mich: auf in die nächste Runde.

Ich habe Äpfel geschält, entkernt und in kleine Stückchen geschnitten, jetzt vermische ich sie mit Zucker und Pinienkernen und Rosinen. Ein bisschen Zimt dazu und etwas Vanillezucker, und ein kleines bisschen Zitronenschale, das kenne ich ja schon. In einer Schüssel im Kühlschrank hat inzwischen der Teig gerastet. Ich sehe auf die Uhr – jetzt müsste er fertig sein.

Ich spähe erneut in das Rezeptbuch.

Das Backrohr auf 180 Grad vorheizen. Den Teig auf einem bemehlten Nudelbrett 40 x 26 cm groß ausrollen und auf ein gebuttertes (oder mit Papier ausgelegtes) Backblech legen.

Backpapier habe ich gefunden, und ein Nudelholz auch. Vorsichtig streue ich Mehl auf ein großes Brett und lege die Teigkugel darauf. Natürlich habe ich kein Maßband in der Küche, deshalb stelle ich mir einfach mein Mac Book vor, das müsste ungefähr passen. Ich nehme das Nudelholz und rolle ein paarmal hin und her. Hey, das macht richtig Spaß – und ist eigentlich total einfach. Jetzt noch die Ecken auswalzen, und schon ist die Sache erledigt. Die Teigplatte auf das Backblech zu hieven ist deutlich schwieriger, und als sie endlich darauf liegt, hat sie deutlich an Form eingebüßt, doch mit ein paar Handgriffen sind die Dellen wieder ausgeglichen. Erwartungsvoll liegt der Teig jetzt vor mir.

Die Apfelfülle auf den Teig geben und damit einschlagen.

Ich verstreiche die Apfelmasse auf dem Teig, ganz gleichmäßig. Ich lasse mir Zeit, alles gut zu verteilen. Vielleicht war das der Fehler, den ich vorher mit der Suppe und den Knödeln gemacht habe – ich habe mich zu sehr hetzen lassen. Aber diesmal habe ich alle Zutaten vorbereitet und agiere mit fast schon chirurgischer Präzision und Ruhe.

Ich schlage den Teig um und decke die Füllung damit zu wie ein schlafendes Kind. Dann bestreiche ich den Strudel mit einem verrührten Ei und schiebe ihn in den Ofen.

Als es drin ist, sehe ich mir das Päckchen durch das Fenster in der Tür noch einmal an. Dann drehe ich die Eieruhr auf eine halbe Stunde und säubere die Küche von den Spuren des Krieges, den ich darin geführt habe.

Sieht aus wie Apfelstrudel. Riecht wie Apfelstrudel. Mehr noch: Er riecht sogar himmlisch!

Leider sagt das Rezept, dass er immer noch nicht fertig ist, deshalb suche ich ein Teesieb und fülle es mit Puderzucker. Bevor die Sauerei, die ich dabei anrichte, noch größer wird, versuche ich, das Zeug so schnell wie möglich halbwegs gleichmäßig über dem Kuchen zu verteilen.

Und jetzt? Brauche ich sofort ein Messer.

Ich weiß natürlich selbst, dass man Gebäck erst nach dem Abkühlen anschneiden soll, Sarah hat mich oft genug darauf hingewiesen, wenn ich mich gierig auf frisch Gebackenes von ihr gestürzt hab. Aber das hier soll ja kein Gourmetstrudel werden. Ein ganz normaler würde mir schon genügen. Außerdem läuft mir das Wasser im Munde zusammen.

Ich setze das Messer an. Die Kruste krümelt, ein kleines bisschen nur – perfekt. Ich drücke die Klinge herunter, eine goldbraune Masse quillt hervor. Aber zum Glück zerläuft sie nicht, sondern hält einigermaßen zusammen. Es flockt auch nichts, und der Strudel ist nur an den Stellen schlonzig, an denen er schlonzig gehört. Und: Er riecht immer noch köstlich.

Ich bugsiere das Stück auf einen Teller und will schon damit auf die Terrasse gehen, da halte ich noch einmal inne und hole eine Dose Sprühsahne aus dem Kühlschrank. Ich schüttle sie gründlich, dann richte ich die Düse auf den Kuchen.

Yes!

Und weil die Sahne auf dem heißen Kuchen schmilzt

wie Butter auf einer Scheibe Toast, entschließe ich mich, noch hier in der Küche den ersten Bissen zu nehmen.

Ich nehme eine Gabel und steche hinein. Dann schließe ich die Augen und probiere.

15

Ich sitze auf dem Dreifichtenbänkchen, die Sonne scheint, die Vöglein singen. Es ist warm, immerhin schon der 5. Juni. Seit dreieinhalb Wochen bin ich jetzt hier. Aber statt den Sommer zu genießen, könnte ich einfach nur heulen. Seit Tagen könnte ich einfach nur heulen. Ich meine, es gibt so wahnsinnig viele Menschen auf der Welt, und wenn man jetzt einmal von ein paar Ausnahmen absieht, also von Hausfrauen mit erhöhtem Tranquilizerkonsum oder gescheiterten Rockmusikern oder meinetwegen auch gewissen randständigen Existenzen, die ihre Habe in Plastiktüten von Norma transportieren, dann haben doch fast alle Menschen zumindest hin und wieder auch einmal Glück, oder?

Das, was mir passiert, kann man nicht einmal mehr als Pech bezeichnen. Ich weiß nicht, was es ist und möchte auch nicht anmaßend wirken, aber es erinnert mich ein bisschen an Fukushima. Da kam auch *alles* zusammen.

Meine schöne Werbeaktion zum Beispiel. Ich meine, der Apfelstrudel, den ich gebacken habe, war so wahnsinnig himmlisch lecker, dass mir das Glück fast aus den Ohren rausgequollen ist. Er war sogar so gut, dass ich den Plan für meinen Werbefeldzug spontan abgeändert habe. Ich habe das Schwarz-Weiß-Foto der Alreiner Küche aus dem Album genommen und bin damit in die kleine Werbeagentur in Sankt Damian marschiert. Da arbeitete eine nette junge Frau, die mich super beraten hat bei der Schriftart und der Papierqualität und all diesen Sachen, – und die so schnell gearbeitet hat, dass ich schon eine Woche später einen Pappkarton mit den Postkarten abholen konnte. Auf der Vorderseite war bloß das Bild abgedruckt, einfach so, kommentarlos. Auf der Rückseite war ein Stück Apfelstrudel zu sehen, darüber die Worte: GLÜCK MIT SAHNE. Und darunter: *Ab sofort in Alrein: ofenwarmer Apfelstrudel, mit Vanilleeis oder Obers und einer schönen Tasse Kaffee. Täglich ab 15 Uhr.*

Wenn erst wieder Leben in der Bude ist, dann bekomme ich auch die Zimmer wieder voll, da war ich mir ganz sicher. Ich dachte, ich müsste einfach nur dafür sorgen, dass die Stimmung kippt! Ich habe die Postkarten in der ganzen Umgebung verteilt, in den Hotels und Pensionen im Tal, auf dem Tresen der Fleischhauerei, im Schreibwarenladen, in der Bäckerei, zwischen den Formularen im Gemeindehaus und im Fremdenverkehrsbüro.

Dann habe ich mich wieder auf den Weg in Richtung Alrein gemacht. Doch kaum war ich aus Sankt Damian raus, habe ich angehalten und eines der Schilder vom Beifahrersitz genommen, die mir der Schreiner Bachhuber zu einem so stolzen Preis angefertigt hat, dass ich den Betrag umgehend wieder verdrängt habe.

Ich ging auf den Baum zu, der am Wegesrand stand. Zwei Pfeile aus Holz waren an ihm angebracht, sie zeigten bergauf, in dieselbe Richtung. Das eine war schon etwas dunkler, auf dem stand *Alrein*. Auf dem helleren darunter hieß es ALPINE RELAX HOTEL. Es gibt diese Schilder überall in der Gegend, sie sollen Wanderern den Weg zu Gipfeln und Hütten weisen. Ich nahm einen Schraubenzieher aus der Tasche und brachte ein drittes darunter an. Es wies ebenfalls nach oben: GLÜCK MIT SAHNE. Ich wiederholte die Prozedur an jeder Weggabelung, und mit besonderer Gründlichkeit dort, wo ein Schild nach rechts die Richtung zum Alpine Relax wies, und eines nach links zu meiner Pension.

An den ersten Tagen kamen tatsächlich auch Gäste, vor allem Touristen, die sich über ein neues Ausflugsziel freuten, aber auch ein paar Einheimische, die neugierig waren, was da oben in Alrein plötzlich los war. Ihnen allen schmeckte der Kuchen wunderbar und ich war ganz glücklich. Doch nach ein paar Tagen wurden die Gäste schlagartig weniger, weshalb ich mich entschloss, auch noch eine Anzeige in der *Neuen Südtiroler Tageszeitung* zu schalten – sogar eine mit Rabattgutschein: Kaffee und Kuchen, nur vier Euro. Das hat ein bisschen was gebracht, aber keinesfalls so viel, dass sich der Aufwand mit dem täglich frischen Kuchen lohnen würde.

Trotzdem habe ich versucht, eine zähe Südtirolerin zu sein und nicht aufzugeben. Ich entschied, auch in anderen Tageszeitungen Inserate zu schalten, diesmal natürlich nicht für Apfelstrudel, sondern für die

Pension. Im Reiseteil der *Süddeutschen Zeitung* zum Beispiel. Und in der *Neuen Kärntner Tageszeitung*. Und in den *Salzburger Nachrichten*. Und in der *Neuen* aus Tirol. Leider ist die Resonanz kläglich.

Vor ein paar Tagen habe ich sogar Vera noch einmal angerufen und sie ganz offen gefragt, ob ein von Heinrich Hobrecht erbautes Berghotel der *AD* nicht zufällig einen Reisetipp wert wäre. Es war ihr wahnsinnig unangenehm, dass sie sich noch nicht längst bei mir gemeldet hatte, sie sagte, in den letzten Tagen sei in der Redaktion die Hölle los gewesen. Doch am nächsten Tag sollte es eine Heftkonferenz geben, und sie versprach, das Thema darin vorzustellen und sich dann wieder bei mir zu melden.

Tja. Pustekuchen.

Es ist ein Trauerspiel, wirklich. Vor allem, wenn man bedenkt, welche Mühe sich die Jirgls in den letzten zwei Wochen gegeben haben, um mir zu zeigen, wie wichtig ihnen ihre Jobs sind. Frau Jirgl hat alle Zimmer geputzt und mir nachmittags mit den Gästen geholfen. Herr Jirgl hat alle quietschenden Türen geölt und die Terrasse gefegt. Und er ist ganz von allein auf die Idee gekommen, die Gaststube und den Flur frisch zu streichen – was wirklich wieder einmal nötig war. Gut, genau an dem Nachmittag damit anzufangen, an dem zum ersten Mal seit Wochen wieder Gäste da sind, ist vielleicht nicht das brillanteste Timing – aber Eigeninitiative bleibt Eigeninitiative, also, was soll's. Und die Gaststube sieht jetzt wirklich klasse aus, richtig hell und freundlich. Da ist das ganze Haus so geputzt, wie es meine Wohnung in Hamburg nicht mal war, wenn meine Eltern zum Kaffeetrinken kamen – und keiner ist da, der es bewundern könnte. Nur mein Vater hat vor ein paar Tagen angerufen und mir versprochen, sie würden mich ganz bestimmt einmal besuchen kommen, doch es könne noch ein bisschen dauern, bis er meine Mutter so weit habe.

Jetzt mal ehrlich, eine strahlend saubere Pension zu führen, in die keine Gäste kommen – das ist ein bisschen so, als würdest du einen besonders verruchten La-Perla-BH tragen, und niemand linst dir in den Ausschnitt. Vergeblich, und irgendwie auch armselig, oder?

Na ja, was soll's. So habe ich schließlich meine ganze Pubertät verbracht und bin auch nicht gestorben.

Oder jeden Tag nur ein bisschen ...

Apropos sterben. Neulich bin ich auf die glorreiche Idee gekommen, endlich einmal die Umgebung zu erkunden. Was bin ich für eine Pensionswirtin, dachte ich, wenn ich von den umliegenden Bergen so viel Ahnung habe wie Papst Benedikt von Push-up Bras? Also habe ich mir meine Wanderkarte geschnappt und mir eine Strecke herausgesucht, die nach einer schönen Runde aussah. Ich bin in meine Chucks geschlüpft und losmarschiert, ein Pfeifen auf den Lippen.

Eine Stunde später war ich zurück.

Vielleicht wird das tragische Ausmaß meiner Situation noch deutlicher, wenn man sich klarmacht, dass ich nicht einfach nur umsonst einen Haufen Geld für Renovierungsarbeiten und Werbung ausgegeben habe, sondern Stunden und Tage auf Gäste gewartet hab – mit vier fetten Blasen an den Füßen.

Leider machen nicht einmal meine hauswirtschaftlichen Fähigkeiten Fortschritte. Wäsche waschen, nur mal so zum Beispiel. Kann doch eigentlich jeder. Ist ja auch nicht besonders schwer! Klar, es gehört nun nicht gerade zu meinen Schlüsselkompetenzen, und in Hamburg hat sich Frau Kontopoulos um die Wäsche gekümmert. Aber das heißt ja nicht, dass ich nicht wüsste, wie man eine Waschmaschine bedient. Klappe auf, Wäsche rein, Waschmittel rein, Temperatur wählen, Programm wählen, den Startknopf drücken. Ich bin mir da deshalb so sicher, weil ich Frau Kontopoulos vorher extra noch einmal angerufen habe.

Aber als ich die durchgelaufene Ladung aus der Maschine holen wollte, war alles rosa. *Alles.* Und es war eine große Waschmaschine, und damit auch eine große Ladung. Bettwäsche, mehrere Handtücher, sogar mein Unterhemdchen – rosa. Dabei habe ich nur *ein* einziges andersfarbiges neues T-Shirt mitgewaschen, was ich nicht getan hätte, wenn ich es nicht unbedingt ganz dringend gebraucht hätte. Das T-Shirt war aber gar nicht rot, sondern *hellblau!* Es ist mir wirklich ein Rätsel. Die Leine, die quer über den Hang gespannt ist, und auf der sonst so rein und schön die weißen Laken flattern, sah einfach nur lächerlich aus. Es war, als würde sie es bis ins Tal hinunter signalisieren: Bald könnt ihr den Gerichtsvollzieher hochschicken!

Das ist übrigens mein Ernst. Ich war in Brixen und

habe den Alreiner Kontostand eingesehen. Die Anzeigen waren wahnsinnig teuer, und die *Glück-mit-Sahne*-Schilder auch. Zwei, drei Wochen können wir noch so weitermachen, dann habe ich das Lebenswerk meiner Großtante an die Wand gefahren.

Ich weiß einfach nicht, was ich falsch mache. Ich weiß es wirklich nicht. Manchmal kommt es mir so vor, als hätte ich da, wo andere Leute ein Hirn haben, ein Stück Hefeteig, das nicht richtig aufgegangen ist. Keine Ahnung, wie ich in Hamburg durchgekommen bin. Glück kann es nicht gewesen sein, denn wenn das den Dummen tatsächlich hilft, würde hier oben nicht immerfort alles schieflaufen.

Und das ist das Allerschlimmste: Während ich hier sitze und nicht weiß, wie es weitergehen soll, rennen all die Gäste, die doch eigentlich *hierher* gehören, dem Alpine Relax die Türen ein.

Da unten zum Beispiel. Da kommt schon wieder jemand den Berg hinauf. Gleich erreicht er die Gabelung und wird rechts abbiegen statt links.

Ehrlich, am liebsten würde ich das Geschirrtuch schmeißen und wieder nach Hause fahren. Heim nach Hamburg. Ich glaube, ich bin einfach nicht geschaffen für dieses Berg-Ding. Ich meine, ich bin Großstädterin. Ich komme vom *Meer*. Und wenn ich in meinem Leben gearbeitet habe, dann ausschließlich mit dem Kopf. Was, zum Teufel, habe ich mir nur gedacht, als ich mich entschieden habe, eine Pension zu übernehmen?

Der Spaziergänger bleibt stehen und kramt in der Tasche, die ihm über der Schulter hängt. Wahrscheinlich sucht er seine Wanderkarte, um zu sehen, wie er in möglichst großem Bogen an Alrein vorbeikommt.

Na los doch, mach schon!

Doch jetzt zieht der Wanderer eine Kamera aus der Tasche, eine richtig große, mit Objektiv und offensichtlich ohne Display, denn er hält sie sich vors Gesicht. Er zielt in meine Richtung, geht nach links und nach rechts und plötzlich in die Knie. Es sieht aus, als würde er mich fotografieren, deshalb versuche ich, obwohl mich die Dreistigkeit seines Handelns sauer macht, gut auszusehen. Ich strecke mein Kreuz durch und versuche, die Lippen zu entspannen, doch plötzlich läuft der Fotograf quer über die Wiese, den Berg hinauf und verschwindet hinter einer Anhöhe.

Hey, denke ich.

Ich stehe auf und eile zurück zur Pension. Doch der Fotograf scheint die Abkürzung quer über die Wiesen genommen zu haben, denn als ich in Alrein ankomme, sehe ich, wie er auf einem der Stühle auf der Terrasse steht und versucht, ins Haus reinzuknipsen.

»Hey«, rufe ich. »Was machen Sie denn da?«

Der Fotograf nimmt die Kamera herunter und dreht sich zu mir um. Es ist gar kein Mann, sondern eine burschikos gekleidete junge Frau in meinem Alter.

»Entschuldigung«, sagt sie und steigt vorsichtig zurück auf die Erde. Offensichtlich hat sie nicht damit gerechnet, überrascht zu werden.

Ich gehe ein paar Schritte auf sie zu und überlege, mit welchem Spruch ich sie anfahren soll, da erklingt hinter mir eine Stimme.

»Hey«, höre ich und drehe mich um. Aus der Ferne

nähert sich eine zweite Frau, mit Hotpants und Sonnenbrille.

»Hey, Sophie! Das ist ja *total* geil hier!«

Ich fasse es nicht. Es ist Vera, meine Freundin aus München.

16

»Etwas mehr nach rechts!«, ruft Caren, und ich mache einen Schritt in die von ihr gewünschte Richtung.
»Nein, nicht ganz so weit!«
Ich folge und tripple ein bisschen weiter nach links. Zum Glück sind meine Blasen weitgehend abgeheilt, sonst könnte ich nicht so ohne Weiteres auf Zehenspitzen posieren.
»Und kannst du den Wäschekorb noch ein wenig näher zu dir rücken?«
Nie im Leben hätte ich gedacht, dass es *so* anstrengend ist, fotografiert zu werden. Ich bücke mich, ziehe den alten Weidenkorb, den wir vorhin im Schuppen gefunden haben, noch ein bisschen näher heran, dann gehe ich wieder auf die Zehenspitzen und tue so, als sei ich gerade darin versunken, an der langen Leine, die über die Wiese hinter dem Haus gespannt ist, Wäsche aufzuhängen.
Gott sei Dank haben wir nicht nur den Weidenkorb, sondern auch noch weiße Wäsche gefunden. Das Foto einer blond gelockten Hüttenwirtin, die sich nach rosafarbenen Leinentüchern reckt, würde vielleicht eventuell die falsche Kundschaft locken. Japaner zum Beispiel, die lieben solchen Kitsch. Und würden über-

haupt keinen Spaß verstehen, wenn sie plötzlich vor einer Waschschüssel aus Email stünden, statt in einem Bad mit beheizbarem Bidet und Pflegeprodukten von *Shiseido*.

»Noch ein bisschen höher!«

Ich recke mich noch weiter nach oben. Langsam tun mir echt die Beine weh. Mehr als eine halbe Stunde machen wir jetzt schon herum mit diesem Pensionswirtin-hängt-in-der-Sonne-flatternde-Wäsche-auf-Motiv. Was vermutlich an mir liegt. Es haben schon haufenweise Leute versucht, meine Sommersprossen-Visage halbwegs ansehnlich auf Celluloid zu pressen. Entweder ich blinzle, sobald es blitzt, oder ich gucke so dermaßen katzenhaft-verführerisch drein, dass ich dabei ein Doppelkinn kriege. Schon der Fotograf damals im Kindergarten hatte dieses Problem.

»So ist's super!«, ruft Caren plötzlich.

Oh, wirklich? Ich merke, wie ich den Kopf ganz automatisch ein bisschen höher hebe.

»Herrlich!«, ruft sie und knipst. »Du machst das ganz, ganz toll!«

Ich spüre, wie mir eine leichte Röte über die Wangen fliegt und fühle mich tatsächlich ein bisschen sexy. Ich gehe noch etwas mehr auf die Zehenspitzen, schiebe das Becken leicht nach vorne und hoffe, dass das in meinem Kittelkleid halbwegs gut aussieht – und nicht nur irgendwie schwanger.

»Super!«, ruft Caren und nimmt die Kamera herunter. Sie strahlt richtig. »Da sind jetzt ganz sicher ein paar tolle Bilder dabei. Wollen wir mal nach Vera sehen? Ich brauch unbedingt eine Pause!«

Erschöpft, aber glücklich gehen wir zurück zur Terrasse, wo Vera an einem der Tische in der Sonne sitzt und irgendetwas in ihr Notizbuch kritzelt.

»Na, Supermodel?«, ruft sie mir zu, als sie uns bemerkt – und ich muss lächeln. Ich bin es nicht gewöhnt, im Mittelpunkt zu stehen, und normalerweise auch nicht sonderlich darauf versessen. Aber im Augenblick komme ich mir wie etwas ganz Besonderes vor, und das ist ein Gefühl, das ich überraschenderweise genieße.

Ach, was heißt überraschenderweise. Vera ist mit einer ganz tollen Fotografin aus München nach Südtirol gereist, um Alrein in ihrer Architekturzeitschrift zu präsentieren. Und das Gesicht dazu soll ich sein. Nur ein Autist würde da *nicht* innerlich jubilieren.

»Und du?«, frage ich. »Was machst du?«

»Schreiben«, sagt sie triumphierend. »Der Artikel ist schon so gut wie fertig.«

»Was? So schnell?«

Das Tempo von Vera ist wirklich erstaunlich. Sie ist gerade mal zwei Stunden hier. In der Zeit ist sie einmal ums Haus gelaufen und hat drinnen erst ein einziges Zimmer gesehen. Okay, es war das schönste Zimmer, aber dass es sie gleich zu einem vulkanartigen Schreibausbruch inspiriert ...

»Na ja«, sagt sie, »du vergisst, dass die *AD* nicht die *Zeit* ist. Die Texte bei uns im Heft sind eigentlich nie viel länger als ein paar Sätze.«

»Stimmt«, sage ich. Nicht, dass ich diese *AD* schon einmal gelesen hätte. Plexiglassofas, Niedrigenergie-Townhouses und Esstische zum Preis eines Sportwagens interessieren mich einfach nicht sonderlich – ich gehöre zu jener Hälfte der Menschheit, der schon an der Kasse von Ikea regelmäßig schwindelig wird.

»Aber weißt du, das ist auch nicht weiter wichtig. Oft sind es gerade die kleineren Reisetipps und Texte, die besonders viel bewirken. Ein paar schöne Bilder, ein kurzer, schwärmerischer Text und ein kleines Lob deiner Qualitäten als Hüttenwirtin ... Wirst schon sehen, danach brummt die Bude.«

Vera sagt das so überzeugt, dass ich ihr fast glaube. Sogar den Teil mit den Qualitäten als Wirtin.

»Darf ich mal lesen?«, frage ich neugierig und versuche, über ihre Schulter in das Büchlein zu spähen.

»Untersteh dich!«, sagt sie und lehnt sich mit den Ellbogen darüber.

»Ach komm«, sage ich.

»Sophie, keine Sorge. Der Text wird absolut positiv. Nur die komplizierte Anreise muss ich erwähnen.«

»So kompliziert ist die nun auch wieder nicht«, maule ich.

»Wie man's nimmt«, sagt Vera und zuckt mit den Schultern.

»Wieso? Entweder am Parkplatz den Taxi-Messner anrufen oder zu Fuß den Schildern nach Alrein folgen.«

»Taxi-Messner?« Vera guckt fragend.

»Unten am Parkplatz«, erkläre ich geduldig. »Da steht ein Schild mit seiner Telefonnummer.«

»Ja, das haben wir gesehen. Aber wir konnten ja nicht ahnen, dass der auch hier hochfährt«, sagt Caren.

»Na ja«, sage ich, »immerhin steht es drauf.«

»Nein, da stand nur etwas von irgendeinem Alpen-Spa-Hotel«, sagt Vera.

Wie bitte? Ich schaue sie mit großen Augen an.

»Und auch die Schilder zeigen alle nur den Weg dorthin. Von Alrein steht da nichts.«

»Das ... das kann nicht sein.«

»Doch«, sagt Vera. »Ich fürchte schon.«

»Es gibt welche nach Alrein und dann noch welche, auf denen *Glück mit Sahne* steht. Ihr habt sie bestimmt nur übersehen.«

»Ja«, sagt Vera und scheint nachzudenken. »Vielleicht.«

»Ich ... ich muss da mal nachsehen«, sage ich. Das kann doch gar nicht sein, dass alle Schilder plötzlich weg sind! Ich taste mein Kleid nach dem Autoschlüssel ab, aber er liegt wohl oben im Büro, wie immer. Ich will gerade loslaufen, da hält mich Caren am Arm fest.

»Sophie«, sagt sie, »geht das vielleicht später? Wir haben nicht mehr ewig Licht.«

»Okay«, sage ich widerwillig. »Wie weit sind wir denn?«

Das mit den Schildern beunruhigt mich.

»Wir brauchen noch ein, zwei Motive auf den Zimmern«, antwortet Caren. »Und eines in der Gaststube. Und dann will ich auf alle Fälle noch ein paar Details im Haus aufnehmen.«

Sie wirft einen Blick durch die offene Terrassentür und scheint dort irgendetwas entdeckt zu haben, denn sie schnappt sich ihre Kamera, steht auf und verschwindet im Haus.

Ich sehe ihr hinterher und schüttle den Kopf, aber eher in der Hoffnung, dass sich Veras Aufmerksamkeit damit auf Caren richtet, denn ich kann ganz deutlich spüren, wie sie mich mit einem ernsten Blick versieht.

»Na, und du?«, sagt sie prompt.

Mir wird ganz warm. Eigentlich möchte ich ihr schon ganz gern von den Verzweiflungstaten der letzten Wochen erzählen, einfach, weil sie meine Freundin ist und ich ehrlich zu ihr sein will. Andererseits bin ich die ganzen letzten Tage im Selbstmitleid versunken. Ich kann mich selbst nicht mehr hören.

Und außerdem wird die *AD* einen Reisetipp veröffentlichen. Also. Zeit, die Dinge wieder positiv zu sehen.

»Soll ich uns ein Glas Hugo holen?«, frage ich statt zu antworten. Nicht, um mich vor der Antwort zu drücken. Ich will einfach nur den Ärger Ärger sein lassen und die Stunden mit ihr so schön wie möglich verbringen. Außerdem habe ich unbändige Lust auf ein Glas. Das Einzige, was ich hier oben bislang an Alkohol getrunken habe, war der Marillenschnaps von Herrn Philippi und eine halbe Flasche Weißwein, die ich in mich reingeschüttet habe, als ich neulich nicht ertragen konnte zu hören, wie sich die Jirgls und Gianni wieder einmal stritten.

»Prosecco mit Holundersirup?«, fragt Vera. »Ich dachte, so was gibt's nur in München!«

»Ist hier der Hausaperitif«, erkläre ich.

»Mmmmh«, macht sie. »Gern! Ein *großes* Glas bitte!«

Ich ziehe eine Grimasse und verschwinde im Haus.

Vera weiß einfach, wie man lebt. Auf dem Weg zur Küche treffe ich Caren, die sich mit der Kamera vorm Gesicht tief über einen der Esstische beugt.

»Was machst *du* denn da?«, frage ich erstaunt.

»Total irre«, antwortet sie, ohne aufzublicken.

»Was ist irre?« Neugierig trete ich näher. Auf dem Tisch liegt eine Gabel, sonst nichts.

»Die Gabel.«

Die *Gabel*.

»Guck sie dir doch mal an«, sagt sie und hält sie mir hin. »Siehst du? Das ist dasselbe Motiv wie auf den Tellern. Und dasselbe, das hier in die Türen geritzt ist.«

Jetzt fällt es mir auch auf. Der Griff der Gabel ist mit schlichten herzförmigen Blättern verziert, die so fein geschwungen sind, dass sie auf den ersten Blick wie abstrakte Muster aussehen. Dasselbe Muster wie auf den Tellern. Dass mir das nicht eher aufgefallen ist! Ich blicke zur Tür. Tatsächlich, da ist es schon wieder. Und auf den Türklinken auch. Ich mache Caren darauf aufmerksam, und sie nimmt sofort ihre Kamera, um auch sie zu fotografieren.

»Was ist denn hier los?« Plötzlich steht Vera in der Terrassentür.

Caren dreht sich zu ihr um. »Wir haben hier ein kleines Gesamtkunstwerk entdeckt, schätze ich.« Sie zeigt ihr die Teller, das Besteck, die Türen. Während sie redet, bekommt Vera einen ganz komischen Gesichtsausdruck. Dann holt sie ihr Büchlein und notiert sich etwas. Als sie fertig ist, guckt sie mich ganz verklärt an.

»Kannst du mal Licht machen, Sophie?«, sagt Caren plötzlich. »So langsam wird es hier drinnen zu duster zum Fotografieren.«

Ich will zum Schalter, da kommt mir jemand zuvor. Das Licht geht an. Ich glaub es nicht.

In der Tür steht Frau Jirgl.

»Kann ich behilflich sein?«, fragt sie.

»Äh, also, ich glaube ...«, sage ich. Ich will sie eigentlich wegschicken, doch Caren unterbricht mich.

»Möglicherweise können Sie das tatsächlich«, sagt sie und sieht Frau Jirgl versonnen an. Ich gucke sie ebenfalls an, aber nicht versonnen, sondern eher ungläubig. Man könnte auch sagen: Ich starre.

»Brauchen Sie mich?«, fragt Frau Jirgl mit Blick auf die Kamera und lässt den Rock schwingen, dessen Saum zart ihre dünnen Beine umspielt.

»Ja, vielleicht können wir Sie tatsächlich gleich für ein paar Bilder hier im Restaurantbereich gebrauchen. Ich fände es eigentlich ganz gut, wenn nicht auf *allen* Bildern Sophie zu sehen ist.«

Wie bitte? Frau Jirgl soll fotografiert werden? Statt *mir*? Ich überlege, ob ich beleidigt sein soll, aber Caren scheint sich nichts Böses gedacht zu haben. Sie dreht sich im Raum herum und überlegt.

»Sehen Sie, das dachte ich mir«, sagt Frau Jirgl und lehnt sich mit dem Hintern an einen Tisch. »Deshalb bin ich hier.«

Sie lächelt charmant. Ich versuche es wirklich, aber ich kann immer noch nicht aufhören, sie anzustieren.

»Sehr gut«, sagt Caren. »Ich dachte daran, noch ein bewegtes Motiv aufzunehmen. Vielleicht könnten Sie zwei schöne Teller herrichten und zwei Gläser Wein einschenken und beides auf einem Tablett durch die Stube tragen?«

»Natürlich«, ruft Frau Jirgl und lacht wie ein plätschernder, kleiner Brunnen. »Mit dem allergrößten Vergnügen!«

»Aber wenn wir jetzt tatsächlich hier drinnen Bilder machen«, mischt sich Vera ein, »wollen wir dann nicht vielleicht erst mal alle Tische von diesen unschönen Plastiktischdecken befreien? Der Raum würde viel besser wirken.«

»Das ist eine sehr gute Idee«, sagt Frau Jirgl und fängt umstandslos an, Tisch um Tisch von den Decken zu befreien – hässliche, orange und braun geblümte Plastikdecken, die aussehen, als seien sie bereits in den Siebzigerjahren aus der Mode gewesen. Am Ende hat sie beide Arme voller Planen und läuft schnell nach draußen, um sie irgendwo zu deponieren.

Es ist unglaublich. Als *ich* vor zwei Wochen vorgeschlagen habe, die hässlichen Dinger zu entfernen, hat sie darauf bestanden, dass sie bleiben müssten, wo sie sind.

»Die liebe Frau Johanna hat sie angeschafft, kurz bevor der schlimme Unfall passiert ist«, hat sie gepiepst. Da hatte ich natürlich Skrupel, sie auf den Müll zu bringen. Ich Idiotin.

»Sieht doch gleich ganz anders aus«, lobt Caren den Raum, als die Tischdecken verschwunden sind. Und sie hat recht. Der Gastraum wirkt viel heller und freundlicher. Jetzt müsste man nur noch draußen ein paar Blümchen pflücken und sie in kleinen Glasvasen auf die Tische stellen, so wie Tante Johanna es immer getan hat.

»Ja, des hab ich auch immer gedacht«, sagt Frau Jirgl mit stolzer Stimme. »Das pure Holz ist viel schöner! Vielleicht verteilen wir auch noch Vasen auf den Tischen. Ich pflück mal eben draußen ein paar Bleamer.«

Und schon verschwindet sie ins Freie. Ich starre ihr hinterher, als hätte ich eine Fata Morgana gesehen oder ein exotisches Tier. Frau Jirgl trägt nämlich weder Leo-Print noch Pink – sondern Rock, Bluse, Schürze und tatsächlich: ein Häubchen.

»Und du musst wirklich schon gehen?«, frage ich, als ich Vera Stunden später hinausbegleite. Caren ist bereits draußen und verstaut ihre Fotosachen in dem Jeep vom Taxi-Messner. Unsere Mägen sind prall mit Knödeln gefüllt, wir haben zwei Flaschen Vernatsch getrunken, und ich würde mir nichts sehnlicher wünschen, als dass die beiden noch ein wenig blieben. Wir würden eine weitere Flasche aufmachen, und dann noch eine, und alles wäre gut und warm und richtig.

»Bleibt doch über Nacht«, sage ich. »Es wird gerade dunkel. Wir könnten den Ofen anmachen und noch ein bisschen zusammensitzen, und dann würdest du mein schönstes Zimmer kriegen und ...«

Vera dreht sich zu mir um und sieht mich an, und plötzlich merke ich, dass ich doch ganz schön ... äh ... angeschickert bin. Eigentlich weiß ich ja, dass sie nicht bleiben kann. Caren muss unbedingt noch heute nach München zurück und Vera muss morgen früh in der Redaktion sein.

Der Taxi-Messner wird die beiden gleich zu dem Parkplatz bringen, auf dem ihr Wagen steht. Von da an sind es noch etwas mehr als drei Stunden nach München. Um Mitternacht werden die beiden zu Hause sein. Und ich bin endgültig allein.

»Ach, Sophie«, sagt Vera und nimmt meine Hand. »Wir haben morgen früh Heftkonferenz, und wenn ich Alrein noch in der nächsten Ausgabe unterbringen will, dann muss ich da hin, verstehst du?«

Ich nicke, und mir kommen fast die Tränen. Es hat so gutgetan, wieder einmal Gesellschaft zu haben, und ich habe zum ersten Mal in diesen dreieinhalb Wochen, die ich jetzt da bin, gespürt, wie sehr mir meine Freunde fehlen. Wie sehr ich es vermisse, dass jemand mit mir lacht und alles ganz leicht ist. Vielleicht sollte ich die dritte Flasche einfach alleine trinken.

Hm, besser nicht.

»Es war herrlich bei dir«, sagt Vera. »Und ich komme ganz bestimmt bald wieder!«

Ich nicke heftig, als könnte ich mir so den Kloß aus der Kehle schütteln.

»Mach's gut«, sage ich leise. »Und danke.«

»Bald hat es mit der Einsamkeit ein Ende«, sagt sie zuversichtlich und drückt meine Hand. Dann lässt sie mich stehen und steigt in den Wagen. Der Taxi-Messner startet den Motor, der Jeep wendet und fährt los. Ich winke ihm hinterher und winke immer noch, als er längst außer Sichtweite ist. Ein bisschen fühle ich mich wie ein Hund, den sie an einer Autobahnraststätte festgebunden haben – die Familie fährt in den Urlaub, der Bernhardiner bleibt zurück.

Manchmal macht Alkohol echt melancholisch.

Als ich zurück ins Haus gehe, muss ich mich an der Wand festhalten, so betrunken bin ich. Wenn ich es mir genau überlege, haben Vera und ich gar nicht zwei Flaschen zusammen getrunken. Sie hatte allenfalls zwei Gläser und ich den Rest. Ich war so glücklich, dass ich mir immer wieder eingeschenkt habe, in der Hoffnung, dass der Abend immer noch schöner wird und nie wieder aufhört.

Ich werfe noch einen Blick in die Küche, wo Gianni gerade unsere Teller spült. Mit einem Mal wird mir ganz warm.

»Danke für das gute Essen, Gianni«, sage ich und lächle ihn liebevoll an. Er dreht sich zu mir um, und ich entdecke einen eigenartigen Zug in seinem Gesicht, den ich bislang noch nie an ihm gesehen habe. Ist das Müdigkeit? Freude? Verzweiflung? Ich kann es nicht deuten. Was möglicherweise daran liegt, dass ich ihn leicht doppelt sehe.

»Buona notte, Signora Sophia«, sagt er.

»Buona notte, Gianni.«

Ich kneife ein Auge zu, schleppe mich mühsam die Treppe hinauf und lege mich aufs Bett, ohne mich auszuziehen.

Alles dreht sich. Und dann passiert etwas Sonderbares. Plötzlich ist es, als würde alle Traurigkeit aus meinem Körper verschwinden, ungefähr so, als wäre sie ein Fieber, das schlagartig sinkt. Stattdessen spüre ich, wie sich etwas anderes in mir breitmacht. So etwas wie Freude. Oder Dankbarkeit. Keine Ahnung, was genau es ist, aber mit einem Mal bin ich voller

Zuversicht, dass die Sache mit Alrein gelingen kann. Dass am Ende alles gut ausgeht und ich nicht nach Hamburg zurück muss, als Korrektorin, die Bücher auf Kommafehler durchsucht, oder als Hartz-4-Empfängerin. Plötzlich kann ich vor meinem inneren Auge die Zukunft sehen, so scharf wie ein fotorealistisches Gemälde. Wie der *AD*-Artikel erscheint. Wie endlich wieder Gäste eintreffen. Wie ich den Neuankömmlingen Marillenschnaps einschenke und die Jirgls und Gianni mir herzlich und fröhlich zur Seite stehen …

Mir fällt ein, dass ich noch die Schuhe anhabe. Ich streife sie ab, und sie poltern auf den Holzboden. Ich versuche, im Liegen auch die Socken auszuziehen, ohne meine Hände zu bemühen, doch das gelingt mir nur beim rechten, in den linken komme ich mit dem großen Zehen nicht hinein. Außerdem wird mir von dem Geturne ganz schummrig.

Doch das ist mir egal, denn meine Gedanken sind absolut erhebend.

Wenn Frau Jirgl und Gianni in Zukunft nur halb so viel leisten, wie sie es heute getan haben, dann … dann kann es … *muss* es klappen.

Frau Jirgl war heute Nachmittag wirklich wie ausgewechselt. Ich meine, mehr Mühe gegeben hatte sie sich ja schon seit unserer Aussprache, aber heute war ihr ganzes Wesen völlig verwandelt. Sie war nett zu meinen beiden Gästen. Sie war sogar nett zu *mir*. Sie hat Gianni dazu gebracht, zwei fantastisch aussehende Portionen dampfender Knödel zuzubereiten. Und sie hat das Tablett mit den beiden Tellern und den zwei Weingläsern wieder und wieder durch die Stube getragen, bis das Essen kalt war und Caren endlich das perfekte Foto hatte. Und als alle Bilder geschossen waren und wir nur noch so ein bisschen zusammensaßen, hat sie uns Kaffee gekocht und uns Wein serviert, und es gab nichts, aber auch gar nichts, was man an ihrer Bewirtung und Gastfreundschaft hätte verbessern können. Vera war jedenfalls völlig begeistert und hat versprochen, auch noch den tollen Service zu loben, woraufhin Frau Jirgl gleich *noch* freundlicher wurde.

Endlich gelingt es mir, den zweiten Socken abzustreifen. Das muss genügen, aus dem Kleid schaffe ich es heute nicht mehr heraus. Ich schiebe die Füße unter die Decke, drehe mich auf den Bauch und knülle mir das Kissen unter den Kopf.

Plötzlich höre ich Herrn Jirgls Stimme, dröhnend und laut. Er schreit irgendetwas, und Frau Jirgl ... Was ist das? Ein Wimmern?

Fuck.

Das erinnert mich daran, dass der Abend in Wirklichkeit nur *fast* perfekt war. Denn irgendwann haben wir den Jeep der Jirgls vor dem Haus halten gehört, gefolgt von Schritten durch den Kies und dem Schlagen der Eingangstür. Wir sind allesamt still geworden, sogar Caren und Vera, die von Fritz Jirgl gar nichts wissen konnten. Und Frau Jirgl hat mit einem Mal so einen ganz komischen Blick bekommen und hat sich, eine Entschuldigung stammelnd, aus der Wirtsstube verdrückt. Fast so, als hätte sie etwas Wichtiges vergessen. Oder als fühlte sie sich plötzlich wegen irgendetwas schuldig.

Ich werde einfach nicht schlau aus ihnen. In letzter Zeit kommt es immer öfter vor, dass sich die beiden streiten, und dann wirkt es, als würde seine Frau gar nicht für mich arbeiten. Sondern für ihn.

17

Das Telefon klingelt, ungefähr zum sechzehnten Mal an diesem Morgen.

»Pension Alrein, Sophie von Hardenberg am Apparat, was darf ich für Sie tun?«

Ich gebe mir Mühe, meine Stimme nicht so abgezockt-freundlich wie die jener professionellen Rezeptionistinnen klingen zu lassen, deren einziger Job es ist, einen möglichst charmant abzuwimmeln, sondern so, als würde ich mich *wirklich* freuen, ans Telefon zu gehen – schließlich tue ich das ja tatsächlich.

»Nächste Woche? Da muss ich Sie leider enttäuschen, wir sind in der nächsten Zeit völlig ausgebucht … Moment … Nein, wie ich gerade sehe, habe ich leider erst Ende Juli wieder etwas frei … Ja, leider … Ach, natürlich, dann trage ich Sie gern für die zweite Septemberwoche ein … Wie war der Name? Schäfer, gut, das hab ich notiert …«

Es ist wirklich unfassbar. Ich meine, das *AD*-Heft mit der Alrein-Geschichte ist noch überhaupt nicht *erschienen,* und die Leute rennen mir jetzt schon die Türe ein. Schon in der Woche nach dem Shooting wurde ein Hinweis auf den Artikel im Internet vorab veröffentlicht, wo er womöglich nicht für größeres Aufsehen gesorgt hätte, wäre nicht eine Redakteurin aus dem Reise-Ressort der *Welt am Sonntag* darauf gestoßen. Die hat sofort einen Mitarbeiter geschickt, der eigene Fotos gemacht und dazu eine große Reportage verfasst hat, die gestern erschienen ist. Natürlich habe ich mich gestern gleich frühmorgens ins Auto gesetzt und mir unten im Tal eine Ausgabe besorgt.

Den Kopf in den Wolken, so lautete die Überschrift des Artikels, der fast eine ganze Seite füllte. Und die Unterzeile ging so: *Wie eine junge Pensionswirtin auf 1800 Metern ihr Paradies verteidigt – in einem bislang unbekannten Bau des Architekten Heinrich Hobrecht.*

In der Mitte der Seite war ein riesengroßes Foto von mir und ein fast genauso großes von Alrein, und in dem Text dazu kamen die Worte »traumhaft«, »liebevoll«, »romantisch« und »atemberaubend« vor und unten angehängt war unsere Telefonnummer – für Reservierungen.

Man kann sich unschwer vorstellen, in welchem Tempo ich den Panda wieder hoch nach Alrein geprügelt habe. Ich sage nur so viel: Hätten wir ein Wettrennen gemacht, der Taxi-Messner hätte Staub gefressen.

Ich rannte ins Haus, rief Gianni und die Jirgls herbei, klatschte ihnen triumphierend die aufgeschlagene Zeitung vor die Nase und sprintete hoch ins Büro, in Erwartung, dass das Telefon jede Sekunde anfangen würde zu klingeln.

Was es aber nicht tat.

Es blieb still, ganz still. Der Apparat, neben dem ich saß, ist ein alter Apparat, wahrscheinlich eines der ersten Modelle überhaupt, die Tasten und keine Wählscheibe mehr hatten. Seine völlig verwickelte Kordel reicht gerade mal so bis zu dem Aktenschrank hinter dem Schreibtisch, deshalb traute ich mich mehrere Stunden lang nicht aufs Klo, aus Angst, den ersten Anruf zu verpassen. Doch das rundliche Gerät blieb völlig reglos, wie eine Schildkröte, die sich im Angesicht einer Katze in ihr Gehäuse verzogen hat, um dort in aller Seelenruhe zu warten, bis der Feind aufgibt und von dannen zieht.

Eine Stunde verging, dann noch eine. Es wurde Mittag, Abend. Erst, als es bereits dunkel war, kam ich auf die glorreiche Idee, den Hörer abzunehmen. Ich hielt ihn mir ans Ohr und wagte kaum zu atmen.

Kein Tuten, nichts.

Mit einem Mal fing mein Herz an zu rasen. Ich warf einen Blick auf den Telefonstecker in der Dose, aber dort schien alles in Ordnung zu sein, also schlüpfte ich in meine Turnschuhe und rannte los. Es war ja nicht so, dass ich im Laufe des Nachmittags nicht des Öfteren darüber *nachgedacht* hätte, auszuprobieren, ob das Telefon überhaupt funktionierte, aber dann waren mir meine jugendlichen, demütigenden Gänge zur Telefonzelle wieder eingefallen, deshalb hatte ich es lieber gelassen.

Beim Dreifichtenbänkchen schaltete ich mein Handy ein und wählte die Alreiner Nummer. Es tutete, ganz normal.

Das konnte nur eines bedeuten.

Ich rannte wieder hoch, kontrollierte noch einmal alle Anschlüsse und fand schließlich den Fehler. Der

Stecker saß zwar in der Steckdose, aber nicht hundertprozentig fest.

Manchmal habe ich wirklich das Gefühl, dass wir einen Kobold im Haus haben. Irgendjemanden, der mein Glück verhindern will. So wie mit den Holzpfeilen, die den Weg nach Alrein hinaufwiesen. Vera hatte recht gehabt, sie waren tatsächlich nicht mehr da, irgendjemand musste sie abmontiert haben. Ich fand sie achtlos ins Gebüsch geschmissen, sogar das Schild vom Taxi-Messner. Natürlich schraubte ich die Schilder gleich wieder an, aber seitdem bin ich ständig beunruhigt und fahre alle paar Tage los, um nachzusehen, ob noch alle an ihrem Platz sind. Waren sie bis jetzt, Gott sei Dank. Wer auch immer das war, er hat offensichtlich aufgegeben.

Aber okay. Das hier war offensichtlich etwas anderes. Irgendjemand musste über das Telefonkabel gestolpert sein und einfach nicht bemerkt haben, dass es sich dabei gelockert hatte.

Ich zog ihn noch einmal ganz heraus und steckte ihn mit einer entschlossenen Bewegung wieder hinein.

Fast im selben Augenblick begann das Klingeln, und binnen einer Stunde war der restliche Juni ausgebucht.

»Also, Herr Kredel, dann freuen wir uns auf Sie im Juli! Bis dann!«, plaudere ich munter in den Hörer und lege auf. Doch es klingelt sofort weiter. »Pension Alrein, Sophie von Hardenberg, was darf ich für Sie tun? ... Nein, nächstes Wochenende leider nichts mehr ... Oh, da muss ich Sie leider enttäuschen ... erst wieder im Juli ...«

Es mag nur eine Nebensächlichkeit sein, aber es ist

eine Beobachtung, die ich wirklich interessant finde: Je rarer die freien Zimmer werden, umso bereitwilliger akzeptieren die Gäste die widrigsten Bedingungen. Sie nehmen sich Urlaub, sie nehmen sich Mietwagen, sie geben ihre Kinder bei Verwandten ab und hinterlassen Haustiere bei Nachbarn. Gestern Abend zum Beispiel zeigte sich ein Kunsthistoriker-Paar sofort bereit, sich auf der Stelle ins Auto zu setzen und von Frankfurt nach Südtirol zu heizen, nur, weil es von heute auf morgen noch ein freies Zimmer gab.

Jetzt verstehe ich auch, warum manche Menschen für eine ultra-rare Chloé-Tasche Zehntausende Euro bezahlen, selbst dann, wenn die Tasche aussieht, als würde sie aus dem Fundus einer rumänischen Großmutter stammen. Ich glaube, ich habe gerade einen nicht eben unbedeutenden Fehler in den gängigen Theorien der freien Marktwirtschaft entdeckt: Nicht das Angebot bestimmt die Nachfrage, sondern der *Mangel!*

»So, Herr von Werthern, dann habe ich das notiert ... Ja, prima, wir freuen uns auf Sie! Bis August! Auf Wiedersehen!«

Okay, ich gebe zu: Das mit der abgezockten Rezeptionistinnen-Freundlichkeit gelingt mir von Mal zu Mal schlechter. Meine Kiefer sind vom vielen Grinsen schon völlig verkrampft. Ich meine, so geht das hier seit Stunden! Vielleicht sollte ich mich langsam mal ablösen lassen.

Ja, das sollte ich tun. Ich sollte Frau Jirgl bitten zu übernehmen.

Bevor das Telefon erneut losklingelt, hebe ich den

Hörer ab, lege ihn neben den Apparat und springe die Treppe ins Erdgeschoss hinunter. Kurz vor der Tür zur Gaststube bremse ich ab und komme erst mal zu Atem.

Denn die Sache mit Frau Jirgl ist ... so eine Sache. Wie soll ich sagen ...

Es ist ja nicht so, dass sie sich keine Mühe gäbe. Gestern zum Beispiel, da arbeitete sie durchaus mit Eifer. Sie hat von ganz alleine die Wäsche von der Leine genommen, und das Beste daran war: Man musste fast kein Stück noch einmal neu und ordentlich zusammenlegen. Oder heute: Heute hat sie angefangen, noch einmal die Gaststube zu putzen und in allen Zimmern noch einmal durchzuwischen, und ich musste sie nur einmal bitten, wirklich, nur ein einziges Mal, sich auch noch die Bäder vorzunehmen.

Aber manchmal ... Manchmal ist sie auch träge und vergesslich, und man muss ihr alles dreimal sagen und kann sich dann immer noch nicht darauf verlassen, dass sie ihre Aufgaben erledigt. Neulich habe ich sie angesprochen und gefragt, ob etwas nicht in Ordnung sei, aber da hat sie nur den Kopf gesenkt und ist losgelaufen, um sich an die Arbeit zu machen.

Auf alle Fälle habe ich beschlossen, ihr nicht sofort wieder mit Kündigung zu drohen, sondern sie lieber so lange zu loben und zu ermutigen, bis sie eines Tages ihre Arbeit richtig *gerne* macht.

Na ja, und dann ist da noch ihr Outfit. Die weiße Schürze hat das eitle Ding nach dem Shooting natürlich kein einziges Mal mehr angezogen. Egal, was sie tut, sie tut es in hochhackigen Schuhen, die vor

Reißverschlussapplikationen und Nietenbesatz so laut klimpern, dass ich jedes Mal kurz hochschrecke, weil ich denke, das Christkind sei ein halbes Jahr zu früh dran. Dazu trägt sie entweder Leggins oder Röcke, die so kurz sind, dass man, wenn sie etwas vom Boden aufhebt, freie Sicht auf ihren Gebärmutterhals hat. Aber auch dazu habe ich eine Haltung gewonnen. Ich musste mich nur daran erinnern, dass ich schließlich aus jener deutschen Großstadt stamme, die die Reeperbahn erfunden hat. Und immerhin: Was hätte ich wohl gesagt, wenn Olaf Schwarz mich zum Beispiel umgekehrt gezwungen hätte, mich in schwarze Seidenblusen, hautenge Jeans und High Heels zu zwängen, nur, damit ich meinen Job behalte?

Eben.

»Frau Jirgl?« Ich öffne die Tür zur Gaststube und trete ein.

»Ja?«, antwortet sie. Na klar, sie trinkt Kaffee.

»Frau Jirgl, wären Sie wohl so nett, bis heute Abend das Telefon zu überwachen und Reservierungen entgegenzunehmen? Es müssten ja bald die ersten Gäste kommen, die würde ich gern persönlich begrüßen. Ich würde Sie dann erst wieder zum Servieren brauchen – vorausgesetzt, dass Gianni vorher keinen Beistand in der Küche nötig hat.«

Frau Jirgl wird blass. Die Erinnerung daran, dass ich ihren Mann verdonnert habe, heute mit Gianni nach Brixen zu fahren, um Zutaten für ein frisches Abendessen einzukaufen, scheint sie immer noch zu schockieren. Nicht ganz zu Unrecht. Denn ich habe allen offen kommuniziert, dass uns dieser Einkauf zwar knietief in den Dispo treiben wird, dass aber trotzdem nicht gespart werden darf, nicht an den Zutaten fürs Essen. Wenn die Investition in frisches Gemüse ein Fehler war, dann war es definitiv unser letzter. Dann können die Jirgls zusehen, wo sie einen neuen Job finden. Und ich ... aber darüber denke ich nicht nach.

Apropos Jirgl und Gianni. Wo stecken die beiden eigentlich? Der rote Jeep steht nicht vor der Tür.

»Müssten die Jungs nicht schon längst zurück sein?«

Frau Jirgl hebt die Schultern und senkt sie wieder. Selbst durch die dicke Schicht Schminke kann man erkennen, dass sie schneeweiß ist im Gesicht. Schneeweiß mit grünen Flecken auf den Augenlidern und Glitzerlippenstift.

»Na, die kommen bestimmt gleich«, sage ich zuversichtlich.

Frau Jirgl nickt langsam. Vielleicht fürchtet sie sich auch nur vor heute Abend? Davor, nach so langer Zeit mal wieder Gäste zu bedienen? Acht Zimmer sind reserviert, wir werden die Bude heute Abend fast voll haben, zum ersten Mal mit mir, der neuen Chefin. Ehrlich gesagt, ich tue auch cooler, als ich bin.

»Machen Sie sich keine Sorgen«, sage ich. »Wenn wir so gut zusammenarbeiten wie in den letzten Wochen, dann schaffen wir den Ansturm heute mit links.«

Ich sehe sie fest an und versuche, ihr ein gutes Gefühl zu vermitteln, aber ich bin mir nicht sicher, ob mir das gelingt. Denn ein ganz klein wenig habe ich selber Muffensausen. Sechzehn Gäste! Und drei Gänge!

Plötzlich höre ich ein Motorengeräusch und Reifen im Kies. Durchs Fenster kann ich erkennen, dass es der Taxi-Messner ist, der die ersten Gäste bringt. Wahrscheinlich das schwule Professorenpaar aus Köln, das gerade für ein Gastsemester in Venedig lebt.

Plötzlich bekomme ich ganz weiche Knie.

Ich nicke Frau Jirgl zu, und sie verschwindet.

Dann nehme ich das Tablett, das Gianni mir bereitgestellt hat. Das mit dem Marillenschnaps und den beiden Gläsern.

18

Die Frau, die vor mir die Treppe hochgeht, hat einen dermaßen kleinen Hintern, dass sie sich Nussschalen umschnallen könnte, und sie würden wie Push-ups wirken. Dasselbe mit dem Dekolleté – das würde eher in die Wüste Sahara passen als in die Dolomiten. Das Einzige, das an ihr wippt, ist der Dutt auf ihrem Hinterkopf, zu dem sie ihr Haar zusammengebunden hat. Ihr Begleiter sieht auch nicht breiter aus – super-slim-fit-Hemd, Haifischkragen, Zigarettenhose. Was an den beiden noch am meisten Volumen hat, sind die Sonnenbrillen. Alles andere ist *lang* – die Beine, die Arme, die Visagen. Ich bin wirklich nicht sehr dick, aber im Vergleich zu den beiden fühle ich mich wie ein dralles Landmädel mit dicken Fesseln und Backen.

»So«, sage ich fröhlich, als wir im ersten Stock sind, und überhole die beiden. »Und das hier ist Ihr Zimmer.« Ich öffne die Tür und lasse die beiden eintreten. »Wie gesagt, es ist ganz einfach.«

»Cool«, sagt der Typ und schmeißt seine Reisetasche in eine Ecke. Die Frau stakst ein paar Schritte ins Zimmer hinein. Der Designer ihrer Schuhe muss auf LSD gewesen sein. Normale Absätze gehen ja mehr oder weniger gerade nach unten – bei ihr knicken die

Heels seltsam ab in Richtung Fußspitze. Sie sehen aus, als könne man sich allenfalls wie eine Primaballerina darin fortbewegen.

Misstrauisch sieht sie sich um. Mein Blick folgt ihrem. Das Bett, der Tisch, der Schrank, die Kommode mit dem Waschkrug und der Schüssel. Es ist alles sauber und freundlich, aber das scheint der Tussi nicht zu genügen.

»Wo ist das Bad?«, fragt sie, nachdem sie auch noch durch das perfekt polierte Fenster gesehen hat.

»Dritte Tür links«, sage ich gelassen und zeige durch die geöffnete Zimmertür in Richtung Flur.

»Oh«, sagt sie. Einen Augenblick später kann ich ganz deutlich beobachten, wie es hinter ihrer vom Dutt gelifteten Stirn langsam zu rattern beginnt. Aber es ist schon spät, und der Taxi-Messner hat bereits einen schönen Feierabend gewünscht und ist längst auf dem Heimweg. Sie wird hier also nicht mehr so leicht wegkommen.

Hihi – zumindest nicht mit *dem* Schuhwerk.

»Also dann«, sage ich freundlich. »Sie wollen sich sicher erst einmal frisch machen. Abendessen gibt es bei uns immer pünktlich um halb acht, das ist ...«, ich sehe auf die Uhr, »... hach! ... schon in zwei Stunden.«

»Cool«, sagt der Typ und lässt sich aufs Bett fallen.

Ich frage mich, ob er noch ein anderes Wort spricht, und wenn ja, welches. Ich meine, irgendwie muss er der Tussi ja mal zu verstehen gegeben haben, dass er zumindest ihren Hintern mag.

»Gut, bis später!«, sage ich. Ich wette, dass die beiden zu spät zum Essen kommen. Wenn überhaupt. Sie sehen eher aus, als würden sie sich ausschließlich von Zigaretten ernähren. Und von ein bisschen Kokain.

Apropos Essen. Gut, dass mir das einfällt. Ich war die letzten Stunden so sehr damit beschäftigt, Gästen Schnäpse in die Hand zu drücken, ihnen die Zimmer zu zeigen und ihnen die Essenszeiten zu erklären, dass ich völlig versäumt habe, mal nachzusehen, wie es Gianni in der Küche so ergeht.

Ich *fliege* fast die Treppe hinunter, so fix bin ich. Ganz ehrlich, irgendwie lässt meine neue Rolle meinen Adrenalinspiegel richtig in die Höhe schnellen. Wenn ich gewusst hätte, wie wohl ich mich als Gastgeberin fühle! Die allermeisten Gäste sind nämlich längst nicht so unterkühlt wie das Paar von gerade eben. Die meisten sind freundliche Menschen mit gesunder Hautfarbe, die in Begeisterung ausbrechen, wenn sie endlich auf dem Berg angekommen sind und staunen, wie schön und ruhig hier alles ist. Sie machen »Ah!«, wenn sie auf ihr Zimmer kommen, und »Oh!«, wenn sie auf den Balkon treten und den Ausblick sehen, und zucken lächelnd mit den Schultern, wenn sie erfahren, dass sich die Badezimmer tatsächlich auf dem Flur befinden.

Nicht einmal das schwule Professorenpaar aus Venedig hat sich beschwert, obwohl ich das kurz befürchtet hatte. Die beiden trugen furchtbar feinen Zwirn und waren gepflegt bis unter die polierten Fingernägel, sodass ich kurz Angst hatte, sie würden ihre Rimowa-Koffer gar nicht erst auspacken, sondern gleich das Taxi zurück ins Tal bestellen. Aber nichts dergleichen. Sie haben sich einfach einen Spaß daraus gemacht, dass es auf den Zimmern nur Waschschüsseln gibt. Der eine steckte seine Hand in einen der Waschlappen und sagte zum anderen: »Kein Problem, Schatz. *Ich* wasch dich!« Dazu wackelte er vieldeutig mit den Augenbrauen.

Hmpf. Nicht, dass ich das so genau wissen wollte.

Ich öffne die Tür zur Küche und stecke den Kopf herein.

Oh.

»Gianni?«, sage ich, dabei ist nicht zu übersehen, dass die Küche leer ist. Es sieht nicht einmal so aus, als hätte hier heute jemand auch nur einen Topf bewegt.

Ich gehe hinter in den Vorratsraum, aber auch da ist niemand. Natürlich. Ob er beim Kräuterbeet hinterm Haus ist und frischen Salbei pflückt? Ich spähe durchs Fenster, aber da sitzt nur ein Rotkehlchen, das den Kopf nach links und rechts dreht und, als es mich bemerkt, davonfliegt.

Ah, da höre ich doch was – endlich! Ein Wagen kommt näher. Inzwischen erkenne ich das Geräusch: Es ist Jirgls Jeep. Ich sprinte los und stehe nur einen Wimpernschlag später in der Haustür.

Ich hatte recht, es ist Jirgl. Einziges Problem: Gianni sitzt nicht neben ihm. Plötzlich bekomme ich ein ganz schlechtes Gefühl.

Jirgl steigt aus und kommt auf mich zu. Sein Gesicht ist ganz grau und völlig unbewegt. Irgendetwas ganz, ganz Schlimmes ist passiert, so viel ist sicher.

»Wo ist Gianni?« Ich bekomme die Frage kaum heraus und spüre, wie die Stille, die ihr folgt, anfängt zu vibrieren.

»Weg«, sagt Jirgl, und ich merke, dass er kurz davor ist zu zittern.

»Was?«

Ich starre Jirgl an und er mich. Erst eine gefühlte Ewigkeit später platzt es aus ihm heraus:

»Wir waren erst beim Großmarkt, da war er schon so komisch. Da ist er nur so nervös hin- und hergelaufen, so, als wüsst' er ned, was er kaufen will. Und ich hab die ganze Zeit zu ihm gesagt, kimm, Gianni, schlain di', aber er ist bloß immer so komisch hin und her und hat irgendwelches Zeug in den Wagen gelegt. Aber mei, da hab ich mir noch nix gedacht, weil er ist halt manchmal bissl schrullig, gell? Aber dann wollten wir wieder huam, und auf dem Weg sind wir beim Bahnhof vorbeigekommen, und er hat gesagt, dass ich anhalten soll ...«

Ich starre auf Jirgls massigen Mund, aus dem die Worte hervorquillen wie Hack aus einem großen Fleischwolf. Die Sätze, die er sagt, verstehe ich durchaus. Trotzdem kann ich ihm kaum folgen.

»Ich hab gedacht, er will bloß Kippen besorgen oder ein Tuttn-Hefterl oder was, aber plötzlich is er ned wiedergekommen, also bin ich ausgestiegen und ihn suchen gegangen. Und da stand er dann am Automaten und wollt sich eine Fahrkarte ziehen. Gianni, hab ich gesagt, was machst denn da? Aber er hat nicht geantwortet, sondern hat weiter seinen Schotter in den Automaten geworfen. Gianni, mach kein Scheiß, wir brauchen dich da oben, hab ich gesagt, aber er – er wirft einfach eine Münze nach der andern ein. Dass es keinen Sinn hat, hat er gesagt, dass wir eh pleitegehen. Dass er keine Lust mehr hat. Und dass er heim will nach Palermo, zu seiner Familie. Er ist losmarschiert, und ich hab versucht, ihn festzuhalten, aber dann hat er sich losgerissen und ist in einen Zug Richtung Verona gestiegen. Ich hab getan, was ich konnte. Tut mir leid.«

Jirgl macht ein so treues und zerknirschtes Gesicht, dass ich für den Bruchteil einer Sekunde so etwas wie Sympathie für ihn empfinde, aber wirklich nur für einen Bruchteil, denn plötzlich scheint er hinter meinem Rücken etwas anderes zu sehen, und über seine Visage huscht der Anflug eines Lächelns.

»Na ja«, sagt er. »Ich pack dann mal die Sachen aus, das Zeug muss ja ins Kühle.«

Dann fängt er an, den Kofferraum auszuräumen, fast so, als sei überhaupt nichts passiert. Fehlt bloß noch, dass er anfängt fröhlich zu *pfeifen*.

Und ich? Ich bleibe in der Türe stehen und sehe ihm zu. Meine Arme sind schwer, meine Beine, mein Kinn. Als hätte man mich in Beton eingegossen.

Nur langsam fange ich an zu begreifen.

Gianni. Soll einfach abgehauen sein. Sich davongestohlen haben wie ein mieser Betrüger.

Aber warum?

Ich meine, hat er in letzter Zeit nicht sogar viel entspannter gewirkt als sonst? Fast so, als würde er sich ... ich weiß, auf Gianni angewendet ist das ein großes Wort, aber es wirkte fast so, als würde er sich auf einen Neuanfang ... *freuen!* Und als ich heute Morgen Jirgl verknackt habe, mit ihm ins Tal zu fahren, da lächelte er – richtig zufrieden!

Womöglich, weil er wusste, dass das seine Fluchtmöglichkeit war. Dass man sich in Menschen so täuschen kann!

Zurück nach Palermo. Oh je.

Das also kommt dabei raus, wenn ich mir einbilde, ich könnte irgendwo die Chefin mimen: Gestandene Männer begeben sich lieber direkt in die Fänge der Mafia, als auch nur einen Tag länger einer Hamburger Lektorin zu dienen.

Ratlos lasse ich mich auf die Bank sinken, die neben der Eingangstür steht.

Unmittelbar schrecke ich wieder hoch.

Wenn Gianni weg ist – was wird denn dann …?

Oh je. Ich muss mir irgendwann anders Gedanken über die Motive des Kochs machen. Ich habe ein Problem.

Mit Lichtgeschwindigkeit begebe ich mich in die Küche, wo auf dem Tresen fein säuberlich nebeneinander die Tüten mit den Einkäufen liegen.

Ich reiße eine nach der anderen auf, stelle all die Päckchen und Pakete nebeneinander. Hinterher bin ich genauso schlau wie vorher. Vielleicht hätte ich mit Gianni besprechen sollen, was er vorhat, statt ihm freie Wahl zu lassen.

Ich sehe auf die Uhr. Es ist achtzehn Uhr.

Fuck. Ich habe noch eineinhalb Stunden.

Erschrocken überschlage ich meine Möglichkeiten, was weder anspruchsvoll noch zeitaufwändig ist, denn es sind nicht viele. Also:

Ich habe *einmal* etwas gegessen, das Frau Jirgl gekocht hat – Nudeln in einer säuerlich-wässrigen

Sauce, in der Pilze, Speckwürfel und Essiggurken schwammen.

Ich habe keine Lust auszuprobieren, ob sich bei ihr seither in Sachen Kochkünste etwas getan hat.

Und ich habe erst recht keine Lust herauszufinden, was Jirgl zusammenrührt, wenn ich *ihn* zum Kochen zwinge.

Mein Blick wandert noch einmal über die Einkäufe auf der Arbeitsplatte. Zur Sicherheit schlage ich noch einmal Johannas Kochbuch auf, aber natürlich finde ich kein Rezept, das zu den Zutaten passt, geschweige denn irgendwie machbar aussieht. Nicht einmal mit Apfelstrudel kann ich mir behelfen, denn unter den Einkäufen sind keine Äpfel. Es gibt also nur eine Möglichkeit.

Ich nehme die Beine in die Hand und sprinte die Treppe hoch in den ersten Stock. Im Büro sitzt Frau Jirgl, in den Stuhl gefläzt, die Füße auf dem Tisch. Ich sage es ja: Mal ist sie fleißig bei der Sache – und dann wieder fleißig bei etwas ganz anderem.

»*A-D*-Magazin«, buchstabiert sie gerade in den Hörer »Eine Architektur-Zeitschrift. Ja! Ich! Nächste Woche!«

Ich baue mich vor ihr auf und gucke so böse drein, dass andere sich bekreuzigen würden.

»Und bei dir, Lissi«, versucht sie, einfach weiterzuplaudern, als ob nichts wäre.

Schlechte Strategie. Denn natürlich weiß sie, dass der Moment, an dem zum ersten Mal seit Jahren wieder Reservierungen reinkommen, nicht *exakt* der richtige Zeitpunkt ist, endlich mal wieder sämtliche alte Freundinnen durchzutelefonieren.

Ich stemme die Hände in die Hüften und fange ungeduldig an, hin- und herzuwippen. Es ist nicht zu übersehen, dass sie langsam ein schlechtes Gewissen bekommt. Sie zieht die Beine an, so, dass jetzt nur noch ihre Zehenspitzen auf der Tischplatte ruhen.

»Ach, also Lissi, ich merk grad ... du, pass auf, ich meld mich mor...« Sie blickt erschrocken auf und sieht meinen Zeigefinger, der auf die Gabel fällt.

Frau Jirgls Mund klappt zu, und ich muss gar nichts weiter sagen – sie verkrümelt sich freiwillig.

Kaum, dass sie draußen ist, wähle ich Sarahs Handynummer.

»*Das ist die Mailbox von Sarah Pfeiffer ...*«

Mist, das hätte ich mir denken können.

Ich warte das Piepsen ab und schildere der Mailbox mein Problem: Unser Koch ist weg, wahrscheinlich für immer, und wir haben das Haus voller Gäste. Es gibt zwar Einkäufe, mit denen ich aber nichts anfangen kann, ganz einfach, weil ich nicht weiß, was man mit Auberginen, Zucchinis und Hähnchen so anstellen könnte.

»Ruf mich unbedingt zurück. Hier in der Pension. Bitte«, sage ich zum Schluss und drücke die Gabel hinunter.

Uffz. Ich hätte genauso gut eine Litfaßsäule um Rückruf anflehen können. Wenn Sarah Schicht im Edelweiß hat, dann liegt ihr Handy ausgeschaltet in einem Spind im Keller, und sie macht es erst wieder an, wenn sie Feierabend hat. Also in frühestens sechs Stunden.

Ich seufze, dann versuche ich es auf ihrem Festnetzapparat. Nicht, dass ich Hoffnung hätte, dass sie an einem Mittwochabend zu Hause sitzt, aber sicher ist sicher.

Ich lasse es klingeln. Beim sechsten Tuten schaltet sich der Anrufbeantworter an. Natürlich.

Mein Finger fällt wie ein Beil auf die Gabel.

Jetzt werde ich wirklich nervös.

Okay, eine einzige, allerletzte Chance habe ich noch. Sarah hat mir vor einiger Zeit mal die Durchwahlnummer des Telefons in der Küche des Edelweiß' gegeben, nicht, ohne mir einzubläuen, dass diese nur für *absolute Notfälle* ist.

Aber das hier ist schließlich einer, oder?

Die Nummer habe ich in meinem Handy gespeichert, deshalb laufe ich in mein Zimmer und schalte es an. Dann gehe ich zurück ins Büro und tippe die Nummer in den Festnetzapparat, Ziffer für Ziffer. Es klingelt. Es klingelt und klingelt und klingelt. Ich habe den Finger fast schon wieder auf der Gabel, da geht endlich jemand dran. Leider ohne sich zu melden.

»Hallo?«, sage ich.

Der Lärm im Hintergrund ist so laut, dass ich kaum etwas verstehe. Es klappert und scheppert, irgendwo schreit jemand.

»Hallo? Ich muss ganz dringend mal Sarah sprechen«, sage ich in den Hörer, ohne zu wissen, ob mir am anderen Ende der Leitung überhaupt irgendjemand zuhört, oder ob der Hörer inzwischen irgendwo neben dem Apparat liegt, und meine Worte bloß gegen eine fettige Arbeitsplatte prallen. »Sa-rah Pfeiffer«, wiederhole ich.

Wieder schreit jemand, und irgendwo im Hintergrund schreit Sarah zurück. Gott sei Dank, sie ist da! Irgendwer ruft ein paar Zahlen dazwischen, es klingt wie an der Frankfurter Börse. Ich kann einen Wasserhahn hören und dann ein sehr, sehr lautes Klopfen. Plötzlich nimmt jemand den Hörer in die Hand.

»Hallo?«, sagt eine Männerstimme.

»Hallo!«, rufe ich erleichtert. »Hier spricht Sophie Harden ...« Doch ich werde unterbrochen. Die Stimme sagt:

»Sarah kann jetzt nicht.«

»Aber es ist dringend«, sage ich und versuche, in meine Stimme hineinzulegen, dass es wirklich, wirklich dringend ist. »Sagen Sie ihr, dass *Sophie* sie sprechen muss! Und dass es furchtbar wichtig ist!«

Der Hörer knallt auf eine Fläche, aber immerhin, er wird nicht aufgelegt. Im Hintergrund herrscht weiterhin Geklappere und Geschrei.

Meine Güte, ich wusste ja, dass es in Profiküchen hektisch zugeht, aber dass es so schlimm ist ... die arme Sarah. Jetzt geht irgendwo auch noch ein Elektrogerät an. Es klingt wie ein Rasenmäher.

»Sophie?«

Da ist sie endlich. *Endlich.*

»Hey, Sarah!«

»Sophie, wir haben heute zum zweiten Mal die Michelin-Tester da. Du weißt, was das heißt, oder? Bei uns ist gerade Ausnahmezustand.«

»Ja, Sarah, es geht ja auch ganz schnell ...«

»Ich kann jetzt nicht, wirklich.«

»Nur ganz kurz, bitte!«

»Sophie, ich ruf dich später zurück, ja? Drück uns die Daumen.«

Klack, weg ist sie.

Ich glaub es nicht.

Ich ...

Ich *muss* aber mit ihr sprechen. Sie *muss* mir sagen, was ich machen soll!

Ich drücke die Wahlwiederholungstaste. Es dauert quälend lange, bis sich der Apparat durch die Telefonnummer gewählt hat. Als er fertig ist, ertönt ein hektisches Tuten. Besetzt. Ich lege auf und versuche es noch einmal, obwohl ich weiß, dass es sinnlos ist. Ich kann den Hörer ganz genau sehen, wie er in einer Küche im fernen Norddeutschland an einem Wandapparat hängt und leise hin- und herschwingt.

Weh mir, oh weh.

Jetzt bleibt mir nur noch eines.

19

Eine allerletzte Portion muss ich noch servieren.

»So, heute gibt es etwas Mediterranes! Bitte schön – und einen guten Appetit!«, sage ich und platziere den Teller vor Herrn Schubert, der sich die Serviette wie einen Latz um den Hals geknotet hat. Ich schenke ihm ein strahlendes Lächeln, er nimmt Messer und Gabel zur Hand und zwinkert mir zu. Ich zwinkere zurück. Herr Schubert ist bis jetzt mein Lieblingsgast, glaube ich. Er ist ein Dichter aus Innsbruck, leider erfolglos, wie er sagt. Nach Alrein ist er aus Inspirationsgründen gekommen. Zwar saß er bloß stundenlang auf der Terrasse und hat einen Hugo nach dem anderen gezwitschert, aber offensichtlich hat er dabei tatsächlich gedichtet – denn vorhin hat er mir sein neuestes Werk vorgetragen:

Geharnischt die Gipfel im Morgenlicht. Die Blätter der Linde wie Scherben. Noch ist der Tag ganz aus Glas, klar, konturiert, doch Momente und Tage zerspringen.

So oder so ähnlich ging es. Der Witz daran ist, dass er das Gedicht am späten Nachmittag verfasst hat. Er hat dreist gefaked, das macht ihn mir irgendwie sympathisch.

Ich sehe mich noch einmal in der Gaststube um. Acht Tische sind heute Abend besetzt, morgen wird es dann richtig voll, alle elf Zimmer sind reserviert.

Die Gäste sehen nicht aus, als würde sie irgendetwas an meinem Essen stören – noch nicht. In möglichst unauffälligem Tempo stehle ich mich zurück in die Küche und lehne mich, als ich endlich drinnen bin, von innen gegen die Tür. Ich glaube immer noch nicht an Gott, aber wenn ich diesen Abend überstehe, lasse ich mit mir reden.

Ich halte den Atem an und lausche. Aus der Gaststube dringt Geschirrgeklapper und munteres Stimmengewirr.

Niemand schreit. Niemand fegt seinen Teller vom Tisch. Sie scheinen das Zeug tatsächlich zu essen.

Uffz.

Nein, nix Uffz.

Noch kann ich es mir nicht erlauben, erleichtert zu sein. Noch kann *alles Mögliche* passieren. Zum Beispiel könnte jemand auf eine der Knoblauchzehen beißen, die ich vorhin nicht mehr gefunden habe. Oder auf eines der Pfefferkörner, die mir beim Befüllen der Mühle in den Topf gekullert sind. Oder auf was weiß ich. Ich kann nicht behaupten, den Kochvorgang zu jedem Zeitpunkt unter Kontrolle gehabt zu haben. Und: Ich bin *alles andere* als überzeugt davon, dass das Kraut, das ich vorhin im Garten gepflückt habe, tatsächlich Rosmarin war und nicht irgendeine Giftpflanze, die schon bei geringer Dosierung zu Atemlähmung führt. Wer kann das in diesen Höhenlagen schon wissen? Also. *Sicher* bin ich erst, wenn um Mitternacht noch alle Gäste leben und halbwegs guter Laune sind.

Na ja, wenigstens wird das Essen niemandem zu schwer im Magen liegen, denn diesmal hatte ich mir zwar *vorgenommen,* Zwiebeln ins Essen zu geben, es in der ganzen Hektik aber schlichtweg vergessen.

Außerdem habe ich mir immer noch nichts fürs Dessert überlegt. Und das Dessert ist, das weiß jeder, bei einem Menü das Wichtigste. Gerade in der Alpenregion sind alle immer völlig versessen darauf. Tante Johanna wusste ein Lied davon zu singen: Kaum haben die Leute ein paar Höhenmeter zu Fuß absolviert, schon müssen sie sich riesige Portionen Marillenknödel unter einer dicken Schicht aus buttrigen, knusprigen Bröseln in die Fressluke schaufeln.

Dummerweise gibt es unter Jirgls Einkäufen keine Marillen. Und Äpfel leider auch nicht. Ich sehe zur Sicherheit noch einmal alles durch, aber da sind keine. Na ja, vielleicht besser. Apfelstrudel kann ich ohnehin fürs Erste nicht mehr sehen.

Stattdessen finde ein paar Kiwis, Bananen und Orangen. Und was ist das hier – Trauben? Lecker. Bestimmt waren die eigentlich fürs Frühstücksbüffet gedacht, aber natürlich könnte ich auch eine Art Obstsalat daraus machen. Obwohl, wenn der nur aus vier Obstsorten besteht, ist das vielleicht doch ein bisschen dürftig. Es sei denn … ha, wer sagt's denn! Zweieinhalb Kilo Sahnequark im praktischen Plastikeimer! Das müsste doch … Ich nehme eine große Schüssel und lege alles hinein – probeweise. Ja, das müsste passen.

Gut, dass Gianni wenigstens noch seine Einkäufe erledigt hat. Man stelle sich vor, er hätte das Jirgl überlassen! Wetten, der hätte ausschließlich Fleisch und Wurstwaren mitgebracht? Und ich dürfte jetzt zusehen, wie ich Hacktörtchen mit Cocktailwürstchen so garniere, dass sie aussehen wie eine Brixener Konditorspezialität.

Auf dem Gang fange ich Jirgl ab und verdonnere ihn dazu, das Obst zu schnibbeln. Er murrt vernehmlich, aber leider kann er jetzt nicht mehr lügen – denn ich weiß, dass er *durchaus* mit dem Messer umgehen kann. Er hat heute schon Paprika in Streifen verwandelt und Zucchini in dünne Scheiben. Der Job war wie für ihn gemacht – er ist so stumpf und dumm und rhythmisch wie die Musik, die er liebt.

Ich gebe ihm ein Brett und die große Schüssel und weise ihn an, alles zu würfeln und mit dem Quark zu verrühren. Er murrt noch einmal, aber seit ich ihm neulich ein zweites Mal mit Kündigung gedroht habe, muss ich nur noch die Hand heben, als würde es gleich Backpfeifen setzen, und schon läuft alles wie am Schnürchen.

Da kommt Frau Jirgl herein, mit einem abgeräumten Teller – einem abgeräumten Teller, der leer ist. Entweder jemand hat sein Essen unterm Tisch verschwinden lassen, oder er hat es tatsächlich gegessen. Und zwar mit Tempo.

Frau Jirgl bemerkt meinen ungläubigen Blick und betrachtet mich amüsiert.

»Keine Sorge, er lebt noch«, sagt sie trocken. »Und er will mehr Weißburgunder!«

Ich nicke und nehme eine Flasche aus dem Kühlschrank. Eigentlich hatte ich Frau Jirgl ja abkommandiert, das Telefon zu bewachen. Doch als klar wurde, dass Gianni in der Küche fehlt, habe ich beschlossen, dass die Interessenten heute einmal mit dem Anrufbeantworter vorliebnehmen müssen. Das ist natürlich nicht optimal, aber als ich vorhin mal kurz im Büro war, hatte ich den Eindruck, dass sich die ganz große Flut an Reservierungen ohnehin gerade legt. Es ist Montagabend, bei den meisten Leuten dürften die Sonntagszeitungen so langsam auf den Altpapierstapel gewandert sein. Die nächste große Welle wird wohl erst losgehen, wenn das *AD*-Heft erschienen ist.

Ich bringe die Flasche Wein ins Lokal, wo unsere Gäste sitzen und essen und schwatzen, als sei überhaupt nichts passiert. Es ist irre, aber mit der Bezeichnung »etwas Mediterranes« scheinen alle völlig zufrieden. Keiner fragt genauer oder gar, warum es keine Knödel oder so was gibt. Und auch der Wein scheint allen zu schmecken, zumindest drängt sich der Eindruck auf, wenn man all die geröteten Wangen sieht.

Wahrscheinlich ist genau das mein Glück – die Leute sind so besoffen, dass sie gar nicht weiter darauf achten, was sie sich zwischen die Kiefer schieben. Wahrscheinlich ist das auch der Grund, warum sie einem in Gourmetrestaurants alle dreißig Sekunden die Gläser nachfüllen. Sie hoffen, dass du nicht mehr richtig mitkriegst, was für ekelhaftes Gekröse an Speckschaum sie dir als Hauptgang servieren.

Unauffällig gehe ich von Tisch zu Tisch, schenke dort nach und hier und lächle dabei freundlich, doch niemand nimmt groß Notiz von mir. Das schwule Professorenpaar füßelt unterm Tisch, die beiden Freundinnen aus München schwatzen, und bemerken das Essen gar nicht, das Kunsthistorikerpaar aus Berlin scheint über den Wein zu diskutieren.

Ich werde weder geteert noch gefedert.

»Na, Herr Schubert? Noch ein Schlückchen?«

»Ja, unbedingt! In meinem Glas muss wohl ein Loch sein!«, kichert er.

Nur die beiden Obercoolen mit den Zigarettenhosen sitzen ausgehungert wie zwei Fragezeichen am Tisch und stochern skeptisch auf ihren Tellern. Der Typ hat sogar die Sonnenbrille abgenommen, um besser zu sehen, was er isst.

Mist. Schnell weg hier.

Ich will mich gerade umdrehen, doch da haben sie mich schon entdeckt. Prompt winkt mich die Tussi zu sich.

Oh-oh. Jetzt bloß nichts anmerken lassen.

»Ja?«, sage ich mit nervösem Lächeln. »Ist alles in Ordnung?«

Die Tussi antwortet auf meine Frage nicht, sie schiebt nur das Essen mit der Gabel hin und her. Dann zeigt sie auf ihren Teller und fragt: »Was *essen* wir hier eigentlich?«

Der Ring an ihrem Zeigefinger schlackert, das bemerke ich. Es ist ein sehr großer Ring, aus Silber, mit einem riesigen, strassbesetzten Totenkopf, so ähnlich wie der von diesem britischen Bildhauer Damien Hirst, der irgendwann mal zum teuersten Kunstwerk der Welt erklärt worden ist.

Ich starre ihn an und versuche dabei, meine Gesichtszüge unter Kontrolle zu kriegen.

»Etwas Mediterranes«, wiederhole ich, obwohl ich weiß, dass ich ihnen das vorhin bereits gesagt habe und ihnen diese Erklärung offensichtlich nicht genügt. Die Wahrheit ist: Über eine genauere Bezeichnung des Essens habe ich mir keinerlei Gedanken gemacht. Ich habe einfach sämtliches Gemüse aus den Einkaufstüten – Paprika, Zucchini, Auberginen und Tomaten – zusammen mit der Hähnchenbrust schnell und bei großer Hitze pfannegerührt. Im Prinzip habe ich versucht, so etwas wie eine Wokpfanne zu machen, nur ohne Wok. Und ohne Sojasauce, Sesamöl und Ingwer. Stattdessen habe ich Olivenöl genommen, verdünnt mit Hühnerbrühe aus dem Glas, dazu einen guten Schuss Maggi – fast dasselbe wie Sojasauce, wenn man ehrlich ist. Als Beilage habe ich Reis gekocht und gehofft, dass es keinen Unterschied beim Kochen von Risotto- und Basmatireis gibt.

Okay, den gibt es wohl, das habe ich dann auch bemerkt, aber das verbuche ich erst dann als Katastrophe, wenn es auch jemand von den Gästen mitkriegt. Meine Chancen stehen nicht schlecht, denn ich habe die Pampe mit Butter, Parmesan und Hühnerbrühe so vermischt, dass sie tatsächlich an Risotto erinnert.

Die Tussi sieht mich fragend an.

Was sie da essen? Im Prinzip erinnert mich diese Art von Gemüse an eine Mischung, die es mal als Fertiggericht von Iglo gab. Zumindest bin ich dadurch erst auf die Idee gekommen, die ganzen verschiedenen Gemüsesorten zu kombinieren ... Wie *hieß* das Zeug nur gleich wieder?

»Ich meine, das Ganze sieht ein bisschen aus wie *Thai-Food*«, sagt sie, »aber vom Geschmack her ...«

Sie runzelt die Stirn und sieht mir ins Gesicht. Ich lächle und frage mich, ob man den Angstschweiß, der sich unter meinen Achseln breitmacht, bereits *riecht*.

Komm schon, Sophie! Paprika, Zucchini, Auberginen und Tomaten. Wie heißt das noch mal?

»Vom Geschmack her ist es eher *fusionmäßig*, nicht?«, sagt sie.

»Genau«, sage ich. Und plötzlich fällt mir ein, was es ist. Und in derselben Sekunde weiß ich auch, wie ich der Tussi den Fraß verkaufen muss, damit sie ihn isst.

»Das ist ein Risotto ›Ratatouille‹ mit Chicken Stripes und Rosemary«, sage ich und lächle eisern. Ich sage es in demselben Tonfall wie eine Starbucks-Bedienung, die eine Kaffeebestellung weitergibt. Und so schnell ich kann, in der Hoffnung, dass außer ihr niemand hört, was für einen Schmarrn ich da rede.

»Cool«, sagt der Typ.

»Okay«, sagt die Tussi, nimmt einen Bissen auf die Gabel und betrachtet ihn staunend, ehe sie ihn zwischen ihren Lipgloss-Lippen verschwinden lässt.

»Okay«, sage ich und wippe lässig mit der Hüfte. »Noch einen Schluck Wein?«

»Cool«, sagt der Typ noch einmal.

Ich schenke den beiden nach, dann beiße ich mir auf die Lippe und marschiere in die Küche um nachzusehen, wie weit Jirgl mit meiner Seven-Fruit-Topfencrème ist.

20

Ich bin bereits im Nachthemd und dabei, mir die Zähne zu putzen, als das Telefon schon wieder klingelt. Eigentlich habe ich keine Lust dranzugehen – wer auch immer es ist, er soll auf den Anrufbeantworter sprechen, und ich rufe ihn zurück – morgen. Ich bin den ganzen Tag auf den Beinen gewesen, habe für 16 Leute gekocht und 16 Leuten ihr Essen serviert, ich habe Wein ausgeschenkt und Wassergläser nachgefüllt und Teller und Tassen und Geschirr geschleppt und dabei gelächelt und gescherzt und meine Gäste hofiert. Ich bin so müde, dass ich nicht einmal die Kraft habe, mich vor morgen zu fürchten, wenn ich wieder vor demselben Problem wie heute stehe, nämlich einer Küche ohne Koch. Ich bin so müde, dass es mir schwerfällt, die Zahnbürste auf- und abzubewegen.

Aber es klingelt schon wieder, und plötzlich habe ich Angst, dass, wer auch immer da es sich in den Kopf gesetzt hat, spätnachts ein Zimmer zu reservieren, mich nicht schlafen lassen wird, bis sein Name in unserem Reservierungsbuch steht.

Ich höre durch den Flur, wie der Anrufbeantworter sich einschaltet und kann mir still aufsagen, welche Worte er jetzt abspielt ...

»Einen wunderschönen guten Tag, Sie sind mit der Pension Alrein verbunden ... Bestimmt sind wir gerade sehr beschäftigt, aber wenn Sie eine Nachricht hinterlassen ...«

Ich habe es nicht ausgehalten, dass jeder, der hier anruft, die Stimme eines Menschen hört, der nicht mehr am Leben ist, deshalb habe ich den Anrufbeantworter noch einmal selbst besprochen. Aber Tante Johannas alten Spruch durch einen neuen zu ersetzen, das habe ich doch nicht übers Herz gebracht.

Das Band stoppt, ein Piepsen ertönt. Dann ein lautes Tuten.

Kurze Zeit später geht das Klingeln wieder los.

Okay, okay, ich komme ja.

Ich steige in meine Filzpantoffeln und schlurfe hinüber ins Büro. Kurz bevor sich der Anrufbeantworter wieder einschaltet, habe ich abgehoben.

»Pension Alrein, Sophie von Hardenberg, was darf ich für Sie tun?« Obwohl der Hörer in meiner Hand schwer wie eine Hantel ist, klingen die Worte, die mir aus dem Mund purzeln, heiter und freundlich.

»Endlich, Sophie!«

»Sarah!«

Es kommt mir vor, als sei es ein *Jahr* her, seit ich versucht habe, sie zu erreichen, so viel ist in den letzten sechs Stunden passiert.

»Ich habe die Mailbox jetzt erst abgehört«, sagt sie. »Sorry.«

Sie klingt besorgt, und wenn ich bedenke, wie panisch ich geklungen haben muss, als ich ihr die Nachricht hinterlassen habe, dann weiß ich auch, wieso.

»Nicht so schlimm«, sage ich.

»Ich hoffe, du hast den Abend halbwegs überstanden.«

»Ich habe Wokgemüse gekocht, nur mit Maggi statt Sojasauce und mit Risotto statt Duftreis.«

»Igitt«, sagt sie.

»Vielen Dank.«

»Gerne.«

»Also, den Gästen hat es geschmeckt. Genauso wie der Obstquark mit frischen Früchten zum Nachtisch.«

»Quark mit *frischen* Früchten«, sagt sie mit staunender Stimme. »Gratuliere!«

»Hör auf, mich zu verarschen«, sage ich beleidigt.

»Okay«, sagt sie, und ich spüre, wie sie am anderen Ende der Leitung grinst. Dann wird sie ernst. »Tut mir leid, dass ich vorhin so kurz angebunden war. Und vor allem tut's mir leid, weil ich dich eigentlich schon seit Tagen anrufen wollte. Aber Mann, Sophie, in der letzten Woche war so viel los, dass ich kaum Zeit zum Atmen hatte. Also: Ich glaube, ich habe jemanden, der dir helfen kann.«

»Wie?«

»Ein ehemaliger Kollege von mir, Nikolaus Thaler.«

Sie sagt das, als müssten bei mir alle Glocken klingeln.

»Nie gehört«, sage ich.

»Der war bis vor Kurzem Sous-Chef bei diesem schicken Österreicher in Blankenese, erinnerst du dich?«

»Dieses Restaurant, wo wir letzten Winter mal waren? In dieser Villa? Wo die Pommes so lecker sind?«

»Nicht Pommes, Sophie, Sweet Potatoe Fries! Und

sie haben das Schnitzel aus Milchkalbfleisch gemacht und den Zwiebelrostbraten aus Kobe-Rind und zu den Jakobsmuscheln gab es dieses köstliche Gewürzconfit, erinnerst du dich?«

Ich komme nicht umhin, einen belehrenden Unterton aus ihrer Stimme herauszuhören. Sarah hat mich immer wieder mal mitgenommen, wenn sie neue Restaurants ausprobierte, aber das einzige kulinarische Urteil, das zu fällen ich in der Lage bin, lautet: schmeckt mir oder schmeckt mir nicht. Alles, was ich sonst noch über Essen weiß: Ich mag keinen Koriander. Und Innereien finde ich eklig. Leider gilt das unter Feinschmeckern nicht. Denen könntest du panierte Gallensteine servieren – wenn in der Küche ein Sternekoch stünde, täten sie so entzückt, als sei es ein Teller voller Lindt-Pralinen.

»Ich erinnere mich. Als Gruß aus der Küche gab es irgendetwas mit *Bries*«, sage ich mit vorwurfsvoller Stimme.

»Genau, das war es! Der Laden hat gerade Insolvenz angemeldet, und Nick steht jetzt da und weiß nicht, wohin mit sich.«

»Kein Wunder«, sage ich trocken.

»Habt ihr euch mal kennengelernt?«, fragt sie erstaunt.

»Nein! Ich meine, dass das Restaurant pleite ist – Vorspeisen mit *Bries!*«

»Sophie. Jetzt hör doch mal zu, was ich dir da gerade erzähle!«

»Tschuldigung.«

»Also, ich habe Nick gefragt, und der würde im Augenblick überall hingehen, wo nicht der Typ aus Blankenese Geschäftsführer ist.«

»Aber nicht auf eine Berghütte«, entgegne ich.

»Doch.«

»Quatsch. Kein Mensch zieht freiwillig auf über 1500 Meter. Es sei denn, er ist zu hässlich fürs Tal oder zu blöd für die Stadt oder beides.«

Plötzlich habe ich die Jirgls vor Augen – und mich. Ich muss sagen, dass unser kleines Freak-Team hier oben mit diesen wenigen Worten durchaus treffend beschrieben ist.

»Der Witz ist, Sophie, Nick kommt von da, wo du bist.«

»Ist nicht dein Ernst«, sage ich.

»Doch, ist es. Wie heißt diese Stadt bei euch? Brixen? Er ist da geboren und hat dort wohl noch irgendjemanden und will da eigentlich unbedingt wieder hin.«

Schlagartig erscheint ein Bild vor meinem inneren Auge: DJ Ötzi, der Vierte. Auf noch so einen von der Sorte kann ich gerne verzichten.

»Er ist wirklich gut, Sophie. Und total nett. Du wirst ihn mögen. Das Einzige, was du ihm vorab bezahlen müsstest, wäre ein Flugticket nach Venedig, von dort aus wäre er mit dem Zug in drei Stunden bei dir. Er ist gerade ziemlich knapp bei Kasse. Der Insolvenzverwalter hält noch seine letzten zwei Gehälter zurück, weißt du?«

Gehälter – ein gutes Stichwort.

»Sag mal, wenn dieser ... dieser ...«

»Nikolaus Thaler.«

»Genau. Wenn dieser Nikolaus Thaler bis jetzt den

Chef-Maître in Blankenese gegeben hat, dann hat der doch wahrscheinlich Gehaltsvorstellungen, denen ich vermutlich eher nicht entsprechen kann.«

»Ich dachte, du hättest inzwischen mitgekriegt, wie schlecht Köche verdienen«, antwortet sie.

Sie hat recht. Die Bezahlung in der Gastronomie ist oftmals unter aller Kanone, und das bei Achtzig-Stunden-Wochen. Trotzdem. Irgendwie kann ich nicht so recht daran glauben, dass plötzlich und aus heiterem Himmel ein Ritter auf dem Ross zur Rettung einfliegt. Andererseits weiß ich auch nicht, was ich sonst tun soll. Im Dorf jemanden fragen? Eine Anzeige schalten? Na ja, einen Versuch ist es wert. Irgendwie muss ich ja in den nächsten Tagen die Gäste satt kriegen.

»Okay, ich geb' mich geschlagen. Wann kann er anfangen?«

»Wenn du ihm deine Kreditkartennummer gibst, damit er den Flug buchen kann – vermutlich morgen oder übermorgen.«

»Ich soll was?«

»Oder gib mir die Nummer, dann buche *ich* für ihn. Ist dir das lieber?«

Ich seufze, bitte Sarah dranzubleiben und verschwinde in meinem Zimmer, um meine Kreditkarte zu suchen. Ich gebe ihr die Nummer durch, inklusive des Verfallsdatums und der Prüfziffer.

»Ich rufe dich morgen an und sage dir Bescheid, mit welchem Flug Nick kommt, okay?«

»Okay«, sage ich, immer noch nicht ganz überzeugt. Aber dann fällt mir plötzlich auf, was hier gerade passiert: Meine beste Freundin versucht mich aus einem

Riesen-Schlamassel zu retten – und ich, ich grummle wie ein griesgrämiger Bayer.

»Danke, Sarah«, sage ich.

Und dann sage ich es noch einmal, aber diesmal so, dass es auch tatsächlich von Herzen kommt: »Danke, Sarah. Du bist wirklich eine Freundin.«

21

Herr Schubert streckt noch einmal die Hand aus dem Fenster und winkt, dann verschwindet der Jeep mit ihm hinter der nächsten Biegung. Der Taxi-Messner wird ihn zum Bahnhof bringen und dort gleich die nächste Ladung Gäste abholen. Zwei Abreisen und zwei Ankünfte hatte ich heute schon, drei weitere Ankünfte stehen noch aus.

Puh, bin ich geschafft. Dabei ist es gerade mal elf Uhr. Einen Augenblick lang muss ich mich auf die Bank setzen.

Was ich nicht bedacht hatte: Der neue Gäste-Ansturm bedeutet auch, dass meine Tage ab sofort um halb sechs Uhr früh beginnen. Was eine ziemlich brutale Umstellung ist, schließlich habe ich in den letzten Wochen fast jeden Tag bis acht oder neun Uhr geschlafen – um mich dann wohlig noch einmal umzudrehen. Jetzt darf ich zusehen, dass ich bis sieben Uhr den Frühstücksraum herrichte, Brot, Schinkenspeck und Käse fürs Buffet aufschneide, Kaffee koche und frischen Orangensaft presse. Heute Morgen stand das Professorenpaar aus Venedig sogar schon um Viertel *vor* sieben vor der Tür, fix und fertig ausgerüstet für eine Bergtour – und mit einem Magenknurren, das bis zu mir in die Küche hinein zu hören war. Die beiden hätten mir das Brett mit dem Speck vor Hunger fast aus den Fingern gerissen. Ich frage mich, wo die beiden das alles lassen. Manchmal beneide ich diese Schwulen ein bisschen. Können futtern wie ein halber Bautrupp und bleiben trotzdem für Männer attraktiv.

Was mir hier oben allerdings überhaupt nichts nützen würde. Weil es hier keine Männer gibt, von denen man attraktiv gefunden werden möchte. Den Taxi-Messner einmal ausgenommen. Der freut sich jedes Mal wie ein Schulbub, wenn ich etwas trage, das auch nur den Blick auf meine Knie freigibt.

»Die Erd', aus der du geformt bist, Kind, müsst ich mir mal auf meine alte Visage schmieren!«, sagt er dann, oder: »Ach, hätt ich dich nur schon vor sechzig Jahren kennengelernt!«

Zu Hause in Hamburg hätte ich solche Avancen vielleicht schmierig gefunden, aber hier oben muss ich sagen – besser als nichts.

Wie dem auch sei. Bis zehn Uhr muss ich mich ums Frühstück kümmern, doch auch danach ist an ein Päuschen nicht zu denken. Schon reisen die ersten Gäste ab, wollen ihre Zimmerrechnung und das Taxi gerufen haben, und während ich noch zwischen Telefon und Quittungsblock hänge, kündigen sich auch schon wieder die nächsten Neuankömmlinge an. Normalerweise bekommen die Gäste in Alrein ja auch ein Mittagessen, aber das habe ich kurzerhand gestrichen. In dem Chaos auch noch kochen – das muss ich gar nicht erst ausprobieren.

Na gut, vielleicht würde ich es sogar schaffen, aber leider ist Frau Jirgl heute irrsinnig unmotiviert. Sie hat sich an diesem Morgen beim Abräumen des Professorenfrühstückstisches einen ihrer Airbrush-Fingernägel abgerissen – ein Unfall, der sie so sehr in Schock versetzte, dass sie das zerstörte Schmuckstück wie einen stillen Vorwurf vor sich hergetragen hat. Egal, was sie angefasst hat, sie tat es mit abgespreiztem Finger und schmerzverzerrtem Gesicht.

Nur nebenbei bemerkt: Viel hat sie noch nicht angerührt. Zumindest habe ich sie nach dem Nagel-Malheur nicht mehr arbeiten sehen.

Dabei hat sie sich gestern noch total ins Zeug gelegt, und prompt ging alles viel leichter. Ach, was soll ich sagen: Ich werde wirklich nicht schlau aus ihr.

Mit ihrem Mann sind die Verhältnisse nicht viel klarer. Manchmal, wenn er sich unbeobachtet fühlt, sehe ich, wie er in die Küche schleicht, sich ein Bier holt und sich auf die Terrasse fläzt, wo er sich in aller Seelenruhe durch die Hosentasche am ... äh ... Hinterkopf kratzt und sich nicht viel daraus macht, dass eigentlich etwas zu tun ist. Aber dann, gerade wenn ich ihn schimpfen will, fängt er plötzlich wieder an zu arbeiten, als sei nichts.

Es ist fast so, als könne er Ärger, der in der Luft liegt, riechen.

Apropos Ärger. Sarah hat sich heute Morgen natürlich nicht mehr bei mir gemeldet. War ja eigentlich abzusehen. Ein Gourmetkoch aus Blankenese. Hier oben bei mir. Wäre ja noch schöner gewesen.

Ich schiebe den Kies vor meinen Füßen hin und

her, als könne ich so mein Schlamassel auflösen. Ich brauche einen Koch, aber solange die Bude so voll ist, komme ich nicht dazu, mich darum zu kümmern. Ich müsste runter ins Tal und eine Annonce aufgeben oder auf dem Arbeitsamt fragen. Aber in der Zwischenzeit würden mir hier oben die Gäste verhungern. Außerdem muss ich mich nicht nur ums Essen kümmern, sondern auch ganz, ganz schnell die Zimmer kontrollieren, die Frau Jirgl bis jetzt geputzt hat. Man weiß ja, wie pingelig deutsche Gäste in Sachen Sauberkeit sind, und wie schnell sie mit ihren Beschwerden über einzelne Haare im Nachtkästchen ganze Online-Foren vollschmieren.

Ich muss es wissen, schließlich habe ich das selbst auch schon gemacht.

Schon wieder höre ich den Jeep des Taxi-Messner. Das muss dieses Ehepaar aus Starnberg sein, das zusammen in München am Theater ist – und sich kurzerhand entschlossen hat, seinen 20. Hochzeitstag bei uns zu feiern statt in der Schauspielkantine.

Ich eile in die Küche, um ein Tablett, Schnaps und zwei Gläser zu holen. Dann stelle ich mich vors Haus, lege mir ein freundliches Lächeln ins Gesicht und empfange die frisch eingetroffenen Gäste. Die beiden sind wahnsinnig groß und schlank, ein bisschen gealtert zwar, aber auf irgendwie charaktervolle Weise – ein Maskenbildner hätte die Falten der beiden auch nicht besser hingekriegt. Sie stellen sich als »die Höflers« vor und sind von meinem Empfang so begeistert, dass sie erst einmal überhaupt kein Interesse daran haben, ihr Zimmer zu sehen. Gleich nach dem ersten Schnaps schnorren sie sich einen zweiten und sind danach so heiter bis lustig, dass sie einfach immer weiter von ihrer Anreise erzählen, von Oberbayern und dem Bier und den diversen Obstbränden, die sie in den Jahrzehnten ihrer Ehe zusammen getrunken haben.

Nicht, dass ich Zeit für diese Plauderstunde hätte, aber ehrlich, die beiden sind wahnsinnig nett. Frau Höfler hat so ein unglaubliches Blitzen in den Augen, wenn sie lacht, und Herr Höfler kriegt es hin, Geräusche aus den Tiefen seines Bartes hervorzubringen, die klingen, als würde er gleichzeitig knurren und kichern. Sie sind so lustig, dass ich meine Erschöpfung einen Augenblick lang vergesse und mir ein höchst gewagter, unglaublich wilder, total verrückter Gedanke kommt.

»Wissen Sie was«, sage ich, »ich hole mir auch ein Glas. Und dann stoßen wir darauf an, dass es so etwas wie Schnaps gibt.«

»Und Bier!«, ruft mir Herr Höfler hinterher und schenkt sich selbst schon mal nach.

Ach, er hat recht. Das Leben macht doch nur dann Spaß, wenn man Versuchungen auch einfach mal erliegt.

Als ich wieder aus dem Haus trete, hat sich ein Mann mit strubbeligem Haar zu den beiden gesellt. Er steht mit dem Rücken zu mir, sodass ich nur sehe, dass er Jeans und einen olivgrünen Armeeparka trägt und einen riesigen grauen Rucksack neben sich abgestellt hat, und dass Frau Höfler kichert und ihre graublonden Haare mädchenhaft nach hinten wirft.

»Hier kommt das Glas«, rufe ich und nähere mich der Gruppe.

»Ah!«, sagt Frau Höfler und nickt in meine Richtung. »Da ist sie ja wieder!«

Der Armeeparka dreht sich lachend um und sagt: »Krieg ich zum Empfang auch ein Schnapserl?« Dann versteinert sein Gesicht.

Ich versteinere auch. Aber nicht nur im Gesicht, sondern ganzkörperlich.

Dann höre ich ein Klirren, das klingt, als sei die Sonne vom Himmel gefallen und in tausend Scherben zersprungen.

Ich sehe den Typen an, dann geht mein Blick zu Boden. Dann schaue ich ihm wieder ins Gesicht.

Wir sagen nichts, bestimmt eine Minute lang. Da ist nur etwas, das in meiner Kehle auf- und abhüpft.

»Was ist denn?«, mischt sich Frau Höfler ein. »Ist was mit Ihnen?«

Ich schüttle den Kopf, doch das ist eine Lüge. Eine Lüge, die nicht nur lange Beine hat, sondern quasi auf *Stelzen* schreitet.

Erst, als ich ein paar Treppenstufen nach oben gegangen bin, fällt mir ein, dass es vielleicht keine *ganz* so gute Idee war, ihm voranzumarschieren. Wenn ich die Lage richtig einschätze, ist mein Hintern jetzt ziemlich genau auf seiner Augenhöhe.

Total peinlich. Wenn Pos rot werden könnten, dann wäre das der richtige Zeitpunkt dafür. Was für eine Situation. Ich meine, wer hat sich schon mal einem Menschen in aller Form vorstellen müssen, der einen bereits splitternackt gesehen hat? Womöglich sogar, äh, von *unten?*

»Ich bin Nick«, hat der Typ vorhin mit ausdrucksloser Stimme gesagt, nachdem wir uns gefühlte Sternjahre lang angeglotzt hatten. »Nikolaus Thaler.«

»Sophie«, sagte ich und streckte ihm meine Hand entgegen. »Von Hardenberg.«

»Oh«, erwiderte er.

Keine Ahnung, was er damit meinte. Trotzdem beschloss ich, lieber nichts mehr zu sagen. Wir sagten beide nichts. Erst, als Frau Höfler den Wunsch äußerte, sich hinzulegen, und wissen wollte, wo ihr Zimmer ist, konnte ich mich wieder bewegen. Ich bat Nick, unten zu warten, und habe erst die Höflers nach oben gebracht, dann ihn zu Giannis ehemaligem Zimmer.

Ich bleibe vor der Tür stehen und drehe mich um, und – was soll ich sagen? Da steht er. *Johannes.* Der Typ mit der Nase.

Ich fühle mich fast so, als stünde ich wieder nackt vor ihm. Mein Blick trifft seinen, und wir wenden unsere Augen zu Boden.

»Hier ist dein Zimmer«, sage ich mit möglichst cooler Stimme. »Dein Vorgänger ist Hals über Kopf abgereist und hat den größten Teil seiner Sachen dagelassen. Wenn du irgendwas davon gebrauchen kannst, greif zu, ansonsten werd ich dir ein paar Kisten besorgen, damit du das Zeug aus dem Weg hast.«

Mein Blick wandert zwischen meinen und seinen Schuhen hin und her, und ich versuche krampfhaft, mich daran zu erinnern, ob wir unsere Namen wussten, als wir miteinander ins Bett gesprungen sind, oder ob wir es einfach so getrieben haben, ohne Einhaltung der üblichen Vorstellungs- und Begrüßungsriten. Unmöglich wäre es nicht, und wenn ich mich an den Abend richtig erinnere, war Sarah schon im Bett, als wir uns kennengelernt haben.

»Okay«, sagt er.

»Du wirst dich sicher erst mal frisch machen wollen«, sage ich. »Die Bäder sind da drüben. Wenn du fertig bist, melde dich. Ich bin dann unten in der Küche.«

»Ich brauch nicht lang«, sagt er mit monotoner Stimme. Ich frage mich, ob er immer noch sauer auf mich ist oder ob ihm die ganze Angelegenheit genauso peinlich ist wie mir.

»Gut«, sage ich. »Je eher wir anfangen, uns ums Abendessen zu kümmern ...«

Er murmelt noch etwas, dann bewegen sich seine Schuhe an meinen vorbei in Giannis ehemaliges Zimmer, und die Türe schließt sich. Ich höre seine Schritte und wie er seinen Rucksack in eine Ecke wirft, und muss daran denken, wie er stinksauer aus meiner Wohnung marschierte, während ich in der Küche saß, ohne mich zu rühren.

Auf Zehenspitzen schleiche ich ins Büro, mache die Tür hinter mir zu und wähle mit rasendem Herzen Sarahs Nummer. Doch noch bevor es anfängt zu tuten, fällt mir ein, dass es vielleicht keine *richtig* gute Idee ist, ihr jetzt mein Herz auszuschütten.

Was soll ich ihr denn auch erzählen? Dass ich dem Kollegen, den sie mir geschickt hat, schon mal meine Briefmarkensammlung gezeigt hab? Nicht, dass es so ein Riesending wäre, einen One-Night-Stand zuzugeben, aber Sarah hat vor dem Typen offensichtlich eine Riesen-Hochachtung, und das zeigt sich nicht nur darin, dass sie über ihn nur in der Kombination *Vorname-Nachname* spricht. Da kann ich unmöglich zugeben, dass ich bis vorhin dachte, er hieße wie sein ... na ja, wie sein *Schwanz*.

Zumal ich dummerweise auch noch zugeben muss, dass seine Nase gar nicht soo groß ist. Klar, sie ist kein zartes Stupsnäschen, das nicht. Aber ein Mike-Krüger-Gedächtniszinken sieht auch anders aus. Eigentlich ist sie relativ normal, allenfalls ein bisschen markanter als üblich. Ich muss mir da im Suff was eingebildet haben.

Meine Güte. Ich habe Genitalwitze über die Nase eines Mannes gemacht, der gar keine große Nase *hat*.

Mein Finger legt auf, bevor Sarahs Anrufbeantworter sich einschaltet. Keine Frage: Mit *solchen* Problemen geht man am besten nicht anders um als mit Irregularitäten im Magen-Darm-Bereich. Man therapiert sie, ohne unnötigen Wind darum zu machen. Und außerdem, jetzt mal ehrlich. Unter professionellen Gesichtspunkten tun solche Peinlichkeiten doch eigentlich überhaupt nichts zur Sache.

»Hier bin ich«, sagt eine Stimme hinter mir.

Ich lege das Messer aus der Hand und drehe mich um, kann die Person, die in der Tür steht, aber nur verschwommen erkennen, darum nehme ich den Zipfel meiner Kochschürze und wische mir die Tränen aus dem Gesicht. Dass ja keiner denkt, ich hätte geheult – ich habe bloß schlicht und ergreifend kapiert, dass Zwiebeln in ein normales Essen gehören, weshalb man das Schneiden am besten gleich als Erstes hinter sich bringt. Alle anderen Zubereitungsschritte sind dann im Vergleich ein Kinderspiel und geradezu *angenehm.*

Nicht, dass ich schon einen Plan hätte, wie es weitergeht. Ich will nur nicht, dass Nick denkt, ich sei ohne ihn völlig hilflos und total aufgeschmissen.

»Ja?«, sage ich dämlich blinzelnd und nehme mir vor, mir fürs nächste Mal eine Schwimmbrille zu besorgen. Es ist mir ein absolutes *Rätsel,* wie Generationen von Hausfrauen diese Zumutung Tag für Tag auf sich nehmen konnten. Ich meine, es sind nicht einmal Fleisch oder Nudeln, wofür die sich so eine Mühe machen, sondern *Zwiebeln!*

»Was machst du denn da?«, sagt die Stimme.

Ich wische mir noch einmal übers Gesicht, und die Schleier vor meinen Augen verziehen sich. Da steht er, der neue Koch, in dunkelgrauer, zweireihig geknöpfter Kochjacke und einer Schürze in derselben Farbe. Er sieht aus wie ein Koch aus dem Edelweiß oder einem anderen hippen Schuppen, in dem sie Jakobsmuschelschäumchen und Pastinakencarpaccio fabrizieren. Und vorneweg essbare Bonsaigärtchen auf verbogenen Teelöffeln servieren. Ich finde dieses ganze Tamtam ja völlig übertrieben. Aber andererseits, und alles andere zu behaupten wäre eine Lüge: Das Outfit sieht nicht schlecht aus an ihm. Die Kochjacke macht unheimlich breite Schultern, und durch die eng gewickelte Schürze sehen seine Hüften so schmal aus wie die eines Rumbatänzers.

Während ich im Augenblick wahrscheinlich so sexy aussehe wie Karl Dall beim Kiffen. Vielleicht sollte ich die Sache auch so nehmen, wie der es täte. Mit Humor.

»Nichts«, antworte ich. »Es tut mir nur so leid, diese armen, kleinen Zwiebelköpfchen zu zertrümmern.« Ich nehme das Messer wieder zur Hand und sehe es entsetzt an, wie eine Psychopathin, die gerade aus einem Blutrausch erwacht ist. Aber Nick lacht nicht.

»Du schneidest Zwiebeln?«, fragt er.

Mann, ist der humorlos.

Ich lege das Messer zur Seite und nicke. Ein bisschen stolz bin ich schon, immerhin tue ich das zum ersten Mal, wahrscheinlich überhaupt zum ersten Mal in meinem Leben. Es ist nur ein kleiner Schritt für mich, aber ein riesengroßer für mein Selbstwertgefühl, denn ich komme mir gleich total profimäßig vor. Ganz so, als hätte ich mein Leben lang nichts anderes getan als große Menüs zuzubereiten.

Nick kommt näher und wirft einen skeptischen Blick auf das Scheibengemetzel auf meinem Holzbrett. Ich habe das größte und schwerste genommen, das ich finden konnte, und dazu ein großes, beilartiges Messer, das so einschüchternd aussieht, dass die Zwiebeln eigentlich *freiwillig* in tausend Stücke fallen müssten.

»Aha«, sagt er, »mit Schale.«

Er nimmt ein briefmarkengroßes Stück goldbrauner Schale aus dem weißen Zwiebelhaufen und hält es in die Luft.

Ich erröte.

»Genau«, sage ich mit einer Stimme, die vorwitzig klingen soll, es aber nicht ist.

Na und? Darf man vielleicht nicht mal ein bisschen Zwiebelschale übersehen? Es gibt Chirurgen, die vergessen ganze Werkzeugkästen in ihren Patienten!

Er seufzt, nimmt das Brett und sieht sich um.

»Wo ist der Müll?«, fragt er.

Ich zeige in Richtung Speisekammer. »Da hinten.«

Er trägt das Brett zum Mülleimer und nimmt das große Messer zu Hilfe, alles hineinzukippen. Ich finde, er könnte ruhig etwas höflicher sein. Das war doch nur ein bisschen Schale. Ich hatte ja nicht vor, ihn zu vergiften. Und wieso schmeißt er überhaupt alles weg?

»Ich dachte, *ich* sei hier, um das zu übernehmen. Oder hab ich da was falsch verstanden«, fragt er mit leicht genervter Stimme.

»Äh ...«, stammle ich und erröte noch einmal. »Ich wollte nur ...«

Aber er lässt mich gar nicht ausreden.

»Schon okay«, sagt er und sieht sich in der Küche um. »Also, wo sind die Vorräte?«

»Hier hinten.« Ich gehe voran zur Vorratskammer und lasse ihn eintreten. Nicks Blick wandert über die Regale, in denen Reis und Nudeln, Konservendosen und allerlei Päckchen stehen. Er nimmt ein Einmachglas vom Brett und begutachtet es von allen Seiten.

»Frische Sachen wären dann noch im Kühlschrank«, sage ich.

Er überprüft alles, nimmt Milchtüten heraus und Sahnebecher und wiegt große, eingeschweißte Fleischstücke in den Händen.

»Keine Ahnung, was das genau ist«, sage ich. »Hat dein Vorgänger vorgestern noch eingekauft.«

»Und das ist alles, was an Vorräten da ist?«

»So ungefähr«, sage ich.

»Gibt es Parmesan?«

Ich hebe die Schultern an und grinse. Er seufzt, wirft noch einen Blick in den Kühlschrank und dann noch einen auf mich. Plötzlich steht Herr Jirgl in der Tür.

»Oh«, sagt er, als hätte er uns bei irgendetwas gestört, und dreht sich um. »Verzeihung ...«

»Ach, Herr Jirgl«, sage ich. »Bleiben Sie doch mal eben hier. Das ist unser neuer Koch, Nikolaus Thaler.« Und an Nick gewandt: »Das ist Herr Jirgl, der Hauswirt.«

»Griasti«, sagt Jirgl.

»Griasti«, sagt Nick.

Die beiden werfen sich einen komischen Blick zu, dann sagt Jirgl: »Ich muss dann weiter. Bis später!«

Er verschwindet im Flur, wenig später höre ich seine Schritte hinterm Haus, dort, wo das Brennholz gestapelt ist.

»Kennt ihr euch?«, frage ich Nick erstaunt.

»Wie man's nimmt. Ich hab schon mal mit ihm zusammengearbeitet, unten im Tal.«

»Ach«, sage ich und sehe ihn neugierig an.

»Ist er noch mit dieser Frau zusammen?«

»Ja, sie ist hier Zimmermädchen.«

Nick rollt die Augen gen Himmel. »Wer hat die denn eingestellt?«

»Das war noch meine Großtante.«

Nick sagt nichts, sondern bläst die Backen auf.

»Gibt's da etwas, das ich wissen sollte?«, frage ich vorsichtig.

»Nein, nein«, sagt Nick. »Das nicht. Er ist einfach bloß ... Ach, ist ja auch egal. Lass uns endlich anfangen.«

»Klar«, sage ich. »Was soll ich tun?«

»Am besten wär's, wenn du mich jetzt einfach machen lassen würdest. Das Einzige, was du übernehmen könntest, wären die Menükarten, wenn du magst.«

Wenn über meinem Kopf ein Fragezeichen angebracht wäre, das bei akuter Vernageltheit anfinge zu glühen, dann würde es jetzt hektisch blinken.

»Bring mir was zu schreiben«, sagt er schließlich und notiert, nachdem ich ihm Stift und Zettel gereicht habe, wortlos drei Gänge. Nein, es sind sogar vier.

»Hier«, sagt er und drückt mir den Zettel in die Hand. Ich habe Mühe, ihn zu entziffern und nicke nur, als ich ihn durchgelesen habe. Ein normaler Mensch würde jetzt wissen, was er mit dem Zettel zu tun hat, aber ich stehe auf dem Schlauch, und zwar mit *Wedges*.

»Hast du bisher keine Menükarte gehabt?«

Ich schüttle den Kopf.

»Du willst doch, dass deine Gäste wissen, was sie zu essen kriegen, oder?«

Ich ziehe die Schultern hoch. Na ja. Je nachdem.

»Das heißt ja, verstehe ich das richtig?«

Ich nicke.

»Aber einen Kopierer habt ihr nicht, oder?«

Ich schüttle den Kopf, immer noch nicht viel agiler.

»Tja, dann mal viel Spaß beim Abschreiben«, sagt er.

Und als ich ihn entsetzt ansehe, fügt er hinzu: »Eine reicht pro Tisch.«

Bei Karte Nummer acht schreibe ich »Topfenschmarren mit Zwetschgentröster« statt »mit Zwetschgenröster«, natürlich erst in der allerletzten Zeile. Schon die Karte davor musste ich dreimal neu beginnen, weil ich zweimal hintereinander »Graukässockerl« geschrieben habe, statt »Graukäsnockerl«. Bereits nach der dritten Menükarte hatte ich einen Krampf in der Hand, und ich musste pausieren, damit meine Schrift nicht so krakelig aussieht wie der DAX, wenn gerade wieder einmal ein EU-Land pleite ist.

Als meine Finger sich wieder erholt haben, betrachte ich mein Werk. Elf Menükarten, für jeden Tisch eine. Ich schiebe sie zu einem Stapel zusammen und gehe damit zurück ins Haus.

»Fertig!«, sage ich und wedle stolz mit den Karten, als ich wieder in der Küche stehe.

»Gut«, sagt Nick, ohne sich zu mir umzudrehen.

Äh, hallo? Ich habe mich stundenlang damit abgequält, und jetzt würdigt er sie keines Blickes? Was mir am Landleben übrigens auch nicht so gut gefällt, ist diese Direktheit, mit der einem die Unfreundlichkeit überall entgegenschlägt. Der Taxi-Messner ist der Einzige, der mir hin und wieder ein Kompliment macht.

»Ich glaube, sie sind ganz schön geworden«, sage ich mit bescheidener Stimme.

»Gut, dann deck doch schon mal ein. Und lass dir was einfallen, wie du die Karten präsentierst. Roll sie ein oder falt sie oder so was.«

Was? Bin *ich* hier eigentlich die Chefin oder er? Offensichtlich *er*. Ich bin nur der Trottel, der ihm blöd im Weg rumsteht.

»Oder soll ich nicht erst mal beim Kochen helfen?«, schlage ich vor.

Da dreht er sich um.

»Sophie, es ist fünf Uhr. Wenn du willst, dass deine Gäste um halb acht ihr Essen kriegen, dann muss ich mich hier ein bisschen beeilen, okay?«

Beleidigt verlasse ich die Küche.

Ehrlich, ich kann nicht behaupten, dass ich Nick im Augenblick wahnsinnig sympathisch finde. Ich meine, schon klar, ich war nach dieser Nacht wirklich nicht besonders charmant zu ihm, und natürlich verstehe ich es, wenn er keine Purzelbäume schlägt vor Freude darüber, dass ich seine neue Chefin bin. Aber es ist ja nicht so, dass ich mir keine Mühe geben würde! Ich versuche, ihn zum Lachen zu bringen. Ich versuche, hilfsbereit zu sein. Ich versuche, ihm beizubringen, dass ich in Wirklichkeit ein freundlicher Mensch bin. Ich meine, ich hatte damals gerade meine Kündigung serviert bekommen! Meine Welt war mit einem Schlag aus den Fugen geraten! Aber gut, meinetwegen: Wenn er es kalt und professionell will, dann soll er es kalt und professionell kriegen. Ich werde die Tische dekorieren und dann die weiteren Anweisungen abwarten, vielleicht macht ihn das ja glücklich.

Also, was stell ich jetzt an mit diesen blöden Menükarten – hatte Tante Johanna nicht irgendwo Serviettenringe? Oder nein, mir fällt etwas Besseres ein. Ich brauche Paketschnur. Ich habe ein bestimmtes Bild im Kopf, von einer Hochzeit in Südfrankreich, auf die ich Jan einmal begleitet habe, alles sehr exklusiv im ländlich-luxuriösen Country-Style. Dort waren die Servietten gerollt und die Menükarten mit Paketschnur um sie herumgewickelt, sodass man sie zum Lesen herausziehen konnte. Das sah wahnsinnig hübsch aus, rustikal und zugleich verspielt. Ich werde dasselbe machen, nur mit ... Ich sehe mich im Gastraum um – mit den Vasen!

Ich laufe in den ersten Stock und hole die Schnur aus dem Büro, dann laufe ich in den Garten und pflücke Blümchen. Ich rolle und stecke, doch das Grünzeug reicht nicht, deshalb gehe ich wieder hinaus und zupfe noch mehr. Ich habe den Bastelunterricht in der Schule *gehasst,* denn eigentlich habe ich zwei linke Hände und zehn linke Daumen – aber das hier ist etwas anderes, das hier macht mir sogar fast ein bisschen Spaß. Es ist kein dämliches Muttertagsgeschenk und auch kein blödes Salzteigpräsent, ich mache es für mich, ganz für mich alleine. Na ja, und ein bisschen auch für Nick, der irgendwann ja mal kapieren *muss,* dass seine neue Chefin kein unfähiges, unfreundliches Püppchen ist, sondern ... sondern *ich.*

Als ich fertig bin, begutachte ich mein Werk. Gar nicht so übel. Man könnte fast meinen, ich hätte es gelernt, Tische zu dekorieren. An der Restaurantfachschule oder wo auch immer sie einem so etwas beibringen.

Der Erfolg spornt mich richtig an: Ich falte Servietten, teile das Besteck aus, platziere Wein- und Wassergläser und freue mich darüber, dass es am Ende eben doch einen Unterschied macht, ob man etwas mit Liebe tut oder nicht. Die Tische sehen super aus!

Als ich wieder auf die Uhr sehe, ist es halb sieben. Es dauert noch eine Stunde, bis die Gäste aus ihren Zimmern zum Essen herunterströmen, deshalb warte ich damit, die Kerzen anzuzünden. Ich darf es nachher nur nicht vergessen.

»Wo ist der Kalbsfond?«, tönt es hinter mir.

Huch! Ich fahre herum, und Nick steht in der Tür. Hat der mich erschreckt.

»Was?«, sage ich.

»Wo der Kalbsfond ist?«

Ich kenne nur Aktienfonds, aber gut, eine ungefähre Vorstellung, was er meinen könnte, habe ich.

»Ist denn keiner im Kühlschrank?«, rate ich und versuche, möglichst geschäftig zu klingen.

»Nur noch ein Rest«, sagt er. »Ich hatte gehofft, dass es noch irgendwo ein neues Glas gibt.«

»Tut mir leid.« Ich hebe entschuldigend die Schultern und wende mich wieder dem Tisch zu, um die Blume in der Menükartenvase einen Zentimeter zur Seite zu schieben.

»Na ja«, sagt er. »Ich wollte morgen früh ohnehin ins Tal, da kann ich auch gleich ein paar Sachen besorgen. Mit dem Zeug hier oben komme ich nicht sonderlich weit.«

»Ja, wir hatten hier in der letzten Zeit ein paar Probleme«, sage ich und zupfe die Blütenblätter in Form. So langsam könnte er aber endlich mal die hübsch arrangierten Menükarten bemerken!

»Davon habe ich gehört«, sagt er und tritt näher.

Ich lege den Kopf schief und verrücke eines der Weingläser ein klein wenig nach links.

»Sicher hast du noch nicht besonders viel Erfahrung damit, Tische einzudecken«, sagt er auf einmal.
»Doch«, sage ich aufgebracht. »Natürlich!«
Was soll denn das schon wieder – *Erfahrung*. Einen Tisch decken kann ja wohl jeder.
»Ach so«, sagt er, »dann ist das hier wahrscheinlich nur ein Versehen. Gabeln kommen nämlich grundsätzlich auf die linke Seite des Tellers, und Messer auf die rechte.«
»Natürlich«, sage ich und tausche eilig einige Besteckteile aus. »Gabeln links, Messer rechts. Keine Ahnung, was heute mit mir los ist.«
Ich hätte das tatsächlich wissen müssen, schließlich ist meine Mutter bei dem Thema mehr als pingelig. Aber wahrscheinlich ist das auch der Grund, warum ich es nie gelernt habe. Eingedeckt hat sie immer selbst – mit Poliertuch und Winkelmesser.
»Man kann sich das ganz leicht merken«, sagt er. »Messerrr rrrechts, Gabelll lllinks.«
»Logo«, sage ich, »alte Kinderregel.«
Langsam könnte er aber auch einfach mal aufhören.
»Und das Vorspeisenbesteck«, er nimmt das kleinere Messer und hebt es in die Höhe, »kommt außen hin. Das Besteck für den Hauptgang innen.«
Inzwischen bin ich so rot, dass ich als Ampelmännchen durchgehen würde.
»Der Suppenlöffel kommt rechts neben das Vorspeisenmesser«, doziert er weiter. »Und quer über den Teller legt man das Dessertbesteck.«
Schon klar. Schon klar, schon klar, schon klar. Ich bin ein ahnungsloses Dummchen, und du bist über-

haupt der Allereinzigste auf der Welt, der halbwegs Ahnung hat von ... von allem.

Ich kann überhaupt nicht glauben, dass ich mit diesem blöden Besserwisser im Bett gewesen bin.

»Und das hier ...«, sagt er und hebt eine Vase in die Höhe, »sieht sehr nett aus. Aber wie soll man an die Karte kommen, ohne die Vase dabei umzukippen?«

Okay. Ich kapituliere.

»Hörst du das?«, frage ich auf einmal.

Er lauscht. »Was denn?«

»Na, *das?*«

»Ich höre nichts.«

»Komisch, mir ist, als würde irgendetwas überkochen.«

»Oh, dann seh ich wohl besser mal nach«, sagt er und verschwindet in der Küche.

Endlich Ruhe. Hihi.

Und dann beeile ich mich, die Bestecke auf allen Tischen zu korrigieren.

Ich habe gerade den letzten Vorspeisenteller abgeräumt, da klingelt es schon *wieder*.

Keine Ahnung, wo Nick dieses Ding gefunden hat, aber er haut ständig darauf, und dann bimmelt es, und wir dürfen uns sputen. Es ist so eine Glocke, wie es sie früher an den Rezeptionen alter Hotels gab und heute noch an manchen Zeitungsbuden.

Bimm!

»Wäre schön, wenn das Ragout noch warm ankommt! Sophie!«

Bimmbimm!

»Ja, ja, ja! Darf ich vielleicht erst mal den Abwasch wegtragen? Ich komme ja!«

Mit roten Wangen stelle ich das schmutzige Geschirr vor ihm ab. Ein riesiger Berg stapelt sich da bereits – Besteck, Teller mit Spuren von Graukäsnocken und Butter, erste schmutzige Gläser. Manche Gäste nehmen vor dem Essen einen Aperitif, viele wollen erst einmal ein Bier hinunterstürzen, bevor sie dann zum Wein übergehen. Da kommt ganz schön was an Geschirr zusammen.

Sein Blick fällt auf den Stapel, dann auf Frau Jirgl, die sich einen Teller mit Ragout von der Anrichte genommen hat und ihn nun gemächlich hinüber in die Gaststube trägt. Ich habe mich ja längst daran gewöhnt, dass sie nicht gerade der Speedy Gonzales unter den Kellnerinnen ist, doch Nick scheint ihre Art schon nach ein paar Minuten auf die Palme zu bringen.

»Frau Jirgl?«, ruft er ihr nach. Sie bleibt stehen, dreht sich um und zieht ein Gesicht, als müsse sie nicht einen Teller mit Fleisch, sondern den Nachttopf ihres toten Großvaters in die Gaststube tragen.

»Was soll das werden?« An seiner Schläfe ist eine Ader bedenklich weit hervorgetreten.

»Was denn?«

Entweder sie hat wirklich keine Ahnung, was er meint, oder sie ist eine bessere Schauspielerin, als ich dachte.

»Frau Jirgl, was halten Sie von der Idee, vielleicht, sagen wir ... *zwei* Teller gleichzeitig in die Gaststube zu tragen? Oder sogar ... lassen Sie mich verrückt sein ...«, er blickt an die Decke wie Karl Lagerfeld, wenn er ein Ballkleid für Claudia Schiffer visioniert, »... sogar vier Teller auf einem Tablett zu nehmen?«

Auweia. Frau Jirgl sieht ihn säuerlich an, rührt sich aber nicht. Er nimmt ein Tablett und fängt an, mehrere Teller daraufzuladen. Die Ader an seiner Schläfe ist kurz davor zu platzen.

»Hier, Frau Jirgl! Sehen Sie? Meh-re-re Teller! Auf einmal!«

Er hält ihr das beladene Tablett hin, sie nimmt es und zieht beleidigt von dannen, mit einem Gesicht wie ein Veganer mit tragbarem Würstchengrill.

»Und wenn Sie fertig sind – hier gibt es noch jede Menge zu spülen!«, ruft er ihr hinterher.

Ich muss sagen: Nett ist er nicht, unser neuer Koch, aber wie er Frau Jirgl anpackt, gefällt mir.

Überhaupt nicht gefällt mir hingegen der Blick, mit dem er jetzt mich ansieht.

»Ach, und eins noch, Sophie«, sagt er, und ich ziehe den Kopf ein für die nächste Predigt.

22.

Ich stehe an der Schneidemaschine und schiebe ein großes Stück Schinkenspeck vor und zurück, die Scheiben fange ich mit der rechten Hand auf und arrangiere sie hübsch auf einer Platte. Nick hat mich darum gebeten, zumindest an den Vormittagen freizubekommen – um Frühstück zu machen, bräuchten wir keinen Koch, hat er gesagt, das sei doch kein großes Ding. Und er hat ja recht, wir brauchen keinen Koch, um ein bisschen Brot aufzuschneiden, Kaffee zu kochen und frische Milch in kleine Kännchen zu füllen.

Nick hat immer recht. Er ist erst seit drei Tagen da, und trotzdem liegt er mit allem, was er sagt, richtig. Er erkennt unsere Fehler und erklärt uns, wo wir uns verbessern müssen. Er spornt uns an und ist ehrgeizig. Er schneidet Zwiebeln erst quer ein, dann längs und erst dann in Würfel. Seit er kocht, loben die abreisenden Gäste auch wieder das Essen, ganz so wie früher, als Tante Johanna noch gelebt hat. Und das völlig zu Recht. Seine Menüs sind fantastisch, irgendwie traditionell, aber gleichzeitig mit modernem Einschlag, nicht schwer, sondern mit Esprit. Man merkt in jeder Sekunde, dass er Profi ist. Zum Beispiel hat er die Käseknödel, die es gestern als Vorspeise gab, als

Soufflé zubereitet. Sie haben so ähnlich geschmeckt wie die von Tante Johanna, waren aber nicht fest, sondern ganz locker und luftig. Und er gibt nicht nur Zitronenschale ins Gulasch, sondern auch etwas Knoblauch und einen Hauch von Chili, ganz wenig nur – wirklich sehr apart. Das Einzige, das man ihm vielleicht vorwerfen könnte, ist, dass er seine Logistik nicht so richtig unter Kontrolle hat, denn er muss jeden Morgen hinunter ins Tal, weil er irgendetwas vergessen hat.

Und dann ist da noch eine andere Sache ... Zwischen uns stimmt es immer noch nicht.

Ich habe ja die ganze Zeit gehofft, einfach über unsere gemeinsame Nacht hinweggehen zu können. Ich habe versucht, die Anspannung zwischen uns wegzulachen, wirklich. Ich habe versucht, ihm zu zeigen, dass ich seine Arbeit schätze, ich habe sein Essen gelobt und die Art und Weise, wie er alles auf den Tellern arrangiert. Aber trotzdem merke ich, wie wenig er mich leiden kann. Was dazu führt, dass es mir immer schwerer fällt, freundlich zu ihm zu sein. Ist ja auch kein Wunder. Wem fällt es schon leicht, jemandem ein Lächeln zu schenken, der einfach nicht zurücklächeln will?

»Brauchst du was aus der Stadt?«

Da steht er in der Tür, die Armeejacke über der Schulter, den Schlüssel zu Tante Johannas Fiat in der rechten Hand. Man sieht ihm an, dass er nicht aus Nettigkeit fragt. Er ist bloß höflich – weil ich seine Chefin bin.

»Nur das, was wir brauchen, danke«, sage ich und

schenke ihm ein kurzes Lächeln, während ich weiter die Schneidemaschine bediene. Schinkenscheibe um Schinkenscheibe landet auf der Platte, unbeirrt, wie trockenes Laub, das sich auch nicht aufhalten lässt, von den Bäumen zu fallen.

»Gut, ich fahr dann mal.«

»Ja, mach das.«

Okay, ich geb's zu. Es verletzt mich, dass er nicht netter zu mir ist. Denn eigentlich ... eigentlich ist er jemand, den ich mögen könnte, also rein theoretisch. Die Art und Weise, wie er die Küche führt, gefällt mir, und wie er mit den Jirgls umgeht, das beeindruckt mich richtig. Er scheint überhaupt keine Angst zu haben, vor allem nicht davor, dass man ihn nicht mögen könnte, und ich glaube, genau dafür mag ich ihn. Also, rein theoretisch. Er ist nicht so verdruckst wie ich in vielen Situationen. Das ist wahnsinnig professionell und angenehm.

Nur mir gegenüber hat er einen Ton, der irgendwie anders ist. Mir gegenüber klingen seine Anweisungen nicht einfach sachlich, sondern kalt und distanziert.

Plötzlich rutsche ich ab, komme mit dem Daumen an das rotierende Messer, ich erschrecke, schreie auf, der Schinken fällt mir aus der Hand und Blut quillt aus meiner Fingerkuppe. Mist!

»Ist was passiert?«

Nick war schon fast aus der Tür gewesen, jetzt steht er plötzlich wieder in der Küche. Er kommt auf mich zu, doch statt zu antworten, stecke ich den Finger in den Mund und starre ihn an. Ich spüre, wie mir eine Träne über die Wange kullert. Eine einzige, einsame Träne. Keine Ahnung, wo die jetzt plötzlich hergekommen ist.

»Alles in Ordnung?«, fragt er, und ich nicke stumm. »Ich hol Verbandszeug«, sagt er.

Ich nicke noch einmal. Mit einem Schlag habe ich einen Riesenkloß im Hals.

Als Nick endlich das Verbandszeug gefunden hat, habe ich mich zum Glück schon wieder eingekriegt – ich hasse es, vor anderen Leuten zu flennen. Ich nehme den Finger aus dem Mund und sehe, dass es nur ein winzig kleiner Schnitt ist. Eigentlich ist nur die Haut durchtrennt, zumindest sieht es nicht so aus, als würde die Wunde tiefer gehen. Beinahe schäme ich mich, als Nick mit großem Ernst die Wunde mit Jodsalbe betupft, dann mit Wundauflage belegt und schließlich eine dicke Schicht Mullbinde um die Daumenkuppe wickelt. Ich schätze, ein Pflaster hätte genügt.

»So«, sagt er und verschließt den Verband mit einem Streifen Hansaplast. »Du wirst sehen, das verheilt wie nix.«

Er blickt auf und lächelt mich auf einmal an, und ich lächle zurück, und plötzlich ... ich weiß auch nicht ... wird mir plötzlich ganz warm und auch ein bisschen übel.

»Also«, sagt er und bekommt wieder seinen blöden Gesichtsausdruck. »Ich bin spät dran.«

»Ja«, sage ich, dabei wäre ein »Danke« deutlich angebrachter gewesen. Aber ich kriege das Wort nicht über die Lippen. »Tschüss«, will ich noch sagen, aber nicht einmal das bekomme ich hin. Nick verschwindet durch die Haustür, ohne sich umzudrehen.

Ich höre, wie er den Motor startet und den Rückwärtsgang einlegt, wie er wendet und dann langsam den Weg hinabfährt.

Noch Minuten später schaue ich in diese Richtung. Und plötzlich weiß ich, woher die Träne kam. Mit einem Mal wird mir klar, wie sehr ich mir wünsche, endlich mal wieder jemanden um mich zu haben, der mich gern hat, wenigstens ein bisschen. Ich meine, ich bin doch kein Arschloch, oder? Aber alle hier oben hassen mich, als sei ich die kaltherzigste und unfähigste Chefin der Welt. Vielleicht sollte ich doch lieber zurückkehren zu meinen Büchern. Die sind wenigstens geduldig.

Herrgott, Sophie!

Dieses Herumgejammere wird dir auch keine Sympathiepunkte einbringen. Mit Jammern erntet man nicht einmal Mitleid! Komm, reiß dich zusammen. Heute ist eben einfach nicht dein Tag, also mach nicht so eine große Sache daraus. Außerdem ist es ohnehin total bescheuert, zu denken, deine Mitarbeiter müssten dich mögen. Der Koch ist ein Koch, der Hauswirt ein Hauswirt und das Zimmermädchen ein Zimmermädchen. Hör endlich auf zu versuchen, mit deinen Angestellten befreundet zu sein! Steht nicht auch in allen Karrierebüchern, dass du nirgendwo so einsam wie in der Chefetage bist? Wie heißt es in *Ass oder Esel – Wie Du als Boss Deine Rolle findest*: »Gewöhne dich daran, dass du keine Kollegen und keine Freunde mehr hast, sondern nur noch Leute, die dir an deinem Geburtstag lauthals die fröhlichsten Ständchen singen und sich insgeheim ausmalen, wie du langsam und qualvoll verreckst.« Und warst du nicht selbst genauso? Der arme Olaf Schwarz, ehrlich.

Ich nehme einen Lappen und mache die Schneidemaschine sauber. Ich versuche ernsthaft, mich zusammenzureißen, trotzdem bin ich fast das ganze Frühstück über nervös und unkonzentriert. Es fühlt sich an, als hätte ich gestern Schlafmittel genommen oder Whisky getrunken. Und der dicke Verband an meinem rechten Daumen steigert meine Geschicklichkeit auch nicht maßgeblich. Ich bin fahrig und schneide mich fast noch einmal, als mir ein Messer, das ich eigentlich zur Spüle bringen wollte, aus der Hand rutscht und mit der Spitze voran knapp neben meinem Fuß auf den Küchenboden fliegt.

Ich weiß auch nicht, was mit mir los ist. Da ist so ein Schmerz in mir, ein Brennen, ein Sehnen, und ich bin wahnsinnig erleichtert, als ich endlich den Motor des Pandas höre. Durchs Fenster beobachte ich, wie Nick den Wagen parkt, aussteigt und zum Kofferraum geht. Dort stapeln sich die Pakete und Tüten bis unters Dach, man kann kaum durch die Heckscheibe sehen.

Nervös wische ich mir eine Haarsträhne aus dem Gesicht, dann gehe ich zu ihm hinaus.

»Kann ich dir helfen?«, frage ich.

»Unbedingt«, antwortet Nick und hält mir zwei Plastiktüten entgegen. »Hier, reintragen!«

»Zu Befehl.«

Ich nehme ihm die Beutel ab und schleppe sie in die Küche, dann gehe ich wieder hinaus und hole die nächste Ladung ab. Zusammen räumen wir den Wagen in Minutenschnelle aus, und ich kann für einen Augenblick lang spüren, wie fast so etwas wie Teamgeist zwischen uns entsteht.

»Ist der Großmarkt jetzt eigentlich leer?«, frage ich, als wir alles in die Küche getragen haben. »Oder hast du den anderen etwas übrig gelassen?«

»Nur Fertiggerichte«, antwortet Nick trocken und streicht sich die Hände an der Hose ab. »Und Corned Beef in Dosen.«

Ich muss lachen, aber es ist wie verhext: Kaum, dass aus meinem Mund ein Kieksen kommt, versteinert sein Gesicht, als wäre meine Albernheit irgendwie unrechtmäßig und total daneben.

»Ich musste jetzt endlich mal einen Grundstock an Vorräten errichten. Dieses Gewurschtel in der Lagerkammer, hier ein bisschen, da ein bisschen ... So kann ich keine Küche führen. Außerdem gab es ein paar ganz gute Sonderangebote. Wenn man in dem Segment hier oben halbwegs realistisch kalkulieren will, muss man die mitnehmen.«

Er zeigt auf einen großen Pappkarton, der von oben bis unten vollgepackt ist – mit Marillen.

»Das sind ja Unmengen!«, rufe ich aus.

Er sieht mich spöttisch an. »Gut kombiniert, Watson.«

Sein Blick versetzt mir einen Stich, aber ich versuche, mir nichts anmerken zu lassen.

»Und, was hast du damit vor?«, frage ich.

»Mal sehen, vielleicht koche ich Kompott. Und Marmelade, fürs Frühstück«, sagt Nick. »Und heute Abend möglicherweise ein paar ...«

Ich sehe ihn an, und dann sagt er es, das liebste von all meinen Lieblingswörtern, gleich nach Summer Sale, Schokoladeneis und Ikea-Restaurant. Es beginnt mit *M* und endet auf *-knödel*.

Ich will gerade meinem Wohlwollen Ausdruck verleihen, da kriegt Nick schon wieder diesen genervten Gesichtsausdruck.

»Also, wenn dann nichts mehr ist ...«, sagt er. »Ich hab nämlich zu tun, weißt du?«

»Ja, ja«, pampe ich zurück. »Ich wollte ja nur ...«

»Wenn du mir *helfen* willst, dann bitte nicht in der Küche ...«, sagt er und zeigt nach draußen in Richtung Gaststube.

Und ich? Ziehe den Kopf ein und verschwinde.

Ich teile die Teller aus wie andere Leute Vorwürfe – beleidigt, wütend, frustriert. Ich meine, ich wollte doch nur nett sein, aber er? Verarscht mich, als sei ich der Klassendepp, die allerletzte Idiotin.

Gut kombiniert, Watson.

Haha.

Vielleicht sollte ich ihn als Arschloch abschreiben und mich nicht weiter darum kümmern, wie er mich findet. Vielleicht macht es das leichter.

Aber er ist kein Arschloch, das weiß ich natürlich selber. *Ich* war das Arschloch, ganz einfach, und das hier ist bloß die Rechnung, die ich in kleinen Dosen kriege.

Und langsam schwant mir auch, was der einzige Weg aus dieser Misere ist.

Das ganze Mittagessen über bin ich nervös und zittrig. Ich versuche, mich aufs Servieren zu konzentrieren, doch dass ich dabei ständig zu Nick in die Küche muss, macht das nicht gerade einfach. Als alle Gäste gegessen haben, fange ich an, die Gaststube fürs Abendessen einzudecken, aber auch das lenkt mich nicht ab von dem Pochen in mir. Ich poliere hier ein paar Gläser und verteile dort Geschirr, aber egal, was ich tue, nichts macht mich zufrieden. Und ich weiß auch, wieso das so ist: Weil ich nicht zufrieden *bin*.

Ich muss mich mit ihm aussprechen, das ist die einzige Lösung. Ich muss ihm klarmachen, dass ich mich nach unserer gemeinsamen Nacht auf eine Art und Weise verhalten habe, für die er mich nicht bestrafen muss, weil ich mich selbst genug dafür schäme.

Reden. Oh weh.

Um ehrlich zu sein, ich rede nicht gerade gerne. Und über Gefühle schon gar nicht. Das heißt, wenn ich mich freue, rede ich natürlich schon, oder wenn ich etwas schön finde. Aber wenn ich Mist gebaut habe? Mich für mein Verhalten schäme? Weiß, dass eine Entschuldigung ansteht?

Puh.

Noch weniger gern rede ich nur über Sex. In Frauenzeitungen tun sie immer so, als sei es kein großes Ding, darüber zu sprechen, aber ganz unter uns, ich finde es schrecklich.

Das ist wahrscheinlich Sache der Erziehung. Im Hause von Hardenberg existiert überhaupt kein Vokabular für solchen Kram. Kinder werden »beim Umarmen« gezeugt und weibliche wie männliche Geschlechtsorgane heißen einheitlich »Pipi«. Denn dazu sind sie da, und nicht etwa, um sich damit zu vergnügen.

Das soll nicht heißen, dass ich total verklemmt bin. Zumindest im Bett bin ich es nicht, wenn man die Dinge tut, statt über sie zu sprechen, also in der Praxis. Aber in der Theorie? Da werde ich rot und stammle wie ein Fünftklässler, den man beim Spannen erwischt hat.

Nun ja. Der Sex wird ja wohl hoffentlich ohnehin nicht zur Sprache kommen. Ich kann mich ja nicht einmal mehr daran erinnern.

Reden, uffz. Wie stelle ich das nur an?

Nick, übrigens, also neulich, da in Hamburg ...
Nick, wir müssen reden ...
Nick, ich wollte mich übrigens noch entschuldigen ...

Aber vielleicht sehe ich doch erst mal auf der Terrasse nach, ob alle Gäste versorgt sind. Als Chefin muss man private Probleme schon mal hintanstellen können.

Leider ist dort niemand mehr, nur noch ein rauchendes Pärchen, das mit dem Essen bereits durch und dessen Wasserflasche noch ganz voll ist.

Ich frage die beiden, ob sie einen Kaffee möchten. Sie wollen nicht. Dafür bringe ich ihnen einen frischen Aschenbecher.

Reden!

Ich kontrolliere die Bäder, wische eine Pfütze auf und wechsle die Handtücher.

Ich muss die Sache ansprechen, aber alles in mir sträubt sich dagegen. Außerdem fällt mir gerade auf, dass Flecken auf meinem Kleid sind, deshalb gehe ich auf mein Zimmer, mache eine Katzenwäsche mit kaltem Wasser aus dem Waschkrug und schlüpfe in ein frisches Kleid, das schwarze mit den weißen Punkten. Ich bürste mein Haar und lege etwas Rouge auf Wangen, Stirn und Dekolletee.

Leider fühle ich mich dadurch der Sache auch nicht besser gewachsen, nur ein bisschen hübscher.

Na ja, was soll's. Los, du Drückebergerin. Auf in den Kampf.

Ich gehe die Treppe hinunter, der Weg kommt mir unglaublich weit vor.

Ich öffne die Küchentür.

Da steht er. Nick.

Er hat die Kochjacke ausgezogen und scheint irgendetwas zu kneten, zumindest bemerkt er nicht, dass ich in der Türe stehe und ihn beobachte. Es ist richtig süß, dass man ihm sogar von hinten ansieht, wie total versunken er in seine Arbeit ist. Wie aufgerichtet sein breiter Rücken ist, wie angespannt sein Nacken. Plötzlich muss ich wieder daran denken, wie ich ihn in meinem Bett entdeckt habe. Er war ganz braungebrannt damals, und ist es komischerweise noch immer. Er scheint zu den Menschen zu gehören, die selbst im tiefsten Winter noch gesund aussehen. Ständig Urlaub wird er als Koch ja kaum machen.

Ich starre ihn immer noch an und beobachte, wie sein Trizeps bei jeder Bewegung an- und abschwillt ... sogar sein T-Shirt spannt sich über seinen Schultern.

Um Gottes Willen, Sophie! Was ist denn los mit dir? Ein Mann liegt nackt in deinem Bett, und du kriegst Panik – aber wenn er erst einmal abweisend zu dir ist und dich behandelt wie eine dumme, uninteressante Idiotin, dann bist du plötzlich scharf auf ihn? Bist du wirklich so ein Klischee?

Möglicherweise ja, fürchte ich.

Aber das sind Gedanken, die ich jetzt besser nicht vertiefe. Ich bin schließlich zum Reden hier.

»Hey«, sage ich und versuche meine Nervosität zu überspielen.

»Was ist?«, fragt er und dreht sich zu mir um.

»Nick, ich wollte etwas mit dir besprechen.«

Besprechen? Habe ich *besprechen* gesagt? Das klingt ja, als würde ich ihn um ein Team-Meeting bitten! Fehlen nur noch Klemmbrett, Checkliste und Bleistift und – die Jirgls.

»Ja, das wollte ich auch«, erwidert Nick. »Ich wollte vorschlagen, heute Abend einmal ein vegetarisches Menü zu servieren. Ich glaube, es wäre eine gute Idee, vielleicht einmal pro Woche völlig fleischlos zu kochen. Das schont unseren Etat und unsere Klimabilanz und die Leute fühlen sich gleich viel gesün...«

»Äh, Nick?«

»Hm, was meinst du? Du musst dir überhaupt keine Sorgen machen. Es gibt wirklich sehr leckere vegetarische Gerichte aus Südtirol. Schlutzkrapfen zum Beispiel, das sind im Prinzip mit Spinat gefüllte Ravioli oder ...«

»Nick, ich meinte nichts Berufliches.«

»Oh. Ist etwas passiert?«

»Nein, also, na ja ...«

Ich schließe die Tür hinter mir. Das Letzte, was ich

will, ist, dass die Jirgls etwas von diesem Gespräch mitkriegen.

»Was, na ja?«, sagt er und guckt schon wieder spöttisch.

Aber diesmal lasse ich mich nicht einschüchtern. Ich sehe ihn sehr ernst an und mache ein paar Schritte auf ihn zu. Auch seine Miene verändert sich. Der spöttische Zug um die Augen löst sich auf, stattdessen huscht ihm ein Anflug von Erkenntnis über das Gesicht.

Er sieht aus, als wüsste er, was ich sagen will.

»Nick, ich ...«

Ich gehe noch weiter auf ihn zu, und dabei fällt mein Blick auf die Arbeitsplatte, an der er steht. Ein dicker Batzen Teig liegt da, und daneben steht eine Schüssel mit Marillen.

»Oh, machst du Marillenknödel?«, frage ich.

Nick brummt so etwas wie »Sieht man doch« in seinen Zweieinhalbtagebart hinein.

»Kann ich dir helfen?«, frage ich und trete noch näher.

»Gott bewahre!«, antwortet er und wendet sich rasch wieder seinem Teig zu.

Ich schweige verletzt. All meine Versuche, Nähe zu ihm herzustellen, gleiten an ihm ab wie damals die rohen Eier an Kanzler Kohls Birne.

»Jetzt sei doch nicht so!«, sage ich leise.

»Wie bin ich denn?«, fragt er, ebenso leise, doch trotzdem ist da etwas Hartes in seiner Stimme, als sei er im Inneren aus Stahl.

»So ... *so* halt.«

Ich spreche nicht weiter, und Nick, der sagt auch nichts. Er schweigt in sich hinein, nur seine Fäuste drücken sich in den Bauch des Teigbatzens vor ihm auf der Arbeitsfläche.

»Nick, ich wollte mich entschuldigen«, bringe ich es endlich hervor.

Er schweigt noch immer, es ist, als wäre ich gar nicht da, als existiere nur der Teig, den er knetet.

»Ich war damals ganz schön rüde zu dir, das weiß ich«, rede ich weiter.

Ich habe das Gefühl, dass seine Hände schneller geworden sind, aber sein Blick bleibt starr auf den Teig gerichtet.

»Ich hab die ganze Zeit überlegt, wie ich dir erklären kann, warum ich so war, ich meine, es gibt dafür einen Haufen Gründe. Aber ich glaube, wenn ich die jetzt aufzähle, würden die sich wie eine Ausrede anhören. Und rausreden will ich mich nicht. Ich wollte so nicht sein, Nick. Ich war echt ein Arschloch. Bitte verzeih mir.«

Jetzt ist es raus. Und doch fühle ich mich kein bisschen besser, zumal Nick sich nicht anmerken lässt, wie es ihm dabei geht. Seine Hände sind wieder langsamer geworden, sie drücken den Teig auf eine Weise, dass es aussieht, als würden sie nicht kneten, sondern meine Worte verarbeiten. Aber in seinem Gesicht ist keine Reaktion zu sehen, weder Wut noch Erleichterung, gar nichts. Es ist ein Gesicht, wie es nur Männer machen können. Es sieht aus wie in Stein gemeißelt.

Das ganze Gerede war vollkommen überflüssig.

Ich will schon fast wieder aus der Küche gehen, da lässt Nick plötzlich den Teigbatzen los und sagt:
»Also gut.«
Mein Herz springt mir vor Schreck so hoch in die Kehle, dass ich froh bin, dass mein Mund geschlossen ist.
Ich warte ab, was er sagt, aber er nimmt den Teig und gibt ihn in eine Schüssel.
»Der Teig muss jetzt ein bisschen ruhen, in der Zwischenzeit können wir ja die Marillen entkernen und füllen.«
Das ist natürlich nicht direkt eine Reaktion auf meine Entschuldigung, trotzdem sage ich nichts, damit er sich nicht aus Versehen an sein Arschigkeitsgebot erinnert und mich wieder wegschickt.
»Du nimmst die Marille in die linke Hand und schneidest sie vorsichtig entlang der Furche auf. Hier, so, siehst du?«
Ich nicke. Bin doch nicht blind.
»Dann pulst du den Stein heraus und steckst an die Stelle ein Stück Würfelzucker.«
»Das sind ja Zucker*herzchen*«, sage ich und betrachte eines davon genauer.
»Würfelzucker war aus«, sagt er. »Jetzt mach du mal.«
Ich gehorche. Mit dem verbundenen Daumen ist das Schneiden ein bisschen kompliziert, aber ich will ihm natürlich nicht sagen, dass der Verband übertrieben war und ein Pflaster völlig genügt hätte. Ich schneide stumm eine nach der anderen auf, hole die Kerne heraus und drücke die Herzchen tief ins Frucht-

fleisch. Ich würde Nick gern fragen, wozu der Zucker da reinkommt, traue mich aber nicht. Ich will überhaupt nichts mehr sagen, nicht, solange er so mild mit mir ist und ich mir nicht sicher sein kann, dass er mir wirklich verziehen hat.

So stehen wir nebeneinander und schneiden und pulen und drücken und legen die gefüllten Marillen in eine große Metallschüssel. Dann nimmt Nick das Küchentuch vom Teig. Er knetet ihn noch einmal durch und teilt ihn dann in gleich große Stücke, die er wiederum zu dicken Würsten rollt.

»So, pass auf«, sagt er. »Jetzt machen wir die Knödel. Das geht ganz einfach. Du nimmst ein Stück Teig«, er nimmt eine Rolle und schneidet etwas davon ab, »und drückst es in deine Handfläche, bis es flach ist und eine Kuhle entsteht. Da setzt du die Marille rein. Und dann siehst du zu, dass du die Marille mit dem Teig umhüllst, ohne dass der reißt. Hier, mach mal!«

Er gibt mir den Teig in die Hand, und ich drücke ihn so zurecht, wie er es mir gezeigt hat.

»Gut«, sagt Nick. »Und jetzt die Marille hinein.«

Ich nehme eine Frucht aus der Schüssel und gebe sie in die Kuhle. Ich versuche, den Teig zu verschließen, was gar nicht so einfach ist. Ich ziehe und presse und drücke, kriege es aber nicht hin.

»Der Verband stört«, entschuldige ich mich. »Ohne Daumen hat man irgendwie kein Feingefühl.«

»Komm, ich helf dir«, sagt er und greift zu mir herüber.

Und plötzlich …

Oh Gott, warum schaut er mich jetzt so an mit diesen unglaublich ... äh, haselnussbraunen Augen? Und warum guckt seine Nase so neckisch aus dem Gesicht? Okay, *Contenance*, Sophie.

Was macht er denn jetzt? Er versucht, den Teigbatzen in meiner Hand in eine Form zu bringen, die annähernd der eines Knödels entspricht. Dabei streifen seine Finger meine, und ich kann spüren, wie die Haare auf seinem Unterarm die Härchen auf meinem berühren.

Ich versuche, nicht zu atmen, drei Sekunden lang, vier.

Ich glaube, ich werde ohnmächtig.

Ich sehe zu Nick hoch, und unsere Blicke treffen sich, ich glaube, ich sehe ihn an wie ein Kleinkind, das zum ersten Mal in seinem Leben vor dem Nikolaus steht, mit riesigen Augen und bangem Gesicht. Unsere Hände umfassen noch immer denselben Knödel, und plötzlich ...

Da sind nur seine Augen und seine Lippen, die wahnsinnig weich und voll aussehen und ...

Er beugt sich zu mir runter und sagt ...

»Gib her, so wird das nichts.«

Er nimmt mir den Teigbatzen aus der Hand und formt ihn in Sekundenschnelle zu einem perfekten, runden Knödel, den er auf ein großes Holzbrett legt.

What the fuck ... Was war das? Und was hatte es zu bedeuten?

Offensichtlich gucke ich drein wie ein Trottel, denn er stupst mich an, damit ich ein bisschen zur Seite trete.

»Die Knödel muss ich, glaub ich, alleine machen, sonst krieg ich das Abendessen nicht rechtzeitig hin. Sieh doch du mal nach ...«, er nickt in Richtung Tür.

Ja, ja, ich weiß schon. Ich soll nachsehen, wie es in der Gaststube aussieht.

23

Wieder stehe ich an der Schneidemaschine, wieder schiebe ich ein großes Stück Schinkenspeck vor und zurück. Ich muss mich wahnsinnig zusammenreißen, damit nicht noch einmal ein Unfall passiert. Ich habe die ganze Nacht nicht geschlafen, oder zumindest fast die ganze Nacht. Ich lag im Bett und habe dem Gewitter gelauscht, das über Alrein niederging. Aber nicht der Regen, der gegen die Fenster schlug, hat mich wach gehalten, nicht der Donner, nicht der Blitz – sondern das, was mir durch den Kopf ging.

Dieser kleine Moment. Unsere Arme, die sich berührten. Dieser Blick. Dieser Blick, der einfach nicht dazu passen will, wie Nick davor zu mir war – und leider auch danach. Den ganzen restlichen Abend hat er so getan, als wäre nichts passiert. Er war so professionell und kühl wie immer – vielleicht sogar *noch* kühler.

Ist so, diesmal habe ich mir das nicht nur eingebildet.

»Hey, ihr, wenn die Suppe noch ein paar Minuten länger hier steht, dann verdunstet sie!«

»Frau Jirgl! Wenn ich gewollt hätte, dass es heute Abend kalten Braten gibt, dann stünde auch kalter

Braten im Menü – und nicht Lagreiner Schmorbraten!«

»Hallo? Hallo! Wenn der Stapel schmutziger Teller hier steht, um mir zu sagen, dass es den Gästen sehr gut geschmeckt hat, dann hab ich's kapiert! Das Zeug ist jetzt bereit zum Abwasch!«

Da war *nichts* mehr zwischen uns. Und erst recht nichts mehr von diesem einen Blick.

Ich lege den Schinkenspeck aus der Hand, gehe zum Kühlschrank, aber als ich die Tür geöffnet habe, fällt mir nicht mehr ein, was ich eigentlich suche. Ich gehe zurück zur Schneidemaschine, lasse zwei Scheiben Speck auf den Teller fallen, gehe wieder zum Kühlschrank, aber in dem Augenblick, in dem die Tür aufgeht, ist es wieder weg. Es ist wie verhext. Ich bin schon unter normalen Umständen völlig unbrauchbar, wenn ich nicht genug geschlafen habe, aber im Augenblick bin ich echt *komplett* durch den Wind. Mit einem nassen Handtuch könnte man heute Morgen mehr anfangen als mit mir.

Oh weh. Und jetzt höre ich auch noch Schritte auf der Treppe.

Schluck.

Es sind *seine* Schritte, so viel ist sicher. Ich konnte sie schon an Tag zwei seiner Anwesenheit von denen der anderen unterscheiden. Nicks Füße sind die einzigen im Haus, die zwar männlich und bestimmt, aber trotzdem leicht und behände und kein bisschen plump klingen.

Sie kommen näher – und schwupps, da ist er und steckt den Kopf durch die Tür.

Die Anspannung schiebt sich wie ein Brett zwischen meine Schultern.

»Morgen!«, sagt er, als sei nichts.

»Danke, ich brauch nichts aus der Stadt«, sage ich, ohne aufzusehen. Ich sollte mir den Typen aus dem Kopf schlagen. Es ist völliger Blödsinn, sich in den Koch zu verlieben. Ich habe mich bei ihm entschuldigt, danach hat er mir beigebracht, wie man Marillenknödel macht und mir dabei mal eine Sekunde lang zu tief in die Augen gesehen. Es ist komplett albern, eine große Sache daraus zu machen. Und überhaupt, das war gestern, und heute bin ich wieder seine Chefin.

»Ich fahre nicht ins Tal«, sagt Nick.

Oh.

»Ach so?«, sage ich und versuche, möglichst desinteressiert zu klingen.

»Ich geh ein bisschen rauf«, sagt er.

Rauf. Hä? Er meint doch wohl nicht …

»Wandern?«, frage ich entsetzt.

Ich meine, es ist schon klar, dass es Leute gibt, die eigens in die Berge kommen, um so etwas tun, aber ich habe das immer für etwas gehalten, was jemandem in meinem Alter niemals einfallen würde. Normale Menschen mit einem halbwegs passablen Schuhgeschmack und einer gesunden Verachtung für Funktionsunterwäscheträger laufen nicht irgendwelche Berge hinauf. Allenfalls nehmen sie die Seilbahn und schauen dann von oben *herunter*.

»Klar«, sagt er.

»Aber es ist erst …«, ich sehe auf die Uhr, »halb sieben!«

Nick lacht. »Morgens ist es auf dem Berg am schönsten!«

Ich starre ihn verständnislos an.

»Komm mit, wirst schon sehen!«, sagt er und lacht wieder.

Ich starre ihn immer noch an, aber möglicherweise hat sich mein Blick ein klein wenig verändert. Hat er mich gerade eingeladen, mit ihm wandern zu gehen?

»Komm mit«, sagt er noch einmal, mit einer Stimme, die plötzlich sehr leise, sehr ernst und sehr entschlossen ist.

»Ich hab aber gar keine Wanderschuhe«, sage ich, und diesmal schaut *er* blöd.

Keine Ahnung, was daran so verwunderlich sein soll. Ich meine, ich besitze doch auch keine Paragliding-Ausrüstung! Jetzt nur mal so als Beispiel.

»Gar keine?«, fragt er.

»Na ja, in meinem Zimmer stehen noch die alten Schuhe von Tante Johanna. Aber erstens habe ich keine Ahnung, ob die passen, und zweitens muss ich mich ums Frühstück kümmern. Ich kann nicht eben mal so verschwinden, das solltest du eigentlich wissen.«

Keine Ahnung, warum mir die zweite Hälfte des Satzes so pampig geraten ist, deshalb schenke ich ihm schnell ein Lächeln.

»Hol mal diese Schuhe«, sagt Nick. »Ich weise derweil die Jirgls ein. Die können ruhig mal aushelfen. Dass du jeden Morgen das Frühstück machst, das ist doch lächerlich!«

Hm. Wo er recht hat, hat er recht, das muss man ihm lassen.

»Na los, jetzt geh diese Schuhe anprobieren!«

Auf meinem Zimmer schlägt mein Herz so schnell, dass mir die Finger zittern, und ich ein paar Augenblicke brauche, bis die Schnürsenkel von Tante Johannas Wanderschuhen gelöst sind. Es sind altmodische Ledertreter, die fast wie Museumsstücke aussehen, mit runder Spitze und derbem Profil. Sie sind so antik – bei meinem ersten Versuch, in die Berge zu gehen, habe ich nicht einmal in *Erwägung* gezogen, sie auch nur anzuprobieren. Hätte ich mal lieber machen sollen, denn das, was bei meinem Chucks-Ausflug herauskam, war ja auch nicht gerade schön.

Gott, bin ich aufgeregt.

Was das wohl schon wieder bedeutet, dass Nick mit mir ... äh ... *wandern* will?

Auch egal. Hauptsache, er will mit dir Zeit verbringen, Sophie. Mach dir keine Gedanken, bleib ruhig.

So ist's gut. Und jetzt schlüpf in die blöden Wander-Lederklötze.

Am Schaft sind sie ein bisschen eng, aber mit einem ordentlichen Ruck stecke ich plötzlich drin, erst im linken, dann im rechten. Sie passen, das Schicksal meint es gut mit mir. Ich gehe ein paar Schritte. Geradezu unheimlich gut passen sie.

Wobei ich das vermutlich auch gesagt hätte, wenn sie mir zu klein wären. *Just to be honest,* wie wir Hamburgerinnen sagen.

Leider sind sie furchtbar hässlich, was allerdings

nicht halb so schlimm wäre, wenn ich heute nicht den Glauben an meine Verführungskraft verloren und mich in ein olles, ausgeleiertes Paar Jeans und ein schlabbriges weißes T-Shirt geworfen hätte. Da sind diese alten Wanderschuhe ungefähr so kleidsam wie ein Netz Zwiebeln.

»Sophie!«

Huch, das ist Nicks Stimme. Oh nein, er kommt die Treppe herauf.

»Ja?«, rufe ich schnell.

Hoffentlich will er nicht reinkommen, denn ich wollte mir doch eben noch ganz, ganz schnell etwas anderes überziehen.

»Was ist, passen sie?«

Zu spät, er steht schon in der Türe. Und ich stehe ihm gegenüber, in Wanderstiefeln und Schlabberlook.

»Ich ... ich glaube schon«, sage ich und sehe an mir herunter. Das, was ich sehe, ist ungefähr so verführerisch wie die Beine von Ottfried Fischer. Dass ich jemals glauben konnte, Boyfriend-Jeans seien sexy!

»Na dann, los!«, sagt er mit leicht ungeduldiger Stimme.

»Ich würde mir gern noch was anderes anziehen«, bringe ich schüchtern vor.

Nick schaut mich von oben bis unten an, dann sagt er: »Blödsinn. Jacke drüber, fertig. Wir sind ja nicht im Himalaya.«

»Äh, nein, natürlich nicht«, sage ich. »Okay. Ich will nur noch eben ...«, ich mache eine unbestimmte Handbewegung. »Geh doch schon mal runter, okay?«

Er nickt und dreht sich um.

»Ich komme gleich nach«, rufe ich ihm hinterher und schlüpfe, kaum, dass er aus dem Zimmer ist, wenigstens noch schnell in ein hübscheres T-Shirt.

Es ist, als käme ich erst jetzt in den Bergen an: Schon nach ein paar Minuten Fußmarsch ist die Natur um uns herum so grün und feucht und üppig, man kann sich kaum vorstellen, dass es in der Nähe tatsächlich menschliches Leben gibt. Eben haben wir noch eine Wiese überquert, jetzt sind wir in einem Wald, der sich hoch und dicht über unseren Köpfen schließt. Nadeln bedecken den Boden, der vom nächtlichen Regen nass ist. An einigen Stellen ist der Pfad so sumpfig, dass man aufpassen muss, nicht im Matsch zu versinken. Auch hier muss ich das letzte Mal entlanggekommen sein, aber ich kann mich an kein Detail erinnern, es ist, als würde ich durch ein unbekanntes Land spazieren. Wo ich während meines Ausflugs wohl gewesen bin? Geistig, meine ich?

Ich weiß es – bei meinen Sorgen. Bei der Pension und dabei, wie ich neue Gäste gewinne.

Irrsinn, oder? Es kommt mir vor, als würde diese Zeit Jahre zurückliegen. Kam der *Welt-am-Sonntag*-Artikel wirklich erst vor einer Woche? Seitdem wurde alles so viel leichter!

Na gut, mein plötzliches Wohlbefinden hat sicher auch etwas mit den Wanderschuhen zu tun. Man kann sagen, was man will, darin läuft es sich ganz anders. Sie mögen nicht schön sein, aber dafür verschwendet man keinen Gedanken an seine Füße und ob sie beim nächsten Schritt möglicherweise umknicken könnten.

Nick marschiert voraus, ganz leichtfüßig, und ich stapfe hinterher.

Er redet schon wieder nicht mehr mit mir, aber nach einer Weile finde ich das ganz angenehm. Es hat etwas Meditatives, so schweigend zu gehen.

Er voraus, ich hinterher. Schritt für Schritt für Schritt.

Mal ist der Weg ein bisschen steiler, was dazu führt, dass sich mein Herz wie eine Pumpe anfühlt. Dann folgen wir dem Hang wieder längs, was Spaß macht, weil es sich so ohne jede Mühe vor sich hin marschiert. An manchen Stellen kreuzen kleine Rinnsale unseren Weg, aber die meisten sind so schmal, dass man nur einen Hüpfer machen muss, um sie zu überwinden. Wir kommen an haushohen, mit hellgrünem Moos bewachsenen Felsen entlang, an riesigen Flächen, die ganz von Farnen bewachsen sind, wir sehen kleine Wasserfälle und größere, über die richtige Brücken führen. Und dann bricht endlich die Sonne durch und durchzieht den Wald mit goldenen Fäden aus Licht.

Schritt für Schritt für Schritt.

Wie leicht mir plötzlich wird.

Der Wald ist wunderschön, wie in einem Märchenfilm mit Elfen und Zauberern und Feen. Es würde mich kein bisschen wundern, gleich Ronja Räubertochter zu begegnen, oder den sieben Zwergen.

Heimlich ziehe ich mein Handy aus der Tasche. Ich will nicht, dass Nick denkt, ich könne mich nicht von der Zivilisation losreißen, aber mich interessiert einfach brennend, wie spät es ist. Wow. Wir sind erst eineinhalb Stunden unterwegs, und schon habe ich das Gefühl, Welten durchwandert zu haben. Plötzlich komme ich mir ganz doof vor, dass ich es nicht noch einmal versucht habe, in die Berge zu gehen. Wie idiotisch!

Andererseits: Ganz unanstrengend ist diese Wanderei nicht, zumal jetzt, da der Weg immer steiler wird. Wären da nicht die Wurzeln, die man wie Stufen erklimmen kann, man käme den Abhang gar nicht hoch. Anstrengend ist das! Uffz. Ich hoffe, Nick dreht sich jetzt nicht um, denn ich habe garantiert rote Flecken im Gesicht, und meine Haare sind völlig verschwitzt. Zumindest kann ich spüren, wie mir das enge T-Shirt am Rücken klebt. Außerdem fängt mein Gesicht an zu kribbeln und zu jucken, als würden Dutzende Fliegen und Spinnen darauf herumspazieren. Was hoffentlich *nicht* der Fall ist.

»Geht es? Oder sollen wir eine Pause machen?«

Mist. Jetzt hat er sich doch umgedreht. Ich hätte nicht so laut schnaufen dürfen, das hat wohl seine Aufmerksamkeit erregt.

»Ach, es geht schon«, sage ich. »Es ist nur ...«

»Pssst!«, unterbricht er mich.

Danke auch fürs Zuhören. Sehr höflich.

Obwohl – oh. Jetzt hab ich's auch gesehen. Wahnsinn.

Wir stehen am Rande einer hellen Lichtung, in die in goldenen Strahlen das Sonnenlicht fällt und an deren anderem Ende so etwas wie eine Quelle sein muss, oder ein Bächlein, auf alle Fälle ist da ein leises Plätschern. Und, ganz in der Nähe, ein Reh.

Und nein, das gibt es nicht: Ein zweites kommt aus dem Unterholz gestakst und stellt sich daneben!

Gott, ist das süß. Jetzt bloß nicht laut atmen.

Nun kommt ein drittes dazu, es stellt sich ein bisschen abseits von den beiden, aber alle drei recken den Kopf in die Luft und horchen in die Ferne.

Ich halte die Luft an und bewege mich nicht.

Die Rehe haben riesige Ohren, die sie in alle Richtungen drehen und große schwarze Augen, in denen sich die ganze Welt spiegelt. Und kleine, kluge Näschen haben sie, schwarze, süße Stupsnäschen.

Sie drehen ihre Köpfe in die eine, dann in die andere Richtung, dann äsen sie weiter.

Ich beobachte die Rehe, dann sehe ich zu Nick, der im selben Augenblick den Kopf zu mir dreht. Wir sehen uns an, einen Augenblick lang – und dann noch einen Augenblick *zu* lange.

Es ist derselbe Blick wie gestern Nachmittag, und ich würde ihn wirklich gern noch ein wenig länger erwidern, aber leider halte ich die Luft immer noch an. Noch eine Sekunde, und ich ersticke.

Ich atme ein, natürlich viel zu laut, aber anders war das jetzt echt nicht möglich. Die Köpfe der Rehe schießen in die Luft, und sie flüchten mit kleinen, hektischen Sprüngen. Weg sind sie.

Scheiße, denke ich, traue mich aber immer noch nichts zu sagen, so still ist es hier im Wald. Scheiße, ich habe sie vertrieben.

Ich gucke Nick an, offenbar sehr erschrocken, denn der schüttelt den Kopf und lächelt, als wolle er sagen: Ist doch nicht so schlimm.

Ich lächle zurück, und dann passiert es: Er streckt seine Hand nach meiner aus – und ich, ich nehme sie.

Ein irrer Moment. Ich weiß nicht, ob Hände tatsächlich besonders gut ineinanderpassen können, aber genauso fühlt es sich an. Meine Hand liegt in seiner wie in einer Schatulle, die eigens für sie gemacht ist. Es ist, als würde man einen Marmorkuchen zurück in seine Form stecken. Oder in ein maßgeschneidertes Kleid schlüpfen. Oder nach Dutzenden Versuchen endlich den richtigen Schlüssel für ein Schloss finden. Oder ... ach, egal. Es dürfte klar sein, was ich meine.

Ohne dass einer von uns das Kommando geben muss, gehen wir weiter. Hand in Hand, Schritt für Schritt. Nur hin und wieder, wenn der Weg zu eng oder zu steil ist, oder wir über die Felsen im Bett eines flachen Bächleins balancieren, müssen sich unsere Hände für einen kurzen Augenblick voneinander lösen. Aber jedes Mal finden sie wieder ganz automatisch zusammen, wie zwei Magneten.

Es ist ... es ist, als hätte mich jemand an die Hand genommen, nach dem ich mich schon lange gesehnt habe und bei dem ich mich plötzlich ganz sicher fühle. Deshalb legt sich meine Aufregung nach ein paar Minuten, und ich kann ganz vertraut neben ihm gehen, schweigend, denn Nick spricht immer noch nicht, und ich, na ja ... Ich will es auch nicht zerstören.

Außerdem habe ich gerade gar nichts zu sagen. Wir gehen, Hand in Hand, Schritt für Schritt, da muss man nicht groß palavern.

Nach einer Weile verlassen wir den Wald und kommen auf eine große Almwiese, die Sonne scheint sanft, aber kraftvoll auf uns nieder. Das Gras ist ganz grün, und die Zäune, die das Land durchteilen, sehen aus wie aus einem *Heidi*-Film. Vereinzelt liegen ein paar Felsen im stoppeligen Gras, weiter hinten rauscht schon wieder ein Bächlein. Und Kühe stehen herum, graue, bullige Kühe, die uns träge kauend hinterhersehen und versuchen, die Fliegen mit dem Schwanz zu verjagen, ohne sich sonst groß zu bewegen.

»Irre«, sage ich jetzt doch und bleibe stehen.

»Was?«, will Nick wissen und lässt meine Hand los.

»Die Kühe! Das alles hier!« Ich zeige um mich herum, auf die Wiesen, den Wald und den Gipfel des Peitlerkofel, der sich kalt und majestätisch vor uns erhebt.

Nick muss grinsen. »Du warst noch nicht hier oben, oder?«

Ich sehe ihn unsicher an, befürchte kurz, dass er das vielleicht doof findet. Ich meine, ist es ja auch. Dann schüttle ich den Kopf.

»Na dann dreh dich mal um«, sagt er und zeigt über meine Schulter.

Ich gehorche, und …

Oh. Das ist absolut großartig. Unter uns erstreckt sich das riesige Tal, in dem die Häuser so klein sind, dass man sie kaum noch sieht. Und dahinter …

Ich meine, von Alrein aus ist das Alpenpanorama schon ganz schön imponierend, aber von hier oben …

Der Blick ist so weit, man hat das Gefühl, man könne bis ans Ende der Welt sehen. Zum ersten Mal begreife ich, wie groß und weitläufig und absolut irrsinnig diese Alpen wirklich sind, mit ihren steinernen

Gipfeln, auf denen das Eis erst Ende Juli schmilzt. Sie sind wie ein Meer, das getost und getobt hat und dann, durch einen bösen Fluch, in seiner Aufruhr versteinert ist.

Ich kann gar nicht aufhören zu schauen. Es zieht einem die Schuhe aus, ehrlich.

»Ganz gut, oder?«, fragt Nick, und ich höre einen leisen Stolz in seiner Stimme.

»Ziemlich«, sage ich.

Und dann spüre ich plötzlich, wie er hinter mir steht, wie er einen Arm auf meine Schulter legt und mich zu sich heranzieht.

Ich glaube, das wird mir jetzt zu kitschig.

Obwohl ... warum eigentlich?

Langsam, als würde ich zögern, drehe ich mich zu ihm.

Vielleicht ist seine Nase doch ein klitzekleines bisschen größer als andere Nasen, denn noch ehe ich seinen Kuss auf meinem Mund spüre, stupst er mich damit ganz leicht an der Wange. Wir küssen uns, er mich und ich ihn, seine Lippen sind irgendwie heiß und zugleich ganz kühl, und mit einem Mal fühle ich mich ganz weich und anschmiegsam. Es dauert eine Ewigkeit, bis wir uns wieder voneinander lösen. Wir sehen uns an, gucken gleich wieder weg und dann doch wieder hin.

Das war ein Kuss, kein Blick. Den wird er nicht einfach so übergehen.

Es dauert ewig, bis einer von uns sich traut, etwas zu sagen, und diesmal bin nicht ich es, die das Schweigen bricht.

»Dann wäre das wohl geklärt«, sagt Nick und grinst schief.

»War ja auch überfällig«, sage ich und lächle zurück, woraufhin sein Blick sofort zu Boden geht.

Ist es nicht sonderbar, dass es einem manchmal total unangenehm ist, einem Menschen zu zeigen, dass man ihn mag – und das, obwohl man sich oft so leicht tut, jemanden eiskalt abblitzen zu lassen?

»Ich …« Nick sieht mich an und dann wieder weg und lässt eine Pause entstehen. »Diesmal bin ich wohl dran, mich zu entschuldigen.«

Ach ja?, denke ich, sage aber nichts.

»Dass du mich nach dieser Irrsinnsnacht einfach so rausgeschmissen hast …«

Irrsinnsnacht? *Irrsinnsnacht?* War nur ich so besoffen, dass ich nicht einmal weiß, wie er in mein Bett gekommen ist? Kann er sich an das, was passiert ist, etwa *erinnern?* Mein Blick schweift in die Ferne, als würde dort hinten auf der Kuhweide gerade etwas höchst Interessantes passieren.

»… die einzige Erklärung, die mir dazu eingefallen ist, ist die, dass du eine hochnäsige, kaltherzige, blöde Kuh sein musst. Na ja. Diese Meinung hat sich dann noch eine Weile bei mir gehalten.«

»Und was denkst du jetzt?«, frage ich, todesmutig.

Oh nein, er wird rot, wie süß. Und er blickt mich an. Ein ganz kleines Lächeln huscht ihm übers Gesicht, fast unmerklich. Doch dann sagt er, statt eine Antwort zu geben:

»Ich glaube, langsam müssen wir zurück.«

Nee. Bitte. Jetzt nicht wieder aus der Affäre ziehen.

Aber noch bevor ich den Satz zu Ende gedacht habe, nimmt er meine Hand, und wir gehen los. Wir klettern über umgestürzte Baumstämme und springen über Bächlein, laufen steile Abhänge hinab und durch Wege, die definitiv zu schmal für zwei Wanderer sind. Nick hält meine Hand und lässt sie nicht los, den ganzen Rückweg lang. Erst, als wir durch die Zweige hindurch das Dach von Alrein blitzen sehen, lösen wir uns voneinander. Wir tun das fast gleichzeitig, als hätten wir denselben Gedanken.

Die letzten Meter gehen wir in einigem Abstand voneinander, als sei nichts geschehen. Die Wiese taucht vor uns auf, das Haus mit der Terrasse.

Und ... oh mein Gott.

Was ist das?

Um ein Haar hätte ich mich doch noch einmal an Nick geklammert.

Auf der Terrasse stehen ...

Da stehen ...

Mama und Papa.

24

»Geh doch schon mal vor«, sage ich zu Nick, und er verschwindet im Haus, ohne irgendwelche Fragen. Vielleicht hat er gespürt, dass gleich etwas Unangenehmes auf der Tagesordnung steht. Und bestimmt ist es ihm, genauso wie mir, nur recht, wenn nicht sofort alle Welt weiß, was zwischen ihm und mir passiert ist.

Mit aller Welt meine ich vor allem die Jirgls.

Meine Eltern beachten den jungen Mann nicht, der an ihnen vorübergeht, und auch mich haben sie noch nicht bemerkt. Mein Vater ist in die Aussicht versunken, während meine Mutter mit hektischen Bewegungen versucht, die Sitzfläche von einem der Stühle zu säubern.

Ich zupfe meine Klamotten zurecht, sortiere meine zerzausten Locken und sehe kritisch an mir herab. Jeans, Wanderschuhe, T-Shirt – was mir für Nick nur zu unattraktiv war, wird meine Mutter absolut unmöglich finden.

Na ja, was hilft's. Zögernd komme ich näher. Noch nie habe ich das Geräusch meiner Schritte im Kies als so laut empfunden.

»Hallo, Mama!«, sage ich und bleibe hinter ihr stehen. Ich versuche, meiner Stimme etwas Überraschtes zu verleihen, so, als hätte ich ihre Anwesenheit eben erst in dieser Sekunde bemerkt.

»Sophie!« Sie fährt herum. »Da bist du ja endlich!« Sie klingt, als seien wir zum Mittagessen verabredet gewesen, und ich käme zwei Stunden zu spät.

»Hey«, sage ich und gebe ihr ein Küsschen links und rechts. Dann wiederhole ich die Zeremonie bei meinem Vater. »Was macht *ihr* denn hier?«

»Was soll denn das heißen? Dürfen wir etwa unsere Tochter nicht mehr besuchen?«, fragt meine Mutter.

Sagte ich's doch: Sie betrachtet mich missbilligend von oben bis unten und zupft mit strengem Blick eine Kiefernnadel von meinem T-Shirt.

»Man wird doch wohl noch mal nachsehen dürfen, wie du dich hier oben so machst, so als Hüttenwirtin! Man vernimmt ja viel über Alrein, aber leider nicht gerade von dir.«

»Mama ...«

»Also wirklich, Sophie. Dass du dich so gar nicht meldest!«

»Ach, Mama«, sage ich. Das ist die neutralste Reaktion, zu der ich in der Lage bin. Ich meine, es ist ja nicht so, dass sie verzweifelt versucht hätte, sich bei *mir* zu melden. Sie haben ihren Besuch nicht einmal angekündigt, und das, obwohl Papa fest versprochen hatte, rechtzeitig vorher Bescheid zu geben.

»Na ja, ich kenne dich ja nicht anders. Wäre ja auch komisch gewesen, wenn du öfter anrufen würdest als in Hamburg, nur, weil du im Ausland bist.«

»Aber Gisela«, springt mein Vater mir bei, »wahrscheinlich hatte Sophie einfach nur viel zu tun.«

»Ja, *bestimmt*«, sagt meine Mutter höhnisch, als sei allein die Vorstellung von mir beim Arbeiten vollkommen lächerlich. »Wie man so hört, hast du es ja jetzt unter *Architekten* zu einigem Ansehen gebracht.«

Hmpf. Außenstehende könnten meinen, das sei als Kompliment gemeint. Aber wer meine Mutter auch nur ein *bisschen* kennt, weiß, wie sehr sie diesen Berufsstand verabscheut, seit sie mal eine bekannte Hamburger Architektin mit dem Umbau unseres Hauses beauftragt hat. Das Ganze endete damit, dass uns ein Anwalt der Architektenkammer auf 50 000 Mark Schadensersatz verklagen wollte, weil wir das eigens von ihr entworfene Vordach, das nach Meinung der Architektin existenzieller Bestandteil des künstlerischen Werks war, beim Einzug wieder abgeschraubt haben. Das Ding war pink, mit goldener Kante.

»Nicht unter Architekten, Gisela«, mischt sich mein Vater ein. »Alrein war in einer Architekturzeitschrift! Und in der *Welt am Sonntag!*«

»Das Heft ist schon erschienen?«, frage ich baff. Vera wollte es mir eigentlich schicken, aber sie sagte, ich solle erst nächste Woche damit rechnen.

»Gerade eben gestern«, sagt mein Vater. »Die Landgrebes sind Abonnenten und haben uns gleich darauf aufmerksam gemacht. Ehrlich, Pünktchen, du sahst ganz toll aus! Und erst das Haus! Also, wenn ich eher gewusst hätte, dass da so ein bekannter Bauhausarchitekt seine Hände …«

»Dumm nur, dass man von den Leistungen dieses sogenannten Architekten so gar nichts bemerken kann«, sagt meine Mutter und sieht sich um. »Ich meine, was soll das? Sind Flachdächer nicht seit den Sechzigerjahren aus der Mode? Und dass es auf den Zimmern immer noch keine Badezimmer gibt – in der heutigen Zeit! Und diese Toilette, auf der ich vorhin war – Fußböden aus Holz! Unversiegelt!«

»Mama, das Haus ist ein Dreivierteljahrhundert alt ...«

»Na, aber dennoch. Wir leben doch schließlich *heute*. Wie man hier überhaupt noch Appetit entwickeln kann!«

»Kein Problem«, sagt mein Vater, was weder meine Mutter noch mich groß überrascht, denn Appetit hat Papa eigentlich immer. Wenn wir früher mal mit der ganzen Familie in den Urlaub gefahren sind, mussten wir alle zwei Stunden Pause machen: weil meine Mutter furchtbar nötig auf die Toilette musste, und weil mein Vater einen Imbiss brauchte. Meistens eine Bockwurst mit Kartoffelsalat. Früher war das kein Problem, da konnte er essen, was er wollte, aber seit er in Rente ist, sieht er leider auch so aus.

»Ach ja, apropos Essen«, sagt meine Mutter. »Sophie, darum musst du dich mal kümmern. Ich habe vorhin verzweifelt versucht, jemanden zu finden, der uns etwas zu essen besorgt, aber dieses sogenannte Personal hier scheint Besseres zu tun zu haben, als sich um die Gäste zu kümmern.«

»Unmöglich«, findet auch mein Vater. »Da muss ich deiner Mutter zustimmen. Dieser seltsame Kellner ist wirklich ein Ärgernis. Wir haben ihn gebeten, uns die Karte zu bringen, aber er ist einfach irgendwo im Haus verschwunden und nicht wieder aufgetaucht.«

Irgendwie hatte ich es den ganzen Vormittag erfolgreich verdrängt, daran zu denken, was Jirgl und Jirgeline anstellen, wenn Nick und ich nicht da sind.

»Na ja, aber Leonhard, das ist ja auch kein Wunder, wenn die Chefin sich *sonst wo* rumtreibt.«

»Ich hab mich nicht rumgetrieben, Mama, ich ...«

Ich habe mit Nick geknutscht.

Ich erröte. Hoffentlich bemerken das meine Eltern nicht.

»Warum habt ihr denn nicht einfach gesagt, wer ihr seid?«, frage ich, um von mir abzulenken.

»Kindchen. Wir wollten uns einen *Eindruck* verschaffen, da spielt man doch nicht gleich mit offenen Karten. Sophie, ernsthaft: Ist die Katze aus dem Haus, tanzen die Mäuse auf den Tischen. Das kennt man doch! Beim Geschäft muss man immer hinterher sein.«

»Die Sache ist die, Sophie«, sagt mein Vater. »Ich habe das selbst zu spät gelernt. Du brauchst Mitarbeiter, auf die du dich verlassen kannst. Die den Laden selbst schmeißen können, wenn du mal krank sein solltest. Das war der Fehler, den ich gemacht habe. Ich habe immer gedacht, ich könnte es mir nicht gestatten, einfach mal in den Urlaub zu fahren – gemacht hab ich's erst, als ich schon Rückenprobleme hatte.«

Er sieht mich streng an. Wenn er seine Unternehmer-Ratschläge gibt, wird er immer furchtbar ernst und findet alles, was er sagt, wahnsinnig wichtig. Ich glaube, am liebsten wäre es ihm, ich würde seine Regeln mitschreiben, auswendig lernen und am Abend noch einmal rezitieren.

Was ich heute leider nicht hinkriegen werde. Während seiner Predigt sind meine Gedanken wieder und wieder zu Nick in die Küche gedriftet.

»Setzt euch. Ich hole euch die Speisekarte«, sage ich kleinlaut und verschwinde im Haus, mit einem Mal wieder die kleine Tochter, die ich für sie wahrscheinlich auch dann noch bin, wenn ich längst am Rollator gehe.

»Mama, übrigens, ich muss euch was sagen«, sage ich, als ich wieder zu ihnen an den Tisch komme. Ich habe mich in Windeseile notdürftig frisch gemacht, bin in ein Kleidchen geschlüpft und war dann eben noch in der Küche, um unsere Bestellungen an Nick weiterzugeben – ohne ihm zu sagen, wer da plötzlich zu Besuch gekommen ist.

Die Situation macht mich angespannt genug – hier meine Eltern, die mir den letzten Nerv rauben wollen, und dort Nick. Das Letzte, was ich jetzt brauchen kann, ist, dass sich die drei begegnen und ich Nick vorstellen muss als ... als was auch immer.

»Was, Sophie?«, sagt meine Mutter und sieht mich besorgt an. Nach all den schlimmen Beichten bei unserer letzten gemeinsamen Mahlzeit im Edelweiß ist sie offenbar auf *alles* gefasst. Gleichzeitig liegt etwas geradezu Sensationslüsternes in ihrem Blick: Was kommt jetzt? Ist sie HIV-positiv? In die Fänge von Schutzgelderpressern geraten? Schwanger?

»Ich habe kein einziges Zimmer frei«, sage ich bedauernd. Das ist nicht gelogen. In den nächsten Wochen sind wir ausgebucht bis unters Dach.

»Ach, *das!*«

Sie lacht gekünstelt auf und tut, als sei sie furchtbar erleichtert.

»Das haben wir uns natürlich gedacht, Kindchen. Mach dir keine Sorgen. Wir haben uns in diesem neuen Hotel dort unten einquartiert. Schließlich wollen wir dir auch gar nicht weiter zur Last fallen, du hast auch ohne uns genug zu tun, nicht wahr?«

»Ihr wohnt im *Alpine Relax?*«

Ehrlich, ich bin total schockiert. Nicht, dass ich wild darauf gewesen wäre, meine Eltern hier zu haben, aber dass die beiden tatsächlich durch halb Europa reisen, um sich dann im Konkurrenzhotel einzuquartieren, das finde ich dann doch ... allerhand.

»Deine Mutter wollte«, nuschelt mein Vater entschuldigend.

»Mach dir deswegen mal gar keine Sorgen, Sophie. Es ist ganz wunderbar dort. Man hat ja so viel gelesen darüber. Victoria von Schweden war neulich dort, mit ihrem Daniel. Und Freunde von den Johansons aus Blankenese. Wir wollten uns das längst einmal anschauen. Es ist wirklich sehr schick, und die Küche ist ganz leicht und modern, und es gibt einen Pool ...«

»Und die Zimmer haben Bäder«, fügt mein Vater hinzu und versieht meine Mutter mit einem komischen Blick.

»Picobello Bäder! Mit Bidet und zwei Waschbecken. Und jeden Abend eine Praline aufs Kopfkissen. Die esse ich natürlich nicht selbst, die bekommt dein Vater.«

Mein Vater guckt böse. Er *hasst* es, wenn sie ihn und seinen Appetit so vorführt.

»So, das Riesenschnitzel?«

Ich zucke zusammen. Nick.

Wieso hat er nicht einfach geklingelt, wie ich es ihm gesagt habe? Ich habe extra die Terrassentür offen gelassen, damit ich ihn höre! Außerdem habe ich ihm nicht gesagt, dass er das Schnitzel als Riesenschnitzel ankündigen soll. Ich habe lediglich ein besonders großes bestellt. Wer weiß, wann Papa zum letzten Mal etwas bekommen hat.

»Hmmm«, macht mein Vater und hängt seine Nase über den klodeckelgroßen Fleischlappen auf seinem Teller. »Das sieht ja gut aus, Pünktchen.«

»Jedenfalls ist es reichlich«, sagt meine Mutter und sieht seine Portion missbilligend an.

»Caprese?«, fragt Nick.

»Das bin ich!« Meine Mutter hebt die Hand.

»Und ein Rindsgulasch mit extra Zitronenschale«, sagt Nick und stellt seinen Teller vor mir ab. »Lassen Sie es sich schmecken!«, sagt er in die Runde.

»Danke«, erwidert meine Mutter in demselben Tonfall, in dem reiche Leute in Fernsehserien normalerweise sagen: »Sie dürfen jetzt gehen.«

Doch das scheint Nick nicht zu hören. »Guten Appetit«, sagt er leise zu mir. Oh nein. Er beugt sich zu mir runter und haucht mir von hinten einen Kuss auf die Wange. Dann geht er, und ich fange an rot zu leuchten wie ein schneebedeckter Gipfel beim Alpenglühen.

Ähem.

So, wo ist mein Besteck? Ah, hier. Dann wollen wir doch mal sehen, wie das Gulasch geworden ist. Ich will ein Stück Fleisch aufspießen, aber meine Gabel zittert so sehr, dass ich es kaum schaffe.

Das Herz schlägt mir bis zum Hals.

»Guten Appetit«, sage ich zu meiner Mutter, die mir unbewegt gegenübersitzt. »Würdest du mir den Pfeffer reichen, Papa?«

Meine Ablenkungsversuche funktionieren nicht. Mama betrachtet mich wie einen Wagen nach einem schlimmen Unfall. Selbst mein Vater scheint etwas gewittert zu haben, denn er hat das Besteck wieder aus der Hand gelegt, natürlich nicht, ohne sich heimlich eine Bratkartoffel vom Teller zu stibitzen, quasi als Proviant für die Fragen, die mir jetzt blühen.

»Wer *war* das?«, will Mama wissen.

»Nick«, sage ich und nehme eine Gabel.

»Nick?« Sie sieht mich verständnislos an.

»Nick«, sage ich und kaue herunter. »Er kocht hier.«

»Du hast eine Affäre mit dem *Koch*?«

Dass sie immer allem die schlimmste Wendung geben muss. Ja, gut, ich bin verknallt – aber da muss man doch nicht so tun, als würde ich mich auf der Davidstraße mit harten Drogen für sexuelle Gefälligkeiten bezahlen lassen! Mir verschlägt es den Appetit, aber ehrlich.

»Keine Affäre, Mama, es ist nur …«, sage ich, aber natürlich lässt sie mich nicht ausreden.

»Leonhard«, sagt sie zu meinem Vater, der sich in dem Augenblick, in dem er bemerkt hat, dass ihm das Thema möglicherweise zu pikant wird, wieder mit großer Hingabe seinem Schnitzel zugewendet hat. »Deine Tochter gibt sich dem *Koch* hin! So sag doch auch mal was!«

»Ach, Gisela ...«, sagt er nur, und mehr kann er auch gar nicht sagen, denn natürlich ergreift sie wieder das Wort.

»Leonhard, jetzt los. Sag ihr, dass sie diesen schrecklichen Gasthof aufgeben soll! Sag ihr, sie soll nach Hamburg zurückkommen! *Dort* warten die Höhepunkte des Lebens, und nicht *hier!*«

Ich frage mich, warum sie nicht einfach direkt mit mir redet. Ich meine, sie hat doch sonst auch kein Problem damit, andere Menschen zu verletzen. Aber hin und wieder hat sie diese Marotte. Dann spürt sie, dass es effektiver ist, nicht frontal über mich herzuziehen. Früher hat sie das auch öfter gemacht. Wenn sie mir das Gefühl geben wollte, dass es überhaupt nichts *bringt*, mit mir zu reden, hat sie irgendeine Freundin angerufen und so laut mit ihr telefoniert, dass ich alles mit anhören konnte und so erfuhr, was sie von mir hielt.

»Alrein ist nicht schrecklich«, wehre ich mich. »Und in Hamburg wartet nichts auf mich! Rein *gar* nichts!«

Ich will schon aufstehen und mich oben in mein Zimmer einschließen, da meldet sich mein Vater zu Wort.

»Ach, Pünktchen«, sagt er mit versöhnlicher Stimme. »Weißt du, deine Mutter ...«

»Sei still«, unterbricht sie ihn, ohne auch nur ansatzweise darauf zu achten, was er sagen wollte. »Ich glaube, Sophie, das wirst du gleich anders sehen.«

Sie schaut mich siegesgewiss an.

Toll, jetzt muss ich fragen, was sie meint, vorher redet sie nicht weiter.

»Ja?«, sage ich genervt.

»Schätzchen«, sagt sie und legt ihre Hand auf meine. »Du wirst es nicht glauben, aber wir waren neulich wieder im Edelweiß, und rate, wen wir dort getroffen haben.«

Oh Gott, ich kann es mir vorstellen. Wahrscheinlich hat sie dem Kellner verkündet, dass ihre Tochter eng mit jemandem aus der Küche befreundet ist, und die arme Sarah musste an ihren Tisch kommen, um sich vor allen anderen Gästen für ihr vorzügliches Essen loben zu lassen, wie eine fleißige Pensionatsschülerin. Was das jetzt allerdings für mein Leben bedeuten soll, weiß ich auch nicht.

Fragend ziehe ich die Augenbrauen hoch.

»Jan!«, sagt sie.

»Jan?«

»Ja, er saß am Nachbartisch.« Sie guckt triumphierend.

»Mit wem?«, frage ich misstrauisch.

»Mit einer Kollegin, aber das ist doch auch egal. Sophie, Schätzchen, was ich sagen will: Jan hat richtig Karriere gemacht, er hat jetzt einen wahnsinnig interessanten Posten bei einem renommierten Sachbuchverlag, er trug Krawatte und seine Schuhe waren *rahmengenäht!*«

Sie betont das letzte Wort so, als müssten bei mir alle Glocken anfangen zu läuten.

»Bei welchem Sachbuchverlag?«, frage ich noch misstrauischer.

»Das spielt doch überhaupt keine Rolle.«

»Wieso nicht?«, frage ich.

»Weil es am Ende doch vollkommen irrele ...«

»Er ist beim Schwarz Verlag, Sophie«, fällt mein Vater ihr ins Wort und versieht sie mit einem strengen Blick von der Seite.

Bitte? Jetzt, wo Jan dort arbeitet, ist Schwarz plötzlich renommiert? Und als ich dort war, war es eine peinliche Klitsche? Ich sehe meine Mutter wütend an, was natürlich nur dazu führt, dass sie versucht, sich aus der Sache herauszuwinden.

»Um den Verlag geht es doch gar nicht, Schätzchen. Mit Karriere meinte ich doch nur, dass er eine ganze Abteilung leitet!«

»Toll!«, sage ich sarkastisch.

»Ach, er hat natürlich nach dir gefragt, und als er gehört hat, was du jetzt so treibst, da hat er sich wahnsinnige Sorgen um dich gemacht, ehrlich.« Sie guckt mich an, als müsste mich das besänftigen, was nicht der Fall ist, weshalb sie weiterredet. »Er sah ganz niedergeschlagen aus und sagte, er hätte Fehler gemacht, und fand es furchtbar traurig, dass ihr so gar keinen Kontakt mehr zueinander habt. Warum eigentlich nicht? Das habe ich mich dann auch gefragt.«

»Weil ich nicht mehr ans Telefon gegangen bin, wenn er angerufen hat.«

»Sophie!« Sie schaut mich erschrocken an. »Warum denn?«

»Weil ich keinen Kontakt mehr zu ihm wollte, darum!«

»Schätzchen, sei nicht dumm. Ich bin absolut sicher,

du hättest immer noch Chancen bei ihm. Du musst nur nach Hamburg zurückkommen, dann fügt sich alles, du wirst sehen! Eine Mutter *spürt* so etwas!«

Ich atme durch. Meine Mutter hat Jan wirklich geliebt, und zugegeben: Ich habe das ja auch. Er ist ein unglaublich charmanter, gut aussehender Typ, mit jeder Menge Talent und Verve. Er wird sicherlich irgendwann mal Verleger. Das habe nicht nur ich so gesehen, sondern eigentlich auch alle anderen. Zumindest war, als ich damals auf der Frankfurter Buchmesse mit ihm zusammengekommen bin, die halbe Branche auf ihn scharf. Und damit wären wir auch schon bei seiner Schattenseite, die zu einer alles dominierenden Schattenseite wird, sobald man in einer beziehungsähnlichen ... äh ... Beziehung mit ihm steht.

Ich erzähle das echt nicht gerne.

Also: Jan ist erotoman. Pathologisch erotoman. Das heißt, er muss ungefähr dreimal am Tag Sex haben. Er will immerzu Sex, es sei denn, er hat gerade welchen. Er denkt an Sex, wenn er isst. Er denkt an Sex, wenn er sich die Zähne putzt. Er denkt sogar an Sex, wenn er Geschäftstermine hat. Im Ernst, ich weiß nicht, aus wie vielen Konferenzen er mir anzügliche SMS geschrieben hat. Seine Sexsucht so geschickt zu verbergen, dass kein Mensch etwas davon ahnt, ist vielleicht seine größte Leistung. Die halbe Branche sieht Deutschlands nächsten großen Verleger in ihm. Wenn sie die Wahrheit wüssten, dann säße er längst an seinem bestimmungsgemäßen Ort, einem Hinterzimmer auf der Reeperbahn.

Wie dem auch sei. Das mit dem Sex war am Anfang

ja noch ganz nett, so ungefähr die ersten zwei Monate lang. Aber nach einer Weile halt nicht mehr. Irgendwie habe ich gedacht, dass es schon klargeht, wenn er sein Kasperle nur noch alle paar Tage in die Schlucht hüpfen lassen kann. Ich meine, wir haben uns geliebt, oder? Dachte ich zumindest. Haha.

»Mama, ich wollte dir das eigentlich ersparen.«

»Was denn?«, fragt sie erstaunt. Da, ihr Blick ist der Beweis: Sie kann sich nicht einmal vorstellen, dass Jan in seinem Leben *irgendetwas* falsch gemacht haben könnte. Aber das ist wahrscheinlich typisch für Eltern. Wenn sie irgendwo eine goldene Zukunft für ihre Kinder leuchten sehen, dann wird alles, was diese Vorstellung stören könnte, einfach ausgeblendet.

Ich seufze, ziehe mein Handy aus der Tasche, drücke ein paar Tasten und finde schließlich das Bild, das alles kaputt gemacht hat. Ich habe es nie gelöscht. Ich wollte mich jederzeit daran erinnern können, dass es richtig war, Jan zu verlassen. Und ich warte immer noch auf eine passende Gelegenheit, es ihm vor die Nase zu halten.

Ich halte ihr das Handy hin, mein Vater beugt sich neugierig zu ihr rüber. Meine Mutter nimmt es und betrachtet das Foto.

»Aber das ist ja ...«

Sie ist knallrot geworden und reicht mir das Handy rasch wieder über den Tisch.

»Was *ist* das?«

»Jans Schwanz.«

Sie schnappt vernehmlich nach Luft, offenbar findet sie das Wort noch anstößiger als das Bild dazu. Oder sie hat meinen Vater schon sehr lange nicht mehr nackt gesehen und war sich tatsächlich nicht sicher.

»Aber, Sophie ...«, sagt sie und sieht mich fassungslos an.

Mein Vater hat sich mit glühenden Ohren wieder seinem Schnitzel gewidmet und zwängt sich ein bierdeckelgroßes Stück zwischen die Lippen, um ja nicht in Verlegenheit zu kommen, etwas sagen zu müssen.

»Und der Mund, in dem er steckt, ist nicht meiner.«

Meine Mutter ist verstummt und wird *noch* roter. Doch dann sagt sie: »Na, Gott sei Dank.«

Ich sehe sie wütend an.

»Das Bild hat er mir per MMS geschickt, offensichtlich aus Versehen. Es ist der Mund seiner *Chefin*.«

Mein Vater bekommt einen Hustenanfall und versucht hastig, diesen mit einem großen Schluck Bier zu stillen.

Und ich? Monatelang habe ich gedacht, ich würde niemals über die Sache hinwegkommen. Ich meine, ich stand echt unter Schock, als ich diese Nachricht bekommen habe, ein Schock, der sich nur noch verschlimmerte, als ich Jan letztendlich zur Rede stellte. Er könne nichts dafür, hat er gesagt. Er wüsste es selbst, er sei ein Fall für die Klinik, wie der Hauptdarsteller von *Akte X* oder Michael Douglas. Ich schlug ihm vor, dann doch einfach in eine Klinik zu gehen, woraufhin er erwiderte: Mit einem Klinikaufenthalt bringe er seine Karriere in Gefahr, mit seiner Sexsucht hingegen *fördere* er sie. Ich hätte mich in dem Augenblick gerne auf sein blödes Boss-Hemd übergeben, ehrlich. Hinterher erfuhr ich, dass Jan ständig etwas mit anderen Frauen hatte, mit Autorinnen, Praktikantinnen, italienischen und französischen Verlegerinnen.

Jan hat mich nicht geliebt – leider weiß *er* das immer noch nicht. Er war aus irgendeinem Grund wahnsinnig scharf auf mich, und das länger als vier Wochen, deshalb war er sich sicher, dass es gar nichts anderes als Liebe sein *konnte*. Ich habe ihn damals gefragt, wieso er das gedacht hat, wo er doch immerzu fremdgegangen ist, aber er hat nicht mal die Frage verstanden. Sex mit dem Menschen, den man liebt, sei etwas *völlig* anderes als Sex mit irgendeinem Affärchen, das könne man weder vergleichen noch bräuchte man darüber diskutieren. Ehrlich, Jans Logik glich einer dieser unmöglichen Figuren von M.C. Escher, bei denen jede Treppe nach oben und zugleich nach unten führt.

»Sie heißt Sonja«, erkläre ich mit ausdrucksloser Stimme. »Ihr Name stand in seinem Telefonbuch genau über meinem. Er hat wahnsinnig oft aus Versehen bei *mir* angerufen, wenn er eigentlich *sie* erreichen wollte, und dann komisch rumgestopselt.«

Meine Mutter schweigt, aber nach ein paar Augenblicken sieht sie aus, als hätte sie es jetzt auch kapiert. Sie ist ehrlich entsetzt, und man erkennt in ihrem Blick, dass sie in diesem Fall sogar mit mir Mitleid hat.

»So ein Mistkerl«, sagt sie schließlich.

»Arschloch trifft es besser«, meldet sich mein Vater zu Wort.

Oha, da scheint es aber jemand ernst zu meinen. Im Hause von Hardenberg werden Fäkalausdrücke nur in höchster Not laut ausgesprochen. Für meinen Vater wäre selbst George W. Bush bloß ein verzogenes Söhnchen, das beim Popeln aus Versehen das Hirn mit erwischt hat.

»Sophie, das hättest du uns erzählen müssen«, sagt meine Mutter.

»Na ja, immerhin wisst ihr jetzt, warum er ständig Ausreden dafür hatte, nicht mit mir zusammenzuziehen.«

Wir sehen uns an, und für einen kurzen Augenblick sind wir wieder eine richtige Familie, ein Herz und eine Seele. Dann guckt meine Mutter auf meinen Teller.

»Du hast ja gar nichts gegessen, Kind.«

»Du auch nicht«, sage ich und zeige auf ihren.

Wir sehen uns an, dann fällt unser Blick auf den Teller meines Vaters. Außer einem Salatblatt und einem ausgedrückten Stück Zitrone ist nichts mehr darauf zu sehen.

»Es war vorzüglich«, sagt er und sieht mich vergnügt und vielsagend an. »Wirklich vorzüglich! Willst du deinen Mozzarella denn gar nicht, Gisi?«

Sie seufzt und schiebt ihm den Teller rüber, und er zögert keine Sekunde, sich darüber herzumachen.

»Na ja, Kindchen. Wir sollten jetzt besser gehen. Du hast genug zu tun, wie es aussieht.«

Sie hat recht. Inzwischen hat sich die Terrasse mit Gästen gefüllt, die etwas zu Mittag essen wollen. Aber zum Glück ist Frau Jirgl wieder da und schiebt ihren behäbigen Dienst.

»Ich will mir nur noch einmal schnell die Nase pudern«, sagt meine Mutter und zieht sich den Rock zurecht. »Leonhard, bezahl schon mal.«

Sie verschwindet, mein Vater schiebt sich eine letzte Scheibe Mozzarella in den Mund und will die Brieftasche zücken, aber ich schüttle den Kopf.

»Lass bloß stecken«, sage ich, und er gehorcht schmunzelnd.

»Danke«, sagt er.

»Dafür nicht.«

Er grinst, dann wird er wieder ernst. »Und, Pünktchen, wie geht's dir hier?«

»Ich glaube, ganz gut«, sage ich und lausche meinen Worten hinterher – und als die kein schlechtes Gefühl in mir auslösen, bekräftige ich sie noch einmal. »Doch, eigentlich geht's mir richtig gut, Papa! Ich meine, die ersten Wochen waren echt mühsam, weil der Laden tatsächlich kurz vor seinem Ende stand, aber inzwischen …«

»Du hast hier ganz schön viel bewegt, das merkt man«, sagt er.

»Ja, könnte sein.«

»Doch, doch, bestimmt«, sagt er und setzt dann zu einem anderen Thema an. »Sophie, ich … ich wollte lieber in Alrein wohnen, hier bei dir, weißt du?«

»Schon gut«, sage ich.

»Nein, ich meine das ehrlich«, sagt er. »Aber deine Mutter …«

»Wie ist sie überhaupt auf dieses blöde Alpine Relax gekommen?«, frage ich erbost. »Ich meine, hallo?«

»Deine Cousinen …«, setzt er an, aber da kommt meine Mutter vom Klo zurück.

»Deine Cousinen haben es uns empfohlen! Und ich finde, sie haben recht gehabt!« Sie bleibt neben dem Tisch stehen und streicht sich schon wieder den Rock zurecht. »Gehen wir, Leonhard?«
Mein Vater nickt und erhebt sich schwerfällig.
Meine Mutter küsst mich links und rechts und marschiert, noch während mein Vater sich von mir verabschiedet, im Stechschritt davon. Ich sehe, wie er ihr hektisch hinterherblickt, wie seine unsichtbare Leine an ihm zerrt.
»Sophie«, sagt er und drückt mich an sich. »Ich wäre wirklich viel lieber hier bei dir geblieben.«
»Ach, du wärst mir doch nur im Weg herumgestanden.«
»Danke«, sagt er. »War schön bei dir!«
»Nun geh schon.«
»Wir kommen morgen noch mal hoch, okay?«
»Ja, ja, ist gut. Und jetzt fort mit dir!«
Er drückt mich noch mal und eilt meiner Mutter nach, die schon fast hinter der nächsten Biegung verschwunden ist. Dann sind die beiden weg.
Puh.
Das war anstrengend.
Und jetzt?

Schon während der letzten Minuten unseres Gesprächs habe ich gemerkt, dass ich langsam ungeduldig werde. Jetzt, da meine Eltern weg sind, bekomme ich Nick überhaupt nicht mehr aus dem Sinn.
Was das zwischen uns jetzt wohl ist? Ob wir nun ein Paar werden? Hätte er mich vor meinen Eltern ge-

küsst, wenn nicht? Andererseits – er konnte ja nicht ahnen, dass das meine Eltern sind. Und wenn er mich also nur vor *irgendwelchen* Gästen geküsst hat, was bedeutet das dann? Ganz viel? Gar nichts?

Ein Kribbeln durchläuft mich, von den Fingerspitzen bis in die Ohrläppchen. Als krabbelten mir winzige Ameisen durch die Adern.

Soll ich jetzt einfach so zu Nick reingehen? Oder denkt er dann, dass ich anhänglich bin? Aber wenn er wirklich etwas von mir will, wäre es dann nicht arschig, wenn ich nicht zu ihm käme? Und warum mache ich mir überhaupt solche Gedanken? Es ist meine Küche, oder? Er ist mein Angestellter!

Na, vielleicht bringe ich ihm einfach mal die Teller rein, dann habe ich zumindest einen Vorwand.

Ich platziere die leeren Teller meiner Eltern auf dem Unterarm, mit der anderen Hand nehme ich mein kaum angerührtes Gulasch. Normalerweise trage ich das Geschirr wie jeder normale Mensch auch, auf einem Tablett oder nicht mehr als ein Teller pro Pfote, aber irgendwie habe ich das Bedürfnis, professionell zu wirken, obwohl das mit dem Balancieren ja nicht so meine Sache ist.

Ich öffne die Terrassentür, gehe durch die Gaststube und weiter in die Küche. Geschafft. Hastig stelle ich die Teller auf dem Tresen ab.

Es klirrt, aber zum Glück passiert nichts. Erschrocken dreht Nick sich um.

»Hey«, sagt er. Dann fällt sein Blick auf den Teller mit dem Gulasch. »Oh, war etwas nicht in Ordnung damit?«

»Nein, nein, keine Sorge. Das … das war nur ganz schön anstrengend gerade.«

»Komisch – mich macht Wandern immer eher hungrig.«

Ich hebe zu einer Erklärung an, aber dann winke ich ab. »Das ist es nicht.«

Er sieht mich an und schweigt. Dann wendet er sich wieder seiner Arbeit zu.

»Ich hätte dich nicht küssen sollen vor allen Leuten«, sagt er plötzlich.

»Was? Nein, Blödsinn.«

»Das da draußen waren deine Eltern, oder?«

Ächz. Ist der Typ Hellseher?

»Woher weißt du das?«, frage ich.

Nick zuckt mit den Schultern. »Wenn Sophie von Hardenberg an einem Tisch mit zwei Rentnern sitzt und der eine nennt dich Pünktchen, und die andere ist dir wie aus dem Gesicht geschnitten …«

»Mir wie aus dem *Gesicht geschnitten?*«

Ich sehe ihn entrüstet an. Ich sehe doch wohl bitte nicht aus wie meine Mutter! Geht's noch? Ich runzle die Stirn und gucke beleidigt. Nick macht einen Schritt auf mich zu.

»Nicht böse sein. Das war ein Kompliment! Deine Mutter sieht toll aus, vor allem für ihr Alter!«

Da hat er leider recht. Sie sieht noch lange nicht aus wie 63. Und wenn ihn das davon überzeugt, in mir eine Frau mit guten Genen gefunden zu haben, will ich nichts gesagt haben.

»Okay«, sage ich und gebe mir Mühe, versöhnt zu klingen. »Und? Was machst du da?«

»Buchteln«, antwortet Nick und schiebt die Form in den Ofen. »Für den Nachtisch.«

»Das kenne ich gar nicht«, sage ich und trete neugierig näher.

»Ein Hefegebäck mit einer Füllung aus Pflaumenmus. Muss ich nachher nur noch mal aufwärmen, dann kommen sie in tiefe Suppenteller, mit Vanillesauce.«

»Klingt lecker. Und was gibt's davor?«

»Spinatschlutzer«, sagt Nick. »Vegetarisch, wie besprochen.«

»Toll!«

Ich bin ehrlich begeistert. Wenn man bedenkt, dass es hier vor ein paar Tagen noch Wok-Hühnchen mit Maggi und gefälschtem Risotto gab!

»Du kannst mir helfen, wenn du willst.«

Ich sehe ihn ungläubig an, dann sage ich: »Verarschen kann ich mich selber.«

Wir müssen lachen, alle beide.

»Ach komm«, sagt er. »Ich hab mich entschuldigt!«

Ich muss immer noch lachen, gehe zum Wasserhahn und wasche mir die Hände.

»Okay, wo soll ich anfangen?«

»Kleinen Augenblick«, sagt Nick und schraubt eine Nudelmaschine an der Arbeitsplatte fest. Dann stellt er mir eine Schüssel gekochten Spinat hin. »Gut ausdrücken, und schön hacken«, sagt er.

Ich presse den dunkelgrünen Spinat über dem Waschbecken aus, hellgrünes, weiches Wasser läuft mir durch die Finger. Dann nehme ich ein Brett und schneide den Spinat in lauter kleine Stücke, die sich dunkelgrün glänzend auf dem Brett ausbreiten. Währenddessen steht Nick an der Nudelmaschine und dreht eine Kurbel. So wird ein Stück Teig durch zwei Walzen gepresst – es sieht aus, als strecke einem die Maschine die Zunge heraus.

»So?«, frage ich Nick und zeige ihm das Brett.

»Viel feiner«, sagt Nick.

»Kann man das nicht mit dem Mixer machen?«, frage ich.

»Nein, dann wird der Spinat so breiig. Die Füllung wird viel besser, wenn man sie von Hand hackt.«

Schade. Das Hacken ist ganz schön zeitaufwändig, vor allem bei meinem Tempo. Hack, hack, hack.

»So ist's gut«, sagt er plötzlich. »Du kannst jetzt den Spinat mit dem Ricotta mischen.«

»Wo ist der?«, frage ich, und Nick zeigt auf eine Schüssel. Als ich näher komme, sehe ich darin ein Sieb, das mit einem weißen Baumwolltuch ausgelegt ist. Ich hebe den Ricotta-Käse mit dem Tuch heraus, gieße die Molke ab und vermische die weiße Masse mit dem Spinat.

»Und jetzt drück die Kartoffeln, die da hinten stehen, mit rein.«

»Drücken?«, frage ich.

Nick legt den Kopf schief und sieht mich belustigt an, und als ich gerade schon fürchte, dass er mich wieder einmal aufziehen will, drückt er mir ein Gerät aus Edelstahl in die Hand, so etwas wie eine überdimensionierte Knoblauchpresse.

»Die Kartoffeln kommen hier oben rein«, sagt er, und ich lege zwei lauwarme Kartoffeln in den Behälter mit den Löchern. »Genau. Und jetzt drück. Halt, nein, natürlich über der Schüssel!«

Ich halte die Presse über die Spinat-Ricotta-Mischung, dann drücke ich die beiden Griffe zusammen. Aus den Löchern quillt etwas, das aussieht wie Spaghetti-Eis. Genial.

»Und jetzt reib noch Parmesan dazu«, sagt Nick, der immer noch an seiner Kurbel dreht und Teigzungen produziert.

Ich gehe und hole welchen aus dem Kühlschrank.

»Wie viel?«, frage ich, und Nick zeigt auf die Mitte des keilförmigen Stücks. »Ungefähr bis hier.« Dabei berührt er zufällig meine Finger, oder auch nicht zufällig, denn er schenkt mir sein umwerfendstes Lächeln.

Ich könnte Bäume ausreißen vor Freude darüber!

Und wie entspannt ich plötzlich bin! Ein echtes Wunder. Bisher war Kochen immer etwas, das mich total fertiggemacht hat, selbst an superrelaxten Urlaubstagen. Und jetzt komme ich von einem superanstrengenden Gespräch mit meinen Eltern – und fühle mich wie in einer Wellness-Oase mit ätherischen Kerzen und Panflötenmusik.

Ich kann es nicht glauben, aber es scheint tatsächlich so zu sein, dass ich dazu in der Lage bin, mich in so etwas wie Parmesanreiben zu *versenken*.

Es geschehen Zeichen und Wunder.

»Und jetzt?«, frage ich, als ich fertig bin und die letzten Parmesanspäne aus der Reibe klopfe.

»Den Schnittlauch dort in der Schüssel dazu. Und dann mit Muskatnuss, Salz und Pfeffer würzen.«

Ich gehorche ihm. Gebe die Schnittlauchröllchen

hinzu, etwas Salz, mahle ein bisschen Pfeffer hinein und ein paar Umdrehungen Muskatnuss aus der Mühle. Dann zögere ich.

»Mehr?«, frage ich.

»Weiß ich nicht. Rühr um und probier.«

Ich rühre den Teig, sodass eine glatte Masse entsteht. Dann verharre ich vor der Schüssel.

Als könnte ausgerechnet ich das beurteilen! Aber ich widerspreche nicht, sondern nehme den Löffel und koste.

»Und?«, fragt er neugierig.

»Keine Ahnung«, sage ich.

»Wie schmeckt es denn?«

Ich versuche, den Geschmäckern auf meiner Zunge nachzuspüren. Da ist die leicht bittere Note des Spinats, der milde Milchgeschmack des Ricottas, die Schärfe des gemahlenen Pfeffers ...

»Ein bisschen Salz könnte es eventuell vertragen«, sage ich und sehe ihn unsicher an.

»Dann tu welches hinein.«

Na toll. Gestern wollte er mich die Küche am liebsten nicht einmal ansehen lassen, und jetzt soll ich so etwas Wichtiges allein entscheiden?

»Auf dein Risiko«, sage ich, und Nick grinst.

»Und?«, fragt er, als ich das Salz untergerührt habe.

Ich probiere noch einmal.

»Ich glaube, so geht es«, sage ich.

»Zeig mal!«

Ich nehme den Löffel und gehe zu ihm hin. Er öffnet den Mund, ich schiebe die Ladung zwischen seine Lippen und sehe ihn ängstlich an.

Er kaut, schluckt – dann spitzt er die Lippen und erwartet einen Kuss von mir.

»Was ist?«, frage ich. »Schmeckt es?«

»Mmmmh«, macht er.

»Es schmeckt?«, frage ich entgeistert.

»Köstlich.« Er versucht noch einmal, mir einen Kuss abzuringen.

»Verarsch mich nicht!«

»Tu ich nicht! Ein bisschen mehr Muskat und deutlich mehr Salz, und das wird eine Super-Schlutzerfülle!«

Ich gucke beleidigt, und er breitet die Arme aus.

»Komm her«, sagt er.

Ich mache einen Schritt auf ihn zu, aber zögerlich.

»Komm«, sagt er noch einmal, plötzlich mit ernstem Gesicht.

Er legt mir die eine Hand auf die Schulter und die andere auf die Wange, und mit einem Mal ist die Schlutzerfülle in den Hintergrund gerückt, und zwar mehrere Kilometer.

Ich sehe ihn an, und dann küsst er mich.

Diese Lippen. Oh mein Gott.

Lippen.

Lippen.

Lippen.

Und was macht da plötzlich seine Hand an meinem Hintern?

Jetzt weiß ich endlich, was der Ausdruck bedeutet: Ich schmelze. Ich schmelze wie ein Schneeball unterm Fön.

Mein Kopf ist wie leergepustet, und alles, was sich

jetzt noch unterhalb meiner Frisur abspielt, ist zu unanständig, um hier erwähnt zu werden. Wir küssen uns, und zum ersten Mal sind wir dabei nicht nur zärtlich.

Nick drängt mich gegen die Wand, und seine Hände sind plötzlich überall an meinem Körper. Es ist ...

»Was ist das?« Ich halte inne und schnuppere.

»Nichts«, sagt Nick, ohne sich dafür zu interessieren, was ich meine. Stattdessen versucht er, mich mit seinen Lippen wieder zum Schweigen zu kriegen.

Was ihm natürlich gelingt. Hach.

Inzwischen hat er mir mein Kleid bis hoch zum Bauch geschoben, und ich spüre die kalten Fliesen am Hintern. Ich finde seine Finger an Orten wieder, von denen ich völlig vergessen hatte, dass sie existieren. Sein Knie hat sich zwischen meine Beine gedrängt, und ich versuche, meine sich immer wieder leise meldende gute Erziehung darüber hinwegzutäuschen, dass ich mich daran reibe.

Oh Gott, gleich wird es hier ernst. Bitte mach, dass es ernst wird.

Doch jetzt hält Nick inne, hebt den Kopf und schnuppert.

»Scheiße«, sagt er, nur, um mich gleich weiterzuküssen.

»Was?«, murmle ich, ohne dass sich mein Mund groß von seinem löst.

»Nichts«, sagt er und beißt mir sanft in die Oberlippe, die sich vom Küssen schon ganz geschwollen anfühlt.

»Okay«, hauche ich.

»Scheiße«, sagt er jetzt noch einmal und lässt von mir ab.

»Was denn nun?«, frage ich.

»Kommst du morgen früh mit einkaufen?«, fragt er. Ich nicke.

»Gut«, sagt er und löst den Knoten auf, der unsere Körper inzwischen sind. »Ich muss neue Buchteln machen, fürchte ich.«

Und dann sehe ich ihn auch, den Rauch, der durch die geschlossene Ofentür dringt.

25

Ich mache einen Schritt nach vorn, drehe mich zur Seite und betrachte mich im Profil. Ich drehe das Becken nach links, dann nach rechts. Ich zupfe noch einmal den Ausschnitt zurecht und drehe mich auf die andere Seite.

Ja, warum nicht. So könnte es gehen.

Außerdem wird es langsam Zeit, dass ich mich entscheide. Es ist bereits das vierte Kleid, das ich anprobiere – nach dem schwarzen Minikleid (das zu billig aussah), dem weißen Rüschenkleid (zu niedlich) und meinem Kittelkleid (zu, äh, kittelig). Das Kleid, das ich jetzt trage, ist kurz, aber nicht *zu* kurz. Figurbetont, aber nicht *zu* figurbetont. Modisch, aber nicht *zu*. Außerdem habe ich es hier oben noch kein einziges Mal getragen, denn es hat dunkelblau-weiße Blockstreifen, der Marine-Look, der nicht unbedingt zu Speckknödeln passt.

Aber dafür vielleicht zu meinen Sandalen mit Keilabsatz, die ich hier oben ebenfalls noch nicht angehabt habe.

Oder ist das zu aufgedonnert?

Blödsinn. Wir fahren in die Stadt! Außerdem will Nick vor dem Einkaufen mit mir frühstücken gehen, in irgendein Café in Brixen, in dem sie ihm zufolge den besten Cappuccino Norditaliens machen!

Ich wickle mir einen Seidenschal um den Hals, suche meine Sonnenbrille und stecke sie mir ins Haar.

Vor dem Spiegel decke ich mir ein drittes Mal mit Concealer die Augenringe ab – ganz recht, ich habe schon wieder kaum geschlafen. Aber diesmal habe ich die Nacht mit etwas anderem zugebracht als bloß mit Sorgen und Gedanken. Ich möchte nicht indiskret sein, aber es war absolut wunderbar und herrlich! Und diesmal kann ich mich sogar daran erinnern.

Den Rest der Nacht war ich zu aufgeregt, um zu schlafen, während Nick neben mir leise vor sich hingeschnarcht hat. Jetzt sieht mein Spiegelbild ob des Schlafmangels aus wie ein Opfer-Foto aus der *Bild*-Zeitung. Ich wüsste gern, ob die Lösung dafür in noch mehr oder eher in weniger Concealer liegt.

Oh, es klopft!

»Ja?«, rufe ich und versuche, nicht so zu klingen, als hätte ich bloß darauf *gewartet*.

»Bist du fertig?«

Nicks Stimme. Es wird immer schlimmer. Inzwischen kriege ich schon Gänsehaut, wenn ich ihn nur sagen höre, dass die Vorspeise kalt wird.

»Komme gleich!« Ich vernehme, wie er bereits die Treppe hinuntergeht.

Rasch wuschle ich mir noch einmal durchs Haar, kneife mir in die Wangen und lege einen winzigkleinen Hauch Lipgloss auf. Zusammen mit den hohen Schuhen sähe ein aufwändigeres Make-up vielleicht zu aufgedonnert aus. Ich meine, es ist halb sieben Uhr morgens, wer um die Zeit perfekt geschminkt zum Einkaufen fährt, hat es entweder nötig – oder nötig. Und ich habe es ja wohl nur, äh, okay: nötig.

Oh, da! Er hat schon den Motor gestartet. Jetzt aber schnell.

Ich laufe los, die Treppe hinab, aus der Haustür. Nick hat den Panda inzwischen gewendet. Ich laufe über den Kies und habe schon die Finger am Türgriff, da glaube ich plötzlich von weither meinen Namen zu hören.

Ich drehe mich um, aber da ist niemand.

Ich öffne die Tür, strecke einen Fuß in den Wagen, da höre ich noch einmal: »Sophie!«

Und dann sehe ich ihn: meinen Vater, der über die Wiese auf mich zustürmt.

Na gut, stürmen ist vielleicht ein zu *dynamischer* Ausdruck. Er schwankt eher, wie ein betrunkener Elefant, oder wie ein Kreisel, kurz bevor er umkippt. Ein knallroter Kreisel, nebenbei bemerkt. Sein Kopf ist so erhitzt, wenn jetzt ein Regenschauer runterkäme, würde von seiner Halbglatze Dampf aufsteigen.

Was, um alles in der Welt, macht er hier um diese Uhrzeit?

»Papa!«, rufe ich und laufe ihm entgegen.

Als er vor mir zum Stehen kommt, ist er so außer Atem, dass er kein Wort herausbringt. Nur der Schweiß strömt ihm übers Gesicht, als hätte man über seinem Kopf einen Schwamm ausgedrückt. Er schnauft und stöhnt, und einen Augenblick lang habe ich die Befürchtung, dass etwas Schreckliches passiert ist. Dass das, was ihn da so nach Luft japsen lässt, nicht Erschöpfung, sondern eine Panikattacke oder ein Nervenzusammenbruch ist.

»Was ist denn los, Papa?«, frage ich und fasse ihn an die Schulter.

»Ach, Sophie«, sagt er und atmet tief durch.

»Was *ist* denn?«

Er sieht mich an, als wolle er etwas sagen, doch dann wandert sein Blick in die Ferne. Er schüttelt den Kopf, und seine Augen richten sich wieder auf mich. Er guckt mich verwirrt an, dann sagt er:

»Nichts.«

»Nichts?«

Offensichtlich ist das eingetreten, wovor ich mich seit seiner Pensionierung die ganze Zeit gefürchtet habe: Mein Vater wird wunderlich.

»Nein.« Er schüttelt noch einmal den Kopf. »Ich wollte dich nur noch mal sehen.«

Offensichtlich wollte er das aber nur, als er losgelaufen ist, denn jetzt sieht er nicht mich an, sondern verankert seinen Blick an irgendeinem Punkt hinter mir.

»Das ist ja lieb, Papa. Aber ich dachte, wir würden uns heute Nachmittag ohnehin noch mal treffen.«

»Äh, ja«, sagt er und sieht beschämt weg. »Natürlich.«

Ich fürchte, er wird nicht nur wunderlich, sondern auch vergesslich.

»Ich konnte nicht mehr schlafen«, nuschelt er nach einer Weile. »Da unten gibt es erst ab acht Uhr Frühstück, und ich wusste nichts mehr mit mir anzufangen.«

»Du konntest wegen *mir* nicht mehr schlafen?«

»Nein, gar nicht so sehr wegen dir.«

»Sondern?«

»Deine Mutter ...« Er guckt auf einen Punkt kurz über meinem Bauchnabel. »Deine Mutter schnarcht neuerdings.«

Ich sehe ihn an, und er mich, und wir müssen beide lachen. Dass ich ebenfalls schlecht geschlafen habe, verkneife ich mir zu sagen.

»Ehrlich?«

Mein Vater nickt mit gequältem Grinsen.

»Armer Papa! Willst du vielleicht hier etwas frühstücken?«

»Ach, ich weiß nicht«, sagt er.

»Da unten gibt es doch sicher gar nichts Ordentliches«, schiebe ich hinterher.

»Ach, doch«, sagt er. »Müsli und Molkedrinks und Vollkorn ...«

Aha. Daher weht der Wind.

»Komm sofort mit rein«, sage ich.

»Aber nicht, dass deine Mutter ...«

»Papa ...«, sage ich mit genervter Stimme.

Als würde ich ihn je verraten. Papa und ich, wir verpfeifen uns nicht. Das ist unser Deal.

Im Haus weise ich Frau Jirgl an, ihm eine große Portion Eier und Speck zu braten, und hoffe, dass sie das hinkriegt. Dann sage ich meinem Vater, dass ich jetzt leider losmuss, er aber bleiben darf, so lange er will.

»Ich werde wahrscheinlich erst gegen Mittag wieder hier sein. Wir müssen ein paar Einkäufe erledigen, weißt du.«

»Nein, nein, Sophie. Ich gehe dann auch gleich wieder. Ich wollte dich nur noch mal kurz alleine sehen.«

»Das ist lieb, Papa.«

»Und Pünktchen, halt durch, ja? Jetzt geht es gerade gut, aber das kann sich auch mal ändern, weißt du? Und dann ist es unglaublich wichtig, dass man seine Ziele weiterverfolgt, auch, wenn es einmal Gegenwind gibt. Dass man weiterkämpft und nicht einfach aufgibt.«

»Wird schon, Papa. Mach dir keine Sorgen«, sage ich. Er ist heute wirklich, wirklich sonderlich.

»Und hast du genügend Geld? Soll ich dir was geben?«

Er zückt sein Portemonnaie, aus dem ich schon wieder einen 500-Euro-Schein hervorblitzen sehe, aber ich schüttle den Kopf. Der Laden läuft, die Gäste zahlen, und die meisten sogar in bar.

Ich umarme ihn, was sich eher so anfühlt, als würde ich einen Berg hochrobben statt ihn liebevoll zu herzen. Dann laufe ich zum Auto, in dem Nick schon ganz ungeduldig wartet.

»Fertig?«, fragt er.

»Fertig!«, sage ich entschieden.

»Was war denn so wichtig?«, will er wissen.

»Wenn ich das wüsste.«

Papas sonderbarer Auftritt ist schon vergessen, kaum, dass wir um die nächste Kurve sind. Man muss sagen, Nick fährt, wie er kocht – ruhig und routiniert. Die Strecke nach Sankt Damian, die mich regelmäßig an den Rand des Nervenzusammenbruchs bringt, kurvt er hinab, als kenne er es gar nicht anders. Er pfeift und hängt immer wieder einen Arm aus dem Fenster und trommelt von außen gegen das Autodach – und legt mir, als er bemerkt, dass ich mich mit ausgestreckten Beinen in den Sitz klemme, beruhigend eine Hand auf den Oberschenkel. Ganz leise streichelt er mich mit dem Daumen. Es ist überhaupt nichts Anzügliches in dieser Geste, es ist nur, als wolle er mir sagen: Kein Grund zur Panik, Liebes.

Irgendwann kommen wir nach Sankt Damian, und von dort aus geht es durch die Dörfer. Bauernhäuser, Blumenkästen, alte Männer, dicke Frauen, Fleischhauereien, Bäcker. Ich lächle, als ich an Hamburg denke, an das Schanzenviertel mit seinen Cafés, in denen man auf Flohmarktmöbeln Cortado trinkt und Kürbissuppe mit Kokosmilch und Ingwer löffelt. Hamburg ist echt weit weg, und das nicht nur räumlich. Trotzdem habe ich immer weniger Grund, es zu vermissen. Ob es Nick genauso geht?

Dann, in der Nähe des Brixener Bahnhofs, fährt Nick plötzlich rechts ran auf einen kleinen Parkplatz. Er gehört zu einem kleinen Laden mit zwei Tischen im Schaufenster und einem Schild über der Tür, auf dem *Bar* steht.

»Hier ist es«, sagt er und stellt den Motor ab.

Oh. Aha.

Da, wo ich herkomme, könnte der Laden *Sorgenbrecher* heißen oder *Matrosentröster* oder *Uwes Bierkrug* – zumal das die einzigen Läden sind, die in Hamburg um diese Uhrzeit geöffnet haben. Hier soll es also den besten Kaffee Norditaliens geben? Da bin ich aber gespannt.

Wir treten ein, ein paar Männer stehen am Tresen,

Jungs in Blaumännern und staubigen Hosen. Die Kaffeemaschine keift, Löffel klappern in Kaffeetassen, Stimmengewirr.

»Morgen!«, grüßt Nick in die Runde, die Männer drehen sich um, brummeln irgendetwas oder nicken und gehen dann aber dazu über, *mich* zu begutachten, vom Kopf bis zu den Plateausohlen unter meinen Füßen.

Ich lächle freundlich nach links und rechts und gebe mir alle Mühe, die nächsten Schritte so cool wie möglich zu machen, was von einigen der Anwesenden mit unverhohlener Neugier verfolgt wird.

Herrje. Es gibt Situationen im Leben, da wünscht man sich, klein und dick zu sein und statt Elmex-Gelee-gepflegter Zähne eine Tropfsteinhöhle im Mund zu haben.

Als Nick von Frühstück sprach, habe ich ja ehrlich gesagt an frisch gepressten Orangensaft und Baguette gedacht, vielleicht auch an ein pochiertes Ei mit Sauce Hollandaise, oder an Toast mit Räucherlachs. An ein weißes Tischtuch und die Brösel, die darauf landen, wenn ich ihm mein Buttercroissant zum Probieren über den Tisch reiche. Hätte ich geahnt, dass wir unser Frühstück in einer Bauarbeiter-Kneipe einnehmen, dann wäre ich vielleicht doch eher in Johannas Wanderschuhe geschlüpft.

Nick jedoch scheint von dem Aufruhr, den ich verursache, nichts zu bemerken. Er rückt zwei Barhocker zurecht, zieht Geldbeutel und Handy aus den Hosentaschen und legt beides vor sich auf den Tresen. Dann ruft er dem alten Mann, der die riesengroße fauchende Espressomaschine bedient, zu: »Griasti, Joseph!«

Der Mann fährt herum, ein Lächeln breitet sich in seinem Gesicht aus, wobei sich seine Falten wie ein Vorhang nach links und rechts schieben.

»Nikolaus, griasti! Magsch an Cappuccino?«

»Zwoa«, antwortet Nick. »Für'd Sophie auch einen.«

Ich kann's nicht glauben. Bis jetzt habe ich Nick immer nur Hochdeutsch reden hören. Aber er spricht tatsächlich auch Hottentottisch.

»Und zwoa Cornetti«, ruft er Joseph hinterher.

Cornetti? Ich hoffe, ich bekomme zum Frühstück kein *Eis*. Ach, nein – Joseph nimmt zwei Hörnchen aus der Vitrine, legt sie auf zwei Teller und platziert sie vor uns.

»Kaffee kemmt sofort«, sagt der alte Barmann und wendet sich wieder der Kaffeemaschine zu. Er dreht mal hier und mal da, holt zwei Untertassen und zwei Tassen. Dann fragt er, wie nebenbei über die Schulter hinweg: »Und, mit der Annie alles paletti?«

Annie? *Welche Annie?*

Aber Nick macht nur eine Handbewegung, die ich nicht verstehe, und antwortet nicht weiter. Stattdessen greift er sich sein Hörnchen und hat mit einem Haps die Hälfte verschlungen.

»Probier mal!«, sagt er mit vollgebröseltem Mund.

Annie, na ja. Wer soll das schon sein. Wahrscheinlich eine Verwandte, schließlich kommt er ja aus Brixen.

Ich nehme einen Bissen von dem Hörnchen, es

schmeckt tatsächlich so herrlich, dass ich gar nicht anders kann als zu grinsen.

Nick lächelt mit vollem Mund zurück.

»Die sind von der Bäckerei Michel. Hammer, oder?«

Ich nicke. »Ist das der wahre Grund, warum du jeden Morgen zum Einkaufen runterfährst? Weil wir zum Frühstück bloß langweiliges Brot von gestern haben?«

Nick lacht. »Könnte sein.«

»Wir sollten diese Hörnchen bei uns zum Frühstück anbieten.«

»Klar«, sagt Nick. »Ich war mit dem Typen, der die Bäckerei jetzt führt, in der Schule. Wir könnten mal bei dem vorbeifahren und versuchen, was zu deichseln, wenn du magst.«

»Gute Idee«, sage ich. Dann sehe ich mich in dem Lokal um.

»Und hier bist du also aufgewachsen?«

»Hier drin nicht«, sagt Nick grinsend. »Da drüben.«

Er zeigt durch das Fenster auf das gegenüberliegende Haus.

»Das da hinten, man sieht von hier aber nur den Kamin.«

Ich beuge mich nach vorne, spähe durchs Fenster, dann sehe ich ihn auch. Dem Anschein nach ist es ein ganz normaler Schornstein, trotzdem spüre ich unmittelbar eine Verbindung zu ihm.

»Aber hier bin ich jeden Tag vorbeigekommen, auf dem Weg zur Schule.«

Mein Blick geht in Richtung Bürgersteig.

»Ich kann's mir bildlich vorstellen«, sage ich und

lächle. »Wie du da drüben die Straße entlangspringst, mit einem Stöckchen den Zaun entlang, mit Ledertornister und in kurzen Hosen.«

»Hey«, sagt Nick. »Auch in Italien gab es Scout-Schulranzen!«

»Scout?«, sage ich und schüttle missbilligend den Kopf. »Bei uns hatten die coolen Jungs einen McNeill.«

»Ich war aber nicht cool«, sagt Nick.

Ich sehe ihn prüfend an, aber er verzieht keine Miene. Trotzdem glaube ich ihm keine Silbe.

»Bestimmt waren die Mädels reihenweise verliebt in dich.«

»Blödsinn.«

»Und du bist mit dem Mädchen gegangen, in das alle anderen Jungs verknallt waren.«

»Quatsch!«

»Doch!«, sage ich. »Bestimmt!«

Er grinst. »Lass uns das Thema wechseln.«

»Meinetwegen«, sage ich und frage, nachdem ein paar Augenblicke vergangen sind: »Wieso bist du hier weggegangen?«

»Ich hab dir doch gesagt, du sollst das Thema wechseln!«, lacht er und schlägt mit dem Kaffeelöffel nach mir.

»Nein, im Ernst«, sage ich.

»Ach ...« Sein Blick geht in die Ferne. »Irgendwann denkt man eben, man müsse in der Stadt leben. Bisschen Abenteuer ins Dasein bringen und so.«

»Und das denkst du jetzt nicht mehr?«

Er schüttelt den Kopf. Dann wird sein Blick neugierig.

»Und du?«

»Ich … ich weiß nicht. Ich war mir in den letzten Wochen ehrlich gesagt nicht immer ganz sicher, ob ich dieses Berg-Ding wirklich will. Ich hab das Gefühl, dass es auf dem Land mehr Feindschaften gibt als in der Stadt und dass es die Leute hier viel schlechter verbergen können, wenn sie einen verabscheuen.«

»Allerdings auch, wenn sie einen mögen«, sagt Nick und sieht mich auf eine Weise herausfordernd an, die mir die Wangen rötet.

Wow, er scheint sich ja plötzlich ganz schön sicher zu sein.

»Auf alle Fälle«, sage ich schnell, um von seinem Blick abzulenken, »kann ich mir auch vorstellen, wieder zurück in einen Verlag zu gehen.«

Jetzt sehe ich ihn herausfordernd an, und was ich nicht übersehe, ist, wie ein Anflug von Enttäuschung sein Gesicht überzieht. Ich Idiotin. Warum habe ich das gesagt? Nur, um ihm zu zeigen, dass ich keine sichere Nummer bin? Um ihm klarzumachen, dass es auch Leute gibt, die es auf dem Land nicht perfekt finden?

»Irgendwann, meine ich«, schiebe ich hinterher.

»Schon gut«, sagt Nick. »Ich verstehe es ja.« Dann wirft er einen Blick auf sein Handy. »Oh, wir sollten dann mal«, sagt er und schiebt mir sein Portemonnaie rüber. »Hier, machst du? Ich verschwinde noch mal eben …«

Ich wende mich Joseph zu, doch der macht eine Handbewegung, die besagt: Lass das Geld stecken, das geht auf mich.

Ich schenke ihm ein dankbares Lächeln, dann mustere ich das Portemonnaie. Es ist aus braunem abgegriffenem Leder, nicht besonders groß, vor allem nicht für ein Herrenmodell. Ein paar Kassenzettel stehen oben heraus, eine Visitenkarte, und dann noch ein Foto, wohl ein Porträt, denn man sieht nur einen dunklen Scheitel.

Das würde mich ja interessieren, wen er da mit sich spazieren führt.

Ich tippe das Portemonnaie an, drehe es um neunzig Grad, dann noch einmal um neunzig.

Ich könnte ganz kurz hineinsehen, nur ein winzig kleiner Blick.

Mein Finger fährt über die Kante des Fotos, und dann weiter zwischen die beiden Lederhälften.

Nur ganz kurz und unauffällig.

Das Leder fühlt sich glatt an und kühl, ich schiebe meinen Finger ein wenig weiter hinein, sodass sich das Portemonnaie einen Spaltweit öffnet.

»Hast du bezahlt?«

Ich ziehe den Finger zurück und drehe mich um.

»Wir wurden eingeladen«, sage ich und lächle.

Zwei Stunden später tun mir die Hacken weh. Ich weiß nicht, wie oft wir die Gänge dieses blöden Großmarkts jetzt schon auf- und abgelaufen sind, aber gleich ist es einmal zu viel gewesen. Die Gänge nehmen kein Ende, die meterhohen Stahlregale sind bis knapp unter die Hallendecke mit bunten Kartons gefüllt. Ständig versperren irgendwelche Großfamilien den Weg, die sich die Einkaufswagen so vollgepackt haben, dass sie nach vorne nichts mehr sehen. Und mittendrin wir, zwei Einsiedler vom Berg, die vor lauter Radau nicht mehr wissen, wo ihnen die Köpfe stehen.

»Was brauchen wir noch?«, frage ich und bemühe mich, einigermaßen motiviert zu klingen. Ich habe ein schlechtes Gewissen wegen der Sache vorhin im Café – nicht nur, weil ich kurz davor war zu schnüffeln, sondern auch, weil ich Angst habe, dass Nick den Satz mit dem Verlag in den falschen Hals bekommen hat. Womöglich glaubt er jetzt, dass es mir mit Alrein nicht besonders ernst ist. Den Eindruck könnte er durchaus haben, wenn man bedenkt, in welch chaotischem Zustand der Laden war, als er letzte Woche hier angekommen ist.

Nick sieht auf seinen Zettel.

»Penne«, antwortet er und lässt die aufgedrehte Italienerin erst einmal die Sonderangebote durch die Lautsprecher plärren. »Und Spaghetti.«

Ich blicke den Gang in die eine Richtung hinunter, dann in die andere hinauf. Endlich entdecke ich das große Schild, auf dem *Teigwaren* steht – natürlich in der Richtung, aus der wir gerade gekommen sind.

»Da lang«, sage ich. Aber Nick ist schon längst losgelaufen.

In der Nudelabteilung gibt es ungefähr dreißig verschiedene Sorten Spaghetti, bei den Penne dasselbe. Ich hätte keine Ahnung, welche davon die richtigen sind, und ob es bei Spaghetti so etwas wie richtig und falsch überhaupt gibt, aber Nick läuft gezielt auf ein Regal voller blauer Päckchen zu und greift sich einen Karton von der Größe einer Packung Vollwaschmittel.

»Spaghetti«, sagt er und legt ihn auf den unteren Teil des Wagens. Dann holt er ein noch größeres Paket. »Penne.«

»War's das?«, frage ich erschöpft.

Nick lächelt. »Es sei denn, du hast noch irgendwelche heimlichen Wünsche.«

Plötzlich muss ich an den Fünf-Minuten-Terrinen-Vorrat in meinem Nachtkästchen denken. Ich habe überhaupt nicht mehr daran gedacht in letzter Zeit. Vielleicht sollte ich die Dinger einfach entsorgen. Heimlich natürlich. Seit Nick kocht, habe ich, glaube ich, tatsächlich begriffen, was der Unterschied zwischen einem Fertiggericht und echten Spaghetti Bolognese ist. Das eine macht einigermaßen satt. Das andere – glücklich.

Arme Sarah. Da hat sie jahrelang auf mich eingeredet, und dann kommt ein Mann mit haselnussbraunen Augen, und ich kapier es schon bei der ersten Gabel.

Und noch etwas habe ich gelernt. Es gibt nichts Schöneres als echten, richtigen, gesunden Appetit. Als halbwegs glücklicher Mensch einen guten Teller Pasta in Aussicht zu haben, gehört zu den tollsten Momenten, die es gibt. Da braucht man keinen Stuckaltbau mehr und auch keine neue Handtasche von Chloé.

Was nicht heißen soll, dass Nicks Nudeln in einem Stuckaltbau nicht auch schmecken würden.

Oh weh. Ich glaube, ich bin verknallt bis über beide Ohren.

Ich suche Nicks Umarmung, drücke ihn an mich, ganz einfach nur, weil ich ihn mit einem Mal ganz, ganz festhalten will.

Zum Glück machen sich Männer keine *Vorstellung* davon, was Frauen so alles durch den Kopf gehen kann, wenn sie vor einem Regal voller Nudeln stehen.

»Kein Grund zur Dankbarkeit«, lacht er nichts ahnend. »Ich wollte nur sichergehen, dass du nicht vergisst, auch an dich zu denken.«

Ich drücke ihn noch fester und stecke meine Nase in seinen Nacken, schließe die Augen und atme ganz, ganz tief ein.

Mannomann, was fühlt sich das gut an.

Ich atme ihn noch einmal ein, dann öffne ich die Augen wieder. Und sehe plötzlich, über Nicks Schulter hinweg ... Gianni.

Kann nicht sein.

Der wollte doch nach Sizilien zu seiner Familie! Jirgl hat ihn höchstpersönlich in den Zug steigen sehen!

Aber doch, er ist es. Mit grauer Schürze steht er neben so einem Rollendings, auf dem sich große Kartons stapeln, und räumt irgendwelche Dosen ins Regal.

Unglaublich!

»Warte mal kurz«, flüstere ich Nick zu, entlasse ihn aus meiner Umarmung und gehe auf meinen alten Koch zu.

»Gianni«, rufe ich, »was machst du denn hier?«

Er fährt herum und sieht mich an. Seine Augen weiten sich erst vor Schreck und verengen sich dann.

»Ich dachte, du bist in Palermo! Du hast mich vielleicht hängen lassen!«

Er murmelt etwas, und sein Blick wird auf einmal ... hä? ... ganz feindselig. Ich verstehe nicht ...

»Gianni? Ich bin's, Sophie!«

Er sieht mich so düster an wie Gargamel, wenn er einen Schlumpf erschnuppert.

»*Troia stupida!*«, stößt er zwischen den Zähnen hervor.

Mein Italienisch ist ja nicht besonders, aber ich fürchte, das habe ich verstanden.

»Was ist denn in dich gefahren? Gianni!«

»*Vaffanculo*«, zischt er hasserfüllt, dreht sich um und geht weg. Ich laufe ihm hinterher, aber er wird immer schneller.

Na, toll, ich kann hier ja jetzt auch nicht den ganzen Laden zusammenschreien.

»Gianni«, zische ich, aber natürlich bleibt er nicht stehen.

»Sophie?«, ruft Nick mir nach.

Ich halte inne, laufe noch einmal zu ihm zurück und drücke ihm meinen Geldbeutel in die Hand, in dem sich die Einnahmen der letzten Tage befinden.

»Warte im Auto auf mich«, sage ich. »Ich muss was erledigen.« Dann renne ich Gianni nach, den Gang entlang und um die Ecke, hinter der ich ihn eben noch verschwinden sehe, am Regal mit den Süßigkeiten entlang und vorbei an einem mannshohen Verkaufsdisplay mit *Mulino-Bianco*-Keksen.

Und das auf Keilabsätzen, spitze.

Natürlich fährt mir wieder so ein blöder Großfamilien-Einkaufswagen in den Weg, aber mit einem Sprung zur Seite schaffe ich es gerade noch auszuweichen.

Und jetzt? Wo ist er hin?
Ich blicke mich um.
Da – da verschwindet ein grauer Kittel um die Ecke. Ich laufe ihm hinterher und sehe, wie er durch ein Tor schlüpft, das mit großen, schmutzig-durchsichtigen Plastiklappen verhangen ist – und über dem knallrot und in großen Lettern steht: *Accesso vietato – Zutritt verboten.*

Klasse. Ganz große Klasse.

Ich bleibe stehen, unschlüssig, was ich tun soll. Natürlich ist es Giannis Sache, was er macht und was nicht. Wenn er wollte, könnte er auch nach China auswandern oder im Alpine Relax anfangen, das ist völlig klar. Aber erstens ist er aus Alrein abgehauen, ohne sich zu verabschieden. Zweitens will ich wissen, warum er vor mir wegläuft. Und drittens hat er mich eben dumme Sau genannt.

Ich schiebe einen der Plastiklappen zur Seite und spähe hindurch. Unmengen Holzpaletten sind dort gestapelt, am anderen Ende des Raums befinden sich mehrere breite Rolltore. Wahrscheinlich werden hier die Waren angeliefert. Zum Glück gibt es hier auch keine Lautsprecher. Die Stille ist richtig angenehm.

»Gianni?«, rufe ich leise.

Keine Reaktion.

Hoffentlich erwischt mich keiner.

Ich schlüpfe durch die Lappen und gehe so geräuschlos, wie das mit Keilabsätzen möglich ist, weiter in den Raum hinein. Ich spähe an den Palettenstapeln vorbei, gehe noch ein Stück weiter. Dann höre ich ein

Geräusch hinter mir. Ich drehe mich um und sehe, wie ein gelber, zerschrammter Gabelstapler hereinfährt.

Mist.

Ich drücke mich in den Spalt zwischen zwei Palettentürmen und überlege fieberhaft, was ich sagen soll, wenn mich jemand entdeckt. Aber der Gabelstapler schnurrt klappernd an mir vorbei, der blonde, tätowierte Typ, der hinterm Lenkrad sitzt, hat mich nicht bemerkt.

Dafür höre ich, wie hinter mir jemand schnauft.

Langsam und mit klopfendem Herzen drehe ich mich um. In der Ecke sitzt Gianni und sieht mich mit seinen italienischen Augen an.

26

Die Sonne steht schon fast senkrecht am Himmel, als sich wenig später das Rolltor vor mir öffnet und ich hinaus auf die Laderampe trete. Ich blinzle ein paarmal und versuche herauszufinden, wo ich überhaupt bin. Ah, dort ist der Eingangsbereich – also muss da hinten der Parkplatz sein.

Menschen, die in ihrem Leben mehr als drei Sportstunden absolviert haben, würden jetzt mit einem lässigen Satz von der Rampe springen. Ich nehme lieber die enge Treppe, die an der Seite hinunterführt – Herausforderung genug, in den Schuhen. Dann laufe ich quer über den Asphalt auf den Fiat Panda zu, der mir aus der Masse der Wagen schon von Weitem entgegenleuchtet.

Nick hat Rückbank und Kofferraum voll beladen und den Einkaufswagen weggebracht. Jetzt lehnt er sich gegen die Kühlerhaube und hält das Gesicht in die Sonne.

Ich winke ihm zu, er sieht mich und nimmt die Sonnenbrille ab.

»Da bist du ja endlich«, sagt er, als ich bei ihm bin. »Was war *das* denn?«

»Steig ein«, sage ich.

Er sieht mich zweifelnd an, dann macht er die Fahrertür auf, zwängt sich hinters Steuer und öffnet mir die Tür auf der Beifahrerseite.

»Redest du nicht mehr mit mir?«, fragt er, als ich neben ihm sitze.

»Oh doch, und wie. Gleich. Fahr los.«

Nick hebt eine Augenbraue und sagt: »Aye, aye, Sir.« Er lässt den Motor an und Sekunden später rollen wir vom Parkplatz.

»Nick«, sage ich und sehe ihn von der Seite an, »du glaubst es nicht ...« Und dann erzähle ich ihm alles.

Ich erzähle und erzähle und während ich das tue, schüttelt Nick immer wieder fassungslos den Kopf, oder haut durch das offene Fenster von außen gegen das Blech der Fahrertür.

»Dass du den Dreckskerl nicht schon längst rausgeschmissen hast«, sagt er schließlich. »Ich meine, du bezahlst dem Typen *Gehalt*, Sophie! Der ist ja nicht einfach bloß zufälligerweise da und führt sich auf wie Ernst August – du gibst ihm auch noch *Geld* dafür!«

»Ich hatte eben irgendwie Mitgefühl mit ihm«, verteidige ich mich schwächlich.

»Mitgefühl? *Mitgefühl?* Weswegen denn? Weil er ein solches Arschloch ist?«

So ein Blödmann. Natürlich nicht.

Ich erzähle ihm von Frau Jirgls Mutter. Davon, dass sie Alzheimer hat und dass ihr Mann gestorben ist und davon, wie rührend sich die Jirgls um die Frau kümmern. Doch noch während ich rede, steigt Nick auf die Bremse, und ich werde nach vorne in meinen Gurt geschleudert.

»Was ist denn los?«, frage ich.

»Und den Scheiß hast du geglaubt.«

Nick sieht mich von der Seite an, als könne er gar nicht fassen, wie blöd ich bin.

»Natürlich hab ich das geglaubt. Warum denn auch nicht?«

Er seufzt, schaltet, dreht sich um und legt die Hand an meine Kopfstütze. Dann fährt er rückwärts in eine Einfahrt und wendet den Wagen. Er fährt dieselbe Strecke zurück, die wir hergekommen sind, dann biegt er rechts ab, in Richtung Bahnhof. Kurz darauf halten wir in zweiter Reihe vor dem Café, in dem wir heute Morgen Cappuccino getrunken haben.

Ich merke, wie ich anfange zu schwitzen.

»Steig aus«, sagt er, löst seinen Gurt und macht die Warnblinkanlage an.

»Willst du jetzt etwa Kaffee trinken?«, frage ich.

»Steig aus«, wiederholt er und öffnet die Fahrertür.

»Okay«, murmle ich und folge ihm.

Nick läuft auf das Café zu, bleibt aber vor der Glastür stehen und wartet, bis ich aufgeschlossen habe. Dann tritt er einen Schritt zurück und deutet ins Innere.

»Siehst du die Frau da drin? Die am Tresen?«

Ich spähe durch das Fenster. Ich kann Joseph erkennen, der gerade am Milchschäumer hantiert, und die alten Männer, die vor ihm am Tresen sitzen, dort, wo heute Morgen noch Handwerker bei ihren Espressi saßen. Sie sind bereits beim Rotwein und scheinen mit großen Gesten über irgendetwas zu diskutieren. Zwischen ihnen sitzt eine ältere Dame. Na ja, Dame. Sie trägt pinkfarbenen Lippenstift, wahnsinnig viel Schmuck und fetischmäßige Schnürstiefel bis zum Knie. Ihre Haare sind rot gefärbt, aber man kann deutlich den grauen Ansatz sehen. Ansonsten sieht sie sehr fidel aus, wie sie da an ihrem Likörglas nippt.

»Ja«, sage ich, »die sehe ich.«

»Gut«, sagt Nick. »*Das* ist die Mutter von Frau Jirgl.«

Es ist, als würde ich ohnmächtig werden, nur, dass ich dabei nicht umkippe. Mir wird schwarz vor Augen, obwohl ich alles sehe. Ich drehe mich zu Nick um. Er macht ein Gesicht, das so grimmig ist, dass sogar mir der Ernst der Lage bewusst wird.

Ohne ein Wort zu sagen, stürze ich auf das blinkende Auto zu, öffne die Beifahrertür und werfe mich in den Sitz. Ich schnalle mich an und starre reglos geradeaus. Nick nimmt auf dem Fahrersitz Platz und sieht mich an.

»Aber warum?«, frage ich, ohne mich ihm zuzuwenden.

»Wenn ich das wüsste«, sagt Nick und startet den Motor. »So ein Mistkerl! Dass er erst einen Koch mit einem völlig idiotischen Sparplan quasi dazu *zwingt*, schlechte Arbeit zu leisten, das ist mal das eine. Genau diesen Koch dann einfach zum Bahnhof zu bringen und ihm zu erzählen, du seiest so unzufrieden mit seiner Arbeit, dass er deswegen gefeuert wurde, das ist das andere. Aber dass er dir irgendwelche Tränenmärchen über seine ach so kranke Schwiegermutter erzählt, das ist doch echt der megakrasse Riesen-Ober-Hammer.«

Nick hat recht. Es *ist* der megakrasse Riesen-Ober-Hammer.

»Aber warum? Warum macht er das? Ich meine, die Story mit der Mutter ist klar, die hat er mir ja just in dem Augenblick aufgetischt, als ich ihm mit Kündigung gedroht habe. Das Komische ist nur, dass er sich danach viel mehr Mühe gegeben hat, darum hab ich nicht daran gezweifelt, dass ihm sein Job wichtig ist.«

»Wozu aber irgendwie die Sache mit diesem Gianni nicht passt. Ohne Koch hättet ihr pleitegehen können, und damit wäre er seinen Job ebenfalls los gewesen.«

»Ich verstehe es nicht«, sage ich und schüttle den Kopf. »Ich verstehe es einfach nicht.«

Nick zischt irgendetwas durch die Schneidezähne und betätigt den Schalthebel so hart, dass ich kurz fürchte, er würde ihn abbrechen. Ich glaube, er ist richtig, richtig wütend. Und ich bin es auch. Ich bin sogar so wütend, dass ich bloß noch vor mich hinstarren kann und nicht mehr weiterrede.

Nach einer Weile hört Nick auf zu schimpfen und sieht geradeaus aus dem Fenster, wie ich. Gemeinsam sammeln wir unsere Kräfte für das Riesendonnerwetter, das Jirgl gleich blüht.

Der Weg wird noch einmal steiler. Gleich sind wir da. Die Anspannung steigt mit jeder Sekunde. Nick hat sich aufgerichtet und sitzt hinter dem Steuer wie ein fieser Cop aus einer amerikanischen Actionserie.

Wir biegen um die letzte Kurve …

»So eine Scheiße!«

Nick haut mit der Faust aufs Lenkrad, zum Glück trifft er dabei die Hupe nicht.

»Oh no«, sage ich, als ich es selber sehe. Der Parkplatz vor dem Haus ist leer. Jirgls Jeep fehlt.

»Scheiße«, sage ich.

Und da kommt uns auch schon Frau Jirgl entgegen.

»Gut, dass Sie endlich da sind«, sagt sie, als wir aussteigen, mit gehetzter Stimme und aufgerissenen Augen. »Die Mittagsgäste werden langsam sauer. Ich hatt' schon Angst, dass ich sie wegschicken müsst!«

Nick versieht sie mit einem verächtlichen Blick.

»Wo ist Ihr Mann?«, fragt er, und sein Gesicht gleicht einer gezückten Pistole.

Hinter mir räuspert sich jemand.

»Was? ... Also, was ... ich weiß nicht«, antwortet sie erschrocken. »Was ist denn?«

Es räuspert schon wieder. Genervt dreht Nick sich um. Dann verändert sich sein Gesichtsausdruck, und er sagt:

»Oh, Verzeihung. Grüß Gott, Herr ...«

27

»Jetzt warte doch, Papa. Beruhige dich erst mal.«

Mein Vater versucht, tief durchzuatmen.

»So, schon besser. Also, jetzt noch einmal. *Was ist mit Jirgl?*«

»Er ist unten. Im Alpine Relax.«

Ich werfe Nick einen Blick zu, doch der sieht auch nicht so aus, als könne er sich einen Reim darauf machen.

»Und du bist dir sicher, dass es Fritz Jirgl ist? Nicht jemand anderes?«

Mein Vater nickt. »Der Typ, der uns gestern hier oben nicht bedient hat. Schweinenase, Blondierung, Ohrring ... Aber Sophie, vielleicht gehst du selbst mal runter und ...«

»Na ja«, sage ich, »was soll ich ihm denn da unten auflauern? In fremden Hotels rumhängen ist ja schließlich nicht verboten. Das heißt, es ist natürlich ein Unding, dass er es während seiner Arbeitszeit tut, aber in Wirklichkeit kann er natürlich hingehen, wo er will.«

»Sophie, vielleicht solltest du trotzdem mal ...«

»Papa, Jirgl fliegt ohnehin raus«, beruhige ich ihn, »und zwar hochkant.« Ich fange an, ihm von den Dingen zu erzählen, die wir gerade erfahren haben, aber er fällt mir ins Wort.

»Sophie!«

»Was bist du denn so aufgeregt?«, frage ich und betrachte ihn verständnislos.

»Ich bin nicht aufgeregt!«, sagt er. »Ich möchte nur, dass du dich mit eigenen Augen davon überzeugst, was er dort treibt!«

Ich sehe ihn prüfend an, aber er weicht meinem Blick aus. Sein Gesicht scheint alle Kontur verloren zu haben, wie eine Sandburg, die von der Brandung überrollt wird.

»Wieso, Papa? Passiert dort etwas Schlimmes?«

Er wendet sich mir wieder zu. Es ist fast so, als sei etwas Flehendes in seinen Augen.

»Ich kann nicht mehr sagen«, sagt er.

»Aber warum denn nicht? Was ist denn?«

»Geh einfach hin«, sagt er, fast tonlos.

Ich sehe Nick zweifelnd an.

»Hau ruhig ab«, sagt er. »Ich halte hier die Stellung.«

»Lauf«, sagt mein Vater.

Und dann renne ich.

Oh Gott, ist das peinlich. Ich kann nur hoffen, dass mich niemand beobachtet. Junge Frau rennt in Keilsandalen eine Wiese hinunter und ist hinterher so außer Atem, dass sie sich an einem Baum festkrallen muss, während sich ihre Lunge einfach nicht beruhigen will. Sie pumpt und pumpt und pumpt, und ich kann nichts tun, außer so zu hecheln, wie sie es will.

Dabei ist der Weg doch gar nicht weit, allenfalls einen Kilometer.

Ich muss wirklich anfangen, Sport zu treiben. Und zwar *gschwingert,* wie wir Südtiroler sagen.

Ich beuge mich noch einmal vor, atme ganz weit aus und dann ganz tief ein, dann sehe ich auf.

Da steht tatsächlich Jirgls Jeep, in der Parkbucht direkt neben dem Eingang. Dahinter breitet sich ein Traum aus gletscherblauem Glas und geschliffenem Beton aus, cool und elegant und, na ja, kühl.

Es fühlt sich ein bisschen so an, als würde ich mich einem Eiswasserbecken nähern, als ich darauf zugehe. Ich hoffe nur, da drin erkennt mich niemand. Obwohl, warum sollte es so sein – bis jetzt hat sich noch kein Kollege von hier bei mir oben vorgestellt. Und selbst wenn: Es ist ja nicht verboten, bei der Konkurrenz einen Kaffee zu trinken, oder?

Ich wuschle mir noch einmal durchs Haar, wische mir hinter einer Säule mit dem Saum meines Kleides die Stirn trocken und trete ein.

Die Lobby ist leer und – zumindest verglichen mit dem Hausflur von Alrein – wahnsinnig weitläufig. Bei uns oben ist schon ein herumstehender Reisekoffer ein Hindernis, hier sind ein paar graue Ledersessel im Raum verteilt und wirken eher wie herumliegende Bauklötze als wie Möbel. Aus unsichtbaren Lautsprechern pluckert minimalistische Lounge-Musik, das Licht kommt aus in die Decke eingelassenen Lampen. Alles, was ich an Leben entdecken kann, ist eine Art Riesenterrarium, ein raumhoher Glaskasten mitten in der Lobby, in dem es grün wuchert und auf dessen Boden eine fette Schlange döst.

Bitte liegen bleiben, ja?

Zum Glück ist auch die Rezeption gerade unbesetzt. Ich gehe weiter, unsicher, in welcher Richtung ich suchen soll. Idiotischerweise hat Papa mir nicht gesagt, wo er Jirgl gesehen hat. Ich überlege. Bei den Zimmern? Eher nicht, zumindest kann ich mir nicht vorstellen, was Jirgl da getan haben könnte. In der Lobby ist niemand. Bleibt bloß, was zufälligerweise auch noch am wahrscheinlichsten ist, wenn es um meinen Vater geht: das Restaurant.

Man müsste nur noch wissen, wo das ist.

Ah, was haben wir denn da – Schilder! *Dolomiten Lounge Restaurant* steht auf einem, und auf dem anderen *Café Terrasse*. Zum Glück zeigen beide in dieselbe Richtung. Vorsichtig gehe ich ein paar Schritte weiter.

»Kann ich Ihnen helfen?«

Hups.

Langsam drehe ich mich um. Da steht eine Frau in stahlgrauem Kostüm, auf dem Kopf trägt sie ein kleines Käppchen. Sie sieht aus wie eine Flugbegleiterin und lächelt auch so.

»Äh … ja«, grinse ich. »Das Restaurant, wo ist das bitte?«

»Geradeaus und dann auf der rechten Seite«, sagt sie. »Ich bringe Sie hin.«

»Nicht nötig«, sage ich schnell.

»Doch, doch. Gerne!«

»Wirklich nicht!« Ich bleibe stehen und strahle sie sehr entschlossen an.

»Dazu bin ich doch da«, sagt sie und stakst voran. »Kommen Sie!«

Okay, wenn ich mich weiter so sträube, schöpft sie noch Verdacht, besser also ich folge ihr. Wie unangenehm. Bestimmt laufen wir direkt Jirgl in die Arme. Wir gehen eine Wand aus poliertem Beton mit Lochmuster entlang, die aus unsichtbaren Scheinwerfern spacig beleuchtet ist. In Hamburg käme einem der Laden wahrscheinlich ganz stylish vor – aber hier in den Bergen? Ich weiß nicht.

»So«, sagt die Frau, »bitte sehr! Da hinten, wäre das nicht ein schöner Platz für Sie?«

Sie zeigt in Richtung der Panoramafenster, die hinaus auf den Pool und die Berge gehen. Vor dem Fenster erkenne ich prompt Jirgls blondierten Schopf. Da sitzt er, zusammen mit einem Mann in Anzug und Schlips.

»Erwarten Sie noch jemanden?«

Die Frau soll endlich die Klappe halten. Zum Glück sitzt Jirgl mit dem Rücken zu mir.

»Danke«, sage ich mit unterdrückter Stimme und werfe mich in den nächstbesten Sessel in Deckung. »Dieser Tisch hier ist perfekt für mich.«

»Aber dann haben Sie doch gar nichts von der schönen Aussicht«, sagt sie erstaunt und mit viel zu lauter Stimme. Ich versuche, noch tiefer in den Sessel zu sinken. Wenn sie so weitermacht, kann ich mich gleich auf Jirgls Schoß setzen.

»Danke«, sage ich sehr bestimmt.

»Sicher?«

»Ja!« Ich muss mich mühsam beherrschen, sie nicht anzubrüllen.

»Na gut, wie Sie meinen. Bedienung kommt gleich.«
Endlich, sie geht.

Ich warte, bis sie aus der Tür ist und pirsche mich dann unauffällig noch ein paar Tische näher an die beiden heran – bis ich schließlich in einem Sessel lande, dessen Lehne so hoch ist, dass ich darin quasi verschwinde. Der perfekte Spionagesitz! Jirgl und der Anzugträger sind jetzt nur noch durch eine halb hohe Wand aus grob beschlagenem Holz von mir getrennt, deshalb kann ich gut verstehen, was die beiden miteinander reden. Beziehungsweise: Der Schlips-Typ redet, in feinstem Hochdeutsch. Jirgl gibt kaum einen Pieps von sich.

»... muss mich auf Sie verlassen können, Herr Jirgl. Kann ich das?«

»Natürlich«, antwortet der mit monotoner Stimme.

»Herr Jirgl«, sagt der Schlips-Typ, »ich zähle auf Sie, vergessen Sie das nicht. Wir müssen der Hansebau *Outcome* präsentieren.«

»Ich kümmere mich drum, Herr Müller-Bach«, sagt Jirgl beherrscht.

»Das hoffe ich wirklich«, sagt der Schlips-Typ. »Herr Jirgl, *zielorientiert* denken und nicht immer so kompliziert! Sonst müssen wir Konsequenzen ziehen!«

»Unbedingt.«

»Gut«, sagt der Schlips-Typ und erhebt sich. »Ich höre von Ihnen. Sie finden den Ausgang.«

Mist, das Gespräch scheint vorbei zu sein, und ich habe es verpasst. Der Schlips-Typ, der offensichtlich Müller-Bach heißt, verschwindet in einen Nebenraum, Jirgl steht ebenfalls auf. Blitzschnell beuge ich mich vornüber, als hätte ich eine Kontaktlinse verloren oder eine Münze, aber Jirgl bemerkt mich zum Glück nicht. Er marschiert hastig durch die Tür, dem Ausgang entgegen.

Ich setze mich wieder aufrecht hin.

Vor mir steht plötzlich die Bedienung. Noch mal Mist. Ich habe überhaupt kein Geld bei mir.

»Was darf ich Ihnen bringen?«, fragt sie und verschränkt vornehm die Hände vor dem Schoß.

»Äh«, sage ich, »tut mir leid. Mir fällt gerade auf, dass ich gleich schon wieder einen Termin habe.«

»Na dann«, sagt sie. »Ein andermal.«

Ich zucke mit den Schultern und lächle höflich. Gott sei Dank, sie geht.

Okay, Sophie. Und jetzt konzentriere dich. Was war das denn? Worauf soll sich dieser Müller-Bach verlassen können? Und um was soll Jirgl sich kümmern?

Outcome?

Hansebau?

Wieso sagt mir das was?

Denk nach, Sophie!

Ich starre vor mich hin, komme aber nicht weiter. Vielleicht sollte ich mal an die frische Luft, das hilft bestimmt.

Ich stehe auf und gehe den Gang durch die Lobby zurück. Alles um mich herum dreht sich. Der Beton, das Glas, die ganzen Lichter.

Die Uniformierte von eben lächelt mir zu, ich versuche, wenigstens irgendeine Regung in mein Gesicht zu legen, aber es will mir nicht so recht gelingen. Es kommt mir fast vor, als würde ich torkeln, und als sich die Schiebetür vor mir öffnet, ist es, als spucke sie mich auf einem fremden Planeten aus.

Ich gehe über den Parkplatz, den Weg nach Alrein zurück. In meinem Kopf arbeitet es wie auf einer Großbaustelle, leider immer noch ohne Ergebnis. Auf halber Strecke lasse ich mich ins Gras sinken, ziehe endlich die Keilsandalen aus und starre vor mich hin. Eine Wespe schwirrt mir um die Füße. Sie stupst an meinen großen Zeh, aber ich verscheuche sie nicht. Ich bin wie gelähmt.

Ich muss mich auf Sie verlassen können, Herr Jirgl.
Ich zähle auf Sie, Herr Jirgl.
Outcome präsentieren, Herr Jirgl.
Was bedeutet das alles?

Ich versuche, die Ereignisse des Tages zusammenzufassen und in eine logische Reihenfolge zu bringen, aber die Gedanken schießen mir so schnell durch den Kopf, dass von denken überhaupt nicht die Rede sein kann. Es ist eher, als würde ich im Stroboskoplicht stehen.

Und dann kommt plötzlich mein Vater des Weges, offensichtlich war er auf der Suche nach mir. Ächzend lässt er sich neben mich fallen. Einen Augenblick lang schweigen wir.

»Warst du drin?«, fragt er nach einer Weile.
Ich nicke.
»Hast du ihn gesehen?«
Wieder nicke ich.
Er guckt mich an, wartet, dass ich noch etwas von mir gebe, aber ich sehe ihn nur schweigend an.
»Hast du verstanden, was hier vor sich geht?«, fragt er schließlich.

Ich schüttle langsam den Kopf. »Jirgl hat mich sabotiert, und das Alpine Relax steckt irgendwie mit drin.«

Wir starren uns eine Weile an, als seien wir beide gerade aus demselben schlechten Traum aufgewacht und würden nun begreifen, dass die wirkliche Welt noch viel schlimmer ist.

»Sophie ...«, sagt mein Vater, aber ich achte nicht auf ihn.

»Da war dieser Mann«, sage ich matt. »Müller-Bach. Er sprach von irgendeiner Baufirma und davon, dass er auf Jirgl zählt. Und davon, dass er sich auf ihn verlassen muss.«

»Sophie ...« Mein Vater legt mir die Hand auf die Schulter.

»Er sagte, Jirgl müsse zielorientiert denken. Nicht immer so kompliziert.«

Als ich das sage, fängt mein Herz an zu rasen, als würde mein Körper bereits etwas verstehen, das in meinem Hirn noch gar nicht angekommen ist.

Ich blicke auf und sehe meinem Vater in die Augen.

»Sophie ...«

Mit einem Schlag hat der Gedanke meinen Kopf erreicht, und meine Augen weiten sich so sehr, dass ich es richtig spüre.

»Wo ist er?«, frage ich.

»Wer?«

»Jirgl!«

»Er ist mir gerade in seinem Jeep entgegengekommen.«

»Ist er hochgefahren oder runter?«

»Hoch, nach Alrein.«

»Scheiße«, sage ich.
»Wieso?«, fragt mein Vater. »Was ist denn?«
»Frag nicht, komm mit!«
Und dann rennen wir, so schnell wir können.

Wenn ich vorhin außer Atem war, dann weiß ich nicht, was ich jetzt bin – es fühlt sich an, als würden selbst meine Ohren keuchen. Ich lasse meine Sandalen fallen, beuge mich auf die Knie gestützt nach vorne und versuche, irgendwie Luft zu holen, aber dann wird mir klar, dass ich dadurch nur Zeit verliere. Mein Vater hechelt ein ganzes Stück hinter mir mühsam die Wiese hinauf, aber ich laufe trotzdem schon mal weiter, hinein ins Haus. Ich muss Nick finden. Und Jirgl, dieses Schwein.

Ich sehe in der Küche nach, aber da ist niemand, nur ein Topf Suppe, der vor sich hin simmert. Auch in der Gaststube finde ich weder Jirgl noch Jirgeline noch Nick. Ich laufe hinauf in den ersten Stock, reiße das Zimmer der Jirgls auf, das zwar unverschlossen, aber leer ist. Ich sehe bei Nick hinein, aber auch er ist nicht da. Ich will schon fast weiter, doch dann halte ich inne. Ich bin kein einziges Mal in Nicks Zimmer gewesen, seit er hier eingezogen ist. Wir sind ja erst seit zwei Tagen zusammen, die Nacht gestern haben wir bei mir verbracht – und vorher hatte ich hier drin ja auch wirklich nichts verloren.

Nicht, dass ich hier *jetzt* etwas verloren hätte. Aber ich kann nicht widerstehen. Es ist ja auch nicht verwerflich, wenn man einfach nur mal gucken will, wie ein Mann so lebt.

Das Fenster steht offen, davor verkümmert eine ziemlich welke Topfpflanze, die wahrscheinlich noch von Gianni stammt. Ansonsten ist alles sauber und aufgeräumt. Nicks Bett ist ordentlich gemacht, eine Jacke hängt an dem Haken hinter der Tür, der Schrank ist geschlossen, es liegt nicht viel herum. Ein paar Bücher auf dem Nachttisch, auf dem Schreibtisch vor dem Fenster ein paar Magazine, der *Feinschmecker* ganz oben. Ich hebe den Stapel neugierig an, ob nicht vielleicht auch Lektüre für einsame Köche darunter ist, doch dann fällt mein Blick auf einen Stapel Fotos, die in einer offenen Pappschachtel liegen. Das oberste zeigt Nick, sein freches Lachen, die blitzenden Augen. Das zweite zeigt ebenfalls Nick, mit demselben Lachen, im Arm einer Frau. Es muss irgendwo im Süden aufgenommen sein, denn im Hintergrund hält eine Palme ihre stacheligen Blätter ins Bild.

Unwillkürlich halte ich die Luft an, eine Sekunde nur, dann atme ich aus.

Die Art und Weise, auf die die beiden glücklich und vertraut miteinander aussehen, versetzt mir einen Stich. Plötzlich wird mir klar, wie wenig ich über Nick weiß. Ob er Familie hat. Wer seine Exfreundinnen sind. Ob er schon einmal geliebt hat und wenn ja, warum es vorbeigegangen ist. Der ganze Kram, den man doch voneinander erfahren will.

Ich bringe den Stapel Bilder wieder in Ordnung und will gerade das Zimmer verlassen, da höre ich durch das offene Fenster von draußen ein Geräusch, hohl und metallisch. Dann folgt ein leises Plätschern, es klingt, als würde jemand an die Rückseite des Hauses pinkeln. Plötzlich fällt mir meine Mission wieder ein, ich eile ans offene Fenster – und traue meinen Augen nicht. Von hier oben sieht man hinab auf den Brennholzstapel, mit dem im Herbst die Stube beheizt wird. Und auf Jirgl, mit einem Kanister Benzin in den Händen.

Ich hole Luft, weiß aber gar nicht, was ich schreien soll – Feuer? Hilfe? Polizei? Ich entscheide mich für ein einfaches Kreischen, sehr hoch, sehr lang, sehr laut. Jirgl schaut erschrocken zu mir nach oben und fängt hektisch an, den Kanister zu schütteln, in der Hoffnung, dass die klare Flüssigkeit so ein bisschen schneller fließt.

»Aaaaaaah!«, kreische ich noch einmal.

Jirgl schmeißt den Kanister ins Gras und zieht hektisch ein Briefchen Streichhölzer aus der Hosentasche. Er versucht, eines anzuzünden, doch das bricht ab, bevor es entflammt. Er probiert ein zweites, aber auch das geht aus, ehe er etwas damit anstellen kann. Er versucht ein drittes, diesmal brennt es. Er wirft es eilig in die Pfütze, doch nichts passiert, keine Explosion, keine Stichflamme – das Streichholz muss im Flug erloschen sein.

Der Mann ist ein Fall für die Darwin Awards, aber ehrlich.

Er zündet noch eines an, und ich nehme den Blumentopf von der Fensterbank. Jirgl schaut zu mir auf, ich hole aus, das Streichholz in seiner Hand geht wieder aus. Er wirft es trotzdem in die Pfütze, ich lasse den Blumentopf auf ihn niedersausen, doch Jirgl gibt

Fersengeld, bevor an der Stelle, wo gerade eben noch er gestanden ist, ein Haufen aus Tonscherben, Erde und zerstörter Zimmerpflanze liegt.

»Das Schwein flieht!«, kreische ich und werfe eine Vase hinterher, die auf dem schmalen Bord über dem Schreibtisch steht, dann renne ich los. »Haltet ihn!«

Mit einem Mal ist überall im Haus Bewegung. Vereinzelt kommen Gäste aus ihren Zimmern, irgendwo im Erdgeschoss schlägt eine Tür, und endlich stürzt mir Nick entgegen, aus der Richtung der Toilette.

»Was ist?«, fragt er.

»Jirgl!« Mehr bringe ich nicht raus und renne weiter. Nick fragt nicht länger, sondern läuft mir hinterher.

»Er hat versucht, das Haus anzuzünden!«, keuche ich.

»Dieses Schwein!«, schnauft Nick.

Vor dem Haus hat mein Vater bereits die Verfolgung aufgenommen, aber natürlich ist Jirgl viel schneller als er. Er fetzt die Fahrbahn entlang, bergab, das beschleunigt sein Tempo.

Keine Ahnung, warum er nicht in sein Auto gestiegen ist. Vielleicht befürchtet er, dass ihn dann die Polizei abfängt, denn nach unten führt nur eine einzige Straße.

Nick gibt Stoff, aber leider muss man sagen: Unsportlich ist dieser Jirgl nicht, er läuft und läuft, als ob's kein Morgen gäbe.

Na ja, in seinem Fall könnte das ja durchaus stimmen.

Plötzlich habe ich eine Idee. Ich schlage einen Haken

und laufe jetzt barfuß quer über die Wiese, fast senkrecht den Berg hinab, so kann ich ihm weiter unten an der Serpentine vielleicht den Weg abschneiden.

Mann, ist das steil. Ich tripple Meter für Meter durch das Gras, stolpere, schlage um ein Haar nach vorn hin. Ich richte mich wieder auf, erreiche den Weg – doch da ist Jirgl natürlich schon an mir vorbei, und Nick auch, so weit war die Strecke ja nicht. Ich bleibe stehen, überlege, was ich machen soll – und dann entdecke ich plötzlich jemanden weiter unten auf dem Weg.

Was macht denn *der* hier?

»Herr Philippi!«, kreische ich. »Herr Philippi!«

Herr Philippi hat den Blick starr auf den Weg vor ihm gerichtet, doch jetzt blickt er auf, hebt seinen Wanderstock und lacht mich an. Er denkt offensichtlich, ich würde ihm bloß nett winken, doch dann erkennt er die Panik in meinem Gesicht.

»Was ist denn?«, ruft er zu mir nach oben.

Ich gestikuliere und versuche, ihn auf Jirgl aufmerksam zu machen, doch Herr Philippi begreift nur langsam.

»Halten Sie ihn auf!«, schreie ich, obwohl ich weiß, dass das von einem über Siebzigjährigen ganz schön viel verlangt ist.

Herr Philippi hält inne, sieht sich um, als müsse er sich erst einmal orientieren. Jirgl ist schon fast bei ihm, Nick ihm knapp auf den Fersen. Herr Philippi scheint sich nicht zu bewegen, da ist nur ein Lächeln, das sich gemächlich auf seinem Gesicht ausbreitet. Mann, Opi, rühr dich!, denke ich – doch dann erkenne ich, dass er seinen Wanderstock unauffällig in Jirgls Laufbahn schiebt.

Sekunden später hat Nick sich auf den Brandstifter gestürzt, rollt ihn auf den Bauch und dreht ihm die Arme auf den Rücken. Herr Jirgl zuckt noch ein paarmal wie ein Fisch in der Pfanne, dann gibt er auf und hält still.

»Ich ruf die Polizei«, sage ich außer Atem, aber dann kann ich doch nicht anders, ich muss Johannas alten Stammgast küssen.

»Ich habe gehört, dass hier wieder richtig etwas los sei«, sagt Herr Philippi verschmitzt.

»Dafür gibt's lebenslang Gulasch, gratis!«, sage ich, und Herr Philippi verzieht das Gesicht.

»Keine Angst, Sie werden schon sehen«, sage ich siegesgewiss, dann laufe ich los, in Richtung Dreifichtenbänkchen.

Aus der Ferne kann ich sehen, dass inzwischen auch mein Vater am Ort des Geschehens angekommen ist – er hat von Nick übernommen und sich auf Jirgl draufgesetzt, wie ein Sumoringer auf seinen Gegner.

28

Ein Polizist kommt mit einem Pappkarton vor dem Bauch aus dem Haus und hievt ihn in den Laderaum des schwarzen Landrovers, auf dem in zierlichen Buchstaben *Carabinieri* steht.

»Haben Sie etwas entdeckt?«, frage ich den Capitano, der die Durchsuchung des Zimmers überwacht hat und nun ebenfalls in die Sonne tritt. Lustigerweise sieht auch er aus wie DJ Ötzi, nur mit Uniform und Schnauzbart.

»Wir müssen mal sehen, was die Ermittlungen der Kollegen im Alpine Relax ergeben«, sagt er. »Hier haben wir kaum Unterlagen gefunden. Und Jirgl leugnet alles. Aber keine Sorge, den kriegen wir schon noch geknackt. Wir melden uns bei Ihnen, wenn wir mehr wissen.«

»Danke, Capitano.« Nick nimmt mich in den Arm.

»Auf Wiedersehen«, sage ich.

Gemeinsam sehen wir zu, wie er in den Jeep steigt und hinter der nächsten Kurve verschwindet.

Wir sehen uns an und seufzen erschöpft.

»Und jetzt?«, frage ich.

»Ich muss leider noch mal schnell zum Großmarkt«, sagt er. »Ich hab völlig vergessen, Parmesan zu kaufen.«

»Was?«, frage ich mit baffem Gesicht. Wie kann er denn in einer solchen Situation nur an Parmesan denken? Hinten auf der Terrasse warten meine Eltern und sind ganz aufgeregt, und eigentlich hatte ich gehofft, Nick könne mir nach der ganzen Aufregung ein bisschen Beistand leisten. Warum er sich bei seinen Einkäufen bloß immer so verzettelt!

»Es wird bestimmt nicht lang dauern«, sagt er, als hätte er meine Gedanken erraten.

»Du bist echt lustig«, sage ich.

Er gibt mir einen Kuss, steigt in den Panda und fährt davon. Ich seufze tief, dann gehe ich zu meinen Eltern auf die Terrasse. Papa musste vor Nervosität vier Bratwürste essen, sieht aber trotzdem kein bisschen entspannter aus. Meine Mutter hat immer noch die Reste einer Algenmaske am Kinn und läuft aufgeregt hin und her. Als sie gehört hat, dass hier oben ein Drama passiert ist, hat sie ihre Spa-Behandlung abgebrochen und ist zu uns nach Alrein gelaufen. Sie nimmt mich in den Arm und drückt mich an sich.

»Ach, Kindchen«, sagt sie. »Was dieser Mistkerl Jiggerl dir angetan hat!«

»Ja«, sage ich, dabei habe ich noch längst nicht verstanden, was genau hier abgelaufen ist. Ich weiß nur, dass er in U-Haft sitzt – und die Lage für diesen Müller-Bach auch nicht viel besser aussieht.

»Dass ausgerechnet der Hoteldirektor die treibende Kraft hinter allem gewesen sein soll ... Also, Leonhard, uns kam der gleich nicht koscher vor, oder?«

Mein Vater sieht sie erstaunt an. »Aber du fandest ihn doch so charmant!«

»Na ja, *charmant.* Charmant ja, aber auch falsch und abgebrüht. Dass dieser Mann dir so viel Ärger gemacht hat, mein Schatz! Nun, er wird seinen Preis bezahlen. Ich hoffe nur, auf die italienischen Behörden ist diesmal Verlass.«

»Das hoffe ich auch«, sagt mein Vater. »Das Einzige, was ich mich wirklich frage, Sophie, ist: Warum hast du diesen Typen nicht längst gefeuert?«

»Weil …« Ich stocke. Ich habe selbst keine Ahnung, warum ich so dumm gewesen bin, dumm und unbedacht und einfältig. »Keine Ahnung«, sage ich leise.

»Na, ist ja auch egal«, sagt Mama. »Die Hauptsache ist doch, dass du ihn los bist. Jetzt kannst du Alrein führen, wie es dir passt, und ich bin sicher, dass du Erfolg haben wirst!«

Sie schaut mich an, und ihre Augen strahlen vor Zuneigung, und ich frage mich, ob sie das jetzt wirklich ernst gemeint hat. So fürsorglich war sie das letzte Mal, als mich auf dem Heimweg von der Schule ein Auto angefahren hat. Ich hatte bloß eine leichte Gehirnerschütterung und musste nur zur Sicherheit ins Krankenhaus. Aber nachdem das Fahrrad, das ihr die Polizei in den Vorgarten gestellt hat, aussah, als könne allenfalls Streichwurst von mir übrig sein, ist sie sofort mit dem Taxi ins Krankenhaus gerauscht. Ich glaube, sie hat angefangen zu weinen, als sie mich so daliegen sah.

Aber selbst damals hat sie mir bereits am nächsten Tag Vorwürfe wegen meiner Unachtsamkeit im Straßenverkehr gemacht.

Und fest an sich gedrückt hat sie mich zuletzt, als ich

für ein halbes Jahr zum Schüleraustausch nach Amerika gegangen bin – aber vermutlich auch nur, weil unsere Nachbarn gerade in der Einfahrt standen.

Das kann nur eines bedeuten – dass sie ein schlechtes Gewissen hat.

Und ich ahne auch schon, weswegen.

Als ich vom Dreifichtenbänkchen aus die Polizei gerufen habe, war nämlich eine Nachricht auf meiner Mailbox. Jan hatte sie mir hinterlassen. Die Einstellung meiner Nachfolgerin sei ein Fehler gewesen, hat er gesagt, deshalb wolle er mir meinen alten Job wieder anbieten, natürlich bei deutlich attraktiverem Gehalt als früher.

»Mama? Kann es sein, dass du Jan gebeten hast, mir einen Job zu geben?«

Ich sehe ihr fest ins Gesicht. Es ist nicht zu übersehen, dass eine leichte Röte ihre Wangen überfliegt.

»Jan hat dir einen Job angeboten?«, fragt sie unsicher.

»Ja, gerade eben.«

»Damit habe ich aber nichts zu tun!«, sagt sie bestimmt.

»Sicher nicht?«

»Na ja ...«, sagt sie. »Nein, eigentlich nicht.«

»Sag die Wahrheit.«

»Also, das Einzige, von dem man behaupten könnte, dass es allenfalls ein kleines bisschen in die Richtung ging ... Ach, weißt du, als wir neulich im Edelweiß waren, da sprachen wir darüber, wie unendlich schade es ist, dass ihr euch gar nicht mehr seht. Und da sagte ich, dass ich eigentlich immer daran geglaubt habe, dass du eines Tages Karriere in der Verlagsbranche machen wirst ...«

Ich sehe sie ungläubig an, aber sie redet einfach weiter, völlig unbekümmert.

»... und dass ich vor allem immer gehofft habe, dass ihr eines Tages zusammen *mehr* produziert als nur Bücher. Na ja, wenn ich es mir recht überlege, da fingen seine Augen bei dem Thema schon an zu blitzen ...«

Igitt. Aber bestimmt nicht wegen der Bücher. Dieses Schwein würde alles tun, um mir noch einmal zeigen zu dürfen, wie sehr er mich ... äh ... *liebt*.

»Aber ich hätte nie etwas in der Richtung gesagt, wenn ich damals schon gewusst hätte, was er dir angetan hat.«

»Schon gut, Mama.«

»Ehrlich! Ich hätte nicht einmal mit ihm gesprochen!«

»Ich glaube dir ja«, sage ich besänftigend, da räuspert sich mein Vater.

»Ich fürchte, da gibt es noch eine andere Sache, die deine Mutter dir sagen möchte.«

»Was denn?«, fragt sie.

»Na komm schon, Gisela.«

Meine Mutter errötet wieder und fängt an, in ihrer Handtasche zu kramen.

»Gisela, du musst ihr endlich die Wahrheit sagen!«

Seine Stimme ist so bestimmt, dass sie ihn erschrocken ansieht und mit verängstigter Stimme murmelt:

»Du hast ja recht, natürlich.«

Okay, denke ich, da bin ich jetzt aber gespannt.

»Also, Sophie«, setzt mein Vater an. »Es ist so ...«

»Nein, Leonhard, lass *mich*«, unterbricht ihn meine Mutter. »Also, Sophie, es ist so, ich wollte dir ...«

»Frau von Hardenberg?«

Ich fahre herum. Vor mir steht Frau Jirgl, mit knallroten Augen und einem Bündel Papiere im Arm.

»Ja?«

»Ich will nicht stören ...«, sagt sie.

»Nein, nein«, sagt meine Mutter schnell. »Überhaupt kein Problem! Reden Sie!«

»Also, ja ... Frau von Hardenberg, was ich bloß sagen wollt ... Ich hab des nicht gewollt, des alles.«

Sie sieht ehrlich zerknirscht aus.

»Wissen'S, am Anfang hab ich einfach bloß gemeint, dass Alrein eh nicht mehr läuft und dass wir die Pleite bloß ein bissl beschleunigen müssen ...«

»Aber warum wollten Sie das denn?«

»Na, weil mir dann im Alpine Relax Mordsjobs gekriegt hätten.«

»Das ist der Hintergrund?«, frage ich. »Sie wollten da unten *anfangen*?«

Frau Jirgl nickt. »Die haben uns ganz bärige Stellen versprochen. Der Fritz sollt Facility Manager werden, und ich French Maid. Aber nur, wenn wir's schaffen, dass Alrein aufhaust und mir Sie dazu kriegen, das Grundstück zu verkaufen.«

Ich verkneife es mir zu sagen, dass die Jobs kein bisschen besser sind als die, die sie hier oben bei mir haben. Hausmeister klingt nur nicht so toll wie Facility Manager und Zimmermädchen nicht so schick wie French Maid.

»Wissen'S, es gibt da so Pläne, dass man hier überall

auf den Hang so kleine Chalets hinstellt, mit Private Spa und Butlerservice. Alpine Relax Exclusive Chalets, oder so ähnlich sollt des dann heißen.«

Mir wird einiges klar. Wenn man so etwas luxuriös genug aufzieht, kriegt man nicht nur Victoria von Schweden, sondern auch Bernie Ecclestone, Madonna und Prinz William mit Gemahlin. Frau Jirgl hat ein so schlechtes Gewissen, dass sie es nicht wagt, mir in die Augen zu sehen.

»Aber dann hab ich ja auch bemerkt, dass Sie eigentlich ganz a Nutze sind, und als dann die Presse kam, da ist mir klar geworden, dass das hier in Alrein vielleicht doch no was werd, irgendwas, das vielleicht viel toller ist als bloß so a depperte Luxushüttn.«

»Ehrlich?«, frage ich.

»Na ja«, sagt sie. »Und dann gab's da natürlich auch die Gerüchte, wie die da drunten rangenommen werden. Die kriegen schon a Abmahnung, wenn's bloß mal den Rücken nicht grad halten. Oder der Lippenstift nicht zum Mobiliar passt. Und dann diese Uniformen!«

Uniform und Lippenstift. Also daher weht der Wind.

»Ich hab zum Fritz gesagt, dass mir aufhören sollen mit dem Scheiß, aber der meinte, dass er doch jetzt schon des Auto kauft hat und dass er den Schotter dann ja zurückzahlen müsste.«

»Er hat Geld bekommen?«

»Und dann wollt ich die Sach auffliegen lassen, aber dann hat er mich ... und ... Ach, aber jetzt ist Schluss damit. Finito. Er is kein guter Mensch, und ich lass mich von ihm scheiden, so fix als wie möglich.«

Sie schaut entschlossen in die Ferne, dann sieht sie mich wieder an.

»Frau von Hardenberg, ich versteh des, wenn'S mich nimmer hier haben wollen. Ich hab an Mordsfehler gemacht, und deshalb will ich gehen, freiwillig.«

»Ihr Mann hat *vorher schon* Geld bekommen?«

Sie nickt.

»Ja. Er hat die Unterlagen versteckt gehabt. Ich wollt, dass Sie sie als Erstes sehen.«

Sie hält mir das Bündel Papiere entgegen, und ich nehme es ihr ab. Es sind ausgedruckte E-Mails und ein paar Rechnungen, außerdem Kontoauszüge von der Südtiroler Raiffeisenbank. Meine Eltern rücken näher und versuchen, einen Blick zu erhaschen. Ich blättere in den Papieren vor und zurück und brauche einen Augenblick, um zu verstehen, was ich da in meiner Hand halte. Doch dann fällt mein Blick auf einen Namen.

Ich blicke auf und sehe direkt in das Gesicht meines Vaters.

»Das wollte ich dir die ganze Zeit sagen«, sagt er mit heiserer Stimme.

Ich sehe zu meiner Mutter, die an mir vorbei in die Ferne blickt.

»Ist das wahr?«, frage ich sie.

Sie nickt langsam und braucht einen Moment, bis sie sich überwinden kann, mich anzusehen.

»Aber ich kann dir das erklären, Schatz. Es ist doch nur … Ich hätte es dir natürlich längst gesagt, aber ich hatte doch einfach nur Angst, dass das nicht der richtige Weg für dich ist. Gastronomie. Die Berge. Du gehörst doch nach Hamburg. Zu uns.«

»Und deshalb habt ihr das alles zugelassen? Sabotage? Intrigen? Ich hätte verbrennen können!«

»Davon wussten wir doch nichts!«, sagt sie und sieht mich verzweifelt an. »Wir dachten, ihr würdet *verhandeln!* Es war falsch, Sophie. Wir hätten dir das sagen müssen. Wenn ich geahnt hätte ...«

»Frau Jirgl«, falle ich ihr ins Wort und wende mich dem Zimmermädchen zu, »ich verzeihe Ihnen alles, unter zwei Bedingungen.«

»Ja?« Frau Jirgl sieht nicht so aus, als hätte sie damit gerechnet, so ein Angebot zu kriegen. Sie wirkt richtig erschrocken.

»Erstens: Sie bekommen das hier oben mit Nick zwei Tage lang alleine hin.«

»Was? Ja, also ...«

»Schaffen Sie das?«

»Natürlich ...«, sagt sie, immer noch ein bisschen von der Rolle.

»Sind Sie sich sicher?«

»Ja!« Und dann sagt sie es noch einmal, fest entschlossen: »Ich schaff das, keine Sorge.«

»Und die zweite Bedingung?«, fragt mein Vater.

»Sie müssen mich zu meinem Wagen bringen. Jetzt gleich.«

»Zu deinem Wagen?«, fragt meine Mutter.

»Nick ist mit dem Panda weg, der Polo steht unten auf dem Parkplatz.«

Ich springe auf und laufe ins Haus, um meine Handtasche und den Autoschlüssel zu holen.

»Ja, aber wo willst du denn hin?«, ruft mir meine Mutter hinterher.

»Nick Bescheid sagen! Und dann nach Hamburg!«

Zum ersten Mal, seit ich vor gut sechs Wochen nach Alrein gekommen bin, sitze ich wieder am Steuer meines alten, treuen Polos. Ganz kurz hatte ich schon befürchtet, er spränge nicht mehr an, aber auf den Kleinen war Verlass, wie immer. Fast ein bisschen schade, dass ich den Wagen hier oben so gar nicht mehr gebrauchen kann. Ich mag es sehr, mein kleines Auto.

Ich kurve die Straße hinab nach Sankt Damian und weiter über die Dörfer in Richtung Brixen. Dass ich Nick auch einfach auf dem Handy hätte anrufen können, ist mir dann natürlich auch eingefallen, aber da war ich schon unterwegs. Und ehrlich gesagt: Die Unterlagen, die auf meinem Beifahrersitz liegen, sind so ungeheuerlich und aufregend, dass ich sie ihm persönlich zeigen will.

Außerdem vermisse ich ihn ein bisschen. Ja, schon jetzt, nach zwei Stunden.

Ich durchquere die Stadt und fahre weiter in Richtung Großmarkt. Bei dem großen Schild, auf dem *Mercato Generale* steht, biege ich auf den Parkplatz.

Ich fahre die erste Reihe ab und blicke mich suchend um. Komisch, dass ich den Panda gar nicht sehe.

Ich fahre die nächste Reihe entlang, aber da ist auch kein pinkfarbenes Auto. Es steht überhaupt kein Panda da. Ich fahre bis in den hintersten Winkel des Parkplatzes. Kein Nick. Ich fahre zurück in Richtung Ausfahrt und bleibe am Rand stehen.

Was tun? Warten, ob er nicht doch noch auftaucht? Blödsinn. Wahrscheinlich ist er mit seinen Einkäufen längst fertig. Ich meine, wie lange kann Parmesan kaufen schon dauern?

Aber wäre er mir dann nicht entgegengekommen? Ja, das wäre er.

Ich lasse meinen Blick über den Parkplatz schweifen und überlege, wo Nick wohl abgeblieben sein kann. Er *wäre* an mir vorbeigekommen, ganz sicher, es sei denn ... er ist noch einen Kaffee trinken gegangen.

Na klar, das *ist* es!

Ich biege zurück auf die Straße und steuere den kleinen Wagen in Richtung Stadt. Es macht mich fast ein bisschen fröhlich, dass ich ihn gleich überraschen kann – er wird erstaunt sein, wie gut ich ihn schon kenne. Ich biege ab zum Bahnhof, und tatsächlich, da steht der Panda auf dem Parkplatz. Ach, mein Herz jubiliert! Ich lasse meinen Wagen in zweiter Reihe stehen, so wie er heute Morgen, als er mir die Mutter von Frau Jirgl gezeigt hat.

Ich klemme mir die Unterlagen unter den Arm, steige aus und marschiere schnurstracks auf die Bar zu.

Das Café ist so gut besucht wie immer. Die Espressomaschine keift, Gläser klirren, Gäste palavern ... aber: kein Nick. Wo ist er? Auf dem Klo? Kann nicht sein, denn dort kommt gerade ein alter Mann mit Schnauzbart heraus, und es gibt bloß diese einzige Toilette.

Habe ich ihn übersehen? Ich blicke mich noch einmal um, aber da sind nur alte Herren, die Rotwein trinken, und zwei Teenie-Mädchen vor großen Kaffeetassen.

Irgendetwas stimmt hier nicht.

Da winkt Joseph mir zu, er erkennt mich wohl wieder.

»Kann ich dir helfen?«, ruft er herüber.

Ich hebe den Arm und lächle, um ihm zu signalisieren, dass ich ihn verstanden habe. Dann schüttle ich den Kopf, lasse den Arm wieder sinken und drehe mich um.

Komisch ist das, denke ich, als ich die Bar verlasse. Wo er nur sein mag? Ich trete an die frische Luft und lasse meinen Blick über den Bahnhofsvorplatz schweifen. Fast will ich schon wieder in den Polo steigen, da entdecke ich ihn plötzlich.

Ich sehe ihn nur von hinten, aber er ist es, ganz unverkennbar. Die Jeans mit dem kleinen Hintern, die Schultern, die Strubbelfrisur.

Gleichzeitig würde ich mir wünschen, er wäre es nicht.

Nick hält eine brünette Frau im Arm, eine Frau, deren High Heels so hoch sind, dass sie darin fast genauso groß ist wie er. Sie ist unglaublich schlank, das sehe ich sogar von hier, sie verschwindet geradezu hinter seinem Körper. Die beiden schäkern miteinander, auf einmal lacht sie hell auf und wirft den Kopf zurück. Er drückt sie an sich, und ihr Gesicht wird plötzlich ernst. Sie strubbelt ihm durchs Haar, er gibt ihr einen Kuss auf die Stirn. Ein langer Blick, dann dreht sie sich um und verschwindet in Richtung Bahnhof. Und er, er bleibt stehen und sieht ihr hinterher.

Mir zieht es fast den Boden weg unter den Füßen.

Ich starre ihn an, wie er da immer noch steht und

der Tussi hinterherblickt. Ich kann nicht glauben, was ich da gesehen habe, aber von Sekunde zu Sekunde wird mir alles viel klarer.

Es ist die Frau von dem Foto. Aus der Pappschachtel in Nicks Zimmer.

Sie ist also der Grund, warum Nick fast jeden Morgen einkaufen geht.

Plötzlich merke ich, dass meine Gesichtszüge total entgleist sind und dass ich auf der Straße stehe und starre, als sei da drüben ein Bus explodiert. Ich glaube, mein Mund steht sogar offen. Nick dreht sich um, um zurück zum Panda zu gehen, und spätestens das entsetzte Gesicht, das er macht, als er mich erblickt, verrät ihn. Er hat eine andere, und ich habe ihn mit ihr erwischt.

Ich steige in mein Auto, langsam und bedächtig. Ich werfe die Unterlagen auf die Rückbank und schlage die Tür zu. Dann starte ich den Motor und fahre los.

Aber Nick rennt mir nicht nach. Natürlich nicht.

Meine Tränendrüsen sprudeln jetzt wie kleine Springbrunnen, und mein Blick ist so verschwommen, dass ich kaum die Straße sehe. Und so rase ich halb blind durch die Stadt und dann direkt auf die Autobahn in Richtung Brenner.

29

Igitt. Das Entree ist tatsächlich aus Marmor. Messinggeländer, roter Teppich, Stuck – alles, was es braucht, um ahnungslosen Klienten Kompetenz vorzugaukeln. Ich eile die Stufen hoch, dann weiter in das Treppenhaus mit dem geschnitzten Handlauf, hinauf bis in die zweite Etage. Dort bleibe ich vor einer Messingklingel stehen.

Mit einem Schlag ist mir ganz schwindelig – aber nicht, weil hier alles geschmackvoll bis zum Erbrechen ist. Es ist die Anstrengung. Das Chaos in mir.

Ich bin in Brixen losgefahren, das Herz voller Schmerz, die Augen voller Tränen. Ich bin einfach aufs Gaspedal gestiegen und bis nach Deutschland durchgeheizt – ich glaube, ich habe nicht einmal beim Überholen in den Rückspiegel gesehen.

Ungefähr bei Vahrn, das ist kurz hinter Brixen, fing mein Handy an zu bimmeln. Ich sah auf das Display, es war Nick. Ich drückte den Anruf weg, doch es klingelte gleich wieder. Ich drückte ihn noch einmal weg. Kurz darauf piepste es, und ich bekam eine SMS – oder die Nachricht, dass er mir auf die Mailbox gesprochen hatte. Daraufhin habe ich das Handy ausgemacht und in meine Handtasche geschmissen.

Ich wollte nichts hören, und schon gar nicht von ihm.

Ich wollte einfach nur heulen.

Ich bin gefahren und gefahren und je länger ich fuhr, umso klarer wurde mir alles. Sie war auch die Frau auf dem Foto aus seinem Geldbeutel, ganz sicher. Sie war die Annie, nach der Joseph im Café gefragt hatte. Und bestimmt war sie auch der Grund, warum er überhaupt zurück nach Südtirol wollte – die beiden kannten sich schon lange, das war nicht zu übersehen.

Das war etwas, das noch mehr wehtat als alles andere: Normalerweise war ich immer die Betrogene gewesen. Jetzt war ich bloß die, mit der ein Mann seine Liebste betrügt.

Bei dem Gedanken musste ich noch mehr weinen.

Kurz dachte ich daran, bei Vera in München unterzuschlüpfen – in einem Stück würde ich es ja doch nicht bis nach Hamburg schaffen, und außerdem gibt es Momente, in denen man jemanden braucht, der einem sagt, was man wert ist. Aber aus irgendeinem Grund nahm ich bei Innsbruck die Abfahrt nicht, sondern fuhr einfach weiter. Ich fuhr, bis es dunkel wurde und wäre vielleicht sogar doch noch bis nach Hamburg durchgeheizt – hätte mich nicht irgendwann der Hunger übermannt wie ein wildes Tier. Ziemlich genau auf halber Strecke, an der Autobahnraststätte Uttrichshausen-West, fuhr ich ab, um beim Drive-in-Schalter von McDonalds einen Big Tasty Bacon mit großer Pommes und einer Cola Light zu bestellen und ihn mir auf dem nächstbesten Parkplatz reinzujagen. Gott, wie ich das vermisst hatte! Ketchup!

Cola! Weißmehl-Kohlenhydrate! Es war einfach fantastisch. Es war sogar so fantastisch, dass ich, kaum, dass ich aufgegessen hatte, gleich noch einmal ums Gebäude fuhr, mich erneut in die Schlange am Drive-in einreihte und mir zusätzlich ein McFlurry-Eis bestellte. Hammer! Ich löffelte es ganz auf, obwohl ich schon nach der Hälfte keinen Appetit mehr hatte, dann stopfte ich allen Müll in die leere Papiertüte, warf sie auf die Rückbank und kuschelte mich in den Sitz, um ein bisschen zu schlafen, nur ein Stündchen oder zwei.

Natürlich erwachte ich erst am nächsten Morgen wieder – oder was heißt Morgen, es war Hochsommer, da geht ja mitten in der Nacht die Sonne auf. Im ganzen Auto roch es nach kalten Pommes, ich hatte Nackenschmerzen und Kopfweh. Ich warf einen Blick in den Rückspiegel und musste feststellen: Ich sah nicht besser aus, als ich mich fühlte. Also ging ich aufs Klo der Raststätte, um mich wenigstens ein *bisschen* zu säubern, dann holte ich mir einen Kaffee und dazu ein Sandwich-Dreieck aus dem Kühlregal. Dabei fiel mein Blick auf das Zeitschriftenregal, und tatsächlich, da stand sie, zwischen Wohnmagazinen und Kochzeitschriften – die neue Ausgabe von AD. Ich kaufte das Heft, klemmte es mir unter den Arm und ging zurück zum Parkplatz.

Im Auto blätterte ich die Seite mit den Reisetipps auf. Ja, da war ich, grazil an der Wäscheleine. Und da war Frau Jirgl, mit Tablett und Spitzenhäubchen. Und da oben auf dem Hang war Alrein, erhaben wie ein Adler kurz vor dem Absprung. Doch ich betrachtete die schönen Bilder wie Urlaubsfotos von irgendeinem Fremden, der mich nicht im Geringsten interessiert.

Ich warf die Zeitschrift auf die Rückbank und grub meine Zähne in das Sandwich. Es war widerlich, es war herrlich, und dann fiel mir auf, wieso es so herrlich war. Nick konnte mich mal mit seinem Feinkost-Fraß. Käseknödel-Soufflée – ich meine, sorry? Das bin doch gar nicht ich! Ich – ich bin Gouda und Formfleischvorderschinken und Fertigremoulade. Wenn überhaupt. Soll er mit seinem Gourmetgehabe doch seiner Tussi imponieren.

Ich stieg ins Auto, tankte den Wagen noch einmal auf, dann fuhr ich weiter, ohne weitere Pause.

Ich fuhr und fuhr, und je länger ich fuhr, umso mehr wuchs meine Entschlossenheit. Und meine Kraft. Ich hatte die ganze Zeit von Veränderung geredet. Nun würde es eine geben.

Jetzt ist es kurz vor elf, und ich stehe vor der Tür einer Kanzlei in Hamburg-Rotherbaum.

Ich drücke auf den Messingknopf, es gongt dezent, dann ertönt summend der elektrische Türöffner. Ich trete ein, laufe auf den Mahagonitresen und die Empfangsdame dahinter zu – und direkt an ihr vorbei.

Mir wird niemand mehr auf der Nase herumtanzen. Die Jirgls nicht, Nick nicht, Jan nicht und erst recht nicht Lydia und Helena.

»Hey, halt, Sie da!«

»Ist schon in Ordnung!«, rufe ich ihr über die Schulter zu. »Familienangelegenheit!«

Komischerweise bringt sie diese Nichtaussage zum Schweigen. Dabei könnte ich sonst wer sein. Zumindest kann ich mich nicht daran erinnern, sie gesehen zu haben, als ich hier vor zwei Jahren einmal Helenas Wohnungsschlüssel abgeholt habe. Meine Cousine hatte mich dazu abkommandiert, ihre Blumen zu gießen, während sie auf der Queen Mary 2 nach New York schipperte – zusammen mit Thomas, ihrem Mann, und zwei Dutzend anderer Immobilieninvestoren.

Ich marschiere durch, bis ich vor einer Tür stehe, auf deren Schild *Helena von Hardenberg* steht. Ich zupfe mir eine Locke aus dem Gesicht und versuche, meinem Klopfen einen coolen Unterton zu verleihen. Natürlich wäre es noch cooler gewesen, überhaupt nicht zu klopfen, aber was soll man machen – gegen seine Kinderstube kommt man einfach nicht an.

Ich warte ihr gekünsteltes »Ja, bitte?« ab und trete ein.

Helenas Büro ist noch größer, als ich es in Erinnerung hatte – und noch luxuriöser. Der Boden ist mit dunklem Teppich ausgelegt, die hohen Decken sind mit vergoldetem Stuck verziert, hinter ihrem Mahagonischreibtisch geht ein riesiges Fenster ins Grüne.

»Sophie!«

Hinter dem Schreibtisch sitzt Helena – und auf einem der beiden Besucherstühle davor Lydia, die sich erstaunt zu mir umdreht.

Ha! Überraschung gelungen. Und es sind sogar beide da.

»Wir ... wir sprachen gerade von dir«, sagt Helena verwirrt.

»Ja!« Lydia wirkt nervös. »Gerade eben!«

»So ein Zufall«, sage ich trocken.

»Nicht wahr? Wir haben gerade diese Geschichte gehört, von diesem schrecklichen Hausmeister, der versucht hat, Alrein anzuzünden«, sagt Helena.

»Furchtbar! So *schrecklich!*«, sagt Lydia.

»Von *wem* habt ihr das gehört?«

»Was?«

Hihi. Das fängt ja besser an, als ich dachte. Ich habe meinen Eltern nämlich bei Todesstrafe verboten, den Cousinen meinen Besuch anzukündigen, geschweige denn ihnen von den Unterlagen zu erzählen, die ich in meiner Handtasche habe. Ich bin mir ganz, ganz sicher, dass sie sich daran gehalten haben. Das kann nur eines bedeuten: Die Zwillinge haben die Geschichte von jemand anderem gehört – und sich prompt verplappert!

»Wer euch von dem schrecklichen Hausmeister erzählt hat, will ich wissen!«

»Äh ...«, sagt Lydia und macht eine vage Handbewegung.

Na, das sind ja tolle Topjuristinnen. Wenn ich gewusst hätte, dass das so leicht wird, die beiden in die Enge zu treiben, hätte ich mir die Mühe gespart, extra persönlich nach Hamburg zu fahren.

Obwohl – Helena und Lydia sind ja nicht der einzige Grund für meine Reise. Es gibt da noch eine andere Rechnung, die offensteht.

»Äh ...«, sagt Helena, aber dann richtet sie sich auf, offensichtlich nicht bereit, sich einfach so geschlagen zu geben. »Sophie«, beeilt sie sich zu sagen. »Sophie, Schätzchen. Komm und setz dich.« Sie schiebt mir einen Stuhl hin, und ich lasse mich mit steifem Rücken darauf nieder. »Ach, herrje, du siehst ja schrecklich müde aus. Möchtest du einen Kaffee?« Sie drückt auf eine Taste auf ihrem Telefon. »Fräulein Isenschmidt? Bringen Sie uns bitte eine Tasse Kaffee? Schön stark bitte, ja?« Während sie das sagt, sieht sie mich liebevoll an. »Sophie, ich glaube, wir sind dir eine Erklärung schuldig!«

»Ja, Helena hat recht«, sagt Lydia und lächelt. »Wir können das *alles* erklären.«

»Also, Sophie. Es ist doch so, dass wir doch eigentlich nur das Beste für dich wollten.«

»Nur das Allerbeste.«

»Deine Mutter fand das auch, weißt du? Ohne ihre Zustimmung hätten wir das alles überhaupt gar nicht ...«

Ich fasse es nicht. Jetzt geben sie die Schuld meiner Mutter!

»Warum habt ihr mir nicht gesagt, dass das Alpine Relax Hotel euren Männern gehört?«, unterbreche ich sie, verschränke die Arme vor der Brust und sehe sie grimmig an.

»Es *gehört* ihnen ja nicht, Sophie. Ihnen gehört nur die Firma, die der Hauptinvestor ist.«

»Helena, du weißt ganz genau, was ich meine!«

»Sophie«, sagt Lydia. »Wir wollten doch nur, dass du verkaufst.«

»Und warum habt ihr dann so ein Geheimnis daraus gemacht?«

»Sophie«, sagt Helena und sieht mich auf eine Art und Weise streng an, wie es sonst nur meine Mutter hinkriegt. »Ich weiß, was du von uns denkst, aber glaube mir: Wir sind nicht blöd. Wir merken doch, wie wenig du uns ausstehen kannst.«

»Wie bitte? Und wer ist eurer Meinung nach schuld daran?«

»Sophie, darum geht es gerade nicht. Ich versuche, dir zu erklären, warum wir dir nicht sagen wollten, wer hinter dem Alpine Relax steht. Wir hatten einfach Angst, dass du Alrein dann erst recht nicht verkaufen würdest!«

Hä? Und das soll eine Entschuldigung sein? Wir sagen dir nicht, dass du an uns verkaufen sollst, weil du sonst nicht an uns verkaufst? Ich starre sie fassungslos an.

Es klopft und Frau Isenschmidt bringt eine Tasse aus feinstem Bone-China-Porzellan, dazu eine versilberte Etagère mit diversen Zuckersorten, Süßstoff und einer Auswahl verschiedener Schokoladenkekse. Lydia wartet, bis sie den Raum verlassen hat, dann redet sie weiter.

»Genau«, pflichtet sie ihrer Schwester bei. »Und deshalb haben wir veranlasst, dass Herr Müller-Bach mit dir verhandeln soll.«

»Aber wir konnten ja nicht ahnen, dass der gleich zu solchen Methoden greift und dir einen Verbrecher auf den Hals jagt!«

»So etwas hätten wir niemals zugelassen! Immerhin gehörst du zur Familie!«, gelobt Lydia und reißt die Augen auf.

Eine Beteuerung, die mir nicht einmal ein müdes Lächeln entlockt. Die beiden haben immerhin ihren leiblichen Vater auf so hohe Unterhaltszahlungen verklagt, dass er seine Mitgliedschaft im Yacht-Club kündigen musste.

»Sophie, wirklich. Wir dachten, die Leute im Hotel stünden in *Verhandlung* mit dir!«

»So ist es! Immer, wenn wir nachfragten, hieß es, es liefe *nicht schlecht*. Wirklich, wenn wir gewusst hätten, dass da jemand bezahlt wird, um dich zu sabotieren, hätten wir nie im Leben länger geschwiegen!«

»Wir hätten dir die Wahrheit erzählt und den Mistkerl rausgeschmissen!«

»Hochkant!«

»Weißt du was? Wir schmeißen diesen Hoteldirektor raus. Jetzt gleich. Ich werde sofort Thomas anrufen und es veranlassen.« Lydia greift zum Telefon und drückt den magischen Knopf, der ihr all ihre Wünsche erfüllt. »Frau Isenschmidt? Meinen Mann, bitte!«

Sie guckt mich siegesgewiss an.

»Und ihr habt wirklich nichts von Fritz Jirgls Unternehmungen gewusst?«, frage ich noch einmal und lege meine Tasche in den Schoß.

»Fritz wer? Ach, dieser Hausmeister! Nein, um Himmels willen! So etwas würden wir doch nie ...«

Helena verstummt und beobachtet nervös, wie ich in aller Seelenruhe ein Bündel Papiere aus der Tasche ziehe und langsam auf den Tisch lege.

»Also, wenn wir das geahnt hätten! Das musst du uns glauben, Sophie ...«, setzt Lydia noch einmal an. Aber dann fällt auch ihr Blick auf die Papiere, die ich auf dem Schreibtisch ausbreite und mit der Sorgfalt eines Briefmarkensammlers sortiere.

»Rede nur weiter«, sage ich zu ihr und drehe, vollkommenes Desinteresse demonstrierend, ein Blatt um.

»Also, auf alle Fälle ...«, versucht sie noch einmal den Faden aufzunehmen, »auf alle Fälle, äh ... Was *hast* du denn da?«

Sie beugt sich über den Schreibtisch, ihr Gesicht versteinert. Genau in dem Augenblick klingelt das Telefon. »Frau Isenschmidt?«, sagt sie mit abwesender Stimme. »Es hat sich erledigt, vielen Dank.«

Und dann zeige ich ihr den Kontoauszug von Fritz Jirgl, auf dem links neben dem Betrag *Hansebau – von Hardenberg GmbH & Co KG* steht.

30

Ich parke den Polo so, dass ich nur den Wagen von Nadine aus der Herstellung blockiere. Dann stelle ich den Motor ab. Ich atme einen Moment lang durch und drapiere mir im Rückspiegel die Haare. Ich lege sogar noch etwas Puder auf, bevor ich die Tür öffne und aus dem Wagen steige.

Und jetzt zu dir, du Arsch, denke ich.

Ich lege den Kopf in den Nacken und blicke am Verlagshaus hoch. Da oben ist mein altes Büro, im vierten Stock, direkt über den Müllcontainern – von außen sieht es nicht so aus, als hätte sich irgendetwas verändert. Manche meiner Kollegen haben die Aussicht auf den traurigen Hof gehasst, aber man konnte der Lage durchaus etwas abgewinnen. Zum Beispiel, wenn man sich einen Spaß daraus machte, die Aluverpackungen, in denen die Lieferdienste das Mittagessen brachten, direkt in eine der stets offen stehenden Tonnen zu werfen.

Nach einer Weile hatte ich es raus, ehrlich. Ich musste nicht einmal mehr hinsehen.

Ich schultere meine Handtasche und betrete den Verlag durch den Vordereingang. Ich nehme den Lift in die vierte Etage und steige aus. Sofort erkenne ich den Geruch wieder: nach der grauen, fleckigen Auslegeware, dem kalten Kaffee, dem heiß gelaufenen Laserdrucker. Ich steuere auf die Empfangsdame zu, Frau Isevic, die sich früher immer geweigert hat, meine Net-a-porter-Pakete in Empfang zu nehmen, weil die keine Geschäftspost waren, und lächle mühsam.

»Frau von Hardenberg«, ruft sie erstaunt. »Das ist ja eine Überraschung.«

»Ich möchte zu Jan Andersen«, sage ich, ohne weitere Erklärung.

»Oh«, sagt sie. »Moment ... ich versuch's mal.«

Sie nimmt den Hörer zur Hand, wählt eine dreistellige Nummer und lauscht dem Tuten nach. Sie lässt einen Kugelschreiber zwischen den Fingern kreisen und mustert mich einigermaßen unverhohlen, wie einen seltenen Vogel, den man in diesen Breitengraden nicht häufig zu Gesicht bekommt.

Diese blöde Kuh. Ich hatte nun mal keine Gelegenheit, mich umzuziehen. Da muss man doch nicht gleich so ein Gesicht machen.

Während Frau Isevic eine zweite Durchwahl probiert, nutze ich die Zeit, um mich umzusehen. Es sieht alles noch ganz genauso aus wie früher. Der lange Flur mit Urkunden und Auszeichnungen in billigen Bilderrahmen, manche davon hängen schief. Das Neonlicht, in dem alle immer so ungesund aussahen. Die Yucca-Palme in Hydrokultur neben der Tür zu den Klos. Der Zettel, auf dem aufgelistet ist, welche Verlagsautoren diese Woche Veranstaltungen in Hamburg haben. Und da, Beatrice, die Lektoratsassistentin aus meiner Abteilung, die einen Manuskriptstapel über den Flur trägt.

»Sophie!«, ruft sie erstaunt und lacht mich an. »Was machst du denn hier? Hast du Zeit für 'nen Kaffee?«

Ich mache ein paar Schritte auf sie zu. »Beatrice, hey, wie geht's?«

»Herr Andersen ist nicht im Haus«, pfeift Frau Isevic mich mit scharfer Stimme zurück. »Erst um 17 Uhr wieder!«

»Geht schon klar«, ruft Beatrice in Richtung Empfangstresen, dann flüstert sie mir zu: »Die Alte soll sich mal nicht so haben.«

Frau Isevic guckt pikiert. Sie hat sich schon immer für die Gralshüterin des Verlags gehalten, für die Herrin von Tür und Tor.

Ich kann nicht behaupten, dass Beatrice und ich besonders dicke miteinander gewesen wären, aber nach den Wochen auf dem Berg freue ich mich wahnsinnig, sie zu sehen. Außerdem ist ein schöner, starker Kaffee das Letzte, was ich jetzt ablehnen würde. Ich habe bei Lydia und Helena nichts angerührt – aus purem Stolz und nicht etwa, weil ich nicht nach Koffein gegiert hätte.

»Schwarze Plörre mit weißer Plörre, wie immer?«, fragt Beatrice und biegt ab in die Kaffeeküche.

Uääh. Ich hatte vergessen, dass ich in einem deutschen Büro bin, nicht in einem italienischen Wirtshaus. Die Maschine im Verlag hatte die famose Eigenschaft, den Kaffee so durchlaufen zu lassen, dass er kalt in die Kanne tropfte und erst nach ein paar Stunden auf der Warmhalteplatte langsam erhitzt wurde. Und die H-Milch, die meistens schon seit mehreren

Tagen offen neben der Maschine stand, machte den Kaffee nur heller, nicht weniger bitter.

»Hier ändert sich wohl gar nichts«, sage ich und verziehe das Gesicht.

»Nee, immer noch der alte Wahnsinn«, sagt Beatrice und grinst. »Wobei ...« Sie stellt zwei Tassen auf die Arbeitsfläche neben der Spüle und verschränkt die Arme vor der Brust. »*Gut,* dass du da bist. Es gibt Neuigkeiten!«

»Jan ist jetzt euer Chef«, sage ich und tue betont gelangweilt.

»Das auch«, sagt sie.

»Und meine Nachfolgerin ist weg.«

Beatrice hebt eine Augenbraue.

»*Du* bist ja gut informiert.«

Ich lächle vieldeutig, dabei hatte ich nur geraten. Aber das, was Jan mir gestern zusammen mit dem Jobangebot auf die Mailbox gesprochen hatte, klang ganz danach.

»Aber weißt du auch, *warum* sie weg ist?«

Ich hebe die Schultern. »Zu langhaarig? Zu klug? Zu kritisch?«

»Besser«, sagt Beatrice. »Also. Kaum, dass Jan bei uns angefangen hat, da ...«

»Wann war das eigentlich?«

»Vor vier Wochen ungefähr.«

»Und warum hat er beim Siegel Verlag aufgehört?«

»Keine Ahnung. Irgendwas mit seiner Chefin, munkelt man.«

Oralverkehr mit der Chefin. Und wer weiß, was sonst noch.

»Also, er fängt bei uns an, und natürlich ist das Erste, worum er sich kümmert, weder die nächste Programmvorschau noch ein Marketingkonzept für die Berufsstrategie noch sonst irgendwas, nein, das Erste, was er tut: Er baggert Marlene an.«

»Ist das die Blonde?«

»Genau. Also. Wann immer er nicht in irgendwelchen Sitzungen ist, stiefelt er ihr hinterher, auf allen drei Beinen ...«

Ich kichere. »Gut gesagt.«

» ... und fängt an, ihr Avancen zu machen, die sie natürlich abgelehnt hat – allerdings vermutlich nicht so deutlich, wie man das einem Jan Andersen gegenüber tun sollte, wenn man will, dass eine Nachricht bei ihm ankommt.«

»Tritt ins Schießpulversäckchen ist da, glaube ich, die einzige Sprache.«

»Oh? Hast du damit Erfahrungen gemacht?«

Ich schüttle den Kopf. »Hätte ich aber besser.«

»Verstehe«, sagt Beatrice. »Marlene spricht zwar angeblich sechs Sprachen, aber diese hat sie offensichtlich nicht im Repertoire. Irgendwann hat Jan sie zu später Stunde im Lift abgefangen und versucht, sie davon zu *überzeugen,* ihm noch ein bisschen Gesellschaft zu leisten.«

»Und?«

»Na ja, er hat es eben auf seine Weise gemacht.« Sie nimmt die Hände hoch und krabbelt mit den Fingern.

Dieses Schwein. Ich gucke angewidert.

»So hat er auch öfter versucht, mit mir zu diskutieren, vor allem gegen Ende unserer Beziehung.«

»Das Ende der Beziehung war das bei den beiden auch. Marlene ist nämlich *straight* zum Betriebsrat gelaufen und hat dort eine Beschwerde eingereicht.«

»Bei der Mieringer? Gut so. Was kam dabei raus?«

»Tja«, sagt Beatrice und lehnt sich zurück. »Und hier wird es interessant. Die Mieringer hat sich daraufhin noch mal Marlenes Akte geschnappt, keine Ahnung, wieso. Auf alle Fälle hat sie bei der Beschäftigung mit der Sache zufällig Marlenes Zeugnis aus Oxford in die Hand genommen, und das sah wohl irgendwie sonderbar aus – weißt ja, die Mieringer war da auch mal.«

»Und sie hat nie aufgehört, das vor sich herzutragen, ja«, sage ich und verdrehe die Augen. Insa Mieringer ist eine der größten Wichtigtuerinnen im Verlag, gleichzeitig aber jemand, der versucht, jede Form von seriöser Arbeit zu vermeiden – womit sie absolut prädestiniert war für den Vorsitz des Betriebsrats.

»Na, diesmal war es zu etwas gut. Sie hat es mit ihrem eigenen Zeugnis verglichen, und rate was: Das Wappen, das vorne drauf war, war gar nicht das von Oxford. Daraufhin hat die Mieringer bei irgendeinem Alumni-Beauftragten angerufen und herausgefunden, dass Marlene nicht einen Tag lang in Oxford studiert hat.«

Trara!

Ich muss zugeben, dass mich diese Nachricht ein klein wenig fröhlich macht. Wenn jetzt ein Karnevalsumzug vorbeikäme, ich würde glatt vorne mitlaufen.

»Aber es kommt noch besser.«

»Ja?« Ich kann es kaum glauben.

»Die Mieringer hat danach bei der Lizenzen-Tussi von Bloomsbury angerufen – und du wirst nicht glauben, was sie dabei herausgefunden hat: Marlene war dort keineswegs Lektorin, wie es in ihrer Bewerbung stand. Sie war Empfangsdame! Die hat ihre ganze Biografie erfunden!«

Trara, trara, trara! Es gibt Dinge im Leben, die sind einfach von Grund auf erfreulich.

»Demzufolge ist sie auch keine Enkelin von Max Planck?«, frage ich.

»Doch, das schon«, sagt Beatrice mit ernstem Gesicht.

»Ach so«, sage ich, ein bisschen enttäuscht.

»Aber nicht von Max Planck, dem Physiker«, sagt sie und schlägt vergnügt auf die Tischplatte, »sondern von Max Planck, dem ehemaligen Vorsitzenden des Stuttgarter Gymnasiallehrerverbandes!«

Wir bekommen einen Lachanfall, und ich kann erst aufhören, als ich vor lauter Tränen nichts mehr sehe.

»Hammerlustig«, fasse ich zusammen, als ich endlich wieder Luft kriege.

»Und jetzt du«, sagt Beatrice.

»Ich?« Ich werde wieder ernst.

»Ja. Was machst du hier in Hamburg? Ich dachte, du hast ein Café in Österreich aufgemacht?«

Ein Café. In Österreich. Ich frage mich, warum es eigentlich Gerüchte*küche* heißt, nicht Gerüchtezauberhut. Du gibst Auberginen, Tomaten und Zucchini hinein und holst nicht etwa Ratatouille wieder raus, sondern ein rotäugiges Kaninchen.

»Na ja«, sage ich. »Jan hat mir meinen alten Job angeboten.«

»Ehrlich? Das ist ja super! Dann kommst du wieder zu uns zurück!«

»Nein, ehrlich gesagt, nicht.«

»Aber warum bist du dann hier?«, fragt sie.

Gute Frage. Was will ich hier, wenn Jan gar nicht da ist?

Hm. Eine Idee hätte ich.

»Ich wollte dich eigentlich nur fragen, ob ich etwas ausdrucken darf«, sage ich.

Sie guckt überrascht. »Klar. Wie viel ist es denn?«

»Nur eine Seite«, sage ich und zücke mein Handy.

Keine fünf Minuten später spuckt der Laserdrucker in ihrem Büro ein Blatt Papier aus, 120 Gramm, DIN A4, vierfarbig.

»*What the fuck* ...«, sagt Beatrice, als sie einen Blick daraufwirft.

Noch einmal zwei Minuten später hängt das Bild an Jans Bürotür, direkt auf Augenhöhe, sodass jeder, der daran vorbeigeht, es sieht.

Verdammt, ich habe gar nicht gewusst, wie glücklich Rache machen kann.

31

Huch, jetzt bin ich doch eingeschlafen, aber zum Glück hat mich das Knacksen aus den Lautsprechern wieder aufgeweckt. Ich blinzle vorsichtig aus dem Fenster – bin ich zu weit gefahren? Hoffentlich nicht! Doch da knistert eine männliche Stimme aus dem Lautsprecher: »Nächster Halt: Brenner.« Und gleich danach meldet sich eine weibliche Stimme, fröhlich und aufgedreht wie die Nachrichtensprecherinnen auf RAI: »*Prossima fermata: Brennero.*« Zum Glück!

Es klingt, als würde Daisy Duck Disneyland ankündigen.

Blöd nur, dass ich nicht in Ferienlaune bin.

Als ich gestern Nachmittag den Schwarz Verlag verlassen habe, wusste ich erst nicht, wohin. Ich meine, ich wusste sehr wohl, dass ich am nächsten Tag zurück nach Südtirol fahren, einen neuen Koch suchen und Nick wegschicken würde, aber in diesem Moment? Ich bin ein bisschen durch Harvestehude gelaufen, habe mir die eleganten Stadthäuser und Villen angesehen, die manikürten Gärten und die Fenster, in denen paarweise Armani-Casa-Lampen stehen. Natürlich war Harvestehude nie mein Viertel gewesen, das nicht, aber ich hatte hier so lange gearbeitet und mich eigentlich immer wohlgefühlt. Doch plötzlich fühlte ich mich auf seltsame Weise fremd, wie ein Eindringling, und die Tore und Fenstersprossen und Buchsbaumhecken wirkten, als seien sie dazu da, Leute wie mich auf Abstand zu halten ...

Also lief ich zurück zu meinem Auto und fuhr zum Edelweiß, in der Hoffnung, dass Sarah gerade Pause hat und vielleicht einen Kaffee mit mir trinkt, oder einen Ramazzotti, wie früher. Aber Sarah war nicht da. Sie sei zum Großmarkt gefahren, sagte ein junger Koch, am Abend würde irgendein Patentanwaltsbüro für seine wichtigsten Klienten ein gesetztes Essen geben, es sei absolut Land unter. Ich fragte ihn, ob es okay sei, wenn ich auf sie warte, aber er lachte nur spöttisch auf und fragte, ob ich keine Augen im Kopf hätte. Hinter seinem Rücken hackten vier Mann mit einem Affenzahn Gemüse.

Ich drehte mich um und ging. An das Hochgefühl, mit dem ich den Verlag verlassen hatte, konnte ich mich nur noch mit Mühe erinnern.

Und nun? Was nun? Alte Freunde sehen? Aber die würden wissen wollen, wie es mir geht, und das war eine Frage, mit der ich mich nicht befassen wollte. Also fuhr ich in meine Wohnung, um mich frisch zu machen und endlich die Klamotten zu wechseln und überhaupt einmal die Lage zu kontrollieren – großer Fehler.

Ich sperrte die Tür auf und trat ein in mein altes Leben: im Flur Schuhe, deren Existenz ich völlig vergessen hatte. Die verstaubte Stereoanlage mit CDs, an die ich mich kaum erinnern konnte. Billy-Regale mit

Hunderten von Büchern – das alles sollte ich mal gelesen haben? Es kam mir vor, als sei ich mir völlig fremd geworden, als hätte das, was ich früher einmal war, nichts mehr mit dem zu tun, was ich jetzt bin. Und das nach so kurzer Zeit! Ich versuchte, das Gefühl abzuschütteln und ging in die Küche, wo ich automatisch einen Blick in den leeren Kühlschrank warf. In einem Schrank fand ich eine Tüte Chips, riss sie auf und fing an zu essen, doch der Appetit verging mir wieder, als ich ins Schlafzimmer weiterging, wo ich das abgezogene Bett sah.

Mit einem Schlag war alles, was ich im Triumph meines Rachefeldzugs völlig verdrängt hatte, wieder da. Das Kopfkino sprang an, und ich sah die beiden deutlich vor mir – das ganze Leben, das sie führten. Nick und die Tussi im Urlaub, unter Palmen, am Sandstrand. Nick und die Tussi in der Bar, mit Cappuccino und Buttercroissant. Nick und die Tussi im Bett, Nick und ihre langen Beine, Nick und die Tussi, die im Bett Schuhe trägt, in denen ich es nicht einmal bis zum Kühlschrank schaffen würde.

Nick und die Tussi, wie sie zusammen wilde Sachen kochen und tollen Wein trinken und lachen.

Nick und die Tussi, wie sie sich küssen, nur um mich zu verletzen. Nick und die Tussi, die schallend lachen, weil sie wissen, dass es ihnen gelingt.

Ich ließ mir ein Bad ein, mit einer extragroßen Portion Schaum. In der Küche fand ich eine Flasche Rotwein und kippte mir die Hälfte davon in mein Riesenrotweinglas. Ich zog mich aus und steckte einen Fuß ins Wasser, das so heiß war, dass mir die Tränen kamen. Ich setzte mich ganz rein, alles brannte, es war mir egal.

Es war genau das Richtige, um bitterlich zu weinen. Nick und die Tussi.

Nick, der mir das Herz gebrochen hat.

Ich war mir so sicher gewesen, dass es endlich einmal ernst werden würde, ernst und gut und richtig!

Ich weinte wieder. Ich weinte und weinte, bis ich ganz leer war – und meine Glieder schwer vom Alkohol waren. Ich stand auf, ging tropfend in die Küche und holte den restlichen Wein. Ich legte mich zurück ins Wasser, das inzwischen nur noch lauwarm war. Ich betrachtete meine verschrumpelten Hände. Ich betrachtete meine hübsch gebräunten Beine. Ich betrachtete mein Gesicht im Zerrspiegel des Wasserhahns und zog eine Grimasse. Ich trank den Wein aus.

Dann wusste ich, was zu tun war.

Ich stieg aus der Wanne, trocknete mich ab und holte zielsicher meine petrolblaue Seidenbluse aus dem Schrank, die mit der Schluppe, die mir besonders gut stand und mich schwanenhaft und gertenschlank aussehen ließ und die ich sonst bloß nie anzog, weil ich darin ein bisschen *zu* sehr nach sexy Büromaus aussah. Die Bluse klebte ein bisschen an meiner aufgeweichten Haut, aber das würde sich bald legen. Ich stieg in meinen Bleistiftrock, in Wolfordstrümpfe und schwarze hohe Schuhe. Ich war heilfroh, dass ich meine Business-Outfits hier in Hamburg gelassen hatte, denn jetzt brauchte ich sie. Ich legte Lippenstift auf und Wimperntusche.

Ich würde zurück nach Alrein gehen, das ja. Aber

ich würde Nick nicht feuern. Ich würde ganz normal mit ihm weiterarbeiten, als wäre nichts geschehen. Ich würde mir nicht die Blöße geben, schwach zu sein.

Ich würde so stark sein, dass es ihm wehtut.

Und ich würde sofort fahren, jetzt gleich.

Allerdings, dachte ich, diesmal besser nicht mit dem Auto. Deshalb legte ich den Schlüssel auf den Küchentisch und nahm mir vor, meine Eltern darum zu bitten, den Wagen zu verscherbeln. Oder was auch immer damit zu machen. Ich würde ihn nicht mehr so schnell brauchen, und ich hatte ein, zwei Sachen gut bei ihnen. Ich dachte daran, jetzt gleich bei ihnen anzurufen, aber dann fiel mir ein, dass ihr Flieger aus Venedig möglicherweise schon gelandet war – wofür ich jetzt wirklich keinen Nerv hatte, war ein Besuch bei ihnen zu Hause, zu dem sie mich auf der Stelle verdonnern würden.

Ich holte mein Mac Book aus der Schublade und schaltete es an. Ich hatte meinen Internetanschluss abgemeldet, aber es gab da diese Nachbarin, die sich nichts daraus zu machen schien, dass ihr W-Lan unverschlüsselt war. Ich suchte eine Bahnverbindung heraus – in einer Stunde würde ab Hamburg-Altona ein Zug nach München fahren, und von dort aus ginge es im Nachtzug über den Brenner.

Ist schon mal jemandem aufgefallen, wie sehr Nachtzüge stinken? Sie stinken, und wie, nach heimlich gerauchten Zigaretten und verschüttetem Bier.

Ich werfe einen Blick aus dem Fenster. Wie spät es jetzt wohl ist? Ich hatte die ganze Zeit mein Handy ausgeschaltet, aus Angst vor einem Anruf von Nick. Ich wollte nichts von ihm hören.

Aber jetzt? In nicht einmal einer Stunde bin ich in Brixen. Nun kommt es auch nicht mehr darauf an.

Ich schalte das Handy ein, es fährt hoch – und fängt wie wild an zu piepsen. Nachricht um Nachricht erscheint, elf, zwölf, dreizehn – und natürlich fängt es prompt an zu klingeln. Es ist die Nummer von Alrein.

Ich starre das Handy an, es vibriert und vibriert, wie ein wütendes, kleines Tier.

Ich will nicht, denke ich. Egal, wer es ist, ich will nicht.

Was soll ich denn sagen?

Mit einem Schlag wird mir klar, dass das hier meine letzte Gelegenheit ist umzudrehen. Noch könnte ich einfach das Handy ausmachen, mich in einen Zug zurück nach Hamburg setzen und Helena und Lydia eine Freude bereiten. Mit dem Geld könnte ich mir dann in aller Ruhe überlegen, was ich wirklich machen will.

Ich könnte ein Buch schreiben über das alles.

Aber eigentlich ... eigentlich will ich das nicht wirklich. Ich will nicht nach Hamburg zurück. Ich habe dort nichts mehr verloren.

Ich atme durch, dann drücke ich die Taste.

»Hardenberg?«, melde ich mich mit geschäftiger Stimme, die dennoch nicht verbergen kann, wie belegt sie ist. »Hallo?«, wiederhole ich, denn der Schaffner hat irgendeine Durchsage gemacht, und ich habe niemanden gehört.

»Hey«, sagt eine Männerstimme. Es ist Nick.

»Hey«, sage ich reflexartig mit sanfter Stimme, aber dann erinnere ich mich an das, was ich mir vorgenommen hatte: So stark zu sein, dass es ihm wehtut.

»Wo steckst du, Sophie?«, fragt er, ohne Vorwurf in der Stimme.

»Ich wüsste nicht, was dich das angeht«, sage ich kühl.

»Sophie, ich habe verzweifelt versucht, dich zu erreichen.«

»Soll ich dich jetzt dafür loben, oder was?«

»Was ist denn los, Sophie?«

»Das müsstest du besser wissen, Nick.«

Er schweigt.

»Sophie«, sagt er dann.

»Sophie, sag was.«

»Sophie!«

Aber ich kann nichts sagen. Mir stehen die Tränen in den Augen, und statt kühl und professionell zu sein, entweicht meiner Kehle ein Wimmern.

»Sophie, du musst wieder herkommen, bitte, ja?«

Ich antworte nicht, stattdessen fiepse ich wie ein Luftballon mit einem winzigen Loch drin, und ich presse die Augen zu und mir die Hand vor den Mund. Ich bin nicht stark. Ich bin nichts.

»Hey, Sophie ...«

Der Lautsprecher knackst. »Nächster Halt – Franzensfeste«, meldet sich die Männerstimme, und ich beeile mich aufzulegen. Ich schalte das Handy aus und weiß überhaupt nicht, wohin mit mir.

Wie heißt es immer in den ganzen blöden Berufsratgebern? »*Never fuck the Company.*« Ja ja. Aber noch nie hat einer aufgeschrieben, was man tun soll, wenn ein Mitarbeiter seiner Chefin das Herz gebrochen hat.

Wieder muss ich weinen. Ach was, ich flenne richtig.

»*Prossima fermata – Bressanone*«, jubiliert die Frauenstimme. Ich hasse sie, weil sie so glücklich klingt. Und ich hasse sie, weil ich hier rausmuss und nicht einfach sitzen bleiben kann, bis es mir besser geht.

Ich wische mir das Gesicht ab, stehe auf und sehe an mir herunter. Mein Bleistiftrock, meine Bluse, meine Pumps. Ich Idiotin hätte wenigstens auf die Idee kommen können, mir noch eine zweite Garnitur einzupacken, denn nach der Nacht im Liegesitz sehe ich nicht aus wie eine erfolgreiche Business-Frau, sondern wie ein Flittchen, das die Nacht durchgesoffen hat.

Ich struble mir durchs Haar, zupfe mir den Rock gerade und klemme meine Handtasche unter den Arm. Ich versuche zielstrebig auszusehen, dabei weiß ich gar nicht, wo ich hinsoll.

Um nach Alrein zu kommen, müsste ich so schnell wie möglich den Taxi-Messner anrufen. Aber ich will noch nicht nach Alrein.

Der Zug kommt quietschend zum Stehen. Als ich aussteige, umfangen mich hochsommerliche Temperaturen und Lautsprechergeplärr. Um mich herum herrscht reges Treiben. Ich beeile mich, zum Ausgang zu kommen – wenn man schon nicht weiß, wohin mit sich, sollte man wenigstens nicht auch noch danach aussehen.

Ich stakse den Bahnsteig hinab und durch die Bahnhofshalle, vorbei an Menschen, die hin- und hereilen, mit Rucksäcken oder Koffern oder einer unter den

Arm geklemmten Tageszeitung, da erklingt plötzlich eine Stimme hinter mir.

»Sophie?«

Ich gehe schneller.

»Sophie!«

Ich gehe noch schneller, allerdings setzt mir mein Schuhwerk gewisse Grenzen.

»Jetzt bleib doch mal stehen!«

Ich habe das Gefühl, dass Nick mir nicht alleine nachrennt, aber ich könnte mich auch täuschen.

»Sophie!«

Seine Stimme wird barsch, und ich spüre, wie sich seine Hand grob auf meine Schulter legt. Unwillkürlich halte ich inne. Sein Griff ist so fest, dass ich nicht anders kann, als ihm zu gehorchen. Und dann passiert, was so oft passiert: Wenn einer stark ist, wird der andere schwach, ganz unwillkürlich. Ich spüre, wie sich meine Augen wieder röten und in meiner Kehle ein Kloß wächst, mit dem man eine Großfamilie satt kriegen würde.

»Jetzt warte doch mal endlich«, sagt Nick, aber ich drehe mich nicht um. »Ich möchte dir jemanden vorstellen.«

Meine Knie fangen an zu zittern. Ich muss jetzt ganz tapfer sein, sehr, sehr, sehr, sehr tapfer. Ich blinzle unaufhörlich und schlucke den Kloß hinunter. Es hilft ja nichts – früher oder später wäre dieser Moment sowieso gekommen.

Langsam, ganz langsam drehe ich mich um.

Da steht sie neben ihm, die Tussi, schlank und elegant, und besitzt die Dreistigkeit, mir mit ihren perfekten Zähnen ins Gesicht zu lächeln. Ihre Seidenbluse ist perfekt gebügelt, während meine fleckig ist von meinen Tränen.

Nick lächelt nicht. Seine Hand liegt noch immer auf meiner Schulter.

»Sophie, darf ich vorstellen? Das ist Annie, meine Schwester.«

32

Es gibt drei verschiedene Wege, jemanden um Verzeihung zu bitten: durch Worte, durch Taten oder durch einen langen Blick. Nun, ich habe mich um Kopf und Kragen geredet, seit ich vorgestern Morgen am Bahnhof angekommen bin, und ich habe geguckt und geglotzt und geblinzelt – ohne Erfolg, leider. Was komisch ist, denn Nick hat meine Entschuldigung ungefähr drei Zehntelsekunden, nachdem ich sie zum ersten Mal ausgesprochen hatte, angenommen – wirklich und tatsächlich und aufrichtig.

»Sophie«, hat er gesagt, »reg dich ab, es ist doch nichts passiert!« Und das stimmt natürlich, es ist nichts passiert.

Aber es war so knapp.

Ich schlüpfe in einen Kapuzenpulli und nehme die Chucks in die Hand. Leise, ganz leise, schließe ich hinter mir die Tür. Ich schleiche die Treppe hinunter ins Erdgeschoss, auf Zehenspitzen, denn es ist noch furchtbar, furchtbar früh, und dass irgendjemand wegen mir aufwacht, ist das Letzte, was ich will. Ich öffne die Haustür, und zum ersten Mal fällt mir auf, dass sie in all den Wochen kein einziges Mal abgesperrt gewesen ist – so ist das Leben hier, denke ich, voller

Vertrauen. Ich ziehe mir die Schuhe an und die Kapuze über den Kopf und setze mich auf die Bank vor dem Haus, von der aus man das ganze Tal überblickt.

Ich bin so eine riesige Idiotin gewesen, und jetzt bin ich so unglaublich erleichtert, dass es dafür überhaupt keine Worte gibt. Und plötzlich verstehe ich auch, warum ich mich entschuldigt und entschuldigt und entschuldigt habe, ohne dass sich das Gefühl, das ich dabei hatte, veränderte – es ist gar keine Entschuldigung, die aus mir rauswill. Ich habe nur das Bedürfnis, ihm zu sagen, was vorgeht in mir.

Ich ziehe die Beine an und umfasse meine Knie. Es ist kühl um diese Uhrzeit, und die Feuchtigkeit der Nacht scheint alles zu überziehen. Gegenüber stehen die Berge aufgereiht im grauen Morgenlicht, ich muss fast lächeln, als ich daran denke, wie sehr mir die blöden Dinger auf die Nerven gegangen sind, wie ich ihre Schroffheit mitunter kalt fand und furchtbar feindselig.

Aber die Dinge verändern sich, und inzwischen sind mir ihre kantigen Linien vertraut wie Gesichter alter Freunde.

Ich blicke den Weg hinab, dorthin, wo vor ein paar Tagen Papa wie ein Briefbeschwerer Herrn Jirgl am Boden festhielt. Die Wiese ist von Tau überzogen und glänzt silbern – und ausgerechnet jetzt stakst aus dem Wald ein Reh.

Es bleibt mitten auf der Wiese stehen und fängt an, ein bisschen zu äsen, so völlig in sich versunken, wie das nur Tiere hinkriegen, wir Menschen nie.

Diesmal werde ich es nicht vertreiben.

Ich halte die Luft an und rühre mich nicht, doch schon nach ein paar Sekunden schießt sein Kopf in die Luft, die Ohren drehen sich nach links und rechts, und es verschwindet mit wenigen Sprüngen dort, wo es hergekommen ist. Ich muss schon wieder lächeln und spüre, wie mir gleichzeitig ein Kloß im Hals schwillt, ganz einfach nur, weil ich so irre, irre glücklich bin.

Es gibt Dinge, auf die hat man einfach keinen Einfluss – das Wetter, die Natur und darauf, um wie viel Prozent ein Paar Schuhe im Schlussverkauf herabgesetzt wird. Aber alles andere kann man gestalten, man kann kämpfen und Einfluss nehmen.

Ich lege den Kopf in den Nacken. Die Farbe des Himmels verändert sich langsam, von gelbgrau zu blau. Ein Vogel zwitschert, ganz in meiner Nähe, und plötzlich fängt mein Herz an zu pochen, so schnell wie das eines Kolibris.

Es gibt einen Weg, Nick zu zeigen, wie es in mir drin aussieht. Es gibt sogar ein Rezept dafür.

Plötzlich bin ich mir ganz sicher.

Ich gehe zurück ins Haus und schleiche direkt in die Küche. Sogar durch die Sohlen meiner Chucks kann ich spüren, wie knochig kalt die Fliesen so früh am Morgen noch sind. Ein kühler Luftzug fährt mir um die Knöchel, ich sehe mich in der Küche um und nehme Tante Johannas Kochbuch aus dem Regal.

Ich streiche mir eine Locke hinters Ohr und suche die richtige Seite. Dann setze ich Wasser in einem großen Topf auf.

In der Vorratskammer finde ich Kartoffeln, die wie

ruppige, kleine Lebewesen in einer Holzkiste liegen. Ich suche ein paar davon aus, lege sie in eine Schüssel aus Plastik und trage sie zur Spüle. Ich wasche sie, schrubbe ihnen den widerspenstigen Dreck vom Leib, dann lasse ich eine nach der anderen ins sprudelnde Wasser plumpsen. Ich stelle die Küchenuhr ein und platziere sie gut sichtbar neben dem Herd. Sie fängt leise an zu ticken.
Tick. Tick.
Ich wische mir die Hände an einem Küchentuch ab. Dabei fällt mein Blick auf die *Neue Südtiroler Tageszeitung* von gestern, die immer noch auf der Anrichte liegt. SKANDAL IM WELLNESSTEMPEL, steht groß unter dem Titel, und kleiner darunter: *Hoteldirektor verhaftet – Verdacht auf Korruption und Anstiftung zur Brandstiftung*. In dem Artikel steht, dass die Polizei in Müller-Bachs Büro nicht nur Hinweise auf den Deal mit Jirgl beschlagnahmt hat, sondern auch welche auf nicht ganz legale Absprachen mit dem Amt für Raumentwicklung. Das Alreiner Grundstück wäre nämlich nie im Leben als Baugrund freigegeben worden, hätte sich die vorstehende Direktorin nicht diverse finanzielle Gefälligkeiten erweisen lassen. Aber der eigentliche Irrsinn ist der, dass dieser Müller-Bach so dumm war, all die Unterlagen, die seine Machenschaften beweisen, aufzuheben – und das nicht in einem Bankschließfach oder irgendeinem anderen geheimen Ort, sondern schlicht und einfach in seinem Büroschrank.
Das kommt dabei heraus, wenn Spießer versuchen, Dinge zu tun, für die statt Ordnungssinn kriminelle

Energie nötig wäre. Mir wäre so etwas nicht passiert. Ich bin ja schon froh, wenn ich im Mai den Schuhkarton mit den Quittungen für die Steuererklärung finde.

Die Küchenuhr bimmelt. Mit einer Gabel steche ich in eine Kartoffel, um zu sehen, wie weich sie inzwischen ist – sie scheint fast ein bisschen *zu* durch, aber na ja, es wird schon gehen. Ich gieße das Wasser ab und fange vorsichtig an, die Kartoffeln zu schälen. Sie sind noch schrecklich heiß, und die Schale geht nicht sehr leicht ab – einmal fällt mir eine von der Gabel und zerplatzt vor meinen Füßen.

Ruhig, Sophie, denke ich. Keine Panik. Das hier wird dir gelingen.

Mit dem Ding, das aussieht wie eine Knoblauchpresse, bloß in riesig, lasse ich meiner destruktiven Ader freien Lauf und drücke die Kartoffeln in eine Schüssel. Ich gebe Butter dazu und Eier und verrühre das Ganze mit dem Grieß und dem Mehl. Eine Prise Salz noch, dann nehme ich die Masse aus der Schüssel und knete sie so, wie ich es bei Nick beobachtet habe.

Der Teig ist weich und warm und anschmiegsam unter meinen Händen. Der Kloß in meinem Hals hat sich längst aufgelöst. Ein Hochgefühl macht sich in mir breit, und ich bemerke, dass ich angefangen habe, ein stilles Lied zu summen.

Frau Jirgl ist gleich vor zwei Tagen aufs Polizeipräsidium marschiert und hat dort die Unterlagen abgegeben, die sie zunächst mir überlassen hatte. Nicht nur, dass der Capitano die Verbindung zu meinen Cousinen höchst interessant fand – auch Herr Jirgl hat daraufhin endlich ein Geständnis abgegeben, das nicht nur die versuchte Brandstiftung, sondern auch die Sache mit Gianni umfasste, zuzüglich der regelmäßigen Sabotage des Telefonkabels, dieser einen Ladung Weißwäsche, der Wanderschilder und eines gescheiterten Anschlags mit einem bösartigen Darmbakterium.

Fritz Jirgl zeigte sich ordentlich reumütig, doch seine Angetraute ließ sich nicht erweichen – sie will sich tatsächlich von dem Arsch scheiden lassen. Ich habe ihr eine Woche Urlaub gegeben, damit sie ein paar Sachen regeln kann, und hoffe, sie zieht die Sache auch tatsächlich durch und kommt danach zu uns zurück. Wir können hier wirklich Hilfe gebrauchen. Die deutsche Ausgabe von *Food and Travel* hat sich für ein Fotoshooting angemeldet, genauso wie die *Brigitte* und *GEO Saison*. Was Vera mit ihrem Riecher so alles in Bewegung gesetzt hat! Wenn das so weitergeht, werden *wir* das Alpine Relax kaufen müssen – um all die Gäste irgendwo unterzukriegen.

Ich forme den Teig zu einer Kugel, decke ihn mit einem Geschirrtuch ab und lege ihn zur Seite. Dann hole ich die Marillen aus dem Vorratsraum. Ich schneide die erste auf und stecke eines der Würfelzuckerherzen hinein, die von Nicks Marillenknödeln noch übrig sind.

»Signora Sophia!«

Ich drehe mich um. Gianni steht in der Tür – es muss also inzwischen halb sieben sein, denn heute ist er es, der sich ums Frühstück kümmert. Wir lächeln uns an, und ich werde gleich noch viel froher, weil ich zum ersten Mal seit Langem Giannis Zähne sehe. Es dürfte klar sein, wieso. Nicht, dass die irrsinnig schön wären, ich freue mich nur, dass er lacht.

»Was macke Sie?«, sagt er und nimmt sich Nicks Kochjacke vom Nagel. Sie ist ihm natürlich sechs Nummern zu groß, und er sieht darin aus wie zu heiß gebadet. Es ist nicht so, dass er keine eigene Arbeitskleidung hätte, aber als er das graue Modell von Nick gesehen hat, fand er es so schick, dass der ihm erlaubt hat, sie an seinem ersten Arbeitstag zu tragen. Natürlich haben wir Gianni dann eine eigene bestellt, in der richtigen Größe und mit eingesticktem Namen. Sie wird unser Begrüßungsgeschenk für ihn.

Nick und er werden sich den Küchendienst teilen. Die beiden verstehen sich ziemlich gut, jedenfalls dafür, dass Gianni nun einmal Gianni ist und nicht gerade der Hape Kerkeling unter den Köchen. Gestern Abend saßen sie nach dem Essen einträchtig bei einem Glas Rotwein auf der Terrasse, um die Menüs für die kommende Woche zu planen, und tauschten sich über Rezepte aus wie zwei Omas beim Kaffeekränzchen.

Gianni bindet sich die Schürze vor dem Bauch zu und kommt näher.

Interessiert beobachtet er, wie ich Würfelzuckerherz um Würfelzuckerherz in die Marillen stecke.

»Marilleknedel *all'amore*«, stellt er fest. »Wo isse Teig für?«

»Du sollst das Frühstück machen«, rüge ich ihn, »nicht deiner Chefin hinterherschnüffeln!«

Aber da hat er ihn schon gefunden. Er hebt das Tuch an, zwackt ein Stück davon ab und kostet.

»*Bene, bene*«, sagt er. »Aber musse mehr Grieß.«

Ich nehme einen herumliegenden Kochlöffel und versuche, ihn damit zu verjagen. »Lass mich das alleine machen!«, sage ich.

»Mehr Grieß«, insistiert er. »Icke macke.«

Ich gebe mich geschlagen und sehe zu, wie er noch etwas Grieß blitzschnell mit dem Kartoffelteig verknetet.

»Fertig«, sagt er. »Jetzte macke alleine.« Er greift sich den Speck und geht zur Schneidemaschine.

»Okay«, sage ich, nehme ein Stück Teig und drücke es flach in meine Hand. So, jetzt die Marille.

Ich glaube, es gibt ein paar Sachen, die ich gelernt habe in den letzten Wochen. Eine davon ist die: Man darf sich nie einfach so geschlagen geben. Wirklich nie.

Ich meine, klar, ich konnte ja nicht ahnen, dass Nick und Annie seit dem Tod ihrer Eltern unzertrennlich sind, aber dass ich einfach so Hals über Kopf geflohen bin, als ich die beiden gesehen habe, das war vielleicht der größte Fehler, den ich je begangen habe. Vielleicht sogar der größte meines Lebens.

Aber ich will, dass dies der letzte gewesen ist.

Meine Chancen stehen nicht schlecht: Gestern hat Nick mich nach Brixen begleitet, um Gianni zu holen, denn es war klar, dass wir nicht zulassen können, dass er weiter im Großmarkt Regale füllt. Mir war ein bisschen bang vor der Entscheidung, ihn zurückzuholen, und dem, was sie mit sich bringen könnte. Ich habe all meinen Mut zusammengenommen und Nick gefragt, ob er eventuell auch dann in Alrein bleiben würde, wenn es einen zweiten Koch gäbe.

Er ist auf die Bremse gestiegen und hat angehalten. Und dann hat er mich geküsst.

Ich hätte heulen können vor Glück, ehrlich.

Ich kann nicht behaupten, dass die Marillenknödel, die ich da fabriziere, perfekt aussehen, aber immerhin, sie sind halbwegs rund und fallen nicht auseinander. Ich brauche auch ziemlich lang dafür, aber das ist egal, denn ich will ganz unbedingt, dass sie mir gelingen.

Wenn ich diese Knödel hinkriege, dann kriege ich alles hin, das weiß ich, ganz bestimmt.

Eine einzige Marille ist jetzt noch übrig. Der Teig hat gerade so gereicht, der letzte Knödel wird ein bisschen kleiner als die anderen, aber das macht nichts: Knödel ist Knödel. Einen Moment zögere ich und frage mich, ob es vielleicht noch zu früh dafür ist, aber dann hole ich einen Topf und setze Wasser auf.

Da höre ich plötzlich oben meine Zimmertür.

Ich bekomme eine Gänsehaut, nur von dem Geräusch, und von dem seiner herannahenden Schritte. Sekunden später steht er hinter mir, umarmt mich und haucht mir einen Kuss in den Nacken. Ich werfe einen raschen Blick in Richtung Gianni, der mit rotem Kopf in irgendeiner Schublade verschwindet.

»Hmmm, was machst du denn da?«, fragt Nick. Mein Nick.

Ich nehme einen besonders gelungenen Knödel hoch und präsentiere ihn ihm.

»Zum Frühstück?«, fragt er, und ich nicke. Ich werfe

ihm einen Blick zu, und er versteht sofort, was ich ihm damit sagen will. Eine Sekunde lang sehen wir uns an, dann noch eine. Dann grinsen wir. Er umarmt mich noch einmal und stupst mich mit der Nase am Ohr. »Ich glaub, ich bin im Paradies!« Dann wandern seine Hände an meinem Körper hinab. »Vielleicht ist es sogar der Himmel!«

Ich glaube, um von einem Mann geliebt zu werden, braucht man keine Ratgeber. Sondern bloß ein gutes Kochbuch.

»Erst duschen«, sage ich streng und pflücke seine Hände von meinen Hüften. »In einer Viertelstunde gibt's Frühstück!«

»Und dann gehen wir auf den Berg, ja?«

Ich schiele noch einmal nach Gianni, doch der ist immer noch nicht aus seiner Schublade aufgetaucht.

»Mal sehen«, sage ich. »Und jetzt dalli!«

Da springt er davon, und mein Herz, das hüpft auch, bis hinauf in meine Kehle.

Das Wasser im Topf brodelt inzwischen. Ich drehe die Flamme ein bisschen zurück, dann lege ich den ersten Knödel auf einen Löffel und lasse ihn vorsichtig hineingleiten. Er geht unter und taucht wieder auf, aber er zerfällt nicht, sondern hält schön zusammen, genau so wie es sein soll. Die anderen Knödel folgen ihm, Stück für Stück für Stück.

Einen Augenblick lang sehe ich zu, wie sie im Wasser auf- und abtanzen und stelle mir vor, wie die Zuckerherzen in ihnen zu schmelzen beginnen.

Aber das wird mir zu kitschig, darum erhitze ich Butter in einer Pfanne und bräune darin ein paar Esslöffel Semmelbrösel. Sie brennen fast nicht an, bloß ein klitzekleines bisschen.

Sagte ich's nicht? Es wird.

Ich gehe nach draußen und decke auf der Terrasse einen Tisch. Einen, der in der Sonne steht.

Ab sofort wird mein Leben gelingen.

Wollen Sie wissen, wie Tante Johanna ihr Glück in Alrein fand?

Dann lesen Sie das Original E-Book

HEYNE

Emma Sternberg

Marillenknödel und das Geheimnis des Glücks

Erzählung

ISBN 978-3-641-08067-9
Bereits als Download erhältlich